UNA VIDA DE PERROS

ESTEFANÍA SALYERS

UNA VIDA DE PERROS

PLAZA JANÉS

Papel certificado por el Forest Stewardship Council®

MIXTO
Papel procedente de
fuentes responsables
FSC www.fsc.org   FSC® C117695

Primera edición: junio de 2018

© 2018, Estefanía Salyers
© 2018, Penguin Random House Grupo Editorial, S. A. U.
Travessera de Gràcia, 47-49. 08021 Barcelona

Printed in Spain – Impreso en España

ISBN: 978-84-01-02158-9
Depósito legal: : B-6.517-2018

Compuesto en M. I. Maquetación, S. L.

Impreso en Black Print CPI Ibérica
Sant Andreu de la Barca
(Barcelona)

L 0 2 1 5 8 9

Penguin
Random House
Grupo Editorial

Hasta que no hayas amado a un animal,
parte de tu alma estará dormida.

Anatole France

Hay cosas en la vida que solo pasan una vez. Afortunadamente.

Esta era una de ellas. Todavía no lo sabía, pero estaba a punto de averiguarlo.

1

El día D

Es el día, el 30 de julio de 2017. Y es la hora, las once de la mañana. No es un día cualquiera. ¿Por qué lo sé? Porque no puedo respirar. Estoy muy acelerada y noto cómo los latidos de mi corazón se mezclan con el repicar de las campanas de la iglesia del barrio, que resuenan en mi cabeza tanto o más que mi propia conciencia y ejercen de recordatorio del inevitable paso del tiempo.

Me pregunto cómo he llegado hasta aquí, pero no tengo respuesta. O si la tengo no es la que quiero oír, porque lo cierto es que no hay otro motivo más que la pura cobardía.

Situada frente al altar, observándolo todo y a todos, pero sobre todo a él, sé que ha llegado el momento. Tengo que hacer algo. Debo tomar las riendas de mi vida e ir en otra dirección. En una completamente opuesta a la que he tomado hasta ahora y que me ha llevado a estar donde no quiero estar: justo aquí.

Doy un paso muy leve, casi imperceptible. Aun así, inmediatamente se hace un breve silencio en toda la capilla. Sé que el cura se acerca a la parte de su discurso donde, inevitablemente, si no hago nada, todo seguirá su curso. Nada cambiará.

«Venga, que tú puedes hacerlo. Pon fin a esta farsa», me digo a mí misma en silencio.

Pasa un segundo, me aclaro la garganta y tomo más aire. Dos segundos, abro la boca y…

«Hazlo, no te lo pienses dos veces», me ordeno de forma muda, aunque siento como si todo el mundo pudiera oírme.

Tres segundos y… No puedo. Todavía no. Me lo tengo que pensar dos veces, tres y hasta cincuenta y cuatro. No es nada fácil.

Y es que Alberto parece feliz. Está radiante vestido de esmoquin. Ese traje de color azul marino, que jamás habría imaginado se pudiera llegar a poner de manera voluntaria. Siempre creí que para verlo vestido así debería poco menos que chantajearle. O amenazarle. Pero aquí está y le sienta mucho mejor que a cualquier modelo de El Corte Inglés. Está más guapo que nunca y eso hace que me ahogue un poco más; la angustia y el nerviosismo me vencen. Es como si me hubiera comido un paquete entero de hostias y ni un trago de vino para pasarlas. La culpa se me hace bola. O tal vez es el amor, no lo sé. Pero el caso es que ya no puedo más. Es ahora o nunca.

Espero que sea capaz de perdonarme en un futuro cercano o incluso lejano. Me conformo con que allá por 2038 me llame un día y me diga «No pasa nada, todo está bien».

Qué se le va a hacer, lo del perdón a unos nos cuesta más que a otros, lo entiendo. Nunca es tarde, dicen. Bueno, tarde sí puede llegar a serlo. A saber dónde estaré dentro de veintiún años. ¿Acaso alguien lo sabe con seguridad? El futuro es lo que tiene, que nadie puede garantizarte nada, pero, en este momento, mi presente me dibuja un futuro más que incierto, aunque con algo claro entre tanta incertidumbre. Lo único que sé con certeza es que Alberto no me va a perdonar de la noche a la mañana.

No es fácil mirar hacia otro lado ante un asunto tan delicado y lo que estoy a punto de hacer…

Aquí estoy yo, a punto de arruinar el día más importante de su vida. El de su boda. No solo espero que pueda perdonarme él, sino también perdonarme yo, aunque sospecho, no me preguntéis por qué, que me va a acabar odiando.

Miro a mi alrededor, explorando el territorio, ya que quiero calcular cuánta gente hay en la sala para elevar a esa potencia numérica mi propia vergüenza y culpabilidad. Afortunadamente no somos tantos, pero contamos mucho. Entre los invitados, además de la familia, están nuestros mejores amigos, algunos ya casados también. Y divorciados. Pero para llegar a eso hay que ir paso a paso. No es que piense en el divorcio, bueno, sí, pero sobre todo pienso en evitar la boda. He llegado a la conclusión de que es lo mejor. Es lo que tengo que hacer.

Tal vez sea un poco tarde. Sé que no es el momento idóneo y tampoco es el lugar. En esta pequeña capilla, decorada en tonos cálidos y delicadamente simple, es donde, ahora mismo, siento que muero poco a poco. De vergüenza primero, y de desamor todo el rato.

Se me acaba el tiempo, así que respiro hondo, cierro los ojos y vuelvo a escuchar a mi corazón; casi se me sale por la boca. Me tiemblan hasta las orejas. Debo hacerlo.

Doy otro paso, me aparto un poco, cojo impulso y espero escuchar esas palabras mágicas que pueden abrir la puerta a mi felicidad eterna o lanzar un poco más de tierra a mi particular hoyo. Es la hora.

Tengo que evitar que Alberto Marín, el gran amor de mi vida, se case con Julia Fontana.

Y tengo que hacerlo ya.

—Si hay alguien en la sala que se oponga a este enlace que hable ahora o calle para siempre —dice el cura, con lo que da pie a algo que jamás se podría haber imaginado. Y yo tampoco.

—¡Guau! —digo, no es una exclamación de sorpresa, sino un sonido gutural, grave, de ultratumba, que me deja totalmente desconcertada.

No me lo puedo creer. ¿Qué es eso? ¿Qué acabo de hacer? ¿Ladrar? No es posible. Me lanzo a por el segundo intento, tengo algo muy importante que decir y, obviamente, no es eso.

—Guau, guau guau guau. ¡Guau!

Mi cara de estupefacción es directamente proporcional a las miradas de los invitados. Por no hablar de la expresión de Alberto, que consigue aunar en un único arqueo de cejas la sospecha acumulada durante tiempo y la certeza repentina de que yo, Lucía Palacios, soy… diferente. Socialmente extravagante. Rara de cojones. Y, para que no haya dudas, subnormal perdida.

Vuelvo a probar a decir lo que quiero anunciar. A la tercera va la vencida, pienso. Pero no.

—Guau, ¡¿guauuu?!

Nada, no hay forma, ya no hablo español. Ni humano. Solo puedo ladrar. Vale que estoy nerviosa, pero ¿qué clase de broma del destino es esta? Yo he venido aquí a hablar de mí. Bueno de mí y de Alberto. De nosotros. He venido a evitar una boda por una simple razón: la novia no soy yo. Tengo que hacer ver a Alberto que está a punto de cometer el mayor error de su vida casándose con ella y no conmigo. ¿Y ese es el mejor argumento que tengo? El universo ha decidido demostrarme, en el peor momento posible, que la vida puede ser muy perra, nunca mejor dicho.

No puedo dejar de sollozar y de emitir pequeños ladridos que, traducidos así, en líneas generales, vienen a significar «¿Por qué me pasan estas cosas a mí y por qué ahora?». Seguro que es por todas esas veces que no compartí en Facebook las peticiones de auxilio. Con lo fácil que sonaba: corta, pega y publica en tu muro por los niños de África, por los gatos de Roma, por el vecino del quinto al que le dieron cocido para comer en pleno mes de agosto. Si lo hubiera posteado seguro que mi vida ahora sería distinta.

Llegados a este punto, solo quiero irme a casa, quitarme los tacones y pedir lo que me merezco: «Corta y pega en tu muro si quieres que Lucía Palacios se case con Alberto Marín y nada de lo que acaba de suceder sea verdad».

Entre todos estos pensamientos inconexos y mis ladridos, empiezo a oír mi nombre a lo lejos.

—Lucía, Lucía…

Me giro rápidamente hacia mi derecha, pero todo el mundo está callado y ninguno de los asistentes parece haber pronunciado ni una palabra.

—Lucía, ¡Lucía! —sigo oyendo, así que, de golpe, me vuelvo hacia la izquierda, pero tampoco encuentro a nadie que me llame.

—Lucía, ¿estás bien?

—Gua, guuuau —digo en un intento inútil por responder a quien sea que me está preguntando. Sin embargo, no me entiendo ni yo.

De repente, noto una mano que se posa en mi hombro derecho, siento el calor de una palma nerviosa pero firme. Los dedos me ciñen el hueso, asiéndolo con determinación. La misma sensación se traslada al otro lado, siento cómo me agarran por el hombro izquierdo. Lentamente, me sacuden desde atrás. No consigo distinguir de quién se trata. El zarandeo cobra intensidad, como si fuera un terremoto. Me doy la vuelta y por fin veo a quien está llamando mi atención: es Clara, mi amiga de la infancia. Por unos segundos me siento bien de nuevo, tranquila. Hago amago de saludar, de decirle algo, pero en ese momento tan inesperado Él habla. No Dios, sino Alberto. No soy religiosa, no creo en nadie. Bueno, sí, en Alberto. Me doy cuenta de que siempre he creído que era el único capaz de arreglarme la vida. De destrozármela ya me encargo yo solita.

—¡Lucía, yo…! —comienza a decir Alberto.

¿Yo qué? ¿Él qué? ¿Por qué se para? ¡Que termine la frase! Me doy la vuelta para mirarle, pero antes de que pueda averiguar qué me va a decir el que debe ser el amor de mi vida pero lo va a ser de la vida de otra, Clara me da una bofetada.

Y me despierto. Ha sido una pesadilla. Ojalá también lo sea todo lo demás, deseo. Sobre todo eso, «todo lo demás». Pero no.

2

La invitación

—¡Guau, guau! ¡Guau!

Tras despertar por el ímpetu de la bofetada, empecé a comprender. No era yo quien ladraba, sino Rufus, el cocker spaniel, y Samu, el san bernardo, dos de los perros —y pacientes— de Clara, que llevaban un buen rato intentando que pusiera fin a mi mal sueño. Si fuera así de fácil...

Nada más enterarme de los planes de boda de Alberto, me tuve que tomar un antihistamínico. Notaba una irritación en los ojos muy pronunciada y un picor en la garganta, en la nariz o más adentro. Tal vez lo que me picaba eran el orgullo y el ego, no digo que no. Por eso agarré la caja de pastillas otra vez y me tragué una extra, ¿qué mal podían hacerme dos antialérgicos de nada? Dos no mucho, pero tres... Mi difusa mente había olvidado que ya me había tomado una pastilla previamente. Así que en mi organismo nadaban entonces unas cuantas dosis extra de químicos para suprimir todos esos síntomas que, en mi caso, poco tenían que ver con la primavera: el lagrimeo, la secreción nasal, el enrojecimiento ocular... ¿Y para acabar con esa confusión que sentía por haber perdido, otra vez, a Alberto? ¿No había nada para eso? ¿Nada legal? Era como si, de manera inconsciente, quisiera acabar con todo, quitarme de en medio a base de pastillas para la alergia. No iba a morir por eso, pero casi.

Sin ser consciente de lo cerca que estaba de caer en un sueño sumamente profundo, como si me hubieran hipnotizado o estuviera viendo un documental de la 2, cogí mi teléfono y marqué.

—Clagaaa, te has entegado, maldito capugo. —Alérgica, con mucosidad y gangosa, si es que toda yo era un poema, una joya. ¿Y todavía me preguntaba por qué Alberto se casaba con otra?

Como pude, con mucho esfuerzo, conseguí comunicarme con Clara. Eso creía yo.

—Vente, que estoy liadísima. Me pillas a un paso de entrar en quirófano.

Sí, estaba tan ocupada como perdida ante mi discurso, esas palabras más llenas de mocos que de sentido que la pobre no conseguía entender. Por eso solo acertó a decirme «ven». Y yo, cuando una amiga me dice ven, pues lo dejo todo. Todo salvo los pañuelos, que para esa ocasión agarré tres paquetes, ya que sospechaba que los iba a necesitar.

Desde que tengo memoria, cada vez que he tenido un problema, se lo he contado a quien realmente sabe escucharme. Por eso estaba en la clínica veterinaria de Clara, porque no hay nada como hablar a sus pacientes, a sus perros. A ella también, pero ellos escuchan mejor y hablan menos. Y en ese momento, como ella estaba en quirófano salvándole la vida a un perro, yo fui a hablarle a un perro a ver si él me salvaba a mí.

—Toda una vida yendo de dura, de supermujer, de rebelde, y mírame —dije bostezando un par de veces.

Los ojos del san bernardo brillaban más que los míos. Rojos e inclinados hacia abajo, eran la representación exacta de la pena. La que daba yo.

—Sí, ya sé que esto de llorar por un chico no es muy feminista. Pero ¿qué quieres que haga? Si tú no se lo dices a nadie, yo...

Y empecé a roncar, creo. Tras haber llorado todas las lágrimas posibles por perder el amor de un chico que pensaba que nunca tuve, me quedé medio dormida esperando a que Clara saliera de una cirugía a un pastor alemán. No nos engañemos, me quedé frita, con un hilillo de baba resbalándome por la comisura de los labios, como si el san bernardo fuera yo y no ese perro que me miraba con mayor grado de pena si cabe. No me extraña.

—¿Qué ha pasado? —pregunté con un hilo de voz, mientras me acariciaba la mejilla, intentando calmar el dolor de la bofetada de Clara. Creo que tenía los cinco dedos de su mano dibujados en el moflete.

—Estabas teniendo una pesadilla —me informó Clara de lo evidente.

—Ya… —Agarré otro pañuelo y me quedé en silencio, esperando una explicación más extensa que no llegó. En realidad, lo que esperaba es que nada de lo que estaba por venir fuera verdad.

—¿Estás bien? —me preguntó con mucha delicadeza al ver mi cara y las lágrimas resecas, que Rufus se empeñaba en lamer.

No, no estaba bien. Y sabía que no lo iba a estar en mucho tiempo.

Horas antes, al salir de casa, había abierto el buzón y ahí estaba. Entre todos los panfletos de comida para llevar, que ya nunca podría pedir para dos, había encontrado el sobre que se transformó en un paquete bomba y que me destrozó el corazón. Me rompió como nunca nada lo había hecho antes. Era la invitación de boda de Alberto.

Alberto era… Era mi persona en el mundo. Y se casaba con otra. En ese momento, no supe qué me dolió más, si el hecho de que se casara o que me hubiera invitado. No entendía cómo en ningún momento se le ocurrió pensar el daño que me estaba haciendo. No era que le dijera «sí, quiero» a otra, es que me estaba diciendo que no a mí. Y pretendía que yo lo celebrara y le hiciera un regalo. ¿Habría cianuro en la lista de boda?

Mi decepción crecía por momentos. Encima el muy capullo había escrito mi nombre a mano. Reconocí su letra inmediatamente y sonreí al recordar los viejos tiempos. La sonrisa de tonta enamorada pronto dejó paso a un mar de lágrimas de tonta despechada. O más bien destrozada. ¡Cuántas notas de buenos días me había escrito con esa misma caligrafía! Cuántas veces habíamos estado juntos y cuántas nos habíamos dejado. No hacía demasiado que, según creía yo, habíamos iniciado —otra vez— el proceso de siempre y volvíamos a estar en la vida del otro. Mensajes de WhatsApp, cariñosos emojis y canciones de YouTube que nos mandábamos a destiempo. No sabía que él seguía haciendo su vida con otra. No quise verlo hasta que me lo dejó bien claro.

Me había mandado un sobre que estaba lleno de amor, pero no para mí. ¿Había algo más cruel que eso?

La rabia me nublaba la vista; las lágrimas, también. Ahí estaba yo, hecha un trapo, medio dormida y despertando de una pesadilla que se iba a convertir en realidad. Clara no apartaba sus ojos de mí, con una mirada tan intensa que bien podría hipnotizarme o leerme la mente. Por un momento pensé que intentaba averiguar qué me pasaba. Sin saber que ya lo sabía, le quise ahorrar el esfuerzo y le enseñé el motivo de mi desdicha. Abrí la mano y deshice la invitación de boda, que había quedado reducida a una bola de papel arrugado.

¡Nos casamos!

¿Vienes?

30 / 07 / 2 0 1 7
Parroquia de Santa Matilde a las 11.00 de la mañana
Alberto + Julia
Luego lo celebraremos en el restaurante El Molino Viejo

«Lo celebraremos en el infierno», debería decir. Tenía ganas de vomitar, de llorar, de comer chocolate, de gritar y de no casarme jamás. No necesariamente en ese orden.

—Se casa. Se casa y no conmigo, ¿cómo puede ser? —le pregunté a Clara.

Lo jodido de todo el asunto es que sabía perfectamente cómo podía ser y por qué. Tenía una lista de motivos que iban desde discusiones hasta infidelidades por ambas partes. Con todas esas razones podía torturarme hasta que se acabara el mundo. O sea, hasta que se casara Alberto.

—Ya. No sabía cómo te lo ibas a tomar —me dijo ella, con su tono pausado y comprensivo.

—No entiendo por qué Olga no me ha dicho nada. ¿Hace cuánto que lo sabéis? —Me quedé de piedra al pensar que era de dominio público. ¿Cómo podía ser tan tonta y/o estar tan ciega?

—A mí también me ha llegado la invitación esta mañana, por eso te he dicho que vinieras.

La volví a ojear y volví a llorar. Un husky marrón de ojos azules casi blancos empezó a aullar, haciéndome los coros en mi patética sinfonía.

—Pobrecita, te has quedado dormida esperándome. Lo siento, la operación del pastor alemán se ha complicado más de lo que pensábamos. ¿Llevas mucho aquí?

No sabía ni qué hora era ni cuánto tiempo había pasado desde que llegué. Me había quedado frita mientras lloraba y hacía una búsqueda exhaustiva en todas las redes sociales de la protagonista de la que tenía que ser mi historia. La había investigado en Facebook, Twitter, Flickr, Snapchat, Pinterest...

Miré el reloj mientras bostezaba e intentaba sacar energías de donde no las había.

Mi mente empezaba a unir todas las piezas del doloroso puzle de mi vida. Y como la verdad duele, había hecho lo único que podía hacer en un caso así: contarle cómo me sentía a quien no podía juzgarme.

Como ya os he dicho, no era la primera vez que me refugiaba en la clínica de Clara para encontrar consuelo en sus pacientes. Adoro a los animales y para mí no hay mejor terapia que sentarme ahí, rodeada de ellos y contarles mis penas. Y funciona, vaya que si funciona. Mano de santo, para ellos y para mí. Les tranquiliza escuchar mi tono pausado, lloroso y sumamente patético. También saben que mis lágrimas vienen con premio, barra libre de snacks, palitos, huesos y bolitas de carne. ¿Se le puede pedir más a la vida? Sí, chocolate. Pero eso está terminantemente prohibido en la dieta canina. En la mía también, si es época de operación bikini.

Pero no era momento para eso, para la dieta, quiero decir. La operación de cambio tenía que abarcar mucho más que las cartucheras. Las zonas que tratar eran sobre todo las emocionales, tenía tres meses para superar los baches sentimentales.

Tres meses para hacerme a la idea de que Alberto iba a ser un hombre casado.

—Entonces, llevas un buen rato esperando, ¿no? —repitió.

—No te preocupes, necesitaba la siesta —dije, intentando calmar mi desconsuelo—. ¿Está bien? —pregunté con interés.

—¿Quién?

—El pastor alemán.

—Sí, sí. Me atrevería a decir que está mejor que tú.

—Eso no es difícil —dije mientras recibía un lametazo más, en este caso de una pequeña caniche marrón.

—Es increíble la mano que tienes con los animales. A mí esa perrita no me deja acercarme ni de casualidad, y mira…

La perra se estaba enroscando, haciéndose una bolita en mi regazo.

—Si yo fuera ella, no dejaría que te acercaras ni a dos metros —dije, pues entendía la mente canina mucho más que la humana.

Dos metros… ojalá le hubiera dicho a Alberto que no se me volviera a acercar, esa era la distancia que debería haber marcado. O mejor todavía, debería haber trazado la distancia entre nosotros equivalente al Camino de Santiago. Ida y vuelta.

—Oye, que soy buena veterinaria, ¿eh?

—Si ya lo sé, pero, por muy buena que seas, los perros son muy listos, lo saben todo.

—Hablando de eso, ¿has conocido ya al nuevo enfermero? Es guapo, ¿eh? —Cambió de tema, tratando de animarme de una manera sobrehumana.

—Sí, no está mal. Seguro que está casado. —Me hundí de nuevo en mi miseria emocional.

Clara me acarició el cogote, así en plan madre. O como si fuera uno de sus animalitos convalecientes.

Volví a emitir un pequeño sollozo y, por un momento, dejé de mirar al suelo. Al levantar la vista me encontré a mi público de cuatro patas con sus ojitos puestos en mí. El pequeño westy se acercó llorando, imitándome. Se tumbó a mi lado y posó la cabeza en mi regazo. No hay nada como el cariño y consuelo de un perro cuando tienes el corazón roto por desamor. Agradecí infinitamente que Clara fuera veterinaria y tuviera esa consulta maravillosa donde ella sanaba animales y yo intentaba sanarme a mí.

De las tres, Clara era la única que había cumplido nuestro sueño. Ese ideal de ser veterinarias que nos marcamos siendo niñas y que era uno de los que más brillaba de todos los que construimos en el patio del Ramiro de Maeztu. Con poco más de cuatro años, en las aulas de ese colegio nos hicimos amigas Olga, Clara y yo, las Tres Mellizas, como nos empezaron a llamar —en el Ramiro de Maeztu y en todo el barrio—, porque siempre íbamos juntas. Antes de eso, nos teníamos vistas de la plaza, de las calles, de cruzarnos en el mercado acompañadas por nuestros padres e incluso en algún bautizo o comunión de otros niños, vecinos o amigos comunes. Pero no fue hasta que compartimos clases y recreos que nos hicimos inseparables.

Eso fue hace muchos años, tantos como los que deseaba que pasaran antes de ver a Alberto casarse con otra.

Miré alrededor de la clínica y por un momento no sé si lamenté no ser veterinaria o no ser perro. Atrás quedaban muchos sueños, incluidos esos de cuidar animales cuando fuéramos mayores. Ahora, unas cuantas décadas después, Clara era la única capaz de cuidar a alguien. Ella nos demostraba que un sueño se convierte en realidad con determinación y mucho esfuerzo. Era la única que lo tuvo claro desde el principio, sí, sería veterinaria. Y lo es.

Olga, en cuanto le compraron su primer ordenador, cambió a los perros de carne y hueso por los de la pantalla y los videojuegos. Decidió hacerse ingeniera informática y desarrolladora de videojuegos. Ahora vive y trabaja en Nueva York.

Y yo, bueno, pues creo que también lo tuve claro desde pequeña. Tuve claro que sería pobre toda mi vida porque decidí ser periodista.

Me estaba arrepintiendo de demasiadas cosas en mi vida, tenía que centrarme en una sola, pero, en mi opinión, había tomado tantas decisiones erróneas hasta el momento que no sabía ni por dónde empezar con la autocrítica.

—Cuanto más conozco a los hombres, más quiero a tus perros —reflexioné en voz alta—. Parezco el puto Mr. Wonderful, joder. No puedo ser más patética.

Sin hacerme demasiado caso, Clara se levantó y fue directa a su ordenador.

—¿Qué planes tienes para este fin de semana?

Pues lo normal, pensé. ¿Comerme tres litros de helado y llorar viendo todas las películas románticas rodadas desde que se inventó el cine? ¿Suicidarme? Era lunes, quedaban cuatro largos días para decidirlo. Había tiempo.

—Necesitas unas vacaciones y olvidarte de todo —sentenció Clara sin darse cuenta de otro pequeño detalle de mi maravillosa vida de casi treintañera: era pobre como las ratas.

—Sí, claro. Con mi economía tengo para un billete de metro y gracias.

—¿Por qué no te vas a ver a Olga? —me sugirió Clara, en lo que para mí era, sin lugar a dudas, un ataque de locura transitoria.

—¿Adónde? ¿A Nueva York? —pregunté sorprendida.

—Sí, ¿tienes algo mejor que hacer?

—A ver cómo te lo explico, Clara… —Saqué mi cartera y la vacié dejando caer un billete de veinte euros y tres monedas de diez céntimos—. Ahí tienes, mis ahorros.

Yo tenía tiempo, todo el tiempo del mundo. Era *freelance*, que suena muy *cool* y moderno pero es la forma más bohemia de disfrazar la pobreza. Sí, escribía para revistas de moda, arte y cultura que muchas veces me pagaban con un «gracias» y una humillante palmada en el hombro. Era una experta en alta costura. Sabía lo que no está escrito sobre ropa de diseñadores a los que aprendí a admirar a golpe de pasarela, pero con mi sueldo no alcanzaba a comprarme ni un botón de cualquiera de esas prendas sobre las que escribía. Sabía de arte y me maravillaba acudir a exposiciones para contemplar todas esas obras que jamás podría pagar. El tiempo no era el problema, lo era la falta de dinero. Sin embargo, antes de que pudiera ponerme a llorar también por la ausencia de fondos en mi cuenta corriente, sonó un clinc del ordenador, una especie de pitido que, todavía no lo sabía, pero se iba a convertir en el sonido que marcaría el inicio de una de las aventuras más especiales de mi vida. Era el sonido de la generosidad de Clara.

—Te acabo de comprar un billete a Nueva York —dijo sin inmutarse.

—¿Quééé?

—Sí, te vas a pasar tres meses lejos de cualquier tentación.

—¡Tú estás loca!

Clara me miró y sin pronunciar una palabra lo dijo todo. Quizás la que estaba un poquito loca era yo y necesitaba calmarme, olvidarme de Alberto para no hacer ninguna locura como la de mi pesadilla. Para no hacer el ridículo en su boda y fastidiarle la vida a él, y de paso a mí, delante de todos nuestros amigos.

—No estoy loca, quiero que estés bien. Que te olvides de todo, que te cuides y te recompongas.

—Tú lo que quieres es que me pierda la boda de Alberto —le aclaré yo, adivinando sus intenciones.

—Te equivocas. Quiero que vuelvas a tiempo y vayas a la boda. Que lo celebres porque ya no te importe. Sois amigos desde hace mucho, Alberto también se merece que le desees lo mejor. Y, aunque te duela, sabes que tú no eres lo mejor para él. Ni él para ti.

Joder, con Clara. Su nombre le hacía justicia, no podía serlo más.

—No os sentáis bien. Tú también le has hecho mucho daño —terminó diciendo.

Suspiré, cogiendo todo el aire posible para o ahogarme de una vez o evitar arrancar con la llorera de nuevo. Tenía a la mejor amiga del mundo y a la más sincera también, no nos vamos a engañar. Y en honor a la sinceridad, me acababa de hacer el mejor regalo que me habían hecho jamás. Pensé en todos los regalos que había recibido de Alberto y también pensé en todos los que Alberto recibiría en su boda. Sí, necesitaba irme y recomponerme. Olvidarme de él, aunque solo fuera un tiempo.

—Le he mandado un mensaje a Olga para contarle —dijo Clara, con el móvil en la mano y el WhatsApp abierto.

Al ver en la pantalla del teléfono la foto de Olga, me di cuenta de que la había cambiado.

—A ver…

—¿El qué?

—La foto.

—¿Qué foto?

—Clara, por favor, qué foto va a ser. La de Olga.

—¿No la habías visto?

—No. Está muy guapa.

—¿Verdad? Ya se lo he dicho, pero ella dice que no le gusta.

—Por eso no la sube a Instagram.

Olga tenía una adicción a esa aplicación, que reconozco que me había contagiado. Pero yo, como en todas las redes sociales, era pasiva. Me dedicaba a espiar la vida de los demás, pero compartir algo de la mía me costaba. No subía nada ni de casualidad.

—Puede ser, no lo había pensado. Pero está tonta, si está guapísima. La foto se la ha hecho Sam. No, Scott... ¿cómo es? Michael, Nate... ¿cómo se llama?

—¿Quién?

—Lucía, por favor, quién va a ser —dijo Clara, imitando el tono de mi frase previa.

—¿Quieres contármelo antes de que piense que os reunís en secreto para poneros al día? A saber lo que diréis de mí.

—Pero si ya lo sabes, nos lo dijo hace un par de semanas.

—Hace dos semanas yo no me pude conectar.

Clara ignoró mi comentario y se dedicó a sonreír leyendo mensajes pasados.

—Bueno, ¿qué, me vas a contar lo que no me quieres contar?

La miré con la poca paciencia que me quedaba. Reconozco que, a veces, tener que dar mil vueltas para obtener la información que quiero me pone de los nervios. No sirvo para detective ni para espía. Soy demasiado impaciente. Y sí, soy brutalmente crítica. Conmigo misma la primera. Quizás por eso no me lo habían contado, para que no dijera nada sobre lo que pensaba sobre perder la independencia, sobre comprometerse, sobre creerse ese cuento de que somos la media naranja de nadie. Un zumo es lo que hacía yo con todo eso. No sabía encontrar el equilibrio entre lo que sentía y lo que quería sentir. El resultado era que, en realidad, tal vez no me estaba permitiendo sentir nada.

—Su novio. La foto se la ha hecho su novio, pero no me acuerdo de cómo se llama —me aclaró, buscando en el historial del chat del grupo, como si así lo pudiera recordar.

—¿De qué estás hablando?

—Eso, que Olga tiene novio —dijo con naturalidad, como si fuera lo más obvio del mundo.

—Anda ya, qué va a tener novio. Tiene un ligue. Un ligue americano, de esos que salen cada día con una.

—Como si aquí fuera distinto.

—Tú no te quejes, que eres la única con suerte.

—Ahora lo llamas suerte. Antes siempre decíais que era una aburrida.

—Eso lo dirá Olga, que no sienta la cabeza ni boca abajo.

—Habló la otra.

Clara llevaba saliendo con Sergio desde que se conocieron en el último año de facultad. Uno de los pocos hombres que he conocido en mi vida que me hacen plantearme la clonación como método efectivo para encontrar pareja. Nada de aplicaciones ni páginas de internet. Nada de bares y salir a ligar. Lo mejor es copiar, calcar, multiplicar a aquellos hombres que demuestran merecer la pena. Pensé que Clara era una chica con suerte, pero la verdad es que es Sergio el afortunado por tenerla a su lado. Y con respecto a Olga… volví a pensar en lo que acababa de decir Clara.

—¿Olga ha dicho que es su novio? Así, con esas palabras, ¿NO-VIO?

—Sí… ¿Cómo se llama? Alex, Antoine, no, Vladimir… ¿Nick? Joder, que no me acuerdo.

—¿Es el de Tinder?

—Ajá.

—¿Sí? ¿Segura?

Clara afirmó con un efusivo movimiento de cabeza y un extraño fruncimiento de cejas.

—¿Novio, novio? —insistí, no podía dar crédito.

Justo en ese momento se abrió una ventanita azul en la pantalla y sonó la melodía de Skype.

—Toma, pesada. Se lo puedes preguntar tú —dijo Clara mientras le daba al botón de aceptar la llamada.

—¡Jelooou! —Así de cantarina sonaba al teléfono el tercer vértice de nuestra amistad.

Olga siempre estaba muy ocupada. Desde que se había ido a vivir a Nueva York hacía cuatro años hablábamos martes sí y martes también, pero con un contador de tiempo que marcaba sus descansos entre reuniones, trayectos en taxi de un sitio a otro o mientras esperaba pulir la última aplicación que había creado para iPhone.

—¡Olguita! ¡Qué sorpresa! ¡Cuéntame! —Intenté disimular, sin éxito, mi tono de interrogatorio.

—¿El qué? Cuéntame tú, que me acaba de decir Clara que vienes.

Con Olga siempre hay que ir al grano, suele tener poco tiempo. Tenía que hablarle del viaje.

—Sí, sí. Esta loca —dije revolviéndole el pelo a Clara—, que le ha entrado complejo de Reyes Magos y me ha hecho un regalazo.

—Olgaaa, entonces ¿qué, la adoptas unos días? —preguntó Clara desde lejos y encajando la cara en la pantalla del teléfono.

—Hombre, faltaría más, aunque, Lucía, te digo ya que nos veremos poco. Trabajo lo que no trabaja un político.

No sé si estaba preparada para estar sola en una ciudad tan grande. ¿Podría aguantar la compañía única de mis propios pensamientos mientras paseaba por una ciudad que tantas veces había visto retratada en la gran pantalla? ¿No era eso el retrato más real y auténtico del fracaso emocional? *Sola en Nueva York*, la película. Y la protagonista iba a ser yo. Menos mal que ahí estaba Clara para quitarme la tontería de un plumazo. Y de un planazo o varios.

—No te preocupes, le voy a preparar una lista con todas las cosas que puede hacer. Todos los sitios a los que fui yo cuando te visité el año pasado —dijo ella, con su bata verde y esa sonrisa que te hacía ver que a la vida, y a las penas, hay que echarle una dosis de humor y mucha energía.

Clara era muy organizada, siempre lo había sido. Seguro que con su plan de viaje se podría escribir la nueva guía turística de la Gran Manzana para el Lonely Planet.

—Ya tengo toda la ruta pensada, desde Brooklyn hasta…

—No, no, que nos hemos mudado. Estamos en Manhattan ahora. Y lo mejor de todo es que tenemos habitación de invitados —anunció Olga como si nada.

Mis ojos se iban haciendo más grandes con cada frase que salía de la boca de Olga.

Tapé el auricular y la pantalla un momento.

—Tú lo sabías —acusé a Clara.

—¡Qué voy a saber! Mírame, si estoy igual de desconcertada que tú.

Me di cuenta de que, efectivamente, Clara estaba igual de atónita que yo. «Ojiplática», que era mi nuevo adjetivo favorito. Teníamos los ojos desorbitados, casi como cuando intento hacerme un selfie y mi gesto más bien anuncia que me va a dar un ictus. La misma cara de estupefacción. ¿Cómo que habitación de invitados? ¿Cómo que Manhattan? ¿Qué clase de lujo neoyorquino era ese? Y… esperad un momento, ¿cómo que TENEMOS? ¿Quiénes?

—¿Holaaa, estáis ahí? —preguntó Olga desde el otro lado de la línea.

Recuperamos la compostura como pudimos.

—Hola, hola… Aquí estamos. Es que se me ha caído el teléfono de la sorpresa. ¿A qué te refieres con «tenemos»? Nos hemos perdido algo…

—Anda que eres sutil —me recriminó Clara.

—Os lo he contado, ¿no?

Negamos al unísono.

—Se me habrá pasado, es que estoy a mil cosas. Pues que Matt y yo nos hemos ido a vivir juntos.

—¡Matt, eso es! ¡Así se llama! —exclamó Clara, aliviada al escuchar el nombre del que, efectivamente, parecía ser el novio de Olga.

¿Cómo podía ser que no nos hubiera dicho nada hasta entonces? Era raro, o no estaba tan enamorada o realmente empezaba a acusar la distancia. A todos empezaba a cambiarles la vida, menos a mí. O si lo hacía era para peor.

—¿En serio? ¡Felicidades! —dijimos a la vez Clara y yo.

Por supuesto que mi sonrisa era totalmente impostada, como de Mr. Potato, una pieza encajada en mi cara mostrando felicidad en lugar de estupefacción y desconcierto. No es que no me alegrara, es que en ese momento me costaba imaginar que emparejarse fuera la solución a nada. Y sin que suene muy egoísta, me alegraba, sí, pero solo lo justo. Había imaginado que Olga sería mi compañera de conquistas, y esa batalla estaba perdida. ¿Es que iba a ser yo la única soltera? Que está muy bien serlo, digo yo. En realidad, no tenía ni idea de lo que significaba realmente estar sola, porque siempre había encadenado ligues varios con Alberto, líos sin transcendencia con Alberto e intentos frustrados de relación con… Alberto. Siempre había estado Alberto ahí —y también había estado yo ahí para él—, pero ya no iba a estar.

—Gracias —dijo Olga—, os va a encantar cuando le conozcáis. Matt es increíble y, bueno, ya verás, Lucía, qué chulo el piso donde vivimos ahora. Nos hemos mudado a un sitio increíble, una maravilla. Y lo mejor, la zona. Es una pasada.

Un pitido de otra llamada marcó el fin de la conversación, siempre era así. Otra llamada, otra reunión, pero parecía que, al menos en lo personal, Olga había encontrado el anclaje.

—Os tengo que dejar. Lucía, te esperamos con los brazos abiertos. Aquí te vas a olvidar de Alberto en cuanto llegues.

Olga colgó el teléfono, volvía a su vida de mujer solicitada. Me la imaginaba corriendo por la ciudad de un sitio a otro. Parecía que lo tenía todo controlado y que era feliz, me alegraba por ella. Con una oveja perdida por grupo de amigas es suficiente. Yo cumplía el cupo.

Lo cierto es que poco sabíamos del nuevo amor de Olga, pero estaba claro que no era uno cualquiera. Era la primera vez que se iba a vivir con un chico. ¿Cómo sería el afortunado? Ni siquiera le habíamos visto en fotos; yo por lo menos no tenía ni idea de qué me podía esperar, porque Olga jamás se deja llevar por gustos establecidos. Solo sabía que se habían conocido por

Tinder, como el ochenta y cuatro por ciento de la población. Aunque más del cincuenta por ciento esté emparejada, todos siguen jugando al póker emocional.

Me quedé pensando, por un momento fantaseé con otra vida y con otro chico. Con otro país y con otro Tinder.

—¿Y si encuentro mi lugar en el mundo en Nueva York? —reflexioné en voz alta.

—A mí no me fastidies y os quedéis allí las dos, ¿eh? —dijo Clara con cierto miedo.

—Pues te vienes tú también, Clara. Allí hay más perros que niños, te ibas a forrar.

Me levanté, tenía mucho que hacer. Mi reloj de arena había empezado su cuenta atrás.

—¿Adónde vas?

—A hacer la maleta. Y a practicar inglés.

3

Vuelo directo

Los días posteriores pasaron demasiado rápido. Apenas tuve tiempo de prepararme mental ni logísticamente para el viaje. Esos cuatro días previos a mis vacaciones me vinieron justos para cerrar todos los artículos y críticas que tenía pendientes de escribir, pedir el visado de turista y hacer la maleta. Eso es lo que más tiempo me llevó. Pero por fin había llegado el día.

Lo tenía listo, ya estaba todo preparado para cruzar el Atlántico y plantarme en casa de Olga y su nuevo novio. Solo quedaban 23 horas, 40 minutos y 12 segundos para la salida de mi vuelo. Rectifico, *todavía* quedaban 23 horas, 40 minutos y 12 segundos para la salida de mi vuelo. Estaba histérica y ya no sabía qué hacer. Si me hubiera dado tiempo a inventar el teletransportador, lo habría hecho. Esa espera era lo peor. Tenía tanto tiempo libre que hasta me planteé llamar a Alberto y decirle… Decirle adiós, que me iba. Como si necesitara tiempo para hacer eso, lo que necesitaba era que me quitaran el teléfono para no hacerlo. Y es lo que hizo Clara cuando me vio con la mirada fija en la pantalla, otra vez.

—Dame el teléfono.

—¿Qué?

—Que me lo des, que te conozco y le vas a mandar un mensaje. O a llamarle.

—¿Yo?

—No, la vecina rubia. Trae.

—Te vas a arrepentir —le advertí, dándole el terminal.

—¿Por?

El aparato comenzó a vibrar mientras en la pantalla parpadeaba: «Papá».

—Por eso —le aclaré mientras Clara no tenía más remedio que contestar el teléfono.

—Hola. No, Manolo, soy Clara. Es que Lucía ahora no se puede poner. Sí, sí, está bien. Vale, yo se lo digo. —Y colgó.

—Que le llames, dice.

—Te apuesto a que lo hará él antes, ya verás.

Y así fue. A la octava vez que mi padre llamó preguntando por mí, Clara se dio por vencida y me devolvió el teléfono.

—Ahora entiendo por qué eres así —me dijo, al tiempo que me daba el iPhone y respiraba aliviada.

—¿A qué te refieres?

—A… así de maja —dijo con un tono irónico y una sonrisa poco creíble.

El teléfono vibró una vez más.

—¿Se puede saber qué le pasa a tu padre? —me preguntó, desquiciada.

Qué le iba a pasar. Lo que le pasa a cualquier padre. Bueno, vale. Tal vez a cualquier padre, no, solo al mío cuando su hija pequeña tiene que coger un vuelo transoceánico en las circunstancias menos idóneas a nivel sentimental. No sé si es que pensaba que podría abrir la ventanilla y saltar o qué. Volvió a sonar mi teléfono. No me quedaba otra, tenía que contestar.

—¿Papá?

—Sí, soy yo otra vez. Escúchame, hija, que tengo que decirte algo.

Se quedó en silencio el tiempo suficiente para que pensara que se había cortado la llamada.

—Papá, ¿estás ahí?

—Sí, sí.

—¿Qué me ibas a decir? —pregunté intrigada.

—Eh… ¿tú estás segura de lo que haces? —me preguntó, con cierta duda en el tono, como si no fuera eso lo que quisiera decirme en realidad.

Me quedé en blanco. No sabía qué responder. Claro que no estaba segura, pero ¿por qué debía estarlo? Solo eran unas vacaciones, unas muy largas, nada más. Aunque todo el mundo se lo estaba tomando como si no fuera a volver.

—¿A qué te refieres? —pregunté, ya un poco mosqueada.

El que calló entonces fue mi padre, le preocupaba algo, se le notaba. No sabía qué exactamente, pero antes de que le pudiera preguntar, me cambió de tema. Y la cobertura se puso de su lado, no le oía muy bien.

—Ni se te ocurra … más vale … pasaporte … lleves … jamón.

—¿Qué? Se te corta, papá. ¿Qué dices? Sí, claro que tengo el pasaporte en regla. No, que no está caducado. ¿Que no qué? ¿Que me lleve jamón? Ah, que NO me lleve jamón. Vale. Bueno, papá hablamos luego, que tengo que rehacer la maleta. ¡Claro que he hecho la maleta, cómo voy a rehacerla si no! Adióóós, sí, te prometo que te llamo. Que sí… —Y colgué.

Mi padre es así como muy de pueblo, pero mucho. Es de Madrid, pero parece que sea de una aldea de diez personas. Ha viajado, pero lo justo. Lo justo para agradecer mucho la sensación de llegar a casa. Sin embargo, yo lo que necesitaba, más que nunca, era salir de la mía.

Justo al colgar y darle de nuevo el teléfono a Clara para que custodiara mis tentaciones de llamar a quien no debía, vi algo que consideré indispensable. Ahí estaba, en el armario, asomando de refilón.

—¡El jersey que me regaló Alberto! —exclamé como si hubiera descubierto el santo grial.

Volví a abrir la maleta para meterlo y Clara intentó detenerme como si estuviera frenando una avalancha.

—Ya vale, no necesitas nada que te recuerde a Alberto. Esa maleta está perfecta, ¡que te vas solo tres meses, hombre!

—Tienes razón, además, ya es primavera, aunque, chica, este año no lo parece. Y allí la ropa es muy barata, me puedo comprar lo que me haga falta —dije y, en un descuido, conseguí esquivarla y maniobrar de tal manera que alcancé mi objetivo. Fue visto y no visto.

Clara me dio por imposible mientras metía con calzador el jersey en cuestión.

—Es una rebequita, por si refresca.

—Tira, cierra eso y vamos a tomar algo. Necesitas un poco de jamón, que ya has oído a tu padre, no lo vas a catar en tres meses.

—¿Ves? Ahí le has dado. Eso sí que lo voy a echar de menos, mucho más que a Alberto. Dónde va a parar.

—Pero no más que a mí, espero.

—Claro que no, tú y un cerdo ibérico estáis en mi lista de indispensables. —Le arranqué una carcajada contagiosa. ¡Cómo iba a echar de menos esa risa!

Clara, mi Clarita, era irremplazable. Y, hablando de cerdo ibérico, ese perfectamente podría ser Alberto, que es de Burgos. Tenía que aprender a pasar de él, debía hacerme vegana emocional.

Bajamos a nuestro bar favorito y me di cuenta de que era nuestro, de Clara y mío, pero no de Olga. Hacía mucho que las tres, Olga, Clara y yo no compartíamos nada a la vez. Que nada era nuestro, de las Tres Mellizas del barrio. Habíamos logrado mantener nuestra historia y nuestra amistad apuntaladas por los recuerdos, por todo lo que habíamos compartido durante tantos años. Ya éramos adultas, se suponía. Y tal vez fuéramos distintas. Yo conocía a Olga, pero a la Olga que venía de vacaciones a España porque vivía en Nueva York. No sabía nada de la Olga que vivía en Manhattan, de ella en su día a día. Las ciudades, las personas y todos los nuevos entornos nos transforman. Por un momento pensé en cómo sería yo. Cómo sería la Lucía Palacios de Nueva York.

Ya faltaba menos. Tras una botella de vino, unas tapas de jamón y mucha conversación, ya solo quedaban 18 horas, 14 minutos y 15 segundos para averiguarlo.

De vuelta en casa, me quedé dormida sobre la maleta, tras rehacerla unas cuantas veces más, no voy a mentir. No me preocupaba tanto lo que me podía llevar como lo que debía dejar atrás. Clara tenía razón, nada de cargar lastres emocionales. No cabían en mi equipaje de veintitrés kilos, pero todavía era pronto para poder sentirme libre de esos problemas que ahora sé que me frenaban.

Esa iba a ser mi lucha: resurgir de mis propias cenizas amorosas.

Dicen que de todo se aprende y que todo pasa por una razón, pero esa razón no siempre es la mejor.

Sonó la alarma y me desperté con los mismos nervios y la misma ilusión de cuando era pequeña y nos íbamos de excursión con el colegio. Por aquel entonces eran los padres los que firmaban el consentimiento para el viaje. Hoy en día mi padre no hubiera firmado nada que me permitiera poner un pie en la tierra de la libertad, como la llaman, y de la comida basura, como la llama él. Razón no le falta. Mi padre no era fan de Estados Unidos, pero no iba a dejar que eso me condicionara. Lo único importante, el único permiso que necesitaba, era el de la embajada estadounidense. Y lo tenía, me dejaban pasar tres meses en un país que pensamos que conocemos bien, pero que, más que nunca, iba a ser un shock cultural en el más amplio sentido del término. Y una sacudida emocional en el más específico.

Clara se había ofrecido a llevarme al aeropuerto, y ahí estaba, esperándome. Antes de salir de casa y de apagar el contador de la luz, del gas y del agua, miré el reloj y la miré a ella.

Tenía tiempo, podía ir a despedirme. Clara me leyó la mente y las intenciones, pero por una vez se equivocaba.

—¿Tú crees que podemos ir…? —intenté preguntar.

—No —sentenció directamente.

—No es lo que piensas, quiero ir a…

—A casa de Alberto. Lucía, por favor, que nos conocemos.

—A casa de mi padre, a despedirme… otra vez —le corregí.

—Ah, bueno, vale. Eso es otra cosa.

Irme así, de repente, me hacía sentir un poco culpable. Mi padre está muy solo y, aunque no lo dice, sé que nos necesita cerca. Mi hermano vive en Gijón, que no está tan lejos como Nueva York, pero sin duda lo parece por lo poco que nos visita. Cuando murió mi madre sentí su ausencia doblemente, por mi padre y por mí. En el fondo, pensaba que mi padre solo me tenía a mí, así que mi alegría por irme se veía un poco empañada por no poder quedarme. Paradójico, ¿no?

Metimos todo en el maletero —la maleta grande, la de mano, mi bolso, un jersey para el avión, un libro, mi último bocata de jamón y la típica almohada de viaje que no sirve para nada porque acabo con tortícolis igual— y fuimos a mi antigua casa.

Mientras recorríamos el Paseo del Prado y, después, la Castellana, caí en la cuenta de que tal vez esa era la primera vez que las dos, Clara y yo, íbamos en silencio. Un silencio absoluto, como si así debiera sonar el cierre de algo. O quizás fuera el sonido del comienzo. La banda sonora de la madurez. Del abismo emocional. La verdad es que solo se oían los coches, era el ruido de Madrid, que se mezclaba con el sonido que produce el vértigo. Pero por primera vez no tuve miedo ante ese gran precipicio vital.

Pensaréis que exagero, al fin y al cabo, como ya he dicho, no me iba más que tres meses. Sin embargo, no era solo eso, era todo lo que conllevaba el viaje y lo que había detrás. Era dejar de pensar que necesitaba a Alberto, o a cualquier otro hombre, para ser feliz. Siempre había reivindicado la libertad, la independencia de la mujer, pero ahí estaba yo, encarcelada en la peor celda, la que yo misma había creado, sin saberlo, con esa certeza de que Alberto y yo estaríamos juntos algún día. Cuando él decidiera, cuando él volviera a estar preparado, cuando me perdonara. Porque, en realidad, siempre había sido yo la que había boicoteado todo intento de que estuviéramos juntos y de que estuviéramos bien. Me había conformado con pensar que yo era la víctima, cuando lo éramos los dos. Yo debía asumir parte de la responsabilidad de ese fracaso. Pero todavía no estaba preparada para eso, porque habría supuesto admitir que estaba lista para pasar página. Y no era así, no sabía estar sola.

Llegamos al número 138, la casa que ya no era mi casa. Clara aparcó en doble fila y esperó en el coche, pues se suponía que yo no iba a tardar mucho en regresar. Era subir, darle un abrazo a mi señor padre para que se quedara tranquilo —y yo también— y listo.

No había llamado para avisarle, pero mi padre siempre estaba en casa. Sobre todo desde que se había montado allí el estudio para poder estar pendiente de mi madre y cuidarla cuando enfermó.

Mi padre es arquitecto y artista, sobre todo eso, artista. Para mí es uno de los mejores ilustradores que he tenido la suerte de conocer, y no lo digo únicamente porque sea mi padre, sino porque tengo una colección de cuentos propios ilustrados por él y dedicados a mi hermano y a mí que lo demuestran. Lo malo es que el arte va de la mano de las emociones y, desde que mi madre nos dejó, mi padre no había vuelto a coger un pincel.

Por eso, cuando abrí la puerta de su despacho y vi ese nuevo lienzo enorme, lleno de colores vivos y repleto de emociones, me quedé perpleja.

—¿Papá? —pregunté, extrañada, como si me hubiera equivocado de estudio, de casa y de vida.

No estaba, me sentí un poco inquieta. Le llamé, pero tenía el teléfono apagado, así que le escribí una nota y me marché con una sensación agria. Por un momento me sentí vacía y sola. Mi padre no me necesitaba tanto como yo creía.

Bajé las escaleras corriendo, haciendo que el viejo suelo de madera retumbara bajo mis pasos.

Abrí la puerta del portal y enseguida vi a Clara, que seguía aparcada en doble fila, escuchando su música a todo volumen y convirtiendo el pequeño Volkswagen Escarabajo en un karaoke. En cuanto me vio comenzó a hacerme señas para que me diera prisa. Pero antes de volver a meterme en el coche que me llevaría al aeropuerto, levanté la mirada y le vi. Ahí estaba Alberto, al otro lado de la calle, solo, esperando en la parada del autobús.

Me quedé mirándole unos instantes y se me paró el mundo. Por un momento, me olvidé de todo. De Nueva York, de su novia, de su boda, de mi padre, de Clara. Solo pensaba en él y en mí. En correr hasta el otro lado de la calle y decirle que se equivocaba. Y que me perdonara, porque yo tampoco había sabido hacer las cosas bien. No podía haberle querido más, pero sí podía haberle querido mejor.

Nuestra relación siempre había sido un constante tira y afloja, un sí con un no detrás, una montaña rusa de dudas que se olvidaban con sexo y risas, nunca con promesas o planes reales.

Pensé que, más que irme a Nueva York, me gustaría poder viajar en el tiempo, rebobinar dos años, cuando Alberto me dijo que me quería y yo me asusté. Me dio tanto miedo que hui. Me fui corriendo a refugiarme en los brazos de otro. Luego me arrepentí, pero ya era tarde.

Así era nuestra historia, una década de amor a destiempo.

Justo diez años después del inicio, firmamos un final. No era uno de tantos, fue el definitivo.

4

Alberto & yo

Con Alberto nunca nada fue fácil. Ni siquiera el trato con su familia. Su madre, Pilar, y yo no éramos las mejores amigas. Desde que nos conocimos, noté que algo no fluía, me miraba con una mezcla de desdén y superioridad, elevando la cabeza para observarme por encima del hombro. Tampoco es que se tuviera que esforzar demasiado, yo solo tenía seis años cuando la conocí, así que incluso sentada esa mujer podía mirarme desde arriba. Con el paso del tiempo, tampoco dejó de hacerlo.

La primera vez que la vi fue el día que Alberto y toda su familia se mudaron al barrio, el 5 de abril de 1994. Tengo grabada la fecha a fuego porque es el día que murió Kurt Cobain y todos los adolescentes estaban de luto. Debería incluirme en el grupo, porque, aunque era más pequeña y todavía no se me habían caído todos los dientes de leche, mi hermano se encargaba de ilustrarme con todos sus conocimientos de música. Iván, mi hermano, era —y lo sigue siendo— una enciclopedia andante de la cultura pop de la época. Lo sabía todo y se le notaba hasta en la forma de andar y, sobre todo, en la forma de vestir. Y eso es lo que no le gustó a Pilar, que no llevábamos polos de Lacoste.

Alberto era más pijo. Sus padres, aunque eran de Burgos, se habían mudado pronto a Madrid. Primero se instalaron en el barrio de al lado. Un par de calles entonces, y también ahora, lo pueden cambiar todo.

Nosotros éramos de «La Prospe», Prosperidad, con su plaza gastada por las idas y venidas, los juegos, saltos y todos los «corre, corre que te pillo» de los niños que jugábamos mientras nada se detenía a nuestro alrededor, ni los coches ni la gente que salía del mercado con la compra pensada para toda la semana. Un barrio de gente de clase media trabajadora, donde todos los niños de mi generación crecimos escuchando a nuestros abuelos decir que todo eso, donde vivíamos, antes era campo.

Un barrio multicultural y mestizo. Nada que ver con lo que nos rodeaba, los chalés de El Viso, al norte, y las castizas y burguesas casas del barrio de Salamanca, al sur.

En la frontera entre ese distrito y el mío, vivían antes los Marín Mora, los padres de Alberto, por eso a Pilar le raspaba por dentro —y se le notaba por fuera— haberse mudado a un sitio que le hacía bajar de categoría, aparentemente.

Luego, con el tiempo, se acabó integrando y mezclando sin problema con todos los vecinos, como si fuera una más, porque así era La Prospe, un barrio donde te hacen sentir como si fueras de ahí de toda la vida. Y así es ahora, porque hay cosas que no cambian.

Tantos años después, todo sigue igual, más o menos. Incluso Pilar, que nunca dejará de mirarme por encima del hombro.

Desde que le conocí aquel día, Alberto se convirtió en el protagonista de muchos momentos de mi vida. Es el primer chico a quien besé gracias al típico juego de la botella, con tan solo catorce años, en plena efervescencia hormonal. No fue nada serio, pero sí hizo que la tensión sexual creciera durante los siguientes meses hasta que, dos años más tarde, ya no pudimos seguir ignorándola.

La primera vez que decidimos darnos una oportunidad de verdad fue el día de mi decimosexto cumpleaños. Diez años después de conocernos, iniciamos nuestro viaje lleno de idas y venidas, de todos los desencuentros con los que hemos ido rellenando los huecos vacíos de una historia que tal vez nunca tuvo que ser.

Recuerdo que ese día era sábado y que me desperté tarde. Toda la casa estaba en silencio, no había nadie. Mi hermano se había ido con mi padre a conducir por las afueras, en un vano propósito de reducir el número de clases —y por lo tanto de coste— de la autoescuela. No hubo muchos más intentos, mi padre consideró que su vida valía mucho más que los treinta euros que costaba cada clase. Creo que, incluso, se planteó pagar para que nunca le dieran el carnet a Iván y así no tener que viajar jamás con mi hermano al volante.

Mi madre tampoco estaba, los sábados por la mañana iba a ver a mi abuela. Aun así, como cada año, me había preparado chocolate con churros para desayunar. Es una costumbre que tenemos en casa, en mi familia, que nació cuando yo era bien pequeñita y que todavía conservamos, aunque mi madre ya no esté, ni para prepararlo ni para compartirlo con nosotros. A pesar del vacío y de esa gran ausencia, para celebrar que nos vamos haciendo mayores, siempre, no importa qué día de la semana sea, nos regalamos un desayuno tan dulce como los recuerdos de esos primeros cumpleaños, cuando nunca imaginamos que algún día dejaríamos de cumplirlos todos juntos.

Ese día, mi día, pese a que ya era más de la una de la tarde, ahí estaba, esperándome en la cocina. Una taza de chocolate caliente preparada con todo el amor que cabe en cuatro cucharadas y media de cacao en polvo. Además, mi madre había añadido algo excepcional para el menú de esa ocasión, un bizcocho casero. Sobre la mesa también encontré una nota y cuarenta euros.

Feliz cumpleaños, Luli.
No me ha dado tiempo de comprarte tu regalo. Mejor lo eliges tú.
Te quiere,

MAMÁ

Solo mi madre me llamaba así, Luli. Y solo ella tenía la mejor de las ideas: dejar que yo misma me regalara algo. Por eso había dos billetes de veinte euros, que, lamentablemente, no llegué a gastar, porque los perdí. Nunca se lo llegué a confesar, le mentí diciendo que los había gastado en comprarme un jersey verde manzana de punto. Un jersey que, en realidad, me regaló Alberto. El mismo que me empeñaba en llevar a Nueva York.

De ese día recuerdo que, aunque ya casi era la hora de comer, esa taza caliente de cacao volvió a llamar mi atención, así que, más que saborearlo, lo engullí y me fui corriendo porque me esperaban Clara y Olga para dar una vuelta y planear los últimos detalles de lo que haríamos por la noche.

Doblé la nota y el dinero, lo metí en el bolsillo trasero de mi pantalón y salí de casa sin mirarme en el espejo, casi sin peinar y casi sin tiempo.

Alcancé mi mejor marca corriendo las dos manzanas que separaban mi casa de la de Clara; creo que así perdí el dinero. Toqué el timbre y la puerta se abrió, sin que nadie preguntara de quién se trataba. Entré impetuosa en el vestíbulo y, tras descartar subir a pie los ocho pisos, di al botón del ascensor y recuperé el aliento.

Una vez dentro, pulsé varias veces el número ocho, esperando que así la puerta se cerrara más rápido. Sin embargo, cuando estaba a punto de hacerlo, vi a Alberto en la entrada, sacando sus llaves y abriéndose paso en el edificio. Bloqueé con mi mano el sensor, para que el ascensor se abriera de nuevo, y aguardé a que él llegara. Vino corriendo y nada más entrar, rompió el silencio tan típico de esos pequeños lugares cerrados.

—Gracias.

—Nada —contesté, un tanto ruborizada. Hacía mucho que no estábamos tan solos y tan cerca.

—¿Qué tal?

—Bien. ¿Y tú?

—Bien, un poco cansado. Esta mañana nos han metido una paliza al fútbol tremenda.

—¿Habéis perdido?

—Sí, otra vez.

—Vaya, lo siento.

—No pasa nada, queda temporada por delante.

Levanté la mirada y le observé a través del reflejo del espejo. Estaba guapo, recién cambiado, con la equipación deportiva en la mochila, que cargaba en un solo hombro de manera despreocupada. Olía a sábado por la mañana y a su colonia favorita. Olía a él.

Antes de llegar al sexto, donde se bajaba Alberto, noté que me miraba de un modo extraño. Sus ojos estaban fijos en un punto determinado de mi escote. Aunque iba bien tapada y tampoco había razón para sentirme incómoda, no pude evitarlo.

—Tienes una… —empezó a decir Alberto, señalando el centro de mi pecho.

Bajé la vista y me di cuenta de que, obviamente, Alberto no estaba mirándome las tetas. Pegando la barbilla bien al pecho y estirando el jersey, comprobé que tenía una mancha de chocolate. Me di la vuelta para mirarme en el espejo.

—Hostia, me he puesto perdida. Es que es mi cumpleaños y, claro, mi madre nos prepara chocolate y…

Alberto se acercó, hizo que me girara y me apartó la mano de la mancha del jersey. Acercó la suya suavemente a mi oreja y empezó a tirar. Lo importante era mi cumpleaños, no la mancha en la ropa. Ni que fuera Monica Lewinsky.

—Dieciséis, ¿no?

—Sí.

Dieciséis tirones de orejas después, me retiró el pelo de la mejilla y me dio dos besos.

—Felicidades —dijo sonriendo.

—Gracias.

—Aunque no sé si debería felicitarte.

En ese momento el ascensor se detuvo, habíamos llegado a su piso. Abrió la puerta para marcharse, pero, antes de que se fuera, yo necesitaba saber a qué se refería.

—¿Por qué no? —pregunté.

—Porque pensaba hacerlo esta noche en la fiesta.

—¿Qué fiesta?

—Joder, ¿no me digas que la he cagado?

—¿El qué?

—Tu fiesta, que no sabía que era una fiesta sorpresa.

—¿Qué dices?

—Qué desastre, soy lo peor. Bueno, tú haz como que no sabes nada, ¿vale?

—Vale.

Alberto me mintió. Lo supe tiempo después. Nunca hubo plan alguno de fiesta sorpresa, la organizó él esa misma tarde con la ayuda de Olga, y fue con Clara a comprarme el famoso jersey. Hizo todo eso por mí. ¿Cómo no me iba a enamorar?

Esa noche empezamos una relación que duró casi dos años, pero que después dejamos porque así es la vida y porque éramos jóvenes. Es una forma de resumir todo el daño que nos hicimos y que nos llevó a sufrir de manera innecesaria en un sinfín de ocasiones. A pesar de eso, por mucho que me cueste admitirlo, no borraría ninguno de esos momentos por evitarme ese dolor. Porque eso significaría que también tendría que borrar los instantes en los que fuimos inmensamente felices, y no compensa.

Esa bonita relación, que fue la primera para los dos, se terminó un mes de junio, justo cuando acabaron las clases. Una semana antes del verano, Alberto me confesó que se había liado con una chica del pueblo de su madre. De Burgos. Vale, no es un pueblo, pero eso no cambia las cosas. Tampoco las cambia que lo hiciera por despecho, porque, aunque se lo había ocultado, Alberto se había enterado de que yo le había sido infiel primero. Había estado con otro chico meses antes. ¿Por qué lo había hecho? Por varias razones, que son las mismas por las que él me traicionó aquella primera vez y las siguientes. Lo hice por miedo, por ganas, por inseguridad. Por todo y por nada en especial. Porque era joven, los dos lo éramos, aunque no éramos estúpidos. Sabíamos que nos podíamos perder el uno al otro. Ese era el riesgo, pero no queríamos verlo. Necesitábamos vivirlo.

Nunca entendí por qué Alberto no me dijo nada cuando se enteró de que, esa noche de fiesta en la que él no estaba, acabé en los brazos de otro chico. Alberto prefirió intentar obviarlo, no darle importancia y olvidarlo. Continuar queriéndome de la forma que se puede querer cuando te sientes traicionado. Así seguimos dos meses más. Dos meses llenos de momentos especiales que supongo le hicieron valorar que merecía la pena seguir conmigo y perdonarme. Hasta que él se vio en la misma situación que yo y también sucumbió al deseo de estar con otra persona. Pero Alberto y yo éramos diferentes, porque yo, a diferencia de él, cuando me enteré no pude reaccionar del mismo modo. No pude perdonarle. Era mucho más insegura que él y creía mucho menos en lo nuestro. O en mí. Era incapaz de admitir que alguien pudiera quererme lo suficiente para perdonar mis defectos. ¿Cómo me iba a querer nadie si yo era la primera que no podía hacerlo? Por eso boicoteaba cualquier oportunidad de ser feliz y por eso su traición, en mi injusto baremo, era mucho más grave. Contaba mucho más. Yo no podía olvidar y perdonarle tan rápido. Pero eso no quiere decir que no lo fuera a hacer con el tiempo.

Empezamos no siendo valientes y supongo que nos pudo el miedo a no vivir otras experiencias y a no sacar todo el partido que la vida merece. Por eso, sin querer y sin poder evitarlo, nos vimos arrastrados a una relación tan intensa como destructiva. Un bucle infinito de principios y finales.

En perspectiva, esa primera ruptura con Alberto no fue tan dolorosa. Las posteriores lo fueron un poco más. Sobre todo una.

La del día de mi vigesimosexto cumpleaños.

5

Alberto & yo. El fin

Después de aquella primera traición, intentamos estar juntos en varias ocasiones. Siempre terminábamos rompiendo al cabo de unas semanas o de unos meses, por muchos motivos o por uno solo. Por miedo o tal vez porque nunca sentimos que estábamos donde debíamos estar. Al menos yo nunca lo había sentido. Hasta ese día.

Aquel 11 de noviembre de 2014 fue uno de esos días que empezó ya destacando, como si quisiera desmarcarse del resto para ser recordado.

Aunque era otoño, no lo parecía. El verano se marcaba un breve *revival*, a pesar de que la luz y los colores de los árboles, esos pantones ocres y verdes mustios de las hojas que alfombraban las calles, indicaban, sin lugar a dudas, que pronto llegaría el invierno.

Sonó el despertador y lo apagué de inmediato, con un golpe seco, casi mecánico y ensayado. Llevaba ya un rato despierta, con los ojos clavados en el techo. Aun así, me costaba moverme, pero había quedado con mi padre para comer y celebrar que era un año más vieja. Me levanté con todo el pelo revuelto, respirando cansancio matutino hasta en la última punta abierta de mi encrespada melena. Agarré lo primero que pillé, una camiseta de manga corta ya desgastada, unos vaqueros y mis Adidas. Estaba lista. Sin ducharme, sin maquillar, sin peinar y sin querer salir de mi habitación. Era el estado natural en el que había pasado las últimas semanas. Algunos dirían que era depresión, yo prefiero llamarlo «movimiento revolucionario anti Paulo Coelho o cualquier mandanga positiva». Y es que hay etapas en las que no pasa nada por estar mal. Lo extraño sería no estarlo.

Mi madre nos había dejado un par de meses antes, así que no me sentía con ánimos para demasiada fiesta. Ese año, desde que mi madre enfermó, me había vuelto a instalar en casa de mis padres para ayudar a cuidarla y para estar con ella. Esperando lo que nunca llegó a suceder, que se curara y estuviera bien.

Me quedé quieta frente a la puerta de mi habitación, completamente inmóvil, escuchando el silencio proveniente tanto de un lado como del otro. Sabía que cuando saliera y fuera a la cocina ya no habría chocolate con churros ni bizcocho, aunque fuera mi cumpleaños. Ya no estaba ella para prepararlo, así que asumí que se acababa la tradición. Afortunadamente, me equivocaba.

Mi padre, a pesar de que ni él sabía muy bien cómo superar ese bache inesperado, quiso animarme y hacerme feliz, aunque solo fuera unos instantes. Lo consiguió.

Cuando vi la taza y la nota de mi padre, me eché a llorar. Mucho. Me costó unos cuantos minutos calmarme, los mismos que tardé en calentar el chocolate, que ya estaba frío, pero estaba rico.

Aunque ya no esté, su recuerdo siempre sabrá a chocolate.

Y siempre serás Luli, aunque crezcas y ya no seas tan pequeña.

Felicidades.

Te quiere,

PAPÁ

Mi padre era el mejor. Nunca sabré cuánto debió de llorar preparando aquel chocolate y escribiendo aquella nota, pero, conociéndole, me imagino que casi tanto como yo.

Sonó el pitido del microondas y, cuando fui a rescatar mi taza ya caliente, me topé con mi reflejo en la puerta de cristal. Distinguí a la perfección mis ojeras, que casi hacían juego con el color oscuro del cacao, y mi cara, mucho más flacucha y demacrada. Más que un año, parecía que cumplía una década.

Di un sorbo al chocolate y decidí concederme una oportunidad, poner un poco de mi parte para no parecer la niña del exorcista. Fui al baño, me duché y hasta me peiné. Y con la brocha y un poco de color, firmé una obra maestra que ni la Capilla Sixtina, así conseguí disimular mi aspecto. Eso sí que era arte. Incluso me animé y me puse un toque de pintalabios rojo, que se quedó marcado en la taza, porque, antes de irme, me acabé ese chocolate con sabor a recuerdos del pasado.

Estaba cerrando la puerta de casa justo cuando sonó el teléfono.

—¿Sí?

—Hija, ¿por dónde andas?

—Eh… Llegando —dije, mintiendo, claramente.

—¿Vienes por la calle San…?

—Papá, se corta, estoy saliendo del metro.

Mentira, me estaba metiendo en el ascensor, así que decidí bajar por las escaleras, para no perder la señal.

—¿Te apetecen unas tapas o algo más contundente, en plan menú?

—Tú eliges, papá.

—No, elige tú, que es tu cumpleaños.

—¿Viene Iván?

—No sé, ¿le has mandado un mensaje?

—Sí, claro. Pero no me ha contestado. —Mentira número dos del día. Se me había olvidado por completo invitar a mi hermano.

—Le voy a llamar —se apresuró a decir mi padre.

—¡No, ya le llamo yo! Papá, tú espérame en el Quevedo, que no tardo.

O cogía un taxi o encontraba una buena excusa, porque eso

de que no iba a tardar no me lo creía ni yo. Salí del portal corriendo, mientras intentaba contactar con mi hermano. Miré rápidamente, por si tenía suerte y pillaba un taxi, pero no, así que seguí caminando hacia el metro. Al poco de enviarle el whatsapp, volvió a sonar mi teléfono. Era Iván.

—Felicidades, hermanita.

—Gracias. ¿Dónde estás? —Mi tono era acelerado, serio y casi acusador.

—¿Qué pasa? ¿Qué he hecho?

—Nada, nada. Pero dime dónde estás.

—Llegando, ¿por?

—¿Llegando adónde?

—A casa.

—Te vienes a comer por ahí para celebrar mi cumpleaños, ¿no?

—Confiesa, se te había olvidado invitarme, ¿a que sí?

—Qué dices, para nada. Lo hemos decidido a última hora.

—Si me ha llamado papá.

—¿Y qué te ha dicho? Bueno, que da igual. ¿Vienes o no?

—Sí. Pilla el casco de moto, anda, que llegamos tarde.

Fui a dar la vuelta para regresar a casa a por el casco y me tropecé. Me di de bruces con él. Contra Alberto, que me había visto a lo lejos y se acercaba para felicitarme.

—Eh, cuidado, que te caes —dijo, sujetándome en sus brazos, como si fuera una escena de una película romántica.

—Joder, que me mato —dije yo, cargándome el romanticismo de un plumazo.

—¿Qué tal? ¿Cómo estás?

—Bien, bien. —Intenté recuperar la compostura lo más rápido posible.

—Estaba preocupado, no me has contestado a los mensajes ni a las llamadas. —Me había escrito casi cada día desde que me dio aquel abrazo en el cementerio.

—Ya, bueno, si te sirve de consuelo, no he hablado con nadie.

—¿Ni con Clara ni con Olga?

—Bueno, sí, pero con nadie más. Y llevo días sin salir de la cama.

—Pues te sienta bien descansar, supongo. Hoy estás muy guapa. —Me miró con los ojos brillantes y esa sonrisa blanca deslumbrante. Bajó la vista un poco y continuó engatusándome—. Hay cosas que no cambian —dijo acercando su mano a mi oreja. Muy suavemente comenzó a tirar—. Veintiséis, ¿no?

Asentí, no podía dejar de mirarle. Volvíamos a estar cerca, tan cerca el uno del otro como aquella primera vez hacía diez años y como tantas otras después. Estaba demasiado nostálgica para la prisa que tenía. De golpe me vinieron un montón de recuerdos. El ascensor, el tirón de orejas, la fiesta sorpresa que no fue sorpresa, nuestro primer beso, mi primera vez, nuestro primer viaje, nuestra canción. Sin embargo, también estaban ahí, aunque no quisiera recordarlos, las peleas, sus celos y los míos, las infidelidades de ambos.

Cuando terminó de contar, me apartó el pelo de la cara, enroscando el mechón en mi oreja y, en vez de darme dos besos, me giró la cara con dulzura y me besó en los labios. No me lo esperaba, pero no voy a mentir y decir que no lo deseaba. Habíamos compartido tantas cosas y nos queríamos tanto que ese beso encerraba mucho más que ningún otro. Sentí algo especial, algo que no había sentido desde hacía mucho. Algo así como lo que se debe de sentir cuando por fin vuelves a casa después de un largo viaje perdida por el mundo. En cuestión de unos segundos, en los brazos de Alberto, me había encontrado. Mi sonrisa lo decía todo; si me llego a ver en un espejo, me doy una bofetada a mí y otra al reflejo para quitarme tanta tontería. Cumplía veintiséis años no quince, ¿en qué mundo vivía? Recuperé un poco el sentido y me aparté. En mi cabeza, mi conciencia me recordaba a gritos que llegaba tarde.

—Felicidades.

—Gracias. Lo siento, me tengo que ir, llego tarde.

—Ya sabía que no te tenía que felicitar.

—No, si no pasa nada.

—Sí, pasa. Te tenía que haber felicitado esta noche.

Me reí al recordar que era el mismo diálogo de cuando teníamos dieciséis años.

—Déjame adivinar… ¿en mi fiesta sorpresa?

—¿Qué dices, hay una fiesta sorpresa y no me has invitado? —Estaba divertido y elocuente, consiguió hacerme sonreír.

—Bueno, que me voy —le dije sin mirarle, por si acaso caía en alguna tentación inesperada.

—Vale, pero te paso a recoger a las ocho.

—Que no hay fiesta, de verdad.

—No, pero hay cena. He reservado en el Martínez a las nueve.

Suspiré, el mundo volvía a ir a otro ritmo, que nunca era el mío. No sabía si quería ir o no. Hacía unas horas, solo quería sentir el peso de las mantas sobre mí. Dormir hasta que ya no fuera otoño. En ese momento, sin embargo, me sentía un poco ilusionada, incluso podría decir que feliz. Y por eso también me sentía culpable. Supongo que era parte del duelo.

—Entonces ¿a las ocho está bien?

Asentí y me fui corriendo, con muchas más dudas que prisa.

Subí a casa, agarré el casco de moto y cuando me miré en el espejo vi que, efectivamente, algunas cosas no habían cambiado. Tenía una mancha de chocolate en la camiseta.

Iván y yo llegamos veinte minutos tarde, así que mi padre nos había cogido ligera ventaja con el vermut, la justa para estar más gracioso de lo habitual. Me alegré de haber tenido la energía suficiente para salir de mi encierro. También celebré que mi hermano hubiera venido. Poco tiempo después se iría a vivir a Asturias, algo que todavía no sabíamos.

Está claro que a los lugares, como a las personas, se les extraña cuando ya es demasiado tarde.

Mientras Iván pedía dos vermuts más, me tomé unos segundos para mirarles. Ahí estábamos, mi padre, mi hermano y yo. Una foto de familia incompletamente feliz. Nos hacía mucha falta mi madre, pero era la primera vez que estábamos así de unidos desde que se había ido. Eso, en sí, ya era motivo de celebración.

La comida se pasó volando. En cuanto terminamos, mi hermano se fue en moto y yo aproveché para regresar con mi padre caminando de vuelta a casa.

No sé si fue el paseo o el exceso de emociones y recuerdos, pero, en cuanto llegué, caí rendida. Me eché una siesta que casi se convierte en hibernación, si no llega a ser porque había quedado con Alberto.

A las ocho en punto, sonó el timbre. ¿Desde cuándo era tan puntual? Nunca pensé que se le fuera a pegar la puntualidad británica de su última novia, que era inglesa. También había salido con una portuguesa, con una amiga de mi hermano y con una chica de Zaragoza. ¿Qué se le habría pegado de ellas? Al pensar en eso me dio una punzada en el estómago. Sentí una mezcla de rabia y celos, como siempre. Alberto no llegaba pronto nunca, ¿por qué demonios lo hacía ahora? Ni siquiera me paré a pensar que estaba siendo puntual por mí, me molestaba pensar que todas las chicas que habían pasado por su vida a lo largo de nuestra intermitente relación habían dejado huella en él. Como lo habían hecho Marcos, Álex o Diego en mí, pero eso no importaba ahora. Solo importaba que eran las ocho y estaba sonando el timbre. Que yo estaba nerviosa, algo ilusionada y no quería estarlo. Maldita sea.

Ni Alberto había sido nunca tan puntual ni yo tan lenta arreglándome. Cuando fui a contestar el telefonillo, mi padre se me adelantó, muy a mi pesar, ya que no quería dar explicaciones. No por nada, sino porque no sabía si había motivos para ello. Alberto y yo solo nos habíamos dado un beso. No quería decir nada. Tal vez lo hubiera hecho para animarme o, lo que es peor, por pena.

—Es para ti —me comunicó.

—Ya lo sé, papá.

—Es Alberto.

—Ya, dile que ahora bajo.

—Le he abierto.

—No, no, que bajo. —Corrí hacia la puerta, con los zapatos en una mano, una chaqueta en la otra y el bolso colgando de un hombro.

—¿Habéis vuelto otra vez? —me preguntó de repente.

—No, ¿de dónde te sacas eso?

Mi padre me dedicó una mirada que decía lo que no hacía falta pronunciar en voz alta. Nos avalaba un pasado que siempre se repetía. Alberto y yo éramos a las relaciones lo que los zapatos de plataforma a la moda. No importa cuánto te horroricen al principio, cada temporada, siempre, en algún momento, reaparecen. Con otro estilo, pero con más fuerza. Con Alberto no sabía si en esa ocasión iba a ser diferente o iba a ser igual, pero, por si acaso, dejé los zapatos que había escogido, unos negros con una ligera plataforma. Los cambié por unas bailarinas planas, para tener los pies en el suelo lo máximo posible, por si servía de algo.

—Somos amigos, papá, ya lo sabes —dije en voz alta, intentando convencerme más a mí que a él.

—Pásalo bien.

—Gracias.

Le di un beso y cerré la puerta.

Salí de casa y en el rellano vi que el ascensor estaba libre, me asomé por la barandilla y oí unos pasos. Alberto subía por las escaleras. Me apresuré para alcanzarle.

—Lo siento, se me ha hecho tarde.

—No te preocupes, tenemos tiempo —dijo, cogiéndome de la mano para bajar.

No sé si fue casualidad o un movimiento instintivo, pero me solté para colocarme bien la tira del zapato, que me molestaba. Y eso que ni siquiera llevaba plataformas.

Nada más abrir la puerta y salir a la calle, giré a la izquierda, que era el camino que debíamos tomar para ir al Martínez, pero Alberto me guio y me llevó en dirección opuesta.

—¿Adónde vas? El Martínez es por ahí.

—Ya lo sé.

—¿Entonces?

—Es que no vamos al Martínez —dijo, extendiendo su mano de nuevo. Ahí estaba, ese gesto que parecía una invitación a volver a empezar, otra vez. Me sentía como dentro de un circuito en el que nunca conseguía avanzar y pasar de fase. Siempre, en algún momento, nuestro contador volvía a cero, a la primera casilla. Durante unas milésimas de segundo, dudé, me quedé inmóvil. Fue Alberto el que reaccionó, tiró de mí para que caminara, para que le siguiera.

—¿Adónde vamos?

—Es una sorpresa.

—No me gustan las sorpresas.

—Siempre dices lo mismo, pero no me lo creo.

Me miró y sonrió, así de medio lado, girando levemente la cabeza. Un gesto totalmente estudiado, que me resultaba irresistible y encantador. Pero le cambió de repente.

—Mierda, me he dejado la cartera.

Me eché a reír; si esperaba que pagara yo, lo tenía claro. Me debían dos facturas atrasadas y llevaba un mes sin escribir ni mi nombre. Últimamente no me encargaban ningún reportaje ni crítica teatral.

—¿Y qué hacemos?

Alberto siguió buscando en sus bolsillos.

—¿No tienes nada de nada?

—Llevo la tarjeta de crédito.

—¿Y metálico?

—Mucho me pides.

—¿Eso quiere decir que no?

—Sí, no, quiero decir… Que no, que no tengo nada. ¿Qué hacemos?

—Acompáñame a casa y la cojo.

Caminamos dos manzanas y paramos delante de su edificio. Abrió la puerta y se quedó un tanto sorprendido cuando me quedé fuera.

—¿No subes?

—No, te espero aquí.

—Venga, sube, ¿cómo te vas a quedar ahí fuera?

Le seguí los pasos, porque me volvió a mirar con esa sonrisa mezcla de chico bueno y de conquistador rebelde. Mitad James Dean, mitad Heath Ledger. Tenía algo que me resultaba magnético, mucho más que nunca.

Una vez en el ascensor, Alberto no pulsó el número seis. No íbamos a su casa, pero no me di cuenta hasta que se abrió la puerta y vi el pequeño y oscuro rellano. Estábamos en la azotea.

Alberto abrió la puerta, que estaba cerrada con llave, y volvió a extender la mano, indicándome el camino.

Desde donde estaba no veía nada todavía, pero fue dar un par de pasos y adentrarme en otro mundo. Uno que él había preparado.

La azotea entera estaba decorada con velas, con lucecitas, farolillos, con flores y fotos. Fotos nuestras. En uno de los lados, muy cerca del borde del edificio, con Madrid a los pies, había una rayuela dibujada con tizas de colores en el suelo. El típico juego que marcó mi infancia trazaba los diez números que conformaban el tiempo en el que Alberto y yo habíamos sido… Alberto y yo.

Me guio hasta el número uno. Al final, en el número diez, había un regalo. Con una caja pequeña envuelta a los pies, Alberto se colocó en ese cuadrado dibujado. Mirándome de frente y separado por diez dígitos.

—¿Qué es esto?

—Tu fiesta.

—¿Qué fiesta? Si no hay nadie —dije, pivotando sobre mis pies y observando todo a mi alrededor—, ni siquiera hay música —añadí.

—¿Cómo que no hay música?

Fue decir eso y empezó a sonar, de fondo y desde su móvil, el cumpleaños feliz de Gaby, Fofó, Miliki y Fofito.

—Estás loco. —No pude evitar reírme.

—Me encanta cuando te ríes.

—Anda, quita eso.

Alberto cambió de canción y empezó a sonar «The Most Beautiful Girl in the World», de Prince.

—Esta es perfecta para ti.

—No seas cursi.

—No soy cursi, deja de criticar y acepta los cumplidos.

—Calla, que me pongo roja.

—Eso también me gusta. Me gustan tantas cosas de ti que no sé ni por dónde empezar. Llevas más de diez años volviéndome loco. Cuando estamos juntos porque me demuestras que la vida es otra cosa, y cuando no lo estamos porque no puedo dejar de pensar en ti.

—Alberto…

—Deja que siga, por favor.

Me callé y le miré, expectante.

—Lucía, tal vez no te he tratado tan bien como debería. Tal vez no te he querido tanto como te merecías…

—¿Me estás recitando la canción de Elvis Presley?

Y, casi como si estuviera calculado, comenzó a sonar, pero en la versión de los Pet Shop Boys, que era más animada y festiva, ideal para la celebración. No podía parar de reír.

—Tengo una playlist supercurrada.

—Ya veo.

—Como iba diciendo, puede que no haya estado ahí siempre, pero quiero estar desde ahora. Quiero hacer planes contigo, crear un…

—Alberto, yo…

—Crear nuestro mundo, Lucía. Tuyo y mío, hagamos cosas. Viajes, planes… ¡Vayámonos a vivir juntos!

—¿Qué? —No podía creer lo que estaba escuchando. Dicen que hay que tener cuidado con lo que se desea. Yo era la viva personificación de esa expresión. Había querido eso, pero en el pasado, no ahora. O sí. No lo sabía. Jamás pensé que fuera a reaccionar de ese modo ante algo así de bonito. Pero esa soy yo.

—Estoy cansado de dar tantas vueltas para llegar siempre a ti.

—¿Por qué ahora, Alberto?

—¿Por qué no?

—Porque nunca funciona, ¿no te das cuenta?

—Hagamos que sea distinto, Luli.

Oí que me llamaba así, al tiempo que se agachaba; cogió el pequeño regalo que estaba a sus pies y lo deslizó hacia mí, haciendo que recorriera todo nuestro pasado, cada uno de los números de esa rayuela.

Me quedé helada con lo que había oído. ¿Había dicho Luli? Solo mi madre me llamaba así. ¿Cómo se atrevía? Juro que en ese momento le odié con todas las fuerzas y todo el peso de lo injusto que era, porque no se merecía que descargara mi rabia contra él. Necesitaba hacerle sentir culpable de un dolor que, por una vez, él no me había causado. No estaba loca, solo estaba rota.

—No lo va a ser. Nunca será distinto. ¿Y sabes por qué? Porque ya estoy cansada de todo esto. De que aparezcas cuando necesitas ser el centro de atención. No soportas que no esté disponible, ahí, para ti. Pero no te das cuenta de que ya no quiero estarlo. Crees que solo puedo ser feliz contigo. Eres tan egoísta que no puedes admitir que no me sientas bien.

—Lucía…

—Que no, Alberto. Ya no.

Y me fui corriendo. Ni siquiera levanté la mirada. No quise encontrarme con sus ojos. Quizás así, el daño que en unos segundos yo misma nos había hecho a los dos no fuera tan real.

Ese día todo pudo haber cambiado, pero entonces fui yo la que salió huyendo. Sentí lo que es el precipicio del compromiso, me dieron miedo las alturas emocionales. Con Alberto nunca nada era plano. Siempre íbamos rozando los extremos, así que sentí vértigo.

Alberto no llegó a verme llorar y yo no llegué a ver mi regalo. No llegué a saber lo que contenía esa cajita, pero lo sospechaba.

Por eso me costaba creer que se fuera a casar. Esta vez sí.

6

En el aire y en la tierra

Menos mal que me iba a Nueva York. Sin embargo, como si de un ajuste de cuentas se tratase, el destino, antes de poner tierra de por medio, puso solo una calle. La mía. Ahí estaba, frente a él, de nuevo. Inmóvil, quieta, congelada.

Pero esta vez al verlo ahí, en la parada del autobús, no me pude frenar, di unos cuantos pasos para acortar distancias e ir hasta él.

Si era sincera y le decía lo que sentía y todo lo que había sentido, tal vez en esa ocasión sería distinto, pensaba. Sonaba fácil, pero lo que sonó claro es la bocina del autobús. Un sonido que evitó mi atropello físico, aunque no pudo ahorrarme el vuelco al corazón que me dio cuando, segundos después, le vi besando a su novia, que justo se había bajado en esa parada. Esa chica sería su futura mujer. Maldita sea.

Por un momento, deseé que no me viera tanto como deseé no haberle visto, o conocido, incluso. No pedía mucho, tan solo que no volviera la cabeza y mirara al frente. No es que estuviera pidiendo un milagro del tipo que me toque el Euromillón o que la dieta de la alcachofa funcione, no. Solo quería que Alberto no me viera ahí, siendo testigo de su felicidad y protagonista de mi desgracia. Pero la vida no siempre es justa y, antes de que pudiera refugiarme en el coche de Clara primero y en Nueva York después, Alberto clavó sus ojos en mí. Y sonrió. Y yo me quise morir.

Soy buena persona, lo juro, no me merecía eso y está claro que Alberto no se merecía ese dentista, qué sonrisa tan perfecta, por favor. Y esos ojos verdes, por no hablar de los hoyuelos que se le marcaban en las mejillas, ese gesto de rebelde con causa. Le había querido como solo se puede querer cuando todavía no te han roto por dentro. Cuando sientes todo de una manera tan intensa, tan pura y tan bonita que es casi irreal e infantil.

Levanté la mano y le dije adiós. Tenía que parar ese harakiri voluntario al que me estaba sometiendo.

En el coche me esperaba Clara con una mirada tan llena de reproches como de prisa por llegar a la T4 del aeropuerto. Me metí en el Volkswagen, cerré la puerta y también mi capítulo con Alberto. Más o menos.

Poco tardamos en llegar al aeropuerto. No tengo claro si me gustan esos lugares o no. Normalmente me estresan, como si fuera el trámite más pesado que me separa de lo que realmente importa, que es llegar. Todo el mundo va corriendo de un lugar a otro, de una terminal a la siguiente, y eso tampoco ayuda a encontrar serenidad.

Dejamos el coche en el parking y nada más salir respiré hondo y miré al cielo.

Dicen que lo mejor de Madrid es precisamente eso, el cielo. Ese inmenso lienzo azul que me disponía a sobrevolar para dejar parte de mi vida atrás. Y para mirar hacia delante con otra energía, para regresar en tres meses con más ganas. Ese cielo que me había acompañado en tantos momentos, que había sido cómplice de tantas historias, ahora lo era de esa locura en la que me había dejado embaucar sin pensarlo mucho. Pero no había tiempo para echarse atrás ni razones para ello.

Mi vuelo salía en dos horas y media. Hice el *check-in* lo más rápido posible para pasar un poco de tiempo con Clara antes de marcharme. Paseando por la terminal, de camino a la cafetería, nos íbamos cruzando con la distinta gente que transita estos lugares, que siempre son de paso. Y me dio por pensar si esas personas iban o venían.

Con un café con leche tan caro como amargo, Clara y yo brindamos por nosotras, pero sobre todo por ella, por haberme regalado el viaje que cambiaría mi vida. Nuestras vidas. Ahí fue cuando me di cuenta de que todo es cuestión de perspectiva, de que el cielo y todos los colores cambian según el prisma a través del cual observamos la vida. A mí no me gustaban los aeropuertos porque veía despedidas, rupturas y separaciones. Sin embargo, para Clara eran lugares mágicos donde es posible reencontrarse con los que quieres, con los que vuelven a casa aunque todavía no sea Navidad.

Sin embargo, no es solo cuestión de actitud, sino también del momento. No es que yo sea una persona negativa, al menos no lo había sido siempre. Pero debía reconocer que no estaba en mi mejor época. No me había dado tiempo de depurarme de una de las relaciones más largas y más tóxicas —sin quererlo y sin saber que lo era— de mi vida. A pesar de todo, Alberto era el hombre al que más había querido, y solo cuando quieres demasiado se puede llegar a odiar. No le odiaba, pero sí sentía rabia. Una rabia infinita que hacían de mi mundo y de mí misma algo gris.

Terminamos el café y nos dirigimos al control de policía. Ahí tocaba despedirse, y mira tú por dónde Clara, la señorita positiva, lloró más que yo. Solo me iba tres meses, pero esas lágrimas me dejaron con la sensación de que íbamos a tardar más en vernos. Ojalá me equivocara y mi exilio emocional forzado —qué redundante y qué cierto— no durara para siempre.

Pero, a veces, siempre es todo un mundo, una eternidad.

O, lo que es lo mismo, un vuelo de Madrid a Nueva York.

Antes de embarcar y tras haber pasado ya dos controles de seguridad, había un tercero a las puertas del avión.

Me situé en la fila, justo detrás de una señora que con solo mirarla me dieron ganas de abrazarla. Tenía un aire que me recordaba a mi abuela y a la panadera de mi barrio. Una mezcla de ternura, de indefensión y de olor a pan recién hecho. Estaba segura de que si inspiraba bien fuerte podría percibir ese *eau de baguette*. Me acerqué un poco más, pero para mi desilusión la mujer olía a una cantidad excesiva de perfume de señora que me provocó un dolor de cabeza instantáneo.

Me mareé de tal forma que no tuve más remedio que apartarme. Decidí ir al baño para tomarme un ibuprofeno y sacarme el dolor y el olor que se había colocado en el centro de mi sinusitis.

Miré alrededor y localicé el baño más cercano al final de esa área de la terminal, justo en el lado opuesto de mi puerta de embarque. Estaba un poco lejos, pero me daba tiempo. Conforme me alejaba de la señora, oí a un miembro del personal de la aerolínea proceder con las típicas preguntas de seguridad. La primera me provocó una risa descontrolada, ya había pensado otras veces en lo ridículo de esa situación.

«¿Es usted terrorista?», preguntó el guardia de seguridad, siguiendo instrucciones.

¿Qué responder ante eso? Solo hay una respuesta posible, que no, obviamente. Pero te lo preguntan como si, en lugar de un ataque terrorista, esa pregunta pudiera provocar un ataque de sinceridad en cualquier individuo que realmente tuviera la intención de atentar.

Me sorprende el ser humano, yo incluida. Y no siempre para bien.

En el baño, al mirarme en el espejo y clavar los ojos en mi reflejo, fui consciente de que emprendía algo nuevo. No eran unas vacaciones, entonces lo vi. Era un punto y seguido. O incluso podría llegar a convertirse en un punto y aparte. Me iba y, pasara lo que pasase, no iba a regresar siendo la misma. Definitivamente no iba a volver a lo mismo, a esa vida que en el fondo no me llenaba. Y, aunque no lo supiera todavía, eso no tenía nada que ver con Alberto.

Ahí, mirándome en el espejo, hice algo que nunca suelo hacer, me hice un selfie. Quería recordar que esa era yo, alguien que había perdido mucho tiempo y que últimamente se había olvidado de hacer algo tan sencillo para otros y tan complicado para mí como vivir. Y, sobre todo, ser feliz.

Un poco más aliviada, corrí de vuelta a la fila, porque ya casi no quedaba nadie embarcando. Contesté las preguntas, enseñé la documentación y me adentré en el túnel en cuyo final me esperaba el avión.

Tenía el asiento 28, me habían asignado ventanilla, pero lo cambié por el pasillo. Me gusta levantarme y, con lo nerviosa que soy, estar unas ocho horas encerrada sin poder moverme no es la situación ideal. Y es que tengo que confesar algo: no me gusta volar. Bueno, lo cierto es que no sé si me gusta o no. Nada más despegar me suelo quedar frita. Vale que el vino que me tomo antes ayuda. También la valeriana, la pasiflora, la melatonina y el relajante muscular (para caballos, poco menos) y las pastillas para la alergia, aunque la tenga superada.

La única vez que estuve consciente durante un vuelo fue cuando una infección de oídos me despertó en mitad del viaje. Mi abuela decía que cuando te pitan los oídos es que alguien está hablando de ti. Pues bien, aquella vez debía de estar celebrándose una convención nacional en mi honor. O mejor dicho, en mi contra. Era como oír el sonido de un silbato constante dentro de tu cabeza, incisivo, punzante, agudo... Todo eso me llevó a sentir una inmensa empatía hacia todos los bebés del mundo, que, a tan temprana edad, deben soportar ese dolor y chillan como si estuvieran escuchando reguetón. Que te duelan los oídos en el aire, a miles de kilómetros de altura con toda esa presión en el tímpano, es puro infierno, el equivalente a que la tuna al completo de la facultad de derecho de la Universidad de Navarra te levante a las seis de la mañana cantándote «Clavelitos». Lo dicho, el infierno en la tierra. En aquel caso, en el aire.

Pero esa vez fue distinto, subí al avión y no sé por qué bendito error acabé en primera clase. Yo, que nunca gano ni al parchís, estaba de suerte. Me acababa de sonreír el destino, y hasta me había guiñado un ojo. A la señora del perfume con olor a bomba nuclear le habían dado el mismo asiento que a mí, pero ella ya estaba sentada y bien acomodada. Por eso, la azafata, muy amablemente, me acompañó a ocupar otro espacio. Aunque no en cualquier parte, no. En la zona vip. Por fin iba a saber lo que era volar en primera, y lo iba a disfrutar como nunca. Esos asientos eran más cómodos que mi propia cama, así que caí rendida nada más sentarme. No pude evitarlo. Me desperté cuando estábamos a punto de aterrizar, pero me sentía tan a gustito que me dieron ganas de decir aquello de «diez minutitos más».

Abrí la ventanilla y vi los millones de puntos que parpadeaban ante mis ojos, llenos de destellos. Era la vida de todas esas personas que brillaban a lo lejos y latían intermitentemente al ritmo de las luces y que situaban, así, la ciudad a mis pies. Nueva York me daba la bienvenida, no podía dormirme en los laureles.

Olga me había asegurado que iría a buscarme, así que no tenía nada de que preocuparme, pero cuando encendí el móvil, ya en la terminal, comprobé que tenía un montón de llamadas perdidas y varios mensajes de texto: «Se me complica el día, espero poder llegar a tiempo»; «Avísame cuando aterrices». El corazón empezó a latirme más rápido. Tanto que algunos lo llamarían taquicardia. Me puse nerviosa, porque no tenía ni idea de adónde ir. Cuando me siento así de vulnerable, cualquier cambio de planes establecido se convierte en un obstáculo insalvable. Sobre todo porque me di cuenta de que ni siquiera había apuntado la nueva dirección de Olga. Lista que es una, eso es lo que me decía mi abuela. Claramente, se equivocaba.

Llamé a Olga nada más escuchar los mensajes, pero me saltaba el buzón de voz todo el rato. Durante unos minutos deambulé por el aeropuerto, llevada por las hordas de gente que buscaba o bien la salida o la puerta de embarque para los respectivos vuelos de conexión. Yo no buscaba nada, me dejaba llevar, estaba descolocada. Y medio dormida, no os voy a engañar.

Con los ojos pegados todavía, con legañas, y el pelo todo revuelto, llegué a la cinta donde estaba mi equipaje, recogí mi maleta y volví a intentar localizar a Olga. Nada. Lo intenté con Clara; a pesar del cambio horario necesitaba ayuda y una voz reconfortante, pero no hubo suerte: teléfono apagado o fuera de cobertura. Aproveché para gastar la poca energía que me quedaba en mandar un mensaje tranquilizador a mi padre. Y ni siquiera él me respondió. Lo único bueno es que en ningún momento pensé en escribir a Alberto. Serían los nervios o que ya estaba empezando a olvidarle, pero el caso es que, aunque no hubiera conseguido salir del aeropuerto todavía, mi mente ya había iniciado el camino para aprender a estar sola y a estar bien.

Bueno, eso es lo que me dije a mí misma, aunque pronto me atacó otro pensamiento... ¿Y si no localizaba a Olga? No tenía dinero para un taxi que me pudiera llevar a un destino conocido, mucho menos para un hotel decente, que no fuera el típico motel de película en el que me podían descuartizar. Mi vida era un auténtico desastre.

Sin poder dar con la única persona a la que conocía en esa gran ciudad, totalmente derrotada, me dejé caer sobre mis veintitrés kilos de equipaje. Sabía que esa no era la actitud, pero, de momento, era el resultado y cómo me sentía: Nueva York 1- Lucía 0.

Cerré los ojos y respiré hondo, necesitaba un poco de paz mental para meditar e intentar trazar un plan efectivo. De repente noté algo húmedo y pegajoso en mi mano. Era un perro salchicha miniatura, que me lamía y olfateaba.

Miré alrededor y localicé a su dueña, que venía corriendo hacia mí. Se trataba de una chica morena. No sabría decir su edad exactamente, pero habría apostado lo que fuera a que su abrigo era un Chanel del año 1976. Por fin podía aplicar mis conocimientos de moda adquiridos a lo largo de todos los años de colaboraciones en revistas cubriendo la pasarela Cibeles y otros eventos.

Mientras acariciaba al perro y lo sujetaba para que no saliera corriendo, seguía con la mirada fija en la chica, que se dirigía hacia mí caminando todo lo rápido que el cansancio y haber estado ocho horas en un avión le permitían.

Al parecer se le había roto el transportín y, claro, en cuanto el animal se vio libre, salió corriendo sin contar con un obstáculo: yo. Ya podía tener ese mismo magnetismo con el género masculino. Humano y masculino, quiero decir.

La chica se deshizo en disculpas, pero la verdad es que el perro era un amor y yo estaba encantada. Era como estar en casa. Terapia canina para mi incipiente ataque de nervios.

—*Sorry, so, so sorry* —me dijo en un inglés tan macarrónico que casi no pude frenar la carcajada. Marcaba tanto las erres que era imposible no reconocer el acento. Nativa de Cuenca, Murcia, tal vez de Albacete. No andaba desencaminada, era de Burgos. Como Alberto, maldita sea.

—No te preocupes —dije.

—Hablas español, menos mal. —La dueña del perro respiró aliviada.

—Sí, sí. El inglés lo guardo para las ocasiones especiales. Encantada, soy Lucía.

—Yo soy Ariadna. Y él es Óscar. Oye, muchas gracias por agarrarle. Está un poco nervioso y el pobre necesita salir ya a la calle.

—Pues ya somos dos. Le entiendo perfectamente. Por cierto, me encanta tu abrigo. ¿Chanel del 76? Una colección fantástica.

Ariadna movía la cabeza afirmativamente mientras me observaba de arriba abajo y yo aprovechaba para mirar mi móvil otra vez, por si me escribía Olga. Me inquietaba sobremanera que no lo hiciera, un nerviosismo que intenté disimular ante esa desconocida. Ariadna no se percató, solo estaba desconcertada por mi atuendo. Estaba claro que su sorpresa ante mis conocimientos de *haute couture* era máxima. No encajaban exactamente con mi look: jeans, camiseta y zapatillas, comodidad extrema y look normal para viajar o pasar desapercibida, como siempre.

—¿Eres diseñadora? —me preguntó con curiosidad.

—No, soy periodista. He cubierto alguna que otra pasarela —contesté.

—Ah, qué bien. ¿Y has venido aquí a trabajar?

—No, no, qué va, ojalá. He venido a ver a una amiga. ¿Y tú?

—Yo vivo aquí. Hace… ¿ocho años ya? —Ariadna hizo una pausa breve, para evaluar su vida, como hago yo a menudo—. Madre mía, cómo pasa el tiempo. Pero mira, tantos años y nada, que no me quito el acento.

—Ni falta que hace, es lo que nos da personalidad.

Ariadna sacó una tarjeta y me la entregó. En ella ponía que era Ariadna Blánquez, diseñadora.

—Así que tú sí que eres diseñadora —dije nada más leer sus credenciales.

—Sí, de joyas. Presento colección el mes que viene, en la galería de arte de mi marido. Si todavía estás por aquí, pásate. Estás invitada.

—Me encantaría, pero de joyas no entiendo tanto. Solo sé que no me las puedo permitir.

—Mi colección es muy económica, ya verás. Pero, bueno, que no hace falta que compres nada. Ni que escribas sobre ello. Se trata de pasar un buen rato, nada más.

—Vale, me lo apunto. Ahí estaré, espero —dije, mirando el móvil otra vez.

—¿Dónde te quedas? —me preguntó Ariadna.

—En Manhattan, en casa de mi amiga. Se suponía que venía a buscarme, pero parece que se retrasa.

—Yo te acerco a donde quieras, no me importa.

—No te preocupes. —Sí, tenía que haberle dicho que sí, pero me daba vergüenza admitir que no tenía la dirección de mi anfitriona, así que encontré una buena excusa—. El control en aduanas para los turistas es más largo, tú tienes residencia, así que aprovecha, que Óscar necesita salir ya.

—Bueno, si necesitas algo, ya sabes, llámame. —Me señaló la tarjeta.

La ayudé a meter a Óscar en el transportín y nos despedimos. La vi alejarse, caminando con seguridad y determinación. Así era mi primera amiga o, mejor dicho, conocida, en Nueva York. A ese paso, si no conseguía dar con Olga, iba a ser la única.

Me dirigí a la fila para pasar el control de aduanas. Éramos tantos que no me atrevía ni a contar.

Después de más de una hora de espera, conseguí acercarme, lenta pero segura, a la puerta que separaba el limbo del mundo real. O sea, el aeropuerto JFK de la ciudad de Nueva York. Esa puerta automática, que se abría y cerraba según salían los pasajeros, ya me dejaba ver lo que me esperaba. Todo un mundo nuevo y enorme, tan grande como mi impaciencia por saber si Olga estaría al otro lado. Mi inquietud iba en aumento. Volví a marcar ese número que ya me sabía de memoria de tantas veces que lo había visto en la pantalla. No podía cejar en el intento de dar con ella, a pesar de que la grabación en inglés de su buzón de voz me dejaba bien claro que la comunicación con mi amiga no iba a ser demasiado fluida. Y menos que lo sería a partir de ese instante, ya que un policía se acercó y me informó de que no se podían usar teléfonos móviles hasta pasado el control de aduanas, como bien advertía un cartel que tenía enfrente y que yo había ignorado de manera inconsciente. Debía esperar, no fuera que por desobedecer y tentar la suerte de llamar a Olga me arrestaran. Por desobediente y por pesada. Afortunadamente, la fila hasta la inspección de documentos ya no era tan larga. Tenía catorce personas delante para seguir probando suerte con esos dígitos que, más que el teléfono de Olga, parecían los de una combinación de lotería ganadora. Solo si acertaba, si daba con ella, iba a poder empezar mi aventura. Y tranquilizarme, eso era quizás lo que más necesitaba.

Por fin llegó mi turno. Esos escasos pasos que me separaban del policía que me indicaba con la mano que fuera hasta él los di al ritmo de la duda de si sabría contestar a lo que me preguntaban. Deseé con todas mis fuerzas que no me hiciera un tercer grado demasiado exhaustivo. No es que tuviera algo que ocultar, todo lo contrario, sin embargo, nunca hay que subestimar a la autoridad americana y las ganas de ejercer su poder. Eso me habían advertido, pero por suerte todo fue bien. Me apañé con mi inglés madrileño que, aunque era de un nivel más que aceptable, fluctuaba. Dependía del tema, de mi interlocutor, de la confianza en mí misma de cada momento… Todo influía y determinaba si parecía una locutora de la BBC o Mariano Rajoy.

Nada más superar el control policial, mi teléfono comenzó a vibrar. Era Olga, ¡por fin! Intenté apartarme del tumulto de gente para poder oírla mejor.

—*Hello, darling! Where are you?* —contesté en inglés para ir practicando.

—¿Hola? Lucía, ¿eres tú? —preguntó extrañada, como si no me reconociera o no me entendiera. No lo quise achacar a mi pronunciación, sino a la señal de mi teléfono.

—Claro que soy yo, Olga.

—Ay, menos mal que doy contigo. ¡Bienvenida!

Era genial escucharla desde la misma ciudad. ¡Y mucho más increíble iba a ser verla! Tenía muchas ganas de reencontrarme con ella, de disfrutar juntas de esa ciudad que era la culpable de que no compartiéramos más experiencias vitales por estar tan separadas.

—¡Gracias! —Iba a responder en inglés, pero ya no me sentía tan segura de mis habilidades. Además, siempre es raro hablar con alguien en una lengua distinta a la que se tiene en común.

—Oye, lo siento, me queda mucho trabajo todavía. No puedo ir a buscarte…

—Vale, entonces ¿qué hago? ¿Me pasas la dirección y me explicas cómo ir? —interrumpí su contestación, estaba nerviosa y un poco acelerada.

—Me ha dicho Matt que te recoge él.

—Ah, genial.

—Ya nos veremos esta noche en casa.

—Oye, ¿cómo…? —Iba a preguntarle cómo era físicamente, para reconocerle, pero alguien me propinó un empujón por la espalda e hizo que me comiera la maleta de una señora de delante.

Eso provocó un efecto dominó que casi me hace gritar en medio de un aeropuerto lleno de seguridad y de terror al terrorismo. Ideal. En la caída me golpeé la espinilla y alguien me dio por detrás, provocándome un dolor en los ligamentos del tobillo tan intenso que mucho temí que me fueran a arruinar el viaje. Me quedé tocada por delante y por detrás, bien. Para evitar que también me dieran de lado, me giré y dejé pasar a la persona que demandaba que le abrieran paso de forma tan impaciente y arrolladora. Me molestó mucho esa manera de intentar esquivarme, su forma de decir «*sorry*», que, en realidad, era una forma normal. Lo cierto es que no hubiera importado de qué forma lo dijera, porque nada me iba a quitar la mala hostia ni la mala pata, esa cojera que deseaba fuera temporal. Terminé de darme la vuelta para poner cara al maleducado que pensaba que su tiempo valía más que el de los demás y que todos nos teníamos que apartar, pero cuando me giré ya no alcancé a verle el rostro. Solo me quedé con su camisa, que era bastante bonita, la verdad. Azul cobalto con un estampado de pequeñas flores blancas, casi plateadas. O tal vez fueran cruces. Qué importaba, ese hombre sí que era una cruz. Era un gilipollas, como quiera que se diga eso en inglés.

—¿Qué dices?

—¡Vaya imbécil!

—¿Quién, Matt?

—No, no, un energúmeno, que casi se me lleva por delante y que me ha dejado coja.

—¿Estás bien?

—Espero. Bueno, ¿qué me decías?

—Que Matt está de camino, así que espérale. No te muevas de ahí.

—¿Adónde quieres que vaya? Si ni siquiera sé dónde vives.

Empezamos a reírnos las dos cuando, de repente, el individuo de la camisa azul volvió a tropezarse conmigo. Tal vez en esa ocasión la culpa fuera mía, de mi cojera y de mi maleta, no digo que no. Pero el café que me tiró encima, eso sí que era suyo. Vale que era yo la que estaba distraída, hablando por teléfono y deambulando por un aeropuerto que no conocía, llevada por una marea de gente igual de desubicada. Yo fui la que se giró bruscamente y chocó con Mister Imbécil, como decidí llamarle, pero también fui yo la que se quemó con su café con leche de almendras y sirope de vainilla o caramelo.

A ver, técnicamente, sí, la culpa había sido mía, pero, con mi camisa completamente arruinada y el canalillo ardiéndome y oliendo a café, no pude hacer otra cosa que saltarle a la yugular. Estaba un poco irritable por haberme dejado medio tobillo en una Samsonite, por el cansancio acumulado, el viaje, una boda inminente que no era la mía y que era el motivo por el que me hallaba en un país diferente. Todo eso, como es lógico, hace acumular tensión y agria momentáneamente la energía y las ganas de vivir. Así que, sí, salté. No pude controlarme. Es mi carácter, es la «marca Lucía».

—*Fuck!* —grité, sin preocuparme por los modales o el idioma.

—*Sorry, are you ok?* —Mister Imbécil se deshacía en disculpas, pero a mí no me servían.

—A ver si miramos por dónde vamos, capullo —dije en español, mientras dejaba a Olga esperando al otro lado de la línea.

El tipo no dijo ni mu, solo me miró con una cara de no entender ni papa de lo que le estaba contando. ¿Qué le podía decir para que lo entendiera? ¿Cómo se decía «capullo» en inglés? Aunque mi nivel era bueno, todavía quedaba vocabulario que aprender. No quería tener limitaciones lingüísticas que me impidieran decir lo que pensaba.

—Si quieres te lo repito en inglés. Ca-pu-llo —dije un poco más alto y más claro.

Y, sin mirarle siquiera, me alejé orgullosa de haber puesto a ese individuo en su sitio.

—¿Olga? —pregunté, recuperando la llamada.

—Sí, sí, estoy aquí. Oye, ¿ves a Matt o no?

Era complicado ver a alguien a quien no conoces. Mi mirada deambulaba por toda el área de llegadas, pero no veía a nadie que pudiera estar buscándome.

—Eso te preguntaba antes, que cómo es.

—Ah, pues no sé, normal.

¿Normal? Eso era imposible. ¿Desde cuándo se liaba Olga con hombres normales? Conociéndola seguro que no podría serlo tanto. No digo que fuera raro o extremadamente particular. No, digo que seguro que era especial. Al fin y al cabo, era el primer hombre que había convencido a Olga de que vivir bajo el mismo techo era una buena idea.

—Es alto, aunque tampoco mucho. Lleva gafas, aunque a lo mejor se ha puesto las lentillas.

—Olga, dime algo más concreto. ¿Pelo? ¿Ojos? Blanco, negro, asiático…

—Caucásico, según los estándares de aquí. Y judío.

—¿Va con el gorrito?

—Kipá, se dice kipá. Y no, no lo lleva.

—Bueno, pues lo mejor es que espere hasta que me encuentre él. Aunque no sé qué le habrás dicho de mí, que soy… ¿normal? Ni alta ni baja; ni gorda ni delgada. Vaya, caucásica, ¿no?

Desde luego su descripción no era muy precisa, pero yo, a pesar de todo, seguía buscando a Matt como quien busca a Wally.

—Mira, ¿sabes lo que voy a hacer? Te voy a mandar una foto y así nos dejamos de tonterías.

En ese instante me di cuenta de que Olga ni siquiera había subido ninguna foto a Instagram o Facebook con él. Le di al altavoz para, mientras seguía hablando con ella, poder abrir Facebook y comprobar que, efectivamente, tampoco tenía a ningún Matt en su lista de amigos. ¿Cómo podía ser? O tenía seudónimo o, lo que era más increíble, no tenía Facebook. ¿Con qué clase de persona estaba saliendo mi amiga?

—Buena idea lo de la foto. ¿Tú no le has enseñado ninguna mía?

—Pues, chica, ¿te puedes creer que no tengo ninguna en la que no estés poniendo caretos?

—A lo mejor es que es mi cara habitual —me defendí, sabiendo que la fotogenia no es lo mío. La foto del pasaporte y la de Facebook lo corroboraban.

—Ya te la he mandado.

Mi móvil vibró levemente. Abrí la foto y conocí a Matt. Mejor dicho, le reconocí. En ese instante el estómago se me encogió de golpe y sentí un pinchazo agudo desde lo más profundo de mi conciencia. La había cagado. O Matt tenía la misma camisa azul cobalto que el capullo maleducado o era el mismísimo Mister Imbécil *in person*. Volví a mirar la foto y al Matt de carne y hueso, los dos llevaban las mismas gafas. No había lugar a dudas ni espacio para la esperanza de reconducir ese primer encuentro. O, mejor dicho, encontronazo. Era Matt y también sería, desde ese día y hasta tiempo después, Mister Imbécil o el Capullo Maleducado, según el día.

—Estate atenta, que él no ve muy bien de lejos —me aclaró Olga.

—¿Y de cerca? —Deseé que Matt viera menos que la Vieja del Visillo, era mi única salvación. Eso o irme corriendo y cruzar el Atlántico de vuelta. ¿Cuántas dioptrías tenía de margen para salvar mis vacaciones y la relación con el novio de mi amiga, que había empezado de la peor manera posible?

Mientras me lamentaba por mi mala pata y mi cuestionable comportamiento, vi que Matt estaba escribiendo algo en un papel. Al terminar, giró el folio y también su mirada. Nuestros ojos se volvieron a cruzar y sentí una vergüenza infinita de golpe. Bajé la vista para leer lo que ponía en el cartel:

Esa era yo. Y ese era Matt, el novio de mi amiga. Qué casualidad y qué pequeños eran el mundo, Nueva York y ese aeropuerto. Mira que hay gente en el universo con la que liarla parda, y yo había escogido al único desconocido que estaba a punto de dejar de serlo. Maldita mi suerte. A cada paso que daba hacia él, me lo iba advirtiendo mentalmente: «Ese imbécil es el novio de Olga, no me lo puedo creer; el novio de Olga, ese… ¿en serio?».

—¿Lo ves o no? —gritó Olga al teléfono.

Di un respingo. Me había olvidado completamente de que mi amiga seguía ahí, al otro lado de la línea.

—Sí, sí. Ya le he encontrado —le aclaré con un hilo de voz, casi temblorosa.

—Genial, te dejo. ¡Nos vemos luego!

—Sí, genial —pensé en voz alta, dudando de cuán genial iba a ser todo mi viaje.

Tres pasos más me separaban de Matt y los recorrí al ritmo de mi nuevo mantra mental.

«Paso uno: el novio de Olga es un imbécil. Paso dos: es un maleducado. Paso tres: y yo más.»

Estaba mirando el cartel con mi nombre escrito que sostenía Mister Imbé… quiero decir, Matt. Le sonreí de forma reconciliadora, intentando limar asperezas y romper una lanza en favor de su relación con Olga y por el bien de mis propias vacaciones, pero, lejos de sonreírme de vuelta, Matt se giró, ignorándome.

Me tragué mi indignación y le di un suave golpecito en el hombro, cuando en realidad me apetecía soltarle una colleja. U ocho. Pero me contuve, esta vez sí que supe controlar mis impulsos.

—Eh… Esto… Soy, quiero decir, *I am…* —dije señalando el cartel.

El pobre me miraba confuso hasta que rápidamente ató cabos. Su cara lo decía todo, incluso lo que jamás verbalizaría una persona normal. Pero ¿qué es ser normal hoy en día? Desde luego tampoco puedo decir que yo lo fuera.

—Eres Lucía Palacios —dijo en un tono que mostraba el mismo entusiasmo que yo sentía en ese instante.

Nada más escucharle, caí en la cuenta… ¡Mister Imbécil hablaba perfectamente castellano! Yo, sin embargo, me había quedado muda de repente. Solo moví la cabeza afirmativamente; notaba que lo que me ardía ya no era el escote por el café, sino las mejillas por la vergüenza.

—Yo soy el capullo de antes. Encantado. —Matt me tendió la mano a modo de frío saludo.

—Perdona, no sabía que hablabas español —contesté.

Un intenso silencio se instaló entre nosotros durante unos segundos. Fue poco tiempo, pero a mí se me hizo más largo que el propio vuelo. De repente, ya ni siquiera oía el murmullo de la gente ni las llamadas por los altavoces para las inminentes salidas y llegadas de pasajeros.

Yo no sabía qué decir para romper el hielo, que ya nos había congelado nada más vernos y sin todavía conocernos. Matt me miraba atónito, pero yo no sabía el motivo. Ni siquiera me había parado a pensar en mis palabras, la incomodidad que sentía me impedía pensar con claridad. Matt me observaba fijamente, tanto que a punto estuve de examinar mi camiseta a ver si tenía alguna mancha de chocolate, pero, por una vez, eso era imposible. Aparté la vista varias veces. No servía de nada, en cuanto recuperaba foco, nuestras pupilas se encontraban de nuevo. No me quedaba claro qué le pasaba a ese chico, pero, si seguía así, se iba a quedar bizco. En esos segundos que duraron un mundo, me dio tiempo a analizarlo intensamente. Su pelo rojo oscuro, sus ojos verdes, sus pecas, su gesto torcido… No me pareció guapo ni feo. No me pareció nada, salvo un poco insoportable. Corrijo, terriblemente inaguantable. Nunca, que yo recuerde, había sentido un rechazo de tal calibre y tan inmediato por alguien. Supongo que es lo que dice todo el mundo cuando conoce a Donald Trump.

Había intentado disculparme, a mi manera, que tal vez no fue la mejor, pero, a pesar de eso, la situación seguía siendo tensa y rara. Todo lo extraña que puede ser teniendo en cuenta que, de todos los hombres que había en el mundo, ese era uno de los pocos a los que diría «quita, bicho». Sin embargo, la que no se podía quitar del medio era yo. No porque estuviera coja, que lo estaba, sino más bien porque o era quedarme en su casa o en el aeropuerto hasta que llegara el momento de volver a Madrid. Eso era dentro de tres meses, así que más me valía encontrar un modo de hacer sonreír a ese hombre y de caernos mejor mutuamente. De lo contrario, mis vacaciones iban a ser peor que entrar en *Gran Hermano* con la novia de Alberto.

—Pensaba que te ibas a disculpar por tu actitud, pero veo que el problema es que hablo tu idioma.

Uy, uy uy, qué difícil iba a ser eso. Ese chico tenía peor carácter que yo. Había oído hablar de la «nula simpatía» neoyorquina y, sí, *eccolo qua*.

Touchée. Vale que mi disculpa había sonado a que le estaba pidiendo perdón solo porque me había entendido, no por llamarle «capullo» y ser una maleducada sin importar el idioma. Acepto argumento como motivo de ataque, pero no estaba dispuesta a rendirme tan fácilmente. Si había que pelear, yo no pensaba rendirme sin, al menos, asestar algunos golpes de lógica.

—Tampoco es que tú hayas sido un caballero —comencé a decir—, que me has dejado coja. Un poco más y me mandas de vuelta a Madrid del empujón. Pero vaya, que sí, que lo siento.

Matt ni me respondió. Se giró y empezó a caminar. Pero ¿qué hacía, adónde iba? ¿Me iba a dejar ahí?

—¿Vamos? Que no tengo todo el día.

Y así fue como yo, que nunca quise ir detrás de un hombre, me vi siguiendo los pasos al más insoportable de todos, y encima, coja, cansada y con todo mi equipaje a rastras.

Ese chico era lo peor, una mezcla de la arrogancia americana con la chulería ibérica más rancia. Tuve que contar hasta mil en menos de diez segundos para contener mi impulso de decirle cosas que no habría oído ni en mi idioma ni en el suyo.

Lo que no sabía es que ese enfado, en el fondo, poco tenía que ver conmigo. Y lo que tampoco sospechaba es que mi rechazo hacia él, en realidad, tampoco tenía nada que ver con Matt.

7

Anochece, que no es poco

Llegamos al coche, recorrimos los pasillos de la terminal y la calle en completo silencio, como si en vez de al parking fuéramos al matadero y estuviéramos reflexionando sobre todo lo que habíamos hecho mal en la vida.

«Empujarme, Matt, empujarme y ser un maleducado, eso es lo que has hecho mal», le dije telepáticamente.

Metimos mi equipaje en el maletero y Matt cerró la puerta antes de que pudiera dejar mi bolso también; por eso y para evitar hablarle, antes de subir al coche, abrí la puerta de los asientos de atrás para dejarlo ahí. Como diría mi madre, «acabáramos». Matt no estaba de humor y todo era un problema. Sobre todo yo.

—¿No te irás a sentar ahí? No soy tu chófer —dijo con cierto tonito, o eso me pareció a mí.

Me dieron ganas de sacarle una foto, subirla a Instagram y añadirle el hashtag #difícil no, lo siguiente. Me resultaba complicado interactuar con Matt. Tanto que sacarse un doctorado —o un máster, que se lo digan a algunas— en psicología en una tarde seguro que era una proeza mucho más factible. Por no decir que sería un título que me hubiera venido de perlas para entender a ese hombre, por el que sentía una animadversión infinita. Lo único que me interesaba de él era saber por qué hablaba español tan bien. Con ese nombre, Matt. Es como llamarse Kevin Martínez y ser de Alcobendas. Un poco de personalidad, por favor.

Pero es que además era americano, estaba confundida, tanto como estaba disgustada por lo mal que había aterrizado. En Nueva York y en la vida de Olga.

Dejé el bolso atrás y me senté en el asiento del copiloto, marcando tanto mis movimientos que casi me pillo la mano con la puerta. Era el karma recordándome que debía dejar de erizarme como un gato ante una presencia hostil.

Una vez subidos al Prius metálico, volvíamos a estar en silencio, sin hablarnos. Cualquiera pensaría que, más que a una gran ciudad, me había ido a una especie de cura de silencio, de retiro espiritual, si no fuera porque lo que Matt hacía con mi espíritu era alterarlo. Continuamos ignorándonos, él mirando al frente y yo con la mirada perdida en mi lado del paisaje.

Saqué mi móvil y comencé a escribir a Clara.

—Ya he llegado y ya me quiero volver. Bueno, no, pero sí. Matt es un rancio.

Antes de darle a enviar miré la hora y borré el mensaje. Tenía dos buenas razones para ello. Una, porque ese primer encuentro tan surrealista con Matt se merecía una explicación más extensa que un simple mensaje de WhatsApp, y dos, por el cambio horario (no la quería despertar).

Eran las dos y cuarto de la madrugada en Madrid, las siete y cuarto de la tarde en Nueva York. La luz del sol empezaba a atenuarse mientras iluminaba la majestuosa ciudad que ya quería demostrarme que la noche y el día podían convivir, al menos unas horas, para, finalmente, culminar el relevo con una puesta de sol increíble sobre el río Hudson. Me quedé prendida de esa luz y sentí una extraña paz entre tanto bullicio.

—¿Te importa si pongo música? —me preguntó.

—No, no. Claro que no.

Por favor, cómo me iba a importar, pensé. Hasta lo celebré, pero me duró poco.

Matt le dio al play, dejando sonar una banda que no conocía y que no tardé en darme cuenta de que no iba ser de mis favoritas.

No me sentía con la confianza para pedirle que quitara la música, sin que por ello se planteara frenar y echarme del coche, así que decidí que era mejor que el ruido de la ciudad ayudara a distraerme.

—¿Puedo abrir la ventanilla? —pregunté.

Matt asintió, así que el resto del camino fui con la ventanilla bajada, medio cuerpo fuera de la emoción y dejando que toda la contaminación me entrara bien adentro, hasta el último rincón de mis pulmones. Quería inspirar toda la esencia de una ciudad que siempre había formado parte de mi vida de una forma u otra. No me podía creer que por fin hubiera puesto un pie en esa metrópoli que había servido de escenario a historias que había leído y me habían cautivado; o que había visto y que me habían atrapado, ya que también era el lugar donde se desarrollaban muchas películas que me habían hecho soñar más allá de mi barrio, mi ciudad y de mi imaginación. Pero, ante todo, era una ciudad que era parte de mí, de nosotras, porque Olga vivía ahí.

Todos esos motivos eran los que me hacían mirar alrededor con esa maravillosa sensación que provoca lo nuevo, las experiencias únicas. Mis ojos brillaban reflejando las ganas acumuladas durante tanto tiempo de querer estar ahí.

Había oído hablar del tráfico, de lo horrible y estresante que era. Efectivamente, había muchos coches, ya que era hora punta. Había mucho de todo, aunque, para tanta gente y tanto movimiento, honestamente no me pareció tan grave, teniendo en cuenta que, como me informaba Google Maps, había que cruzar la ciudad de un lado al otro para llegar a su casa. Pero no tardamos tanto y casi diría que se me hizo corto el trayecto. Como para que no fuera así, estaba de lo más entretenida mirándolo todo, los coches, las calles, los edificios de oficinas gigantes y las casas, llenas de vida algunas y carentes de ella otras.

—¿Es la primera vez que vienes? —me preguntó Matt, interesado por mi cara de continuo asombro.

—Sí, siempre había querido venir, pero, bueno, cuando no era una cosa era otra…

—Espero que te guste —dijo en un tono un poco más amable. Menos mal.

Ya me gustaba. ¿A quién no le gusta una ciudad como Nueva York la primera vez que la ve? De vacaciones es maravillosa; para vivir todo el año, no sé. El ritmo frenético me hizo recordar que yo siempre decía que otra vida es posible, que no hace falta ir corriendo como si llegáramos tarde a todas partes. Todos mis amigos conocían mi lema: «Algún día me iré a hacer queso a un pueblo». Quizás podría introducir las maravillas del Cabrales en Nueva York.

Matt giró el volante y nos adentramos en la calle Noventa y cinco del lado Oeste de la ciudad. Me pareció una calle vulgar, sin mucho encanto, la verdad. Por eso me sorprendió cuando frenó el coche delante de una verja, que más bien parecía la entrada clandestina a un burdel del año 1800. Pensé que quizás Matt debía recoger algo de las tiendas o locales industriales de alrededor. Pero no.

—Hemos llegado —me informó, al ver mi cara de estupefacción.

En cuestión de segundos, un hombre con uniforme de botones se acercó al coche, abrió la puerta y me tendió la mano para que saliera.

—*Madame*… —Así me había llamado. Señorita o jefa del burdel imaginario que me había diseñado, no tenía claro cuál de los dos papeles me correspondía, dado el escenario.

Salí del coche, y Matt entregó las llaves al hombre y con un gesto me indicó el camino. Yo intentaba disimular mi cara de póker, no entendía nada.

Olga me había dicho que su nueva casa y su barrio eran preciosos, pero ante mis ojos solo veía una entrada a lo que, descartado el burdel, yo habría jurado que era el almacén de la basura de un restaurante. O eso parecía de lejos.

Una vez más me equivocaba. Primera lección que me daba la

ciudad, nada es lo que parece. En cuanto nos acercamos a la verja, vi que había unas escaleras que escondían uno de los rincones más mágicos de toda la ciudad y de acceso privado para los ocho residentes de esa pequeña villa secreta. Cerré los ojos y volví a abrirlos, no daba crédito a lo que estaba viendo. Un conjunto de casitas bajas, perfectamente custodiadas por árboles podados a la perfección, como si, más que cortados por un jardinero, hubieran sido diseñados por un artista. Era un lugar mágico, con ese aire de pueblo británico trasplantado en la Gran Manzana. Ocho casitas de estilo inglés que reivindicaban su lugar entre tanto rascacielos.

—No me lo puedo creer… ¿Cómo es posible que exista esto? Es como un pueblo en medio de la gran ciudad.

—Es lo que me gusta, poder dejar atrás Manhattan con solo abrir una verja —dijo Matt.

Habíamos entrado por la puerta de atrás, pero la entrada principal, en la calle Noventa y cuatro, tampoco era muy diferente. Solo el escudo con el nombre de ese pasadizo dejaba adivinar que no era un lugar cualquiera. ¡Tenía hasta su propio escudo! Pomander Walk se llamaba el que iba a ser mi hogar los próximos tres meses.

Yo era curiosa por naturaleza y por vocación, de ahí lo de ser periodista. Era indispensable querer saber más. En cuestión de diez segundos, me asaltaron las dudas. ¿Quién había creado ese lugar? ¿Por qué y para quién? ¿Cómo era posible que hubiera resistido el paso de los años y la ambición de los inversores inmobiliarios? ¿Quién tenía la suerte de vivir ahí? Ocho privilegiados individuos y sus familias. Solteros, casados, divorciados, artistas, músicos o banqueros… Necesitaba colmar mis ansias de información, así que saqué el teléfono para irme directa a la Wikipedia, pero Matt se anticipó y ejerció de ella, lo que le hizo ganar más puntos y casi me cayó bien y todo.

—¿Sabes por qué se llama así, Pomander Walk?

Negué con tal ímpetu que casi me disloco el cuello.

—Dicen que está inspirado en una obra teatral llamada igual.

Una especie de comedia romántica ambientada en cinco casas muy pequeñas y escondidas en el viejo barrio de Chiswick, en Londres.

Me quedé fascinada por la historia, por la combinación de los dos mundos. El viejo y el nuevo, el inglés más tradicional con la modernidad un poco más fría y distante.

Todo eso y más se reflejaba en esas casas únicas, de ladrillo visto unas, otras blancas con las ventanas y puertas verdes o rojas. Y la azul. La casa azul, la de Matt y Olga.

Matt abrió la puerta, invitándome a entrar a lo que ya intuía era un universo mágico.

—¿Está Olga? —pregunté mientras traspasaba el umbral.

—No. Llegará tarde, pero espero que, por una vez, llegue para cenar.

Oí lo que me decía, pero sus palabras se convirtieron en un murmullo lejano. Ya no estaba escuchando, porque todos mis sentidos estaban puestos en observar y sentir cada rincón de esa casa.

Paredes llenas de cuadros de tamaños dispares, viejos tocadiscos y decenas de vinilos; antiguas máquinas de escribir con las cuales, probablemente, se habían escrito las palabras que colgaban enmarcadas en esas paredes, que seguro escondían secretos y grandes historias. Y, hablando de historias, ahí estaban todas. Miles de libros campaban a sus anchas por todos los lugares, como si fueran los dueños reales de esa morada.

Ese sitio, sin quererlo pero sin poder remediarlo, se había convertido en mi favorito, así de repentinamente y sin dudarlo.

Paseé embobada por el pasillo que dejaba libre el laberinto de obras que me observaban desde las estanterías. Posé mis dedos en las páginas más antiguas de maravillas escritas por Salinger, Foster Wallace, Faulkner y acaricié esas viejas hojas con cuidado. No sabría decir cuánto tiempo estuve en ese estado de shock contemplativo.

—¿Te gusta leer? —me preguntó Matt, interrumpiendo mis pensamientos.

—Sí, aunque más en español —confesé algo avergonzada y lamentando no ser bilingüe como él—. Bueno, en realidad me gustaría poder leer a cada autor en su idioma —reflexioné.

Y mientras me perdía en ese pensamiento, vi un libro especial. Bueno, dos. Busqué por si había un tercero, pero no lo avisté. Todos ellos eran del mismo autor: Matt Androsky. ¿Matt? ¿El Matt de Olga *aka* Mister Imbécil desde hacía unas horas?

—Yo escribo en inglés —dijo Matt, anticipándose a mi pregunta, disipando mis dudas y ampliando mi curiosidad.

—¿Eres escritor? —Me sentí ridícula preguntando algo tan evidente. Me causaba respeto, y hasta admiración, ver su nombre sobre la encuadernación de esas páginas.

—En cierta forma todos lo somos, ¿no? —Por un momento me volvió a resultar insoportable.

Tuve que contener la risa. Y las lágrimas. Ya me gustaría a mí serlo, este hombre no sabía lo que decía. Escribir, ser escritora, era algo con lo que había fantaseado desde la facultad, pero a lo máximo que había llegado era a escribir la lista de la compra y mis críticas y artículos para revistas, que poco me aportaban más allá de lo justo para pagar el IVA y devolver a Hacienda la poca dignidad que quedaba, en mí y en mi cuenta corriente, tras abonar la cuota de autónomos cada mes. Pensando en eso, me entraron ganas de escribir, sí, mi epitafio. Así que no, no todos éramos escritores.

—Pues no —le rebatí de forma tajante.

—Ya verás la cantidad de gente que hay en las cafeterías con sus portátiles, escribiendo como si no hubiera un mañana. Todos dicen que son escritores. Supongo que la diferencia está en escribir bien.

—La diferencia está en que te publiquen —repliqué, volviendo a mirar sus libros—, así que sí, tú sí eres escritor.

—Dejémoslo en que escribo y que espero poder hacerlo mejor algún día —dijo a medio camino entre la timidez y la arrogancia, o eso me pareció. Tal vez le estaba juzgando injustamente y llevada todavía por nuestro reciente intercambio de pareceres, por decirlo suavemente.

—Seguro que eres bueno —dije hipócritamente, cogiendo

uno de sus libros y mirando la cubierta. Estaba intentando limar asperezas y cambiar de actitud.

—Juzga por ti misma.

—Lo haré.

Esa declaración de intenciones sonó a amenaza. Sonreí, a modo de promesa de que me leería sus obras. Si no había más remedio, me dije a mí misma. Y luego me eché la bronca inmediatamente, tenía que cambiar el chip. Sobre todo porque tal vez lo mereciera, pensé al ver el resto de su colección de libros de otros autores. Tenía buen gusto. No había leído nada suyo todavía, pero si tenía que juzgar el libro por la portada, Matt empezaba a ganarse el aprobado sin despeinarse. Y peinado también. Quizás, a fin de cuentas, Olga no había elegido tan mal. Y quizás yo le había juzgado demasiado pronto y demasiado duramente.

Estaba ensimismada mirando no solo los libros, sino todos los elementos de la sala. No podía creer que esa fuera la casa de Olga. Qué lejos quedaban aquellas paredes de nuestro piso compartido, desconchadas por la humedad, tapada con pintura barata. Ya no éramos tan jóvenes, pero estaba claro que dejar de serlo había supuesto adentrarse en diferentes niveles de madurez y estatus para cada una de nosotras.

No es que me sintiera incómoda en esa casa de un barrio que no conocía, de una ciudad que todavía no había explorado, pero sí notaba algo raro. Era una sensación extraña que no podía definir. Una especie de decepción para conmigo misma. No era envidia, en absoluto. Era sentir que yo lo había hecho realmente mal en la vida. No me salvaba ni en lo personal ni en lo profesional, pensé mientras miraba mi reflejo en el ventanal que daba al jardín. No lo pude evitar, en ese pack de reflexiones estaba incluido Alberto. Volví a pensar en él hasta que me topé con la mirada de Matt. Por un momento perdí la conexión con el mundo, porque estaba claro que ese no era el mío.

Para aterrizar del todo necesitaba una ducha, quitarme de encima las huellas del viaje y ese fugaz pensamiento o sensación de rendición que se había depositado en mi mente antes de lo previsto. Había ido a olvidarme de alguien, no podía ser que me asaltaran los recuerdos tan pronto.

Volví a mirar mi reflejo y en un ritual silencioso, con Matt de testigo, pero sin que él supiera lo que estaba presenciando, me sonreí. Me di a mí misma la bienvenida a la ciudad de mis sueños. Estaba ante la Lucía Palacios de Nueva York. Quizás esta nueva versión de mí no lo iba a hacer tan mal. Quizás pudiera empezar a comerme el mundo. Pero, para eso, tenía que empezar por una Gran Manzana.

8

Entre copas

La ducha me sentó como si hubiera estado tres días en un spa. Me borró el cansancio del viaje y me atrevería a decir que hasta me quitó años de encima. Pero lo mejor de todo me estaba esperando al salir del baño, porque más refrescante que el vapor de agua con toques de lavanda, que ya es decir, fue ver a Olga.

¡Por fin la veía en persona y no reducida a esa especie de holograma en el que quedábamos convertidas cuando solo contábamos con la pantalla de un móvil o de un ordenador! Olga era de verdad, no solo una voz muy ocupada al otro lado del teléfono.

A pesar del estrés y las muchas horas de trabajo, estaba guapísima con su traje de chaqueta, que le sentaba mejor que a ninguna actriz protagonista de cualquiera de esas series americanas de abogados o publicistas. Por no hablar de esos taconazos, tan *Sexo en Nueva York* que hacían que me dolieran los pies solo de mirarlos.

Cuando se dio la vuelta y me vio, me sonrió desde lo lejos y se acercó corriendo. Dejó de lado la copa de vino que llevaba en la mano, no sin antes beber un traguito, para así darme un beso en la mejilla que me dejó marca, pero que también me borró la nostalgia de golpe. Nos habíamos echado de menos, mucho. Creo que con ese abrazo que nos dimos, que tan solo duró unos segundos, pero que en realidad encerraba todo el tiempo que habíamos estado separadas, nos dijimos muchas cosas en silencio. Y en voz alta también.

—Qué guapa estás. No te imaginas cuánto me alegro de que estés aquí —confesó Olga, mirándome a los ojos fijamente, como si así pudiera quitarme los pequeños restos de tristeza.

—Tú sí que estás guapa. ¡Y neoyorquina! —le dije, señalando los zapatos.

—¿Has visto? Una, que ha aprendido a andar en lo alto.

Olga hizo una pirueta con una actitud tan pizpireta que casi le lleva a perder el equilibrio y estamparse contra el suelo. Se sujetó a mí. Para eso estábamos, para evitar los golpes. De todos los tipos. Y para ayudarnos a levantarnos si nos caíamos, que era para lo que yo había cruzado el Atlántico. Pocas veces la había visto con tacones, así que se me hacía raro tener que mirar hacia arriba.

—Ven, vamos al sofá —dijo, liberándose en un solo movimiento de esos centímetros de más que la elevaban por encima de la media, aunque la verdad es que para eso no necesitaba tacones. Hay personas que sobresalen y, para mí, Olga siempre había sido una de ellas.

Me cogió de la mano y me llevó de regreso al salón. En ese pequeño paseo, apretando su mano como si fuera una guía espiritual, me di cuenta de que necesitaba pasar tiempo con ella, también conmigo. Recuperar los sueños de aquellas niñas que fuimos cuando jugábamos en la plaza de La Prospe. Tantos años después, todavía no sabía muy bien quién era yo. Me había perdido en el camino hasta tal punto que había necesitado cruzar el charco para iniciar el viaje y llegar hasta mí misma. Para encontrarme.

Tampoco sabía muy bien quién era Olga, en quién se había convertido tantos años después de aquellas jornadas infinitas saltando a la comba cuando íbamos a la escuela o esos eternos cafés en el bar de la universidad.

No había que ser muy espabilado ni haber leído todos los libros de ese salón, para darse cuenta de que en ese momento éramos diferentes, pero no opuestas.

Olga recuperó su copa de vino, me sirvió una a mí y brindamos.

—Por los viejos tiempos —dijo, mirándome a los ojos, como manda la tradición.

—No, mejor por los nuevos —rectifiqué sin dudar y sin dejar de sonreír—. Y por Clara, que sin ella no estaría aquí.

—Ya podría haber venido contigo, ahora que tengo sitio y no vivo en un agujero.

Olga tenía razón, si estuviera Clara el viaje sería redondo. Pero le había prometido que lo iba a ser igualmente, incluso sin ella. Le mandé un whatsapp para demostrarle que iba por buen camino en mi propósito. «*I miss you*. Mañana hablamos», emoji de carita sonriente, emoji de beso y le di a enviar.

Olga y yo chocamos ligeramente las copas, un pequeño chinchín para celebrar mis primeras horas en su hogar. En la ciudad que nunca duerme y que, a buen seguro, iba a hacer que me despertase.

El vino estaba rico, sabía diferente. Era un malbec argentino que ya había probado en Madrid, pero le notaba otro sabor. No es que fuera una experta *sommelière*, más bien lo contrario. Mi paladar se había visto afectado por los litros de calimocho ingeridos en la juventud, que era de las pocas —por no decir la única— bebidas que mi economía de aquella época —y casi de esta— se podía permitir.

Quizás fuera la copa, ese cristal verde botella que le aportaba un toque vintage, añejo y, por lo tanto, caro con malicia. Tal vez era eso lo que le daba ese toque diferente. O simplemente era yo, que lo degustaba todo de forma distinta. Fuera lo que fuese, quedaba claro que no tenía mucha idea de vinos, pero le estaba cogiendo el gusto a esto de experimentar. De ver y probar cosas nuevas. De leer y descubrir autores nuevos, por ejemplo.

Me acerqué a una de las estanterías y, cuando estaba a punto de escoger uno de los libros de Matt, Olga, sin quererlo, me distrajo con sus palabras.

—Entonces ¿estás bien? —me preguntó, vacilante.

—Sí, claro —respondí, intentando sonar positiva.

Noté que me volvía a mirar con intensidad, pero con calma. Atravesándome con esos ojos que sabían ir más allá de la fachada y que le permitían leer un poco más y mejor entre mis líneas emocionales.

—No, claro, no, Lucía. Que… bueno, ya sabes.

—¿Qué sé? ¿A qué te refieres?

Una breve pausa denotaba que Olga no sabía muy bien si debía abordar o no el tema ni cómo hacerlo. Me acerqué un poco más para indicar que prosiguiera y poder oírla mejor.

—Es que lo tuyo con Alberto no es… no ha sido cualquier cosa.

—Pues ya ves, para él sí lo era.

No es… No ha sido… Ese tiempo verbal corregido me pegó fuerte. Un *punch* en pleno corazón que me provocó un nudo en la garganta. Me despertó las dudas en pasado, en presente y en futuro. Soy. Fui. Seré. No tenía ni idea de quién era, porque no me reconocía en el recuerdo de quien había sido hasta el momento. Solo quedaba apostar por el futuro, era lo que podía cambiar(me).

—No digas gilipolleces, claro que no eras cualquier cosa para él —dijo sin contemplaciones.

—No son gilipolleces.

Se hizo un breve silencio que no sabía cómo romper. Yo no quería pensar en Alberto, no quería hablar de él, no quería que nadie me preguntara y, sobre todo, no quería echarle de menos. Pero lo peor de todo es que tampoco quería borrarle de mi vida, no quería que no formara parte de ella. Solo debía aprender a que estuviera de otra forma. ¿Cómo se hacía eso? Con tiempo, dicen. A esa fórmula, yo le había añadido otro ingrediente, la distancia. A ver si así el proceso se aceleraba.

—Lo siento si he sido muy bruta. No te enfades —se disculpó Olga.

—Cómo me voy a enfadar, mujer.

—En cuanto llegue Matt, salimos a cenar, ¿vale? —dijo, conciliadora.

—¿No está en casa? —pregunté, pensando que el que había sido mi anfitrión las primeras horas seguía por ahí.

—No, ha ido a buscar a Lucas mientras te duchabas.

—¿Lucas? —pregunté con curiosidad.

—Sí, es más mono… Te vas a enamorar…

¿En serio? ¿Tan rápido quería Olga que pasara página? Sin duda, se había puesto las pilas en lo de conseguir que olvidara a Alberto buscándome nuevos candidatos neoyorquinos. No pude preguntar más, porque Olga me interrumpió, así que me quedé con las ganas de saber quién era ese tal Lucas.

—Me ha dicho Matt que te pregunte dónde quieres cenar.

—¿Eh? No sé. —Me preocupaba más qué le había podido contar de nuestra peculiar forma de conocernos. Esa primera interacción que no era, ni mucho menos, la que hubiera deseado.

—Piénsalo, que está a punto de llegar.

—Hablando de Matt… ¿Te ha dicho algo?

—¿Algo de qué? ¿De adónde ir?

—No… del aeropuerto.

—¿Qué ha pasado en el aeropuerto?

—Nada. —Disimulé como pude, era obvio que no había dicho nada. Por una vez en mi vida, no iba a ser yo la bocazas.

—¿No me digas que ha vuelto a chocar con el coche?

—No, no. Me refería a… hum… a… eso, que elijáis vosotros, que le he dicho que os invitaba a cenar por las molestias de haberme ido a buscar al aeropuerto y de alojarme. —Me di una palmadita a mí misma en la espalda. Mentalmente, claro. Había estado rápida. Desde luego, no cagarla me salía muy caro. ¿Y si en la cena se evidenciaba la fricción inicial entre Matt y yo? Ya cruzaría ese puente cuando llegara. Es una de las pocas lecciones que había decidido aplicar de todas cuantas había intentado aprender en mi vida. Afrontar los problemas cuanto más tarde mejor.

—¿Tienes hambre? —me preguntó Olga, sirviendo más vino.

—Sí. No. Bueno, no sé.

Por no saber, ya no sabía ni cuánto tiempo había pasado desde que había llegado. Tampoco sabía si debía comer, cenar, desayunar o ponerme a dieta. Había perdido la noción del tiempo y de la cantidad de veces que había comido antes, durante y después del vuelo, por lo que mi mente, y mucho menos mi estómago, no tenía claro si seguíamos en el aire o en tierra firme. Y si eso significaba licencia extendida para aumentar la ingesta calórica o no. Agarré mi móvil para mirar el reloj y aproveché para comprobar si mi padre me había mandado algún mensaje. Nada, cero. Como si para él coger un vuelo me hubiera hecho desaparecer. Estuve tentada de llamarle, aunque no lo hice. Me hubiera gustado hablar con él, pero era tarde en Madrid. O pronto, según se mirase. Tenía que ir acostumbrándome, durante los meses siguientes iba a vivir a destiempo.

«Todo bien, papá. Ya estoy con Olga. Te llamo luego. Besos», escribí y le di a enviar.

Me parecía extraño que no hubiera contestado a los mensajes y que ni siquiera me hubiera llamado para preguntarme si había llegado bien. ¿Qué clase de juego era ese? Me lo tomé como una especie de venganza infantil de un hombre adulto. Mucho «no te vayas a Nueva York», o «¿estás segura de lo que haces, hija?» para que luego me ignorara de esa manera. «La típica pataleta de padre», pensé.

Sin quitar ojo al móvil mientras lo ponía en modo avión porque todavía no le había introducido la contraseña del wifi de la casa —no quería que me consumiera todos los datos, no fuera a ser que a la tarifa del roaming le diera por crecer y multiplicarse, como los gremlins—, aproveché para que, con Matt fuera, Olga me contara cómo había sido todo. Era mi turno de preguntas, así que me lancé y le pregunté cuánto tiempo llevaban viviendo juntos y si había planes de algo más, pero no me contestó.

Levanté la mirada y me di cuenta de que no me había oído. O más bien fingía no haberlo hecho.

—Olga, que qué tal con Matt —insistí.

—Ah, no te había oído. Muy bien, gracias —dijo sonriendo, como si fuera un guion ensayado.

¿Muy bien solamente? ¿Y cómo que gracias? Más que su mejor amiga, me sentía una máquina de tabaco. Una dispensadora de preguntas incómodas. «Su respuesta, gracias. Deje de fumar y de preguntar.» Además, ese «muy bien» no me sonaba nada bien, precisamente. Estaba segura de que hubiera hecho explotar cualquier detector de mentiras. Su respuesta, tan escueta y con tan poco entusiasmo, me hizo sospechar. Mi mirada lo decía todo, era un signo de interrogación andante. Celebré que Olga, tras una breve pausa, continuara su discurso. Más o menos.

—A ver, ya sé que no os he contado mucho…

—Mucho, no, Olga, más bien nada. Que sé más de la vida sentimental del carnicero.

—¿El de la esquina de tu casa?

No pude evitar soltar una leve carcajada; ella, tampoco.

—Olga, anda…

—Es que… —comenzó a decir, cuando la salvó la campana. O, lo que es lo mismo, la vibración de un móvil indicando un nuevo mensaje.

Las dos miramos nuestros respectivos teléfonos. Se me olvidaba que lo había puesto en modo avión y, por unos momentos, pensé que sería mi padre respondiendo, pero no. Por descarte, tenía que ser para Olga, que echó una mirada fugaz y depositó el móvil en la mesa con la pantalla al revés.

—¿Adónde te apetece ir? —me preguntó de repente, mirando el reloj e intentando cambiar de conversación e imaginando que yo tendría una hoja de ruta que debía cumplir.

Me quedé muda, observándola. Ante mi silencio siguió haciéndome preguntas, sobre todo para que no las hiciera yo.

—¿Hay algo en especial que te apetezca hacer? —Estaba claro que su intención era evitar hablar de su relación personal.

Me daba igual adónde ir. Solo quería asegurarme de que mi

amiga era feliz, como ella había hecho conmigo minutos antes. ¿Qué pasaba? Si es que pasaba algo, que tal vez yo me lo estaba inventando todo y mi intuición no funcionaba a ese lado del océano.

Pero es que Olga no era así, ¿desde cuándo se comportaba con tanto secretismo? Parecía El Vaticano, y a mí me estaba haciendo sentir la portera de mi edificio, cotilla como si estuviera en nómina del *Sálvame* y hasta cobrara paga extra. Por eso no quise insistir.

—Ya no eres vegetariana, ¿no? —preguntó Olga mientras miraba opciones de restaurantes, para, inmediatamente después, pasar a buscar un mechero y sacar un paquete de cigarrillos de su bolso.

Ante eso me di cuenta de que, efectivamente, Olga estaba evitando abordar algo que la incomodaba. Algo pasaba.

Porque yo nunca había sido vegetariana. Y ella nunca había fumado.

9

La sombra de la noche en Nueva York

Un golpeteo constante en la puerta me hizo saltar del susto. Para suerte de Olga, mis sospechas y preocupación por ella y su momento personal se quedaron en pausa debido a ese sonido que no podía identificar y que me provocó tal sobresalto que un poco más y me tiro el vino encima. Dicen que es bueno para la piel, pero seguro que no lo era para mi blusa, a la que tenía un cariño especial (no, no me la había regalado Alberto, esa prenda sí me la había regalado mi madre). Por suerte, conseguí corregir mi pulso a tiempo y no derramé ni una gota, pero aproveché para bebérmelo de un trago, por si acaso. Quería tener la copa vacía para usarla como arma de protección ante quien estaba al otro lado haciendo ese ruido tan extraño que no podía identificar. Quizás había visto demasiadas películas, no lo niego.

Sorprendentemente, la actitud de Olga era de lo más calmada e incluso mi reacción le provocó risa. Yo estaba en alerta, había leído la cantidad de asaltos que se producen en esa ciudad —que en realidad, proporcionalmente, son muchos menos que en Barcelona, por poner un ejemplo—. Aun así, no quería que mi aventura americana llegara a explorar esos límites. Podía vivir perfectamente sin que me atracaran.

—Tranquila, es Lucas —me comunicó Olga.

Pero ¿quién era Lucas? Por qué me hablaba de él como si le

conociera de toda la vida. Ahora tenía el mismo miedo —o llamémoslo aprensión—, pero muchas más dudas.

No entendí nada hasta que se abrió la puerta y una cosita peluda y pelirroja, un perro, se abrió camino como si fuera su casa. Y es que lo era. Lucas era el perro de Matt, descubriría minutos después. Era muy gracioso, parecía un oso pequeñín. Vino directamente a mí, se puso en posición desafiante y me ladró unas cuantas veces, dejándome claro que no importaba cuánto conociera a Olga. Ahí era una extraña, ese era su terreno y quien reinaba era él. Bueno, y Matt, pero solo un poquito. No debía olvidarlo. Me agaché y le acaricié para que me diera una tregua.

—Hola, Lucas. Qué bonito eres, pero eso ya lo sabes, ¿a que sí? —pregunté, como si pudiera responderme. Aunque, si me empeñaba, seguro que conseguía sacarle más información a él que a Olga.

Lucas dejó de ladrar, se tumbó y empezó a retozar por la alfombra. Se le veía tan a gusto que pensé que tal vez la felicidad fuera eso, frotarse el lomo en el suelo. Por unos segundos me dieron ganas de probar, pero no era plan. No era mi casa ni mi alfombra.

Alcé la vista y me di cuenta de que los dos, Olga y Matt, me miraban mientras yo no dejaba de rascarle las orejas a Lucas.

Era la primera vez que les veía juntos y me parecieron muy distintos, pero muy compenetrados. Sin duda hacían buena pareja. Hay personas que tienen la suerte de encontrarse a tiempo. Yo, sin embargo, siempre había llegado tarde, por eso estaba sola.

Hablando de llegar tarde, teníamos que darnos prisa si queríamos disfrutar de la noche neoyorquina.

—Vamos, que si no nos cierran —me instó Olga, tendiéndome la mano para que me levantara y dejara a Lucas en paz.

El tiempo, todo era cuestión de tiempo. El mío en esa ciudad era limitado, así que lo quería llenar de experiencias. Era mi primera noche allí, quería que fuera inolvidable. Y lo iba a ser, aunque pronto entenderéis que no tardé en cambiar de opinión. No es que quisiera olvidar, más bien lo contrario. Quería recordar bien todas las malas decisiones tomadas para no repetirlas. Pero me da a mí que soy de las que tropieza varias veces en la misma piedra. O en una distinta, pero me caigo igual.

Cogí mi bolso, Olga el suyo, Matt cogió a Lucas y nos dispusimos a salir. Antes, sin embargo, Olga se acordó de algo. Abrió el cajón del mueble de la entrada y me dio una copia de las llaves. Cruzamos el umbral de la puerta, pero, inmediatamente después, ella volvió a retroceder. Otra vez se le había encendido la bombilla de las buenas ideas. Fue corriendo a la cocina y se puso a rebuscar en otro cajón, en el que se guardan las cosas que nunca necesitamos o que pensamos que nunca usaremos. No tardó en encontrar lo que quería.

—Toma, para que estés tranquila.

Me entregó un llavero con un botecito que no era otra cosa que un espray de pimienta. Mi propio espray de pimienta.

Lo había visto en tantas películas que no voy a mentir: fantaseé con usarlo. Ya estaba preparada para pasar a la acción en Nueva York y quitarme de en medio a quien se pusiera por delante.

Pero una cosa son las fantasías, y otra, la vida real.

Ya era de noche y todo brillaba con esas pequeñas luces, que no solo iluminaban, sino que aportaban un toque especial al conjunto de casas que vivían ajenas a lo que ocurría fuera de esas dependencias, que respiraban de espaldas a Manhattan. Era la república independiente de Pomander Walk.

Cruzamos la verja del complejo y se hizo el ruido, el bullicio, el imparable ritmo de una ciudad que te exige prestar atención constante para no perder detalle.

Porque perderse algo sería imperdonable. Hay que ver qué bonito es Nueva York de noche.

Caminamos por la calle Noventa y cinco hasta llegar a una gran avenida, la Avenida Amsterdam. Trataba de fijarme en todo, porque quería saber situarme. No podía depender de Google

Maps ni de mi ridícula tarifa de datos, que de poco me servía. Pasamos por un supermercado enorme, llamado Fairway, que estaba abierto a esas horas. Es más, miré el horario y vi que cerraba a las dos de la mañana. Yo soy muy de fijarme en esos detalles. ¿Para qué necesitaba saber eso? Probablemente para nada, pero ¿y si pasada la medianoche sentía la imperiosa necesidad de comprar... no sé, pongamos que zumo de arándanos (que nunca había probado) o cera para depilarme el bigote (eso sí lo había probado)? Pues ya sabía que Fairway estaba ahí para mí. Fairway y también el restaurante mexicano, la tienda de carcasas de móviles, el puesto de perritos calientes, la tienda de cupcakes, la de zapatillas de deporte (tenía sentido que estuvieran juntas, para compensar)... Todo estaba abierto y me parecía tan fascinante como explotador. Y, cuando me dio por mirar los precios, me pareció ridículo.

No fue hasta que llegamos al restaurante, cuando, al mirar la carta en la entrada, así de pasada, y ver lo que costaban los cócteles, me atraganté del susto, pero, claro, no quería pedir agua por si me la cobraban. Un poco más y lo que había que pedir era una hipoteca para emborracharse. Qué digo, incluso para coger el puntillo. De la impresión, el aire me entró por el otro lado, así que no paraba de toser.

—¿Estás bien? —me preguntó Olga.

Quise responderle que sí, pero no podía ni hablar. Me excusé como pude y fui directa al baño, para beber agua del grifo e idear un plan. ¿Cómo pensaba pasar tres meses en esa ciudad? Tenía mucha suerte por poderme quedar en casa de mi amiga, pero debía salir, alimentarme, pagar el metro... Vaya, lo que viene siendo vivir y disfrutar de las vacaciones. No es que no lo hubiera pensado hasta entonces, es que, teniendo en cuenta esos precios, no lo había pensado bien.

Decidí que no iba a amargarme. Era mi primera noche, y si me tenía que fundir la tarjeta de crédito para disfrutar como si fuera la última, pues lo haría.

Busqué a Matt y a Olga y los encontré sentados en el patio ajardinado que había en la parte trasera del local. Era completamente exterior, por suerte ya casi no hacía frío. Estábamos a punto de estrenar el mes de abril y me habían advertido de que, en esa ciudad, en esos días, todavía se podía sentir el invierno. Depende del cambio climático, va según los días y las noches. Esa noche era perfecta.

Además de bonito, el patio era muy práctico, porque Lucas podía estar con nosotros sin que supusiera un problema o un incordio para nadie. Más bien era todo lo contrario, un imán que atraía las miradas y atención de toda la clientela.

El camarero no tardó en traer la carta y aprovechó para preguntar si ya sabíamos qué queríamos para beber. Olga se pidió un vino, pero yo quería un cóctel. La cuestión era cuál.

Mientras estábamos enfrascados en el debate alcohólico, me di cuenta de que Olga miró su móvil un par de veces. Me dio la sensación de que lo hacía entre incómoda, estresada y apática.

Terminamos de ojear la carta y pedimos también algo para picar. No demasiado, un par de platos para compartir. Eran contundentes, me aseguraron.

Nos trajeron las bebidas y volvimos a brindar, esa vez los tres.

—Muchas gracias por acogerme, de verdad —dije, un tanto emocionada.

—Es genial que estés aquí. A ver si el fin de semana vamos al teatro o hacemos algo cultural que te apetezca —propuso Olga, al ritmo de la vibración de su móvil, otra vez.

No me había dado cuenta hasta ese momento, pero Matt la miraba con cierta decepción cada vez que eso sucedía.

—Claro, me encantaría —contesté, me acerqué la copa a los labios y probé un poco de esa mezcla de sabores. Entonces entendí el precio, estaba buenísimo.

—¿Está bueno? —La verdad es que Matt no tenía por qué preguntarlo, mi expresión lo decía todo.

—Está riquísimo.

No tardé en dar otro sorbo. El móvil de Olga volvió a sonar.

—Lo siento, es de la ofi —se disculpó, centrando su atención en el terminal.

—Siempre es así —me aclaró Matt, en un susurro que encerraba cierta pena, más que reproche.

—¿Te puedo preguntar una cosa? —Mi curiosidad era tan grande como la necesidad de aliviar la fricción causada por el trabajo de Olga.

—Adelante. Que sea fácil, por favor.

—¿Por qué hablas español tan bien?

—Porque viví en Asturias.

—En serio, ¿dónde?

—En un pueblo pesquero muy pequeño, Cudillero.

Antes de que pudiera contarle que lo conocía, siguió explicándome de qué lugar se trataba.

—Está construido en unas laderas superempinadas de tres montes que rodean el pueblo como si fuera una especie de anfiteatro.

Lo cierto es que en cuanto dijo el nombre, Cudillero, había dejado de escuchar. Veía cómo sus palabras salían de sus labios, pero el volumen estaba minimizado por el ruido de mis recuerdos, que hacían eco en el interior de mi mente. Quise disimular mi extrañeza, esa tremenda coincidencia que, durante unos segundos, lo pintó todo de estilo surrealista. Todo me resultaba incomprensible, no solo el hecho de que estuviéramos hablando de ese maravilloso rincón del mundo, sino también que Olga no me hubiera dicho nada acerca de los orígenes de su novio. ¿Se le habría olvidado? No era posible. O sí. Lo que sí era probable es que solo yo le diera tal importancia. Eso podía ser.

Tenía muy buen recuerdo de esa parte de Asturias. Todos los veranos de mi infancia se habían construido allí. Cuando rescaté esas imágenes mentales, no pude evitar sonreír. Una sonrisa que encerraba todos mis sueños infantiles. Los que había enterrado en la arena y ahogado en las olas del Cantábrico, cuando casi ni siquiera me habían salido los dientes.

—¿Has estado? —me preguntó.

—Sí. Es… el pueblo más bonito del mundo —dijimos los dos a la vez.

—¿Fuiste hace mucho?

—La última vez… hace cuatro años, más menos. Mi madre es asturiana. Bueno, era. —Se me empañaron los ojos brevemente. No de pena, o sí, pero no una pena triste. Eso no sería justo para María, mi madre, que me enseñó tantas cosas… A no perder la sonrisa y, pasara lo que pasase, a reírme de mí misma. Ella se merece que la recuerde bien y que me sienta así de feliz cada vez que pienso en ella o hablo de su querida tierra. Tanto mi madre como Asturias son únicas, así que sonreí orgullosa de estar unida a esa tierra por los recuerdos y la herencia familiar.

Matt me sonrió de forma empática al tiempo que hacía una señal al camarero.

—¿Tenéis sidra? —preguntó en inglés.

No tenían. Qué lástima, porque hubiera sido la bebida perfecta para brindar y acompañar nuestras risas, que continuaron toda la noche. Matt era realmente divertido, quién me lo hubiera dicho unas horas antes.

Olga seguía contestando primero mensajes de texto y después emails, mientras Matt y yo hablábamos de Nueva York, del trabajo, de política, de lo divertido que es Madrid, de lo bonito que es Asturias… Estábamos arreglando el mundo al ritmo de margaritas de mezcal, y Olga se lo estaba perdiendo. Una lástima.

Tardaban en servirnos la comida, así que Matt le dio un toque al camarero; Olga seguía concentrada en su teléfono.

—¿Todo bien? —pregunté, aprovechando que parecía haber terminado de escribir.

—Sí, sí, es que estoy con un proyecto que me trae de cabeza.

No hacía falta que lo jurase. En las pocas horas que llevaba yo en la ciudad, el trabajo la había absorbido del tal modo que solo había tenido tiempo para cambiarse y relajarse brevemente durante la escasa hora que habíamos compartido antes de ir a cenar. Me estaba contagiando el estrés, y yo estaba de vacaciones. Si me pegaba una gripe, era como para llevármela al bingo, a ver si también se me pegaba su suerte. No tenía ni idea de que, habitualmente, la situación era incluso peor.

Justo cuando el camarero trajo los platos, sonó su teléfono, otra vez. Pero ya no era un mensaje, sino una llamada.

—Lo siento, tengo que contestar —dijo mirándonos a los dos, pidiéndonos perdón.

Mientras Olga se alejaba, fui testigo de cómo Matt la seguía con la mirada y supe que no era la primera vez que pasaba. Sus ojos, que parpadeaban a cada paso que Olga daba para alejarse y contestar, observaban atentos una imagen que, seguro, ya se había repetido previamente.

Olga contestando emails; Olga llegando tarde; Olga alejándose. Mi intuición me decía que no eran la pareja perfecta que yo creía, es muy difícil serlo. Ahora lo veía claro, pero, a pesar de todo, estaban juntos. No digo que se estuvieran conformando, sino que estaban aceptando lo que no se puede cambiar. Para Olga, su trabajo siempre lo había sido todo y nunca había conocido a nadie que le aportara lo suficiente para que dejara de serlo. Matt era el que más lejos había llegado de todos sus pretendientes hasta la fecha. Eso ya era mucho, y una gran muestra de cuánto la quería.

—Me da pena que le dé tanta importancia al trabajo —me confesó Matt, afectado—. Le están chupando la sangre y, no sé, creo que a la larga se puede arrepentir. Lo digo por experiencia. No todo en la vida es trabajar y trabajar, ¿no?

Bueno, por una parte tenía razón, pero si me ofrecieran a mí el sueldo de Olga os puedo garantizar que iba a estar contestando emails, mensajes de texto, entrenando a palomas mensajeras, haciendo llamadas, planeando agendas y hasta bailando la conga, si hacía falta. Aunque, por otro lado, si tuviera a mi lado a alguien que me importara querría pasar el máximo tiempo posible con él o, por lo menos, que el poco tiempo que pudiéramos compartir fuera de calidad. La decisión era difícil, suerte que no debía tomarla. Ni tenía trabajo ni tenía a nadie.

Claramente, la vida me sonreía.

Estábamos esperando a que regresara Olga para empezar a cenar. Vi que apagaba el cigarrillo —me chocaba tanto verla fumar…— e interrumpía su llamada un momento para hacer una señal al camarero. Tras colgar por fin, regresó a la mesa. Su cara era un poema. De repente, la noté infinitamente cansada.

—Lo siento, chicos. Me tengo que ir.

—Olga, por favor… —empezó a decir Matt.

La conversación cambió al inglés, lo que daba a entender que la discusión había escalado de nivel. Yo miraba a Lucas y Lucas me miraba a mí. Estaba convencida de que ninguno de los dos queríamos estar ahí.

—Matt, ahora no. Entiéndelo, por favor —le pidió Olga.

—¿Que entienda el qué?, ¿que ni siquiera te quedes a cenar? ¿Que llegue tu mejor amiga y tenga que ir yo al aeropuerto a buscarla?

—Lucía ya sabía lo que había —dejó claro Olga.

Efectivamente, me había avisado, pero no quería convertirme en moneda de cambio. No quería ser el motivo por el que se pudieran hacer chantaje emocional y que cada uno renunciara a su parte, ya fuera quedarse o marcharse. No era justo para mí. No me tocaba estar en medio de ese frente. No era mi batalla. Olga me miró con resignación, sabía que no tenía excusa ni capacidad para quedarse.

Con el tiempo, todos aprenderíamos que tampoco la tenía para irse. No hay excusa para no ver qué es lo que de verdad importa. A veces no se ve, pero la suerte está en darse cuenta a tiempo. Siempre el tiempo.

Olga dio un último sorbo a su vino, se despidió y se fue.

El ambiente se había torcido, la atmósfera se quedó de lo más tensa, pero de nosotros dependía reconducirla. Matt y yo volvíamos a estar solos. Mister Imbécil y doña Maleducada, quién nos lo iba a decir.

Quería que mi primera noche en Nueva York fuera inolvidable. Y lo estaba siendo.

Teníamos dos platos de comida enormes, de esas raciones americanas con las que puedes alimentar a todo un equipo de baloncesto después del partido. Y a su rival también. El incómodo silencio tras la marcha de Olga pronto dio paso a risas y confesiones. Empecé a conocer al chico del que mi amiga se había enamorado y, a través de él, conocí a la versión de mi amiga de la que él se había enamorado. Afortunadamente, esa versión era la Olga de siempre. Pero lo que no sabía todavía es que ya no era la Olga de entonces.

—¿Cuántos años llevas en Nueva York? —me dio por preguntarle a Matt. Es lo malo del alcohol, que despierta mi lado más curioso.

—Llegué con ocho años, imagínate.

—Vamos, que ya es tu casa.

—Sí, podemos decir que sí.

—¿Y por qué viniste? Si me lo quieres contar, yo es que pregunto mucho. No lo puedo evitar, soy periodista hasta en mis ratos libres.

Matt se rio con mi comentario, y yo con el salto de Lucas al pensar que podía hacerse con un trozo de costilla que sobresalía del plato.

—Mi padre es de aquí, pero vivía en España. Vivíamos todos, vaya. Es profesor, primero vino a dar unas charlas. Luego le llamaban para convenciones y *workshops*, hasta que le ofrecieron una plaza en Columbia. Al principio se vino solo y volvía en vacaciones, pero finalmente decidieron que nos viniéramos todos y aquí estamos.

—Claro, tener la familia cerca da tranquilidad. Yo por eso no me muevo de Madrid. Tengo a mi padre y no sé… me ha costado incluso dejarlo solo estas vacaciones.

—Pero a la larga tienes que hacer tu vida. Seguro que tu padre no querría pensar que has renunciado a cosas por estar a su lado. Eso es algo que no es justo, ni para él ni para ti.

—No, si yo no he renunciado a nada. Me gusta mucho vivir en Madrid. Claro que fantaseo con vivir aquí o en Londres, Berlín… Incluso me iría más cerca, a Barcelona, por ejemplo.

—Tampoco es necesario irse a ninguna parte, solo hay que estar bien donde se esté. No importa dónde.

—Muy bien dicho. —Brindé por eso, qué razón tenía Matt—. Por ti y por Olga —continué diciendo, alzando la copa—. Mira que me has caído mal al principio… Pero una cosa te voy a decir, parece que eres de lo mejorcito que ha pasado por la vida de Olga.

—Todos tenemos lo nuestro —afirmó misterioso Matt, al tiempo que se levantaba para ir al baño.

En eso también tenía razón. Todos teníamos lo nuestro, una versión que ofrecíamos al resto, intentando que fuera la mejor, y otra más ajustada a la realidad, que nos esforzábamos por guardar para nosotros. Yo no era todo lo perfecta que quería ser ni todo lo luchadora que me esforzaba en pretender parecer. Nadie sabía que, cuando en su día tuve la oportunidad de irme a Londres a trabajar como corresponsal, no lo hice; no porque pagaran mal ni por no dejar solo a mi padre, como le dije a todo el mundo, no. No lo hice por miedo. Y por Alberto.

El amor nunca puede ser tan cobarde, porque pasa factura. Yo lo estaba pagando.

Pero esa deuda ya la había saldado, y con intereses emocionales que a nadie le gustaría pagar. Por eso, entonces, era el momento de ser valiente. Ya tocaba.

Pedimos la cuenta, que no tuve que pagar porque ya lo había hecho Olga. Por lo menos había tenido ese detalle.

En cuanto salimos del bar, le pregunté a Matt que si no le importaba volver a casa él solo. A mí todavía me quedaba cuerda y no es que quisiera quemar la noche de Nueva York, tan solo quería dar una vuelta sola, que me diera el aire para no tener que ahogarme en mis pensamientos. Más bien lo contrario, respirar todo lo nuevo que me esperaba. Matt lo comprendió perfectamente y aceptó sin ponerme problemas, tan solo me pidió dos cosas. Que me llevara a Lucas, por si acaso; y que le llamara si necesitaba cualquier cosa, ya que había oído hablar de mi poca capacidad —por no decir nula— de orientación. Yo acepté y también le pedí solo dos cosas. Que me dijera cuál era el camino de vuelta a casa, porque, efectivamente, distinguir el este del oeste no es una facultad con la que hubiera nacido; y que me dejara un libro suyo, el que más le gustase y del que más orgulloso se sintiese, en la mesilla del cuarto que habían acomodado para mí. En cuanto volviera a casa, empezaría a leerlo.

—Trato hecho —pactamos los dos, dándonos la mano para sellar el acuerdo, como buenos enemigos reconvertidos en amigos.

Saqué el teléfono y dejé que Matt lo cogiera para apuntar su número. Estaba tecleando cuando oí una vibración y sus palabras me dejaron helada.

—Te ha llegado un mensaje.

Era un mensaje de Alberto.

10

Central Park de noche y de cerca

No tuve fuerzas para abrirlo. No era justo que Alberto irrumpiera en mi vida a cada paso que daba, sobre todo en los que iban en dirección a la meta de conseguir olvidarle. O al menos, de no pensar en él. Guardé el móvil y seguí caminando. Dudé si ponerme los cascos y escuchar música, y finalmente opté por desconectar de toda tecnología. Quería saber cuál era el sonido de Nueva York, de esas calles del Upper West Side que tantas veces había visto representadas en el cine y la televisión.

Ese barrio prominente que bordea la parte oeste de Central Park había sido el barrio de Meg Ryan y Tom Hanks en *Tienes un email*; es donde se ubica la casa —la real y la de la ficción— de Jerry Seinfeld. También era el escenario donde transcurrió *Gossip Girl* y donde vivía mi *ídola* absoluta, Liz Lemmon, o lo que es lo mismo Tina Fey, la reina de la comedia. Por lo tanto, y muy al contrario, la vida no podía ser amarga como un limón en esas calles. Por fin estaba donde tenía que estar.

Paseando por ese laberinto de edificios dispares, de casas residenciales que competían con los grandes edificios monumentales, caí en la cuenta de que lo que mejor definía ese trocito de Nueva York, lo que más me transmitían sus calles, era una constante sensación de nostalgia.

Era una radiografía continua, a la que inevitablemente se le aplicaba un filtro especial, el del paso de los años. Sentía que, si me quedaba parada el tiempo suficiente observando un edificio, podría ver las capas de historia que escondían sus muros. Podría rescatar las fotografías y recuerdos de antaño. Con suerte e imaginación, podría incluso escuchar sus conversaciones. Y sus canciones. Porque Nueva York es música —que no ruido—, y yo estaba en primera fila de ese concierto casi privado.

Seguí caminando sin un destino marcado, de momento. Más tarde, por supuesto que iría a casa de Matt y Olga, pero en ese instante solo quería perderme.

Quizás fuera el jet lag, o tal vez la inconsciencia, seguro que también el mezcal de más ayudó, pero en ningún momento pasé miedo por pasear sola tan tarde y tan de noche por la ciudad que nunca duerme.

Dejé que Lucas me guiara y se parara en cada árbol, que olfateaba mientras yo alzaba la vista para contemplar el cielo sin estrellas, aprovechando para hacer parada en las ventanas de los edificios que estaban iluminadas y que me permitían compartir en secreto esos trozos de vida. Momentos robados de anónimos protagonistas a los que jamás conocería. O sí.

En uno de esos apartamentos vi a tres chicas, tres amigas que jugaban al Trivial tomando algo. Sin saber muy bien por qué, me dio por pensar que tal vez, en algún momento pasado, alguien en Madrid miró hacia el cielo, se paró en mi ventana y nos vio. A Clara, a Olga y a mí, a las Tres Mellizas. Cuánto tiempo había pasado, cuánto habíamos cambiado y cuánto nos habíamos distanciado sin saberlo y sin notarlo. Habíamos compartido tantos sueños, desengaños, cumpleaños y Navidades, veranos y otoños al sol… Habíamos dejado que otros entraran en nuestras respectivas vidas, sabiendo que pocos permanecerían y serían recordados por sus nombres y en mayúscula. Muchos menos por sus apellidos. Solo los de aquellos que verdaderamente merecían permanecer en nuestra memoria colectiva: Miguel Catalán, el primer novio de Clara; Luis Castro, el de Olga; Adrián Cuevas, un chico por el que casi me planteo la posibilidad de un amor más tranquilo, hasta que llegó —o volvió a mi vida— Alberto, como siempre, para cambiarlo todo. Y los últimos, Sergio Rengel, el novio de Clara; Matt Androsky, el de Olga; y… Alberto, siempre Alberto.

La nostalgia del barrio se me había metido bien adentro. Intenté dejarla atrás y caminar de vuelta a casa, pero había algo más importante que debía hacer. No lo pude evitar. Saqué el móvil e ignorando el mensaje, directamente, llamé.

—Te echo de menos. —No había tristeza en el tono, solo la realidad de lo que sentía. No quise andarme con rodeos y lo dije así, sin un hola delante ni nada más detrás.

—Yo también —escuché, tras una breve pausa, desde el otro lado del auricular y del océano. En su voz pude leer confusión y sorpresa—. ¿Todo bien? —Había cierta duda, una ligera preocupación mezclada con el impacto repentino que causa escuchar los sentimientos de otra persona, sin saber el porqué de esa sinceridad en ese instante, y tan solo esperando que no existiera ningún acontecimiento negativo que la propiciara.

—Sí. Todo bien. ¿Y tú? ¿Cómo estás?

—A punto de entrar en quirófano. —Con solo esa frase y su registro de voz, era capaz de imaginarme esa escena y su mundo.

No quise hablar con Alberto, necesitaba hablar con Clara. Necesitaba saber que estaba bien y dejarle claro que me hacía falta. Que, aunque no se lo había preguntado últimamente —entonces me daba cuenta—, quería saber cómo estaba. Tampoco a Olga le había prestado la atención que le debía como amiga, por eso no fue hasta que llegué a Nueva York cuando me di cuenta de todo eso. En ese momento veía, y aun así solo era una opinión subjetiva, que Olga no podía ser feliz, puesto que únicamente vivía para llenar las horas de sus días y sus noches cumpliendo con un trabajo que no merecía su tiempo ni su energía. No les había preguntado a ninguna de las dos algo tan sencillo, pero tan importante como eso, «¿Cómo estás?».

A veces, no se necesita mucho más. Es tan indispensable o más que un «Te quiero». Y eso también se lo dije.

Esa apertura emocional me hizo sentir mejor conmigo misma, como si por fin consiguiera abrazar una libertad que ni siquiera sabía que existiera. Me quité así un peso de encima, a continuación me tenía que deshacer de otra losa. La de la incertidumbre convertida en mensaje. En esas palabras no leídas que todavía me esperaban, ya que, momentos antes, las había dejado para «luego», para cuando estuviera sola. Para cuando tuviera fuerzas. No sé si las tenía, pero me acordé del refrán que mi abuela repetía más de lo que me repite el pepino en el gazpacho. No dejes para mañana lo que puedas hacer hoy. Pero ¿y si las cosas se pueden hacen mejor mañana que hoy? ¿Por qué tanta prisa? Aunque, en mi caso, la pregunta era: ¿por qué tanto miedo? Solo era un mensaje, nada más. Y nada menos. El primer mensaje después de recibir su invitación de boda. Me dieron ganas de salir corriendo, sin darme cuenta de que ya lo había hecho. Estaba en Nueva York. Tal vez debería haberme ido a algún pueblo a hacer queso.

Estaba delante de un *brownstone*, que es como se llama a los edificios que definen la arquitectura típica de la ciudad. Se llaman así porque están hechos de una especie de piedra marrón-rojiza. Me senté en las escaleras de la entrada principal de uno de ellos. Antes de enfrentarme a Alberto desde la distancia y la seguridad de mi móvil, volví a observar a la escasa gente que paseaba por las calles, ya oscuras, pero justo en el momento en el que iba a abrir el mensaje, reparé en alguien que también estaba huyendo. Se trataba de un perro que se aproximaba por el lado izquierdo de la calle. Él se paró ante nosotros y a mí se me paró el corazón.

Era como si el pasado me estuviera mirando a la cara. Como si mi vida fuera un *collage* de momentos pasados que me hacían ir en círculos, reviviendo emociones que, en algunos casos, eran reconfortantes y, en otros, una auténtica sacudida. Ese instante fue una de las muchas serendipias que viví en Nueva York.

De color blanco como la nieve, con la nariz negra como una trufa, pequeño, pero no lo suficiente para dejar de sentirse el rey de la ciudad, ese can se parecía tanto a mi primer perro que no pude evitar transportarme unos calendarios atrás. A cuando apenas tenía cuatro años y todo era nuevo para mí, el colegio y la vida.

A mi primer perro le debo mucho. Todavía lloro al recordarlo, pero intento pensar únicamente en todo lo bueno que me dio en esos catorce años y un mes que compartimos juntos. Es increíble lo que nos enseñan los animales cuando somos niños y lo que nos aportan siendo adultos.

Tupete, que fue como decidimos llamarle, no tenía más de tres meses cuando llegó a nuestras vidas. Mi padre me lo regaló porque yo llevaba demasiado tiempo suplicando por una mascota y o bien se le agotó la paciencia o bien temió que mis amenazas y negativas de ir a la escuela se tornaran en un problema mucho mayor y complicado de solucionar. Por todo eso y más, llegamos a un acuerdo. Si me dejaban tener un perro, me portaría bien, lo cuidaría, me haría cargo de él y, sobre todo, se acabarían las quejas a la hora de ir al colegio.

—Sí, papá. Te lo prometo. —Firmé con mi huella dactilar en una bola de plastilina. Y así dimos inicio a una infancia que no hubiera sido la misma sin ese trato y sin ese perro. Porque todo hubiese sido diferente y sé que habría sido peor.

Para empezar, es muy probable que Olga, Clara y yo ni siquiera nos hubiéramos hecho amigas.

En esos primeros días de descubrimiento escolar, todos los niños intentábamos pillar la dinámica de cómo funcionaba el nuevo mundo al que nos acabábamos de incorporar. Por si las clases y las normas no fueran suficiente, en cuanto sonaba la campana a media mañana y salíamos al patio, nos dábamos cuenta de que ese era otro territorio todavía más complicado. Y yo nunca he sido ni muy aventurera ni una exploradora muy audaz. En un campo de batalla así de duro, necesitaba tener aliados. Sabía que no podía estar sola ni quedarme al margen, así que con un rápido oteo a todos mis compañeros hice una criba de con quién creía que era mejor intentar socializar. Olga Sánchez y Clara Suárez ganaron mi selección e intenté que formaran parte de mi equipo, o yo del suyo. Por eso me acerqué a ellas y les pregunté si podía jugar, pero me contestaron de una forma que ya indicaba que la cosa no iba a ser tan fácil como pensaba.

—¿Cuántos años tienes? —Una mirada de arriba abajo acompañó la cuestión que planteaba aquella mini Clara.

Por aquel entonces, yo era un poco más bajita que ellas, también un poco más flacucha, un poco más pálida y un poco más tímida. Un poco más de todo, en resumidas cuentas.

—Tres. —La versión de mí a la que todavía no se le había caído ni un diente de leche escondía el pulgar y el índice para enseñarles tres dedos de la mano, por si no había quedado claro solo de palabra.

—Entonces no puedes, tienes que tener cuatro años para jugar con nosotras. —No había ni un atisbo de duda en la voz de Olga. Tenía capacidad de liderazgo y muchas dotes de mando, ya con cuatro años.

«Cuando sea mayor, seré como ella», me dije a mí misma. Todavía estoy esperando a que suceda.

Tengo demasiada buena memoria y recuerdo ese momento como si fuera ayer. Ellas, no. También recuerdo cómo volví a insistir al día siguiente, por si colaba, y cómo me volvieron a rechazar por ser unos meses más pequeña. Al tercer día, cuando mi padre vino a buscarme al colegio acompañado de mi primer sueño hecho realidad, un perro, todo cambió. No solo todo el mundo se dio cuenta de que mi padre era el mejor, sino que les faltó tiempo para acercarse a mí.

Bueno, a él, a esa bolita de pelo que acababa de llegar a mi vida. Gracias a mi perro, a la mañana siguiente, Olga y Clara tomaron la iniciativa y me preguntaron si quería jugar, a pesar de que todavía me quedaban un mes y dieciocho días para igualarlas en edad.

Como para que no me gusten los animales.

Ese perro neoyorquino que me miraba, huyendo de algún lugar o habiéndose perdido de camino al suyo, me hizo sentir más en casa que nunca. Tampoco es que necesitara regresar, ni siquiera llevaba un día en la ciudad. Pero el sentimiento de «estar en casa» es algo que, sin darte cuenta, te aporta paz. Una calma que se incorpora a tu respiración, a tu ritmo mental. Te va dando calor y deja poco espacio para los problemas. «Casa» pueden ser tantas cosas y tantas personas, pero el tiempo me había enseñado que lo mejor de todo es que «casa» sea uno mismo. Algo un poco más difícil de conseguir y para lo que todavía tenía que esforzarme, con la esperanza de lograrlo algún día.

Ese perro que me despertaba tantos recuerdos hizo un amago de ladrar a Lucas. No era un ataque, más bien una leve advertencia. Por si acaso, para que no fuera a más la cosa, me acerqué. Quería acariciarle y ver qué reacción le producían mis movimientos.

Al ver que se aproximaba mi mano, sus pupilas se dilataron más. Sus ojos eran como pequeñas canicas negras que se hicieron más grandes para expandir su campo de visión. Para enseñarme que estaba en alerta. Se echó unos centímetros para atrás, sin embargo, su curiosidad le llevaba a estirar el cuello para olfatearme con el hocico, que se contraía intentando percibir cada nota de mi aroma personal. Le producía la curiosidad suficiente para querer averiguar más de mí.

No era un animal violento. Por su forma de comportarse, no me hizo sospechar que me estuviera observando como si pudiera ser su cena. La cosa iba bien, no iba a morir devorada por un perro en Nueva York. Por las ratas, tal vez. Y hablando de eso… guardé el teléfono. Ya leería el mensaje de Alberto más tarde. Tenía algo más importante de lo que ocuparme.

Hice un movimiento para agarrar el collar de ese perro, pero él se apartó bruscamente. Lucas aprovechó para intentar saltar sobre él, como si fuera un combate de lucha libre canina. Ante eso, el perro visitante emitió un gruñido fuerte, un aviso de en qué clase de bestia podía convertirse. Me daba a mí que era puro postureo, porque si hubiera sido tan feroz el perro como lo pintan o ya habría atacado —a Lucas o a mí— o ya se habría marchado. Pero, por alguna razón, ahí seguía, así que usé mi táctica de siempre. Lo que nunca fallaba: empecé a hablarle, a contarle mis problemas. Me desahogué con él como si no hubiera un mañana. Como si estuviera llamando a *Hablar por hablar.*

Y funcionó.

Dejó que le acariciara las orejas primero, el cuello después, y así comprobé que, tal y como sospechaba, no era un perro callejero. No me preguntéis cómo, pero siempre solía saber y anticipar el carácter de los animales. También suelo intuir si tienen o no dueño y de qué forma deja este su impronta en su manera de comportarse. Es un sexto sentido que, sin embargo, no me funciona con los hombres. Nunca sé si tienen novia o si se van a casar pasado mañana. Y no es porque no preste atención a los detalles. Más bien es que me dan los detalles erróneos, porque yo me fijo en todo. En todo menos en lo evidente. Y gracias a mi memoria fotográfica reproduzco en mi mente lo que recuerdo, como si fuera una imagen en vivo, en alta resolución. Recuerdos en HD. En algunas ocasiones, lejos de ser una virtud, es una cruz.

Volviendo al análisis de detalles, ese perro era un west highland white terrier, pero de mucho más pedigrí que mi Tupete, que no tenía. O si lo tenía se lo dejó en el refugio de donde lo rescatamos. Ese, sin embargo, no era un chucho. Llevaba el pelo perfectamente cortado y peinado. Vamos, que iba a la peluquería más que yo, así que era un perro de familia bien, de la zona. Estaba casi convencida.

Efectivamente, no me equivocaba. El perro tenía dueño, aunque no había nadie alrededor buscándolo. Miré su collar y leí su nombre, Tupper. Hostia, hasta el nombre se parecía al de mi perro. También vi una dirección, 43 W 69th St.

Me encomendé a san Google Maps y conseguí localizar el

lugar. No estaba demasiado lejos, así que tomé el extremo final de la correa de Lucas y lo até al collar de nuestro nuevo amigo, que ya no opuso resistencia alguna. Tupper pareció entender que nos íbamos de expedición los tres y no le incomodó el plan.

Tardamos unos veinte minutos en llegar, quizás un poco menos. Al acercarnos al edificio en cuestión, Tupper aceleró el paso, confirmando que conocía el portal y que era su hogar. Solo quedaba esperar a que contestaran al timbre, aunque era tarde. Podía ser que su familia estuviera durmiendo o no estuviera.

Pulsé el telefonillo y esperé respuesta, pero solo obtuvimos silencio. Lo intenté una vez más con el mismo resultado. No sabía muy bien qué hacer. Tras barajar varias opciones, opté por desatar a Lucas, al que llevaría en brazos conmigo hasta casa y dejar a Tupper atado a la verja lateral del edificio. Estaba en plena maniobra cuando vislumbré a un hombre que caminaba a lo lejos. Andaba de forma tosca y muy decidida. Un escalofrío me recorrió el cuerpo. Tal vez solo fuera una reacción a un breve roce de aire frío o quizás fuera un signo de alerta, ya que me percaté de que no había nadie más alrededor. No es que tuviera miedo, pero sí que eché mano del espray de pimienta, por si tenía que hacer uso de él.

Sus pasos se hacían cada vez más sonoros; su presencia era cada vez más cercana. Distinguí una figura más o menos grande y, cuando se encontraba a una distancia relativamente corta, vi la cara de un hombre completamente calvo, de unos cuarenta años, bien vestido y con un caminar distinguido. Aunque su presencia física no parecía una amenaza, no me relajé hasta que Tupper se arrancó con un festival de saltos y ladridos, que no eran señal de otra cosa que de la felicidad que provoca lo que ya se conoce.

El hombre aceleró al reconocer al perro. Estaba tan perplejo y feliz por verlo ahí como por verme a mí.

Le expliqué que lo había encontrado y él me contó que lo había perdido. También acertó a decirme —y yo a entenderle, ya que arrastraba algunas consonantes de forma peculiar— que estaba muy sorprendido porque Tupper no se dejaba atar tan fácilmente, de ahí que se hubiera escapado.

—¿Cómo lo has conseguido?

—No sé, solo le he hablado.

—¿En qué idioma? —dijo riéndose.

—¿Lo dice por mi acento?

—No, no. Oh, no. Disculpa si te he ofendido, ¿te he ofendido? —El pobre hombre se puso extremadamente nervioso. La facilidad con la que se puede ofender y sentirse ofendido hoy en día (y en ese país mucho más) es algo que todavía me llama la atención. Existe una exacerbada corrección, no se puede decir que política, precisamente, pero sí en el terreno cotidiano.

—No, claro que no me ha ofendido. —Acaricié a Tupper una vez más antes de irme.

—Muchísimas gracias por traerlo, de verdad —me dijo.

—De nada. Se parece muchísimo a mi primer perro. —Me atrevería a decir que tener que contener las lágrimas hacía que mi inglés fuera casi perfecto.

El dueño de Tupper me volvió a dar las gracias. Había salvado a un perro, no al mundo entero, pero me hizo sentir como si fuera una heroína igualmente. A los ojos de ese hombre y de ese perro, era Wonder Woman.

Agradecí el cumplido y me despedí, pero me quedé completamente descolocada cuando, antes de alejarme, me abordó de nuevo.

—¿Tienes una tarjeta?

No entendía qué me estaba pidiendo. ¿A qué se refería? ¿Una tarjeta de crédito? ¿Acaso quería que le diera dinero? ¿No debería ser al revés? Yo merecía una recompensa, no pagar. Al ver mi cara de no tener ni pajolera idea de qué me estaba preguntando, sacó su cartera y me enseñó una.

—¡Ah, una tarjeta de visita! No, no tengo.

—¿Y un número de teléfono?

Le miré de arriba abajo de manera disimulada y fugaz. ¿Me

estaba tirando los trastos? Ese hombre estaba tratando de ligar conmigo, estaba claro. Y yo, lo que tenía más claro todavía es que no me gustaba, por lo que tiré de un clásico. Mirada incisiva, media vuelta y me fui corriendo con Lucas, sin darle tiempo a réplica.

Por supuesto, fui en dirección contraria a la que debía ir, pero no importaba. Tupper había demostrado ser un perro ejemplar, aunque no me fiaba de ningún humano que, a esas horas y en esas circunstancias, me pedía el teléfono. Tal vez ya no me fiaba de nada ni de nadie, punto.

El rodeo que tuvimos que dar por mi decisión de torcer a la izquierda en vez de a la derecha nos hizo llegar a casa de Matt y Olga más tarde de lo previsto. Pero lo importante era llegar y lo conseguí. Estaba ganando el pulso a esa ciudad. Y a mí misma, sin necesidad de usar el espray de pimienta.

11

Gente con perros

Llegué tan tarde que todo estaba en silencio, por dentro y por fuera. A cada lado de la verja, la vida quedaba parada de forma intermitente, esperando a que sonara un despertador; esperando a que saliera el sol. El olor a café aguardaba a la vuelta del reloj, impaciente por que todo comenzara de nuevo. Sin yo pretenderlo, la calma infinita que reinaba en esa parte de la ciudad, y en cada rincón de la casa, se vio interrumpida por mi repentina presencia. Y sobre todo por la de Lucas. El ímpetu con el que se lanzó a su plato de comida rompió la quietud y el silencio nocturno.

Supuse que Matt y Olga estarían durmiendo, qué ilusa yo. Me olvidaba de los horarios de ella, de ese sin sentido que era trabajar más de ochenta horas semanales. La vi salir del baño, vestida como la había dejado hacía unas horas —mejor dicho, como nos había dejado ella en la cena—. Ni siquiera le había dado tiempo a ponerse el pijama. La pobre acababa de llegar e intentaba caminar sin hacer ruido. Su cuerpo se había rendido y demostraba no tener energía para mucho más que no fuera eso, reptar por el suelo de madera de camino a la habitación, a la cama, a esa meta que, más que nunca, era un premio.

Sin embargo, al verme, se acercó a mí y no sabría decir si me dio un abrazo o se desplomó, dejándose caer en lo que venía a ser un claro intento de librarse del cansancio.

—Perdóname. —Arrastraba cada sílaba, hilándolas con un susurro de voz.

—No te preocupes —la tranquilicé, en un tono casi mudo.

—Te hemos fastidiado la cena. Bueno, YO te he dado la cena.

—Qué va. —No tenía sentido que se preocupara por eso en ese momento, así que cambié de tema—. ¿Acabas de llegar? —Otra de mis preguntas innecesarias de evidente respuesta.

Olga asintió con la cabeza, a la par que agarraba un vaso y lo llenaba de agua.

—Si llegas cinco minutos antes, nos cruzamos. ¿Cómo es que llegas a estas horas?

—He ido a dar un paseo.

—¿Has ido con Matt?

—No, me apetecía estar sola.

Olga ladeó la cabeza, no parecía contenta con mi respuesta. No sabía muy bien si le preocupaba mi seguridad física o mi —todavía— debilidad emocional.

—No te preocupes, estaba bien acompañada —dije, señalando a Lucas—. Además, recuerda que tengo esto. —Agité el bote de espray de pimienta para mostrárselo.

—Vale, pero ten cuidado. ¿Me lo prometes? Que esto no es Madrid.

No sabía si me lo decía como advertencia o como hecho empírico que escondía su nostalgia.

—Sí, tranquila. Venga, vete a dormir.

—Y tú también.

Yo no me podía dormir. No todavía. Ahí estaba, el mensaje de Alberto, brillando como si fuera la única estrella en el firmamento. Más bien parecía el tictac de un explosivo. Eso es lo que era, una bomba emocional esperando a ser detonada.

Y explotó antes de que pudiera ponerme a salvo.

Abrí el mensaje. Vi frente a mí lo que quedaba de mi relación con Alberto, unos cuantos caracteres que ya no tenían sentido. O no deberían tenerlo.

Ojalá no lo hubiera abierto. Por un instante deseé que me hubieran atracado, que se hubieran llevado mi teléfono. De haber sucedido así, ni siquiera habría usado el espray de pimienta. O, de haberlo hecho, lo habría usado de manera equivocada, agarrándolo de cara a mí, y al darle con fuerza y ganas al difusor, habría conseguido que toda el agua llena de pimienta invisible lloviera sobre mis ojos, dejando un rastro de lágrimas, ardor y fuego.

Que fue lo mismo que sentí al leer el mensaje.

Me he enterado de que te has ido a NY. Siempre pensé que iríamos juntos. Volverás a tiempo

Empecé a respirar a otro ritmo. También, por un momento, viví en otro huso horario. No era la hora de Nueva York ni la de Madrid, era el horario del pasado. De ese universo inexistente que yo me había creado y que Alberto no tardó en hacer desaparecer, una vez más.

«Volverás a tiempo» Así terminaba el mensaje, sin ningún tipo de signo ortográfico concluyente. No me quedaba claro si era una afirmación o una pregunta. Pero lo que saqué en conclusión es que, de una forma u otra, Alberto quería que volviera. No había duda, ¿no?

La incógnita se reveló ante mis ojos más pronto que tarde, ya que, seguidamente, me entró otro mensaje. Era la continuación del anterior.

... para la boda?

«?» Ahí estaba, el final. Ese maldito signo de interrogación. El mensaje completo era una pregunta, pero ni siquiera era la correcta.

> Me he enterado de que te has ido a NY. Siempre pensé que iríamos juntos. Volverás a tiempo para la boda?

No podía creer que me estuviera haciendo eso, otra vez.

Lo único que le importaba era que volviera a tiempo para su boda. O que no lo hiciera. No lo tenía claro, pero ya no me importaba. O tal vez todavía me importaba demasiado.

Más dudas, más incógnitas que gravitaban en torno a una única cuestión. Alberto era un egoísta que no me dejaba marchar. Me había convertido en la espectadora de su felicidad, incluso a tantos kilómetros de distancia.

Una rabia infinita se apoderó de mí, así que busqué su número en mi agenda de contactos e hice lo que debía haber hecho antes de subirme a ese avión. Antes incluso de dejar que Clara me comprara un billete para poner tierra de por medio.

Con más ira que valor, por fin lo hice, le bloqueé. Habría borrado su contacto y toda su información también, pero me sabía su número de memoria. Me sabía tantas cosas de él que maldije mi capacidad de recordar, tan innecesariamente fotográfica y selectiva.

Después de eso me costó dormirme, aunque reconozco que más me costó levantarme. Cuando por fin conseguí conciliar el sueño, abracé a Morfeo como si fuera el hombre de mi vida. Por eso, horas, muchas horas después, ni me enteré del despertador ni de la marcha de Olga ni de los juegos y carreras olímpicas de Lucas. Tampoco me enteré de cuando empezó a llover, ese chirimiri que se transformó en gotas que más bien eran bolas de granizo, que todavía no se habían derretido cuando desperté. Lluvia a lo grande, tamaño XXL, a lo americano. Nada, no me enteré de nada. Había hecho un reseteo mental y físico, que necesitaba tanto o más como la ciudad necesitaba esa lluvia y limpiarse. Estábamos en sintonía, Nueva York y yo.

Tampoco me enteré si la música que oía en ese momento, proveniente del salón, llevaba mucho tiempo sonando. Me quedé unos segundos en la cama, contemplativa, mientras prestaba atención, sin terminar de reconocer qué sonaba. En esa ocasión, Matt demostraba tener mejor gusto que cuando me fue a recoger al aeropuerto. Tenía curiosidad por saber qué banda era, así que me levanté de la cama y fui a por el móvil para usar el Shazam, esa aplicación que ayuda a curiosos, ignorantes o cotillas como yo a identificar la música que suena. Pero, antes de que pudiera averiguarlo, Matt bajó el volumen para contestar a una llamada, que sonó en altavoz.

En lugar de escuchar la canción, escuché su conversación. Lo hice por practicar, la verdad. Por habituarme a los distintos acentos de inglés, que variaban no solo según el estado, sino incluso dependiendo del barrio. No es que quisiera cotillear ni nada de eso. Lo hice por el bien de mi integración en ese país, por aprender. Pero lamenté no tener una aplicación que hiciera traducción simultánea, porque algunas cosas me costaba entenderlas. No era por el idioma, también hablo español y como para entender a Rosa de *OT* al principio. Esto era por el estilo, se me tenía que hacer el oído.

Estaba claro que Matt pensaba que yo no estaba en casa. Y deseé no haber estado. Efectivamente, ojalá me hubiera despertado antes y me hubiera marchado a tiempo. Me habría evitado un mal trago, porque lo poco que entendí me dejó con pocas ganas de entender más.

—Hola, ¿me oyes? —preguntó Matt a su interlocutor.

—Sí, pero un poco mal —dijo la voz al otro lado del teléfono.

—He puesto el manos libres, que estoy terminando algo antes de salir.

—¿Vas a salir ahora?

—Sí, pero no tardo nada, de verdad.

—Ok, perfecto. Por cierto, ¿no habrás visto un pañuelo blanco en tu coche?

—Sí.

—¿Me lo traes, por favor?

—Claro, no sé por qué pensé que era de la amiga de Olga.

—Ah, ¿ya ha llegado?

—Sí, ayer.

—¿Cuándo se va?

—En julio.

—¿En julio? ¡Eso es dentro de tres meses! ¿Qué clase de persona se queda tres meses? Eso es demasiado.

¡Esa voz del demonio se refería a mí! ¿Cómo que qué clase de persona? Pues una que no debía estar escuchando esa conversación, para empezar. Pero eso era lo de menos. Me sentí incómoda por estar invadiendo una conversación ajena, que, aunque fuera de lo más irrelevante, para mí ya había adquirido otra dimensión de importancia. Por eso necesitaba pegar la oreja a la pared con más intención y atención. Mis clases de inglés prácticas estaban yendo fenomenal. No solo me servían para practicar los acentos, sino también para hundir mi autoestima. Porque la contestación de Matt me dejó a cuadros.

—No sé, parece que está un poco… no sé cómo decirlo, desequilibrada.

Pero ¿cómo se atrevía a decir eso? Yo no estaba desequilibrada, maldito farsante. ¿Dónde quedaba esa camaradería asturiana? ¿Esa sidra por escanciar que teníamos pendiente? Más bien me daban ganas de escanciarle agua caliente encima. Mister Imbécil se había vuelto a ganar a pulso su bien merecido apodo.

—¿A qué te refieres? —preguntó la interlocutora.

«Eso, Matt, ¿a qué te refieres?», me dieron ganas de preguntarle. A mí también me apetecía saberlo, puesto que la protagonista, la desequilibrada, era yo.

—No lo digo de modo negativo. La chica es un encanto —menos mal que lo estaba arreglando—, más o menos. Al principio me pareció insoportable. Pero, no sé… tiene algo interesante o raro. Desprende una tristeza que duele. Bueno, que me estoy yendo por las ramas. Te llevo el pañuelo.

Aunque siguieron hablando, ya no escuché más. Me aparté de la puerta lentamente, sin hacer ruido para no revelar mi presencia. Casi hubiera preferido que Matt considerara que estaba loca, totalmente inestable. Sus palabras eran como si me acabara de mirar en un espejo. No en uno que me dijera lo que esperaba oír, como en los cuentos infantiles, sino en uno que era tan real y crudo como la vida misma. Yo no era esa persona a la que se refería Matt. O por lo menos no quería serlo.

—Nos vemos luego. Voy a aprovechar para ir a la lavandería.
—Escuché de lejos cómo ponían fin a la conversación.

Ay, la lavandería, qué concepto tan americano. Y tan triste, como yo. Si me conociera Isabel Coixet, me hacía un biopic.

Haber escuchado aquello había sido lo más parecido a una sesión de terapia, a bucear en el interior de mí misma para analizarme a través de los ojos de una mirada desconocida y nueva. La de alguien que no tenía ni la más mínima idea de que yo estaba siendo oyente silenciosa de su conversación. De lo contrario, no creo que Matt hubiera dicho eso. Desde luego, a la cara no lo habría hecho jamás. O sí, no olvidemos que era Mister Imbécil.

Llevaba un buen rato esperando, aguardando en mi trinchera a poder salir. Pero ya no podía contener las ganas de ir al baño, por eso, cuando creí que Matt ya no estaba y que había recuperado mi libertad sin delatar el espionaje, salí corriendo. Salí de la habitación con prisa y con esa sensación tan a flor de piel de sentirme medio desnuda, producida por el profundo análisis que había escuchado. Era tan ruin decir eso… Y tan exacto.

Caminé por el pasillo en dirección al lavabo, pero, justo en el momento en que giraba, comprobé que, efectivamente, no estaba sola.

No chocamos, pero yo di un grito que nos hizo saltar a los tres, a Matt, a mí y también a Lucas, que acudió corriendo y gruñendo.

—¡Hostia! —exclamé, sin poder evitarlo.
—No sabía que estabas aquí.

Asentí, roja de la vergüenza. Pero ¿ese hombre no se había ido a la lavandería? Por un momento, casi meto la pata y le pregunto. Eso, automáticamente, me hubiera dado el título de portera, cotilla *number one*, me hubiera delatado como culpable y yo me declaraba inocente. Juro que no quería escuchar, las circunstancias me habían obligado. No era yo, era… Nueva York.

No me quedó opción, tuve que disimular, hacerme la medio dormida y afectada, no por su opinión hacia mí, sino por el cambio horario y el jet lag.

—Sí, me acabo de despertar, justo ahora —remarqué entre falsos bostezos.

—Pobre, qué desequilibro de horarios, ¿eh?

¿Qué pasaba, que esa era su nueva palabra favorita? DESE-QUILIBRIO.

—Sí, tengo un jet lag… Ya no soy lo que era. —Eso estaba claro. En mis buenos tiempos le habría puesto en su sitio y cantado las cuarenta. Aunque hubiera supuesto delatarme, pero ya veis, los años y las experiencias nos van añadiendo matices que me sorprendían hasta a mí.

—Me voy a hacer unos recados. ¿Tú qué vas a hacer?

Me quedé pensativa… «¿Algo que me haga feliz, maldito desgraciado?», me dije para mis adentros.

—Ducharme. Después no sé, tengo tantos planes en la cabeza… —Una falsa sonrisa se adueñó de mi cara, de oreja a oreja. No sabía si me parecía al Jockey o me había dislocado la mandíbula. Quería animarme y demostrarle que no era una triste de la vida.

—Ah, ¿sí? Eso está bien. Si quieres luego te puedo hacer de guía un rato.

—No te preocupes. No quiero molestar.

—No es ninguna molestia.

—Bueno, hay tiempo. —Tres meses, de hecho. ¿Acaso lo olvidaba? La desequilibrada, o sea, *moi*, se iba a quedar tres meses, nada menos.

—Lo dicho, dame un toque luego.

—Ok.

—Por cierto, Olga te ha dejado algo ahí. —Me señaló la encimera de la cocina, donde había un papel apoyado contra una taza de café.

—Me voy, nos vemos luego.

Y se fue. Menos mal. Ya podía volver a mi tristeza habitual sin sentirme juzgada. Pero primero cerré la puerta enérgicamente y corrí al váter. Había sido un milagro que no me hubiera hecho pis encima. Ganas no me habían faltado, pero vergüenza me sobraba.

En cuanto terminé, sentí un alivio tremendo. Ojalá Matt pudiera verme la sonrisa de felicidad en ese momento, aunque todavía estuviera sentada en el váter. Seguro que no pensaría que era una triste.

12

Cambio de planes

Olga me había dejado una nota con un plan. Nos iríamos a comer ella y yo solas, a eso de las dos de la tarde. «Una hora muy española», pensé. Y una hora perfecta, porque me dejaba tiempo para explorar la ciudad antes y después.

Me costó descifrar lo que decía el resto del mensaje. No es que estuviera escrito en clave, pero casi. Estaba escrito a mano, rápido y de mala manera. Eso o es que se le estaba olvidando cómo escribir en un papel de tanto hacerlo en una tablet. Tanta tecnología tiene sus inconvenientes. Que me lo digan a mí, que un poco más y me preguntan si el mordisco a la manzana del logo de Apple se lo he dado yo. Intentaba coleccionar todos los iPhones, además de todos los aparatitos habidos y por haber que tuvieran el famoso icono. Esa tendencia a acumular cachivaches iba en contra de mi voluntad, solo lo hacía porque se rompían demasiado pronto, como si fueran de cartón piedra. Sin duda, es una adicción que me sale demasiado cara, por eso es uno de los grandes motivos por los que soy *iPobre*.

Para quitarme, para curarme de ese vicio ilógico, he pensado infinidad de veces en montar una clínica de desintoxicación y apuntarme como socia de honor. Imaginaos, una casa rural, en un pueblo en medio de la nada, donde solo se pueda escuchar los pajaritos y… hacer queso. Vale, también podía ir pensando en la clínica para curarme de la adicción al queso. No gano para vicios.

Volví a leer el mensaje de Olga. Me decía que tenía una reunión no demasiado lejos, así que nos podíamos encontrar en el restaurante Barney Greengrass.

Eché mano de Google para ver qué era ese lugar con un nombre tan curioso, si es que lo estaba entendiendo bien.

Era un local antiguo, uno de los negocios judíos más tradicionales y emblemáticos del Upper West Side. Seguí leyendo y, cuando vi que allí se habían rodado películas de Woody Allen, me pensé dos veces si ir, pero cuando comprobé que también se habían rodado otras con actores como Leonardo di Caprio, además de que había servido de escenario para escenas de la serie de Tina Fey, me faltó tiempo para dar saltos de emoción. Son esas cosas simples de la vida, las gilipolleces, que diría mi padre, que me hacen una ilusión descomunal. Para eso estaba en Nueva York, ¿no? Hasta me puse nerviosa pensando que podría encontrarme a alguno de esos personajes de la pequeña y gran pantalla comiendo a mi lado.

Poco a poco, el Paco Martínez Soria que llevaba dentro estaba saliendo a la luz.

—¿Tina Fey? ¿De verdad pone Tina Fey? —grité y le pregunté a Lucas, como si me pudiera contestar.

Sí, lo ponía. Y había muchos otros nombres en esa lista de clientes del viejo restaurante. Una lista a la que iba a añadir el mío.

Olga me había advertido de que Barney Greengrass quedaba tan cerca de casa que era imposible que me perdiera. Eso me sonaba a reto, uno que, por supuesto, acepté. Teniendo en cuenta que me podía perder hasta en un ascensor, a esas alturas no iba a cambiar de costumbre, tradición o defecto. No era el momento para dejar de lado mi fama ganada a pulso durante años.

Para no decepcionar, por supuesto, me perdí buscando el norte y el restaurante, pero no llegué tarde. Olga, sí.

Es más, no llegó. Esperé por encima de mis posibilidades y de mi paciencia. Me cansé de que los camareros y los clientes del pequeño local de principios del año 1900 me miraran con pena, como si estuviera esperando a la otra mitad de una primera cita y, finalmente, me hubieran dado plantón.

Acabé marchándome del restaurante sin comer, sin hambre y sin haber visto a Tina Fey ni a Leo di Caprio ni a Olga, claro. Puse rumbo a ninguna parte, otra vez, y disfruté de mi versión de la ciudad. Todo esto mientras Olga me mandaba mensajes de disculpa. Que si su jefe, su reunión, su trabajo... Me iba a tener que acostumbrar a todo ese bla, bla, bla.

Intenté fusionarme con los neoyorquinos, fingiendo tener prisa por llegar a alguna parte. Me divertía observar a esa amalgama de ciudadanos, tan diferentes unos de otros. Personas vestidas con traje y zapatillas de deporte, con calzado elegante, con pantalones cortos, con sombreros, con gorras, con pañuelos y sin ellos... Todas distintas pero con algo en común. Todas miraban al horizonte, que no al frente. Nadie me miró con atención, tampoco sin ella. Era invisible. Todos lo éramos.

Solo llevaba un día en la ciudad y Olga ya me demostraba que, como había dicho, no iba a tener tiempo para mí. Lo sabía, pero saberlo no lo hacía más llevadero. Estaba sola, como casi todo el mundo a mi alrededor. Observé con más atención y vi a mucha gente con perros. La soledad de la gran ciudad provocaba tal vacío que intentaban llenarlo con ellos. Lo triste es que, paradójicamente, muchos de esos colegas de cuatro patas, como no tardaría en descubrir, se sentían igual de solos.

Anduve durante un buen rato arriba y abajo, metiéndome en las calles más pequeñas para, en ocasiones, retroceder y llegar a las grandes. Un mapa de cuadrículas llenas de vida por descubrir. Ya lo sospechaba, pero fue a plena luz del día, en ese instante, cuando me di cuenta de cuánto arte y cuánta cultura se escondía en cada rincón de una ciudad que empezaba a sentir como si ya formara parte de ella. La iba dejando de percibir como si se tratase de una película. La estaba viviendo en persona y en directo.

Me debatía entre subir o no alguna de las fotos que iba haciendo a mi cuenta de Instagram, que acumulaba polvo virtual, ya que no la usaba activamente desde el último año bisiesto, poco menos. Una cosa es ver y otra es dejar que te vean. Yo puedo pasarme horas, qué digo horas, puedo perder días enteros explorando vidas ajenas, pero la mía no la muestro ni de lejos. En ese dilema estaba cuando me sonó el teléfono; era Olga. Por fin había encontrado un momento para llamarme, en lugar de mandarme mensajes telegráficos.

—Hola.

No dejé escapar ni un ápice de simpatía en ese saludo, nada de ser amable. Vale que el trabajo es el trabajo. Ya sabía que estaba ocupada, pero es que hacía años que no me daban plantón. Me estaba costando digerirlo más de lo que me hubiera costado digerir el sándwich de salmón ahumado con queso crema que no me había llegado a comer pero que me seguía apeteciendo. Me daban ganas de decirle «Nunca te lo perdonaré, Olga».

—¿Dónde estás? —dijo con demasiada prisa, como si fuera ella la que me estuviera esperando y yo la que la hubiera dejado plantada a ella.

—¿Cómo que dónde estoy?

—Ya estamos. Estás enfadada. Te lo noto. —Tampoco había que sacarse un doctorado para darse cuenta.

—No.

—Sí, lo estás.

—Bueno, solo un poco.

—Lo siento, pero es que mi jefe…

—Ya lo sé, no te preocupes. —En el fondo, sabía que no tenía razón para enfadarme. Entendía su situación y sus circunstancias, pero es que había cruzado el océano, me había hecho miles de kilómetros y, la verdad, no sentía que le hiciera ilusión. Al principio un poco, pero como que… no sé… como que Olga estaba a otra cosa. Bah, tal vez fueran tonterías mías. Era una intuición, una hipótesis más que una conclusión probada, ya que no había pasado el tiempo suficiente para comprobar que, evidentemente, algo pasaba.

—Deja que te recompense.

—Que no importa, de verdad.

Un montón de coches pitando a la vez interrumpieron momentáneamente nuestra conversación. La ciudad sí que demostraba que, en ocasiones, nada tenía que ver con las del resto del mundo. Era un flujo constante de calma y caos, calma y caos. Todo el rato.

—¡Qué ruido! No estás en el barrio, ¿no?

—No, me he puesto a andar sin rumbo fijo y no sabría decirte dónde estoy.

—¿Qué ves a tu alrededor?

—Edificios altos. —Mi respuesta no podía resultar más obvia.

—Una gran pista, déjame pensar… ¡Estás en Nueva York, felicidades!

—Muy graciosa.

—¿Qué tal si me vienes a buscar y así volvemos juntas a casa?

—¿A qué hora sales?

—Sobre las siete, ocho…

—Olga, ese es un margen un poco grande. Como para quedar contigo en pleno invierno, muero congelada. Anda, dime una hora concreta.

—La que tú me digas.

—La que tiene trabajo y sabe su agenda, más o menos, eres tú. Dime.

—Bueno, vale. No te pongas así, ¿quieres venir hasta aquí o no?

—Que sí. —Reconozco que no sonaba muy entusiasmada, pero es que no quería ir en balde. No pasaba nada si Olga no podía quedar. En realidad, tampoco era el fin del mundo si no aparecía, pero la sensación de perro abandonado dos veces en un día pues como que me daba un poco de palo.

—¿De verdad que te animas a venir?

—Sí, pesada, que no tengo nada mejor que hacer. Y, en el fondo, he venido a verte a ti.

—¿Cómo que «en el fondo»? Bueno, quedamos a… A ver qué hora es… Son las cuatro. ¿Quedamos a las siete y media?

—Vale.

—Perfecto, pues mira, ve a la calle Setenta y cuatro, métete a la derecha, dirección norte, coge la segunda calle a la izquierda y…

Mi mente se cortocircuitó. Olga se había olvidado de con quién estaba hablando. Yo no era capaz de distinguir la dirección del mar o de la montaña y esa mujer me estaba hablando del norte. En Nueva York. A mí. Menos mal que la sinfonía de coches, que sonaba de nuevo y mucho más enfurecida que antes, hizo de nuestra conversación algo inaudible.

—Mándamela por mensaje. ¡Te veo luego, que no oigo nada! —grité con la esperanza de que me oyera.

Colgué y miré el mapa para saber dónde estaba ese norte del que me hablaba Olga y dónde estaba yo.

Pensaba que no me había alejado tanto, por lo menos no era la sensación que experimenté, pero cuando miré dónde me encontraba, entendí que mi valoración del tiempo y de la distancia ya no era la misma. Había caminado más de veinte manzanas —tamaño americano— sin apenas sentir el peso de mis pies sobre el bullicioso asfalto. Sin agotarme siquiera por tener que esquivar continuamente al resto de los viandantes para evitar los codazos, empujones o pisotones. Veinte manzanas que me habían llevado a uno de los lugares más increíbles, un sitio que se convertiría en uno de mis favoritos de la ciudad. Por muchas razones. Un grupo de edificios que formaban el centro de artes escénicas más grande del mundo, según rezaba el cartel que me anunciaba que estaba en el Lincoln Center.

Cada construcción que miraba y captaba mi atención me parecía más increíble. En medio de ese grupo de edificios, di un giro de trescientos sesenta grados para saber a qué estaba dando la espalda y qué merecía más atención. No sabía con qué quedarme, pero, de repente, lo que no podía era quedarme de pie. Sobre mis hombros sentí de golpe un cansancio equivalente al total de todos los sobreestímulos que me estaba regalando la ciudad. No era una carga pesada, pero tenía que parar. Frenar un poco para asimilar tanto. Mirar para realmente ver todo lo que tenía delante.

También, quizás, necesitaba otro café, así que fui en busca de mi merecida dosis de azúcar y cafeína. En realidad, más que un café, quería un mini de nata y caramelo.

Al ritmo de frapuccinos que iba mi vida, sabía que no tenía otro remedio que añadir eso a la lista de vicios. Ya me quitaría. Pronto, algún día. Cuando inventaran un sustitutivo digno, algo así como la metadona para la cafeína. También cuando dejaran de poner un Starbucks en cada esquina, que era como tener al camello en casa o de vecino.

Seguí caminando y, guiada por mi iPhone y perdida en mi frapu, llegué a la otra punta de la zona donde me encontraba, tan vibrante y ecléctica. Un lugar que me abrió los sentidos y puso en mi camino a Dylan, aunque los motivos no fueron los idóneos.

No todas las historias empiezan bien.

Allí, en medio del Lincoln Center, encontré un pequeño banco en el que me senté para descansar un rato. Desde donde estaba podía observar la impresionante fachada de cristal de un edificio cuyo nombre alcancé a leer en grande: Juilliard. Es una escuela de artes de la que entraban y salían bailarines, también músicos con sus instrumentos, formando una hilera constante de hormiguitas humanas. Es uno de los conservatorios de artes de más difícil acceso del mundo y esa fila de artistas seguro que trabajaba mucho para mantener su lugar en la escuela o para ganárselo. Eran la representación física de la competitividad artística más feroz. Destacar no es fácil y, como decían en *Fama*, una de las series favoritas de mi niñez, «... la fama cuesta y aquí es donde vais a empezar a pagar. Con sudor».

Contra todo pronóstico, no comencé a cantar la famosa canción de la serie, ya que una increíble melodía de violín me distrajo y empezó a acompañar mis pensamientos. Busqué su procedencia, venía del lateral de la escuela. Bajo uno de los árboles que daban sombra, había un chico llenándolo todo de luz con su música. Su habilidad con las cuerdas era magistral. Sin saber si era alumno, lo había sido en el pasado o todo lo contrario —era un renegado demostrando su talento—, reparé en aquel músico que, si no se había ganado esa fama de la que hablaba la serie, seguro que no era por falta de dedicación o habilidad. Su música era capaz de hipnotizar a cualquiera. Me acerqué a escucharle mejor. Pero no pude.

Una vez llegué hasta él, sucedió algo que me impidió prestarle atención. Antes de cruzarme con sus ojos, presencié algo que me puso en alerta. Mi sexto sentido me avisaba, otra vez, de que algo pasaba. Aunque deseé con todas mis fuerzas equivocarme, lo que vi me sacudió por dentro.

Mientras escuchaba al violinista, en segundo plano, a lo lejos, reconocí a alguien entre las personas que pasaban de largo. Ahí estaba, entre toda esa marabunta de gente que simplemente seguía su camino, ajena a todo lo que sucedía a su alrededor, lo contrario de lo que yo estaba haciendo.

Miré dos veces, por si acaso, pero no había duda. Era Olga. Y no iba sola.

Una chica la acompañaba en ese caminar veloz, e iban enfrascadas en una conversación que les llevaba a gesticular compulsivamente. Estaba claro que era una discusión importante, fuerte. Tal vez no una pelea, pero, sin duda, no parecía tratarse de un intercambio de palabras liviano. Me preguntaba no solo qué motivaría la discusión, sino quién sería la chica. ¿Una compañera de trabajo? ¿Tal vez su jefa? Las seguí observando desde la distancia. Me dio la sensación de que el tono aumentaba y que Olga se sentía cada vez más molesta. Sus aspavientos eran constantes y rechazaba cualquier intento de contacto que la acompañante intentaba realizar. Una mano en el hombro, una suave caricia en el brazo, realizada con cierta condescendencia o con el intento de aliviar esa leve furia. Nada era aceptado, cualquier amago de acercamiento encontraba una barrera. Olga estaba muy disgustada, la conocía. Pocas veces, en todos los años que llevábamos a la espalda, había visto ese despliegue de cabreo. De seriedad y malestar. ¿Qué estaba sucediendo? En cualquier otro momento y bajo cualquier otra circunstancia, habría corrido a auxiliarla. Pero algo me hacía mantenerme al margen, me anclaba al suelo y me paralizaba, limitándome a ser mera espectadora de una situación que ni siquiera tendría que estar presenciando.

En ese hiato temporal fui testigo de cómo la chica frenó en seco, obligando a Olga a retroceder un par de pasos, ya que se había adelantado en el camino. Observé a esa acompañante intensamente, fijándome en su pelo moreno, cortado al detalle para que ni una hebra de cabello sobrepasara el hombro y desfilado de forma desigual, más corto por detrás que por delante. Esa camisa blanca impoluta, tan limpia que parecía nueva, tan cuidada que parecía recién estrenada. Esa falda de tubo que le subía un palmo por encima de la rodilla y dejaba ver sus piernas bajo las finas medias que quedaban estilizadas por los tacones de unos zapatos que, si no me equivocaba, pertenecían a la nueva colección de Balenciaga. Rápidamente saqué la conclusión de que esa era la clave. Los zapatos. El medio y la forma con que esa chica o mujer —no distinguía desde la distancia lo joven que podía ser— ponía los pies en la tierra. Ahí estaba la diferencia.

Olga iba vestida de forma similar, como otras tantas mujeres de Manhattan, con esas faldas que insinúan más que enseñan; esas americanas cortas que perfilan la feminidad del look masculino, ese aire tan de la serie *Mad Men* pero modernizado. Los zapatos marcaban la diferencia con respecto al atuendo de Olga. Si eran compañeras de trabajo, había dos posibilidades, o era su jefa o, sin lugar a dudas, esa chica tenía un poder adquisitivo mucho mayor. Me llamó la atención, soy así. Me fijo en los detalles más irrelevantes, aunque luego no veo lo evidente con claridad.

La chica agarró su maletín, sacó un sobre y se lo entregó a Olga. No dijo nada, se limitó a sostenerle la mirada hasta que Olga no tuvo más remedio que coger el documento. Una vez que lo hizo, la chica se fue. Sin más. Olga abrió lentamente el sobre, lo leyó de manera tan fugaz que me dio la impresión de que ya sabía de qué se trataba. Inmediatamente, como si le quemara el contenido, lo cerró con desgana.

Y se puso a llorar.

Me heló por dentro. Me cortó la circulación, dejando que un intenso escalofrío me atravesara desde la punta de los pies hasta la coronilla. Me paralizó y, durante unos segundos, no pude hacer nada más que observar.

Solo llevaba un día en la ciudad y ya me daba cuenta de que Olga estaba distinta. Era distinta. Veía que el ritmo le pasaba factura. Y es que no solo era el trabajo, sino todo lo que se veía afectado por esas obligaciones. En ese momento me volví a plantear si merecía la pena. No sabía quién era esa chica ni qué contenía ese sobre, pero me imaginaba que, efectivamente, trabajaban juntas y ese comunicado sería la noticia de que algo había ido mal, que el proyecto que esperaban no se habría aprobado, que algún inversor se habría echado atrás. Tal vez fuera incluso peor y la hubieran despedido. Quién sabía, pero el caso es que cualquiera de esos motivos, todos u otros hacían que Olga llorara como no la había visto hacerlo antes. O al menos no en mucho tiempo.

Me gustaría haber sido más rápida, haber tenido la valentía

de ir corriendo hacia ella de inmediato. Olvidarme de todo, de mis propios problemas y dolor, para centrarme en aliviar lo que le provocaba a ella esa angustia. Nada merecía que estuviera así. Ni una ciudad ni una persona y mucho menos un trabajo.

No fui, pero no importa si tardé unos segundos en reaccionar debido al impacto de esa imagen. Ver a Olga llorar desde esa lejanía tan cercana era como observar una obra desde el palco. Una puesta en escena que no te esperas y que te sorprende con un último giro.

No importó que no fuera corriendo a su lado, porque de nada hubiera servido.

Ella continuó ahí estática, parada, mirando la pantalla de su móvil.

Una fracción de segundo es lo que separa una decisión tomada del arrepentimiento de lo decidido. Eso es lo que tardé, una fracción de segundo, en decidir correr hasta Olga. También es el tiempo que pasó hasta que caí en la cuenta de que, evidentemente, no debía hacerlo.

Olga seguía mirando su móvil. Pronto entendí por qué.

Una fracción de segundo es lo que tardó en llegarme un mensaje y poco más que una fracción de segundo es lo que tardé yo en leerlo. Y en saber que me mentía.

Estoy en una reunión que se va a alargar. ¿Vienes a las 9 mejor?

Olga no estaba en el trabajo. Ni en una reunión. Ni siquiera en la oficina. Estaba ahí, a escasos metros de distancia de donde yo me encontraba, llorando por algo que yo desconocía. Y mintiéndome sin saber que yo lo estaba viendo.

Llamé corriendo a Clara para contarle lo que acababa de pasar. Tal vez ella supiera algo. A lo mejor podía aconsejarme qué hacer. No me contestó. Maldita diferencia horaria. Guardé presta el teléfono y volví a centrar la vista delante.

No podía dejar de mirar hacia ese lado de la calle donde hacía unos minutos estaban Olga y la otra chica, antes de que se fueran en direcciones opuestas. Tal era el grado de atención que puse en intentar ubicar a Olga entre la marea de gente que tenía ante mis ojos que el músico dejó de tocar y se giró para ver qué era lo que sucedía a su espalda y qué llamaba mi atención mucho más que su música. Pero el objeto de mi estupefacción, Olga y esa chica, ya no estaban al alcance de nuestra vista.

—¿Puedo preguntarte qué resulta tan interesante? —me dijo en inglés.

—¿Perdona? —Sacudí la cabeza, todavía pensando en lo que acababa de suceder.

—Claramente estás en otro mundo, y no es por mi música.

Dejé de mirar a lo lejos y me tomé la molestia de mirarle a él. Aparqué mis pensamientos, dudas existenciales y conclusiones filosóficas. Aparqué a Olga y entonces le vi a él.

Así es como conocí a una de las personas más interesantes, auténticas y especiales que forman parte de mi vida, y lo hace desde ese día.

—Tienes razón, tu música no era lo que captaba mi atención, quiero decir que no tiene nada que ver... —No me estaba explicando nada bien. No solo porque lo intentaba hacer en inglés, sino porque mi mente todavía deambulaba por el escenario anterior. Por eso me costaba un mundo hilar mis argumentos—. Lo siento, estaba atenta a otra cosa. —Acerté a disculparme, al fin.

—Tranquila, no pasa nada —me dijo mientras guardaba su violín.

—¿Ya no vas a tocar más? —lamenté, necesitaba escuchar algo más que el mero ruido de la ciudad. De repente sentí la necesidad de dejar que esa magia inicial que me había transmitido su música me inundara de nuevo.

—No, me voy a tomar algo —dijo mientras recogía el pequeño puñado de dólares que se había ganado tocando—. ¿Te vienes? Te invito.

Me gustó esa frescura, esa espontaneidad. Sobre todo me atraía la idea de sacar de mi mente todo lo que fueran hipótesis acerca de los motivos por los que Olga me había mentido. También me causaba preocupación e intriga saber qué le pasaba. Por qué razón no me contaba lo que le sucedía. Llevábamos mucho tiempo siendo amigas, conociéndonos en la distancia como para que entonces, en la cercanía, aunque solo llevara un día allí, no fuera capaz de sincerarse conmigo. Necesitaba apartarme de esa sensación, porque, siendo honesta y tal vez un poco egoísta, me dolió sentir que nos habíamos alejado de tal modo. Ella sabía perfectamente qué es lo que me afectaba y en qué medida. Nunca le había ocultado nada. De hecho, mis problemas eran la razón por la que estaba en esa ciudad. Si yo era así de sincera y transparente, no me cabía en la cabeza por qué ella no se comportaba igual. Me molestaba que no se sincerara conmigo tanto o más que me preocupaba lo que le pudiera estar pasando.

—Es que… acabo de llegar y no te conozco —respondí de forma sincera.

—¿Acabas de llegar a Nueva York?

—Sí, ayer.

—¡Bienvenida! Eso habrá que celebrarlo. ¿Vamos? —La sonrisa y su reacción me hicieron cambiar de opinión. O por lo menos plantearme hacerlo.

Sí, ¿por qué no? No le conocía de nada, pero no tenía nada mejor que hacer. Tenía cara de buena persona y su talento era indiscutible. Busqué en mi cartera y saqué unos cuantos dólares. Sería pobre, pero sabía valorar el esfuerzo y el talento de un artista. Al fin y al cabo me dedicaba a eso.

—Vamos. —Hice mi aporte económico por su talento musical.

—¿Y esto? He dicho que te invitaba yo.

—Es por tu música. Lo siento, no tengo más. —Por un momento me planteé que darle cuatro míseros dólares era poco menos que un insulto.

—Gracias. Entonces ¿quiere decir que sí me estabas escuchando?

—Claro.

Caminé al lado de ese chico de edad indeterminada, de look elegante completamente estudiado, como si más que en la calle le correspondiera tocar en la ópera o sobre un escenario mítico. Esos vaqueros que pronto descubriría no eran del H&M. Esa corbata combinada a la perfección con una camisa que no podría haber imaginado que estaba hecha a medida. Unos zapatos que costaban más que mi viaje. Y la americana, más que mi vida entera. Así vestía ese hombre de patillas perfectamente perfiladas a golpe de cuchilla de barbero de la vieja escuela, que enmarcaban su mandíbula cuadrada. Dejémoslo en que era guapo. Sí, era el típico chico que quieres presentarles a tu padre y a tu abuela como aval de que no lo has hecho tan mal en la vida. El típico hombre al que, por qué no, llevarías de «más uno» a la boda de… no sé, por poner un ejemplo, tu exnovio. Ese era…

—Dylan, me llamo Dylan.

—Yo Lucía.

Así, sin más. Sin apellidos. Sin explicaciones, al menos no todavía. Sin nada más que eso, nuestros nombres, nos presentamos. Éramos dos personas a las que el destino y mi sentido de la desorientación habían unido en medio del centro neurálgico de una de las islas más pequeñas y a la vez más grandes del mundo. A menudo nos olvidamos de que Manhattan no es más que eso, una isla. Una muy distinta a la paradisíaca imagen que se nos viene a la mente cuando pensamos en un trozo de tierra rodeado por el mar.

—Dylan… —repetí, intentando imitar su pronunciación.

Como es normal, fui a darle dos besos, pero él extendió su mano a modo de saludo. Me olvidaba de las diferencias culturales. Ahí tenía una a la que más me iba a costar habituarme y es que, salvando la pequeña diferencia, intentar dar dos besos y que alguien te plante la mano es lo más parecido a que te hagan una cobra. En ese momento tratas de disimular, pero la cara de gilipollas no te la quita nadie. Y mucho menos a mí, que empezaba a sospechar que, de tantas veces que la ponía, me venía de serie.

—Encantada de conocerte —dije en inglés.

—Igualmente.

Caminamos en dirección opuesta a la escuela donde estábamos. Seguimos hablando y noté que tenía un ligero acento que no supe ubicar en ese momento.

—Tienes acento —le dije.

Dylan no pudo contener la carcajada. Ciertamente, era muy gracioso que yo, doña Paco Martínez Soria, hubiera hecho esa observación primero.

—Te iba a decir lo mismo —contestó, con esa sonrisa de medio lado. Se parecía a Ryan Gosling con un toque de Fassbender, todo en el mismo pack. Como si la genética, de forma caprichosa, hubiera escogido lo mejor de cada uno.

—¿Que yo tengo acento? ¿Qué dices? A ti te falta oído.

Los dos soltamos una carcajada tan sonora que las personas de delante se giraron con una mirada reprobatoria. Como si no estuviera permitido reírse en esa ciudad.

Mi acento era digno de estudio. Más o menos, muy a mi pesar, sonaba igual que Mariano Rajoy o Marianico el Corto, tanto monta, monta tanto.

—¿De dónde eres? —me preguntó.

—De Alaska. No, es broma. Soy de España.

—¿En serio? ¿De qué parte? —me lo preguntó con tal familiaridad que daba la sensación de que hubiera vivido allí toda la vida.

—De Madrid. ¿Has estado? —respondí, y observé atentamente y de soslayo su reacción.

—No. ¿Y tú?

Me hizo reír con esa broma sin gracia. Estaba claro que habíamos conectado. Compartíamos muchas cosas que todavía no sabíamos, entre ellas un extraño, tal vez hasta ridículo, pero más que necesario, sentido del humor.

Estaba a solas con Dylan, su violín y toda la gente —con y sin perros— que paseaba a nuestro alrededor. Descubrí muchas cosas de ese chico. Al ritmo de un caminar lento, suave, como si a cada paso saboreáramos la ciudad, yendo en contra de la propia energía y nervio de la inmensa urbe, nos abrimos un poco el uno al otro. Para empezar, me contó que era australiano, de Byron Bay. Aunque sonaba muy lejano, sonaba bien. En ese instante, quise ver cómo era el paraíso que me describía con tanta nostalgia que hacía que me sintiera identificada. Si llevara tiempo fuera, así sería como yo hablaría de mi barrio, de mi gente, de todo lo que se extraña cuando se está lejos. También de Alberto. Porque, sí, le echaba de menos por un único motivo: le había querido de más. No podía ser menos que eso. Por eso, aunque Dylan fuera guapo y tuviera algo que seguro que para alguna chica sería un todo, para mí no bastaba.

Manhattan nos ponía a Dylan y a mí una serie de obstáculos que usamos a nuestro favor. Aprovechamos cada semáforo o atasco de gente para frenar y disfrutar de la conversación. Para mostrarnos fotos o darnos detalles que ilustrasen lo que nos estábamos contando.

Me enseñó fotos de su ciudad y yo le mostré Madrid. Hablamos del mar, de cómo era vivir en la playa, del surf y de su pasión por la música. Éramos dos expatriados —yo menos que él— juntos en Nueva York.

Dicen que es difícil conocer a alguien originario de Nueva York. Tan difícil como lo es conocer a un madrileño en Madrid, supuestamente. Yo no soy un ejemplo de esto, no soy gata, pero casi soy más madrileña que los callos. Recuerdo como compañeros de la facultad, que venían de otras provincias, se sorprendían cuando yo, u otro paisano, les decíamos que éramos de *Madriz*. Era como si encontraran una aguja en un pajar.

Aun sin haber encontrado a nadie que tuviera Nueva York en los genes, a pesar de eso, sentí que yo era la aguja en ese pajar. Porque a ratos pensaba que era la única de fuera. Fuera de lugar.

La única que era capaz de quedarse embobada viendo un edificio al que ya nadie prestaba atención. La única capaz de maravillarse con el reflejo del sol en la ventana de un rascacielos o con una señora que regaba su única planta, colgada de la ventana de un loft industrial.

Cualquier imagen me parecía sacada de un lienzo único, apto para ser expuesto en cualquier sala de los numerosos museos de la ciudad a los que, según el plan y la agenda que me había organizado Clara, no debía dejar de ir. Tenía la enorme suerte de contar con tiempo para disfrutar y vivir eso y mucho más. Por delante me quedaban muchos días, apenas estaba empezando a conocer la ciudad. Se trataba de encajar en un sitio tan particular que me iba a enseñar a olvidar, a escuchar, aprender…

Es lo que hace Nueva York, te enseña a ir, a redirigir tu camino. Es una guía para entender la vida y a uno mismo en otro tono y a otro ritmo, con sus altos y sus bajos. Con sus veranos y sus inviernos.

Dylan me confesó que, a pesar de los años que llevaba en la ciudad, todavía no se había habituado al frío. Al del invierno y al de la gente. «No es que los australianos sean especialmente cálidos», pensé, pero me di cuenta de que todo eso no eran más que estereotipos. Como otros tantos que tenía en mi mente. Etiquetas que existían mucho antes de que las aplicáramos en las redes sociales y que nos clasificaban. Descripciones y opiniones que nos definían, como horas antes lo había hecho Matt conmigo. Según él, yo transmitía tristeza. Algo similar me pasaba con Dylan. En este caso, era él quien tenía una «melancolía alegre» que se palpaba. La noté en su música, en su mirada y en sus silencios. No era amargura, era una felicidad triste. Una pesadumbre brillante.

¿Qué le hacía transmitir esa sensación? La batalla interna que libraba cada día por seguir en la ciudad y no marcharse, me dijo.

—¿Y por qué querrías irte? —le pregunté.

—Porque hay veces que uno debe irse únicamente para saber adónde quiere volver.

Esa tarde, Dylan no me contó mucho más de su vida personal. No me habló de ese viaje que le había llevado desde Australia hasta Estados Unidos. Todavía no sabía que no era tan joven como parecía, sino que sobrepasaba ligeramente mi edad. Tampoco me contó en esa primera conversación que era uno de los músicos de la Filarmónica de Nueva York y que preparaba sus conciertos así, al aire libre y gratuitamente, intentando deleitar a todos esos viandantes que le ignoraban, algunos de los cuales luego llegaban a pagar sumas ingentes de dinero por una entrada a los conciertos de la orquesta, considerada una de las cinco mejores de todo Estados Unidos.

Todo eso no me lo contó hasta más adelante, pero yo sí le conté por qué estaba ahí y mi guerra personal. También le expliqué lo que acababa de suceder y la situación incómoda en la que me encontraba. Estaba a kilómetros de distancia de mi casa, quedándome en la de mi amiga, a la que había visto llorar por motivos que desconocía, y su novio, al que había escuchado mantener una conversación que no debería. Si analizaba ambos casos, podía decir que la conclusión de mis reacciones es que vivía la vida, mi vida, siendo una espectadora invisible. Tenía que ver, mirar de verdad. Abrir los ojos y hacerlo de forma presente. Eso es lo que dijo Dylan y, por increíble que parezca, me invadió una sensación de admiración.

Estoy convencida de que en otro momento, ante una conclusión así, tan llena de espiritualidad y tan característica de esta era «buenrollista» que nos ha tocado vivir, me hubiera reído en su cara con tal cantidad de descreimiento que habría sido difícil no darme un sopapo. Un buen chancletazo de esos de madre. La reacción de mi yo del pasado habría sido como mis críticas a obras de teatro con actores sobrevalorados, sobre todo por ellos mismos. Como dice Clara, habría sacado al Carlos Boyero que hay en mí.

Pero no en esa ocasión.

Porque Dylan, aparte de todo lo descrito y mucho talento, tenía algo más. En muy poco tiempo, en tan solo una conversación, logró enseñarme muchas cosas, aunque no me di cuenta hasta tiempo después. Yo soy así, ciega —mejor dicho, estaba cegada— para ver lo que es evidente. Estuvimos hablando de danza, de arte, de su país y del mío. También hablamos de la soledad y mi teoría que confirmaba por qué en ciudades grandes, en urbes como Nueva York, tanta gente tiene perro. Para no sentir el vacío y el peso de la inmensa soledad. Para poder cuidar a alguien. Para querer y sentir una lealtad incondicional, que exigimos tan gratuitamente a veces.

También hablamos de música y la relación entre un compositor, un músico y el mundo externo, ajeno a esos acordes y a ese universo creado por cada instrumento.

Al hilo de eso, me dijo una frase que nunca podré olvidar: «La música se inventó para confirmar la soledad humana».

Por eso tocaba él el violín. Por eso me gustaban a mí los perros.

13

El poder de un paseo

Caminaba detrás de Dylan, cuando de repente, en el paso de cebra, dio un silbido, un chiflido, para detener un taxi. No tardó en pararse delante de nosotros uno de esos automóviles amarillos, tan representativos de la ciudad. Dylan abrió la puerta y me dejó vía libre para que subiera. Pero entonces, mi yo de siempre, la pequeña Lucía que no era ni muy exploradora ni muy aventurera, apareció en mi mente, dándome un pequeño toque interior.

—¿Subes?

—Eh… ¿adónde vamos?

Me preocupaba llegar tarde a recoger a Olga, pero también, en el fondo, me acababa de dar cuenta de que, por muy bien que ese hombre tocara el violín, no lo conocía de nada, aunque nos hubiéramos contado nuestras vidas, obras y milagros en el rato que habíamos tardado en ir desde el Lincoln Center hasta Columbus Circle.

Había algo que me invitaba a adentrarme en su mundo, a no desconfiar. Para eso era esa gran ciudad, ¿no? Para arriesgarse, para no dudar. Para apostarlo todo a una sola carta, sabiendo que la suerte te puede sonreír. Sí, Nueva York es para lanzarse a la piscina, o al East River, así que me subí al taxi.

Y mentalmente ya pude tachar un deseo de mi lista. Coger un taxi amarillo en Nueva York.

Bajamos frente a un bar, el Ding Dong. Me recordaba mucho a cualquier bar español, muy malasañero. A pesar del nombre, no había que llamar a ningún timbre para acceder, sino que tuve que enseñar el carnet de identidad para demostrar que era mayor de edad, que tenía más de esos veintiún años legales para beber. Siempre que me lo pedían, pues es costumbre generalizada, me daban ganas de comprar una botella de cava y celebrarlo con el portero de turno. «¡Este miope cree que tengo menos de veintiún años! ¡Viva este país, no solo son tontos por votar a Trump, sino que son ciegos por pensar que tengo menos de veintiún años!»

Lo cierto es que es obligatorio pedirlo, ahí tengas más arrugas que un sharpei o más años y peor llevados que la Presley.

Nos sentamos a la barra, donde teníamos el sitio justo para poder estar cómodos y hablar con calma.

Al ritmo de buena música, seguíamos enfrascados a una conversación muy amena, pero mi tictac interior comenzó a avisarme de que había quedado con Olga. Me debatía entre lo que quería y lo que debía hacer. Me planteé llamarla y decirle que ya la vería en casa, pero no me vi capaz. Era mucho más importante estar con ella e intentar averiguar qué era lo que le pasaba. La preocupación se volvió a instaurar en mí y estaba tan nerviosa que comencé a morderme las uñas, a tocarme el pelo; a moverme como si fuera una culebrilla.

—¿Te pasa algo?

—¿A mí? No, no. Nada, todo bien.

Disimulaba fatal y Dylan no tardó en darse cuenta de que la impaciencia me invadía.

—Te tienes que ir.

—Sí, lo siento.

—No pasa nada, ha sido un placer.

Y le pidió la cuenta al camarero mientras me miraba esperando a que me fuera.

Estaba a punto de irme, así, sin más. Y ninguno de los dos hacía nada para evitarlo. Una parte de mí, la que solo podía pensar en Alberto, lo celebraba. Todo el mundo me decía lo típico de «un clavo se quita con otro clavo», pero es que yo ya había jugado a las ferreterías en el pasado, cuando no debía. En ese momento, sin embargo, no podía, había algo que me lo impedía.

Por otro lado, la otra parte de mí, la que me recordaba que Alberto se iba a casar y que yo había ido a Nueva York a olvidarle, a superarle, me decía que esa era la vía más rápida para conseguirlo. Por eso, un poco, solo un poco, quería que Dylan me dijera algo. No es que quisiera que me cantara «adiós con el corazón», pero no sé, un «quedamos otro día», «me ha encantado conocerte», «ven a verme tocar mañana, al otro, y al otro…». No sé, algo.

Me costaba marcharme, por la única razón de que sentía que dejaba algo a medias. No solo era una conversación inconclusa, sino una amistad inacabada, a pesar de la maravillosa tarde que habíamos compartido.

Nos quedamos mirándonos unos segundos más, eternizando esa despedida que no acababa de completarse. En cualquier otro momento, me hubiera planteado por qué carajo no me pedía mi Facebook, Instagram o directamente matrimonio, como hacían otros (a otras)… Por Dios, una cita, aunque fuera. Que me pidiera algo, que no fuera dinero, claro. No me pidió nada y había una razón, pero, como siempre, quise ir a destiempo. Y me adelanté.

—¿Tienes Facebook? —Era la mejor forma de poder estar conectada con él y, además, investigar un poco sobre el pasado, presente y futuro de un chico que me parecía muy interesante. Y me lo sigue pareciendo.

—No, no tengo.

¿Quééé? No podía ser, ya no había de dónde tirar. Era un caso perdido. Había oído hablar de esos especímenes, esas personas que no han sucumbido a la tentación de perder todo el tiempo y la vida con un clic tras otro. Envidiaba no tener Facebook. O, mejor dicho, envidiaba no haberlo tenido nunca, porque, una vez lo pruebas, es como la droga. Ya no puedes vivir sin él. Bueno, sí puedes, pero te preguntas para qué. ¿Qué sentido tiene?

Así era yo, necesitaba mi dosis diaria de actualizaciones de estado, de *likes* y comentarios. De saber quién cambiaba su «en una relación» por un «es complicado». En mi caso debería existir la opción de poner «es muy, pero que muy jodido». Y seguidamente un «suerte, guapa».

Para que Alberto le diera a «Me gusta».

Vale, no tenía Facebook, pero había otras opciones. Volví a jugar, a ver si esta vez tenía más suerte y Dylan me demostraba que no era una causa perdida.

—¿Instagram? —Mi tono denotaba un ápice de súplica. Estaba rezando internamente a todos los santos tecnológicos. «San Bill Gates, te pido por favor que Dylan suba una foto de esta noche, con los filtros que le dé la gana; san Marc Zuckerberg, si Dylan tiene más seguidores que yo, te juro que le abro una cuenta a mi padre en Facebook, con lo difícil que es que mi padre se conecte a una pantalla; y tú, Todopoderoso y omnipresente Steve Jobs, si haces que Dylan me siga, empezaré a ahorrar ya para comprarme el iPhone XXII, que será también el siglo en el que pueda pagar el teléfono, cuando quizás ya no sea ni un teléfono, sino una máquina creadora de hologramas en tiempo real. Y tendré que comprarlo a plazos y que lo terminen de pagar mis hijos, pero qué importa.»

—Tampoco tengo Instagram. —Boom, con ese jarro de agua fría Dylan me trajo de vuelta al presente. O al siglo pasado. Al mundo sin apps.

—¿WhatsApp?

Negó con la cabeza y yo poco menos que me lo imaginé viviendo en el campo, sin electricidad, sin agua potable y sin gas. Pero feliz, oye. Lo dicho, envidia pura. Que yo mucho decir que ojalá me fuera a un pueblo a hacer queso, pero no voy a ningún sitio sin mi móvil. Puedo protagonizar «No sin mi iPhone», próximamente en su… Snapchat. ¿Tendría Snapchat Dylan? Ya sabía la respuesta, así que me ahorré la pregunta.

Me iba y no estaba tan segura de que el destino nos pudiera juntar de nuevo. Una cosa era que Nueva York hiciera magia una vez, pero que lo hiciera una segunda…

—Ya sabes dónde encontrarme.

«Sí, ¿en la portada de *Vogue Hombres*?», pensé.

Se volvió a sentar, después de darme un abrazo de esos anglosajones, no por grande, sino por comedido y distante. Ese gesto que está a medio camino entre un incipiente aprecio y un «no te emociones, chiquilla».

Claro que sabía dónde encontrarle, en el sitio donde le había conocido. Esa no era la cuestión, sino ¿cuándo? Ni siquiera tenía una red social que me pudiera dar una pista. Ese chico era tan guapo como misterioso y complicado. Me sonaba la historia, ¿me estaba metiendo en la misma canción pero con distinto instrumento?

Me fui con ese sabor amargo que deja la diferencia cultural. Esa por la que sientes que te hacen la cobra. Esa por la que, a pesar de todo, de la cerveza y la charla, de la conexión mutua y las confesiones, me encontré con un muro final. No el de Trump, pero casi. Las relaciones humanas son… distintas. No sabría cómo explicarlo, porque es difícil de definir. En Madrid quizás todo era más fácil, no solo para el que es de allí de toda la vida, sino también para el que llega de nuevas, que cree que todo es diferente a un lado u otro de la Gran Vía, a una margen y otra del Manzanares. Todo es distinto, sí. Pero nada que ver con lo diferente que intuía que era esa ciudad. Ese pequeño cosmos.

Era casi la hora que me había indicado Olga. Llegaba tarde, así que, nada más salir del bar, hice algo de lo que todavía me siento orgullosa.

El primer intento no funcionó, pero el segundo fue perfecto. Con toda la fuerza del mundo, y haciendo gala de una pericia que no sabía que poseía, silbé como si estuviera en un concierto de rock. Un pitido limpio, sonoro, potente que hizo frenar en seco a un taxi amarillo.

Me subí con cierto orgullo propio, no voy a mentir. Me sentí Carrie Bradshaw, pero sin los dos *leitmotiv* de la serie: sin tacones y sin sexo.

14

Haz que valga la pena

A las nueve en punto entré en la oficina de Olga, situada en la planta dieciséis de un edificio modernísimo que daba a la orilla del río Hudson. Las vistas eran espectaculares, como cabía esperar, pero el interior no lo era menos. Y eso sí fue una sorpresa.

Nada más poner un pie dentro, comprobé el despliegue de derroche. Al frente, me encontré una recepción de lujo y de techos altísimos, tanto que mirar hacia arriba podría considerarse una postura de yoga. Al fondo, había una sala de tenis de mesa —el ping-pong de toda la vida—, máquinas de videojuegos vintage —las viejas de los bares y centros comerciales—, una sala repleta de dispositivos de experiencias virtuales, que te prometían una vida distinta, un futuro mejor. ¿Quién va a querer los problemas de una vida real si se los puede fabricar e inventar con unas gafas de realidad aumentada?

Eso no era un trabajo, era un parque de atracciones. ¡Incluso había una barra libre de sushi! Frente a eso, que se quiten las gafas y el 3D. Mi sueño hecho realidad.

Todos esos complementos, ese trato VIP que te obnubilaba, eran para los trabajadores, pero, aquí viene lo bueno, también para las visitas. Y lo mejor estaba por llegar. ¡Había hasta una sala para masajes! Sentí que Olga, más que una amiga, era una hijaputa, todo junto y con cariño. Desde luego, ya podía haberme dicho que, en vez de llegar más tarde, acudiera antes o incluso que me quedara a vivir ahí. En su trabajo. Podría haber disfrutado como una cría y… ¡gratis! Con lo que a mí me gustan el ping-pong y los juegos de bolas. Y que me crujan la espalda, por Dios. ¡Y gratis! ¿Lo he dicho ya? Nada es gratis, dice el dicho. ¡Ja! Ahí sí.

¿Qué clase de trabajo era ese? Desde luego, no el mío. Yo mendigando que no me descontaran el I.R.P.F. en las facturas, y Olga podía ir a un spa antes y después del trabajo, si es que le quedaban horas libres en el día, que, obviamente, no era el caso.

Ahí estaba el truco. Había de todo para los empleados, un mundo de supuesta felicidad y comodidad para que no tuvieras que salir del edificio y fueras más productivo. Esa era la trampa.

En el interior de ese complejo de oficinas disfrazado de paraíso, había hasta guardería para los hijos de los empleados, los cuales, evidentemente, pasaban más horas trabajando que con sus vástagos.

Se supone que los niños también estaban felices y contentos jugando en piscinas de bolas con cuidadoras que cobraban en un mes lo que yo en todo un año. Qué injusta es la vida. Para mí y para esos niños también. Porque, pensándolo bien, yo no cambio mi plaza de La Prospe por esas bolas, por muy del Upper West Side que sean. Aunque por sushi y masajes gratis todos los días cambio hasta de partido político si hace falta. Todo es ponerse.

El chico de la recepción, de forma extremadamente amable, me indicó que debía «identificarme». ¿A eso le llaman «identificarse»? Estaba convencida de que los procesos de verificación de identidad por parte de agentes de la CIA eran menos exhaustivos que los de esa compañía.

Era igual de complicado que el registro en determinadas páginas web, que piden que elijas una contraseña y cuando lo haces empieza el juego. Que si debe contener un número, una mayúscula, un carácter especial, sangre de unicornio y cien mililitros de lágrimas. Eso es fácil, porque acabas llorando de pura desesperación. Pues lo dicho, verificar mis datos en la empresa de Olga era igual de complejo.

—¿Me da su carnet de conducir?

En Estados Unidos todo el mundo usa ese documento para demostrar quién es. Pero, como no le sirviera el carnet del Bici-Mad, iba listo ese hombre.

—No conduzco.

—Su identificación, entonces.

Saqué mi pasaporte y, al ver que no era americano, lo miró por delante y por detrás. No sé qué esperaba encontrar en el reverso, ¿un mapa que ubicara mi lugar de procedencia? ¿Unas coordenadas que le dieran alguna pista? Me entraron ganas de informarle de que España no estaba en México. No sería la primera vez que lo tenía que hacer, ya que la geografía no es el punto fuerte de la educación de ese país. Todo lo que está más allá de México y Canadá queda… por ahí, lejos. En el mundo, qué importa eso.

Finalmente, después de examinar mi documento, después de tener que estampar mi firma en un registro de quién entraba y quién salía del edificio, después de prácticamente prometer que donaría mis órganos si ocurría algo o si incurría en alguna ilegalidad, y después de que comprobaran que, tal y como decía, me esperaba Olga… por fin, después de todo eso, un portero me acompañó hasta el ascensor. O quizás me estaba escoltando para que no me lanzara como una loca a probarlo todo: el sushi, la piscina de bolas, la realidad virtual… Todo y a la vez. Menos mal que no me dejaron sola, hubiera sido como perderle la pista a Charlie en la fábrica de chocolate.

Ese vestíbulo había conseguido que mis preguntas para Olga crecieran y se multiplicaran en cuestión de minutos. Quería hacerle un tercer grado, sutil y disimulado, pero un interrogatorio al fin y al cabo, acerca de lo que había visto antes. También tenía curiosidad por averiguar en qué consistía exactamente su trabajo. Y esa compañía, Lifeplays. Qué hacían y, sobre todo, qué podía hacer yo para trabajar allí.

Olga me recibió en su oficina. Nada más entrar me llamaron la atención dos cosas. La primera, las ventanas, que ocupaban toda la pared e iban desde el techo hasta el suelo. Las vistas eran dignas de dentista, de tener que ir a que te encajasen la mandíbula porque te quedabas con la boca tan abierta que se te dislocaba de puro atontamiento. A través de ese cristal podía ver el infinito y más allá.

La otra cosa que captó mi interés fue el sobre que identifiqué de inmediato. Era el que la chica le había entregado a Olga. Ahí estaba, en la mesa, justo al lado de una foto. De Olga, Clara y yo.

Las Tres Mellizas. Eso no me desencajó la mandíbula, pero me tocó directamente el corazón. Ahí estábamos las tres, juntas en Nueva York, aunque fuera en papel y enmarcadas.

—¿Te gusta?

—Claro, todavía me acuerdo de cuando nos la hicimos.

—Me refería a la vista.

—Ah… Sí, es espectacular.

Se hizo el silencio durante los segundos en los que volví a admirar ese horizonte.

—¿De verdad que te acuerdas?

Su tono era reflexivo, entonces fue ella la que prefirió observar esas tres caras tan reconocibles y familiares que miraban tras el cristal del marco que había escogido, como quien quiere preservar lo que teme olvidar. Ese, afortunadamente, no era mi caso. Yo nunca olvidaba nada. Para bien y para mal.

—¿Ahora sí me hablas de la foto?

Olga asintió, lo que me hizo revivir ese momento del pasado.

—Sí, fue el 28 de octubre de hace tres años. El día que Clara abrió la clínica.

Me acordaba a la perfección de ese momento. De todo ese día. Podía detallar y describir todo, desde qué llevábamos puesto hasta qué comimos o a qué hora empezamos la fiesta y a qué hora la acabamos. Recordaba quién se había acercado a la inauguración, después de meses de obras en el local, y quién se excusó por no poder asistir.

Esos eran muchos de los datos, probablemente innecesarios, que ocupaban espacio en mi disco duro mental. Sería la edad, todavía era joven como para ir dejando por el camino lo que sobraba. O es que recordaba, sin saberlo bien, lo que nunca se debe olvidar.

—Olga, esta tarde yo… te he visto… eh…

Dudé mucho, no sé por qué. Bueno, sí lo sabía, pero no por saberlo se hacía más fácil pedirle claramente que se sincerara conmigo. No podía admitir que sabía que me había mentido y que lo había visto con mis propios ojos.

—Sí… Que me has visto, ¿dónde?

—No sé, perdona si me meto donde no me llaman, pero es que estaba en la calle, viendo a un músico tocar y bueno, ahí estabas…

—Ahí, ¿dónde?

—En el Lincoln Center. Ibas discutiendo con una chica.

—Ah, ya. Anne, mi compañera. Haberlo dicho antes. Nena, mucha memoria, pero te explicas fatal.

—Te he visto llorar.

—Bueno, llorar, llorar, exagerada. Ni que fuera la Fontana de Trevi. Tampoco ha sido para tanto, solo… —hizo una pausa breve, pero suficiente para transportarse a otro lugar, para pensar qué decir y cómo decirlo— solo era por unas malas noticias sobre el último proyecto. —Volvió a quedarse callada y aproveché para hablar.

—¿Seguro que estás bien? Es que no sé, de repente aquí he venido yo, jodida por lo de Alberto, y claro, tal vez puede ser una minucia comparado con otras cosas.

—¿Qué cosas?

—Pues eso te digo, que no sé qué cosas te pasan. Que aunque hablamos mucho las tres, semana sí y semana también, pues hay días entremedias llenos de problemas que a lo mejor no nos contamos.

—Lucía, cariño, deja de comerte la cabeza. No le des tantas vueltas a todo, anda. Para empezar, los problemas tienen soluciones y, para seguir, ¿de verdad has venido hasta aquí para esto? Y con aquí no me refiero a mi oficina —dio una vuelta de trescientos sesenta grados, señalando las vistas de tal modo que parecía una azafata del Teletienda—, sino a Nueva York. ¿Verdad que no? Pues ya está.

»Tú has venido a olvidarte de Alberto y de su boda, a conocer la ciudad. Y repite conmigo: A DIS-FRU-TAR-LA. Este es el primer día del...

Crucé los dedos y deseé con todas las fuerzas del universo que por favor no dijera «del resto de tu vida». Llega a soltarme la dichosa frasecita y cojo carrerilla para saltar a través del ventanal. Era tan empalagosa que me subía los niveles de azúcar a la altura del último piso del Empire State Building. El mero hecho de temblar y sentir arcadas ante la posibilidad de ese nivel de falso buenrollismo me hizo respirar tranquila y sonreírme. Volvía a ser yo, la misma lisiada emocional e incapacitada vital de siempre, que no desequilibrada. Hay una diferencia.

—Este es el primer día de tu primer mes en Nueva York. Haz que valga la pena recordarlo. —Así terminó la frase Olga.

Poco podía añadir yo a eso. Tenía razón, ya que mi memoria lo iba a almacenar todo, por lo menos, que no fuera en vano y que mereciera la pena.

15

Realidad virtual

Antes de dar por concluida su jornada laboral, Olga quería mandar unos emails —¡cómo no!—, así que me tendió unas gafas pegadas a un smartphone para mantenerme entretenida.

—Toma, a ver qué te parece.

—No, gracias, me estoy quitando.

—¿Qué dices?

—Que me estoy quitando de la tecnología. Bueno, de las redes sociales.

—Muy bien me parece. ¿Quieres hacer el favor de probar esto?

—Si me engancho será por tu culpa, que lo sepas. ¿Te he hablado ya de la clínica de desintoxicación?

Olga me miró, con un gesto que representaba a la perfección la pregunta que se estaba haciendo: ¿dónde me había dejado las neuronas? Resultaba evidente que no era el momento indicado para contarle que yo, Lucía Palacios, quería vivir una vida más simple, como Dylan o como Matt, qué casualidad que tuvieran eso en común. Yo también quería una vida más analógica. Pero ya estaba comprobando que era como querer ser vegetariana e irse a vivir a Argentina.

Agarré las gafas y me las puse intentando no acabar más despeinada de lo que ya estaba, lo cual formaba parte de mi nuevo look y mi encanto neoyorquino, muy a lo Chloë Sevigny. O lo que es lo mismo, muy a lo «no me he peinado desde que aterricé». No era del todo así, pero un poco sí.

Me puse las gafas de realidad virtual y, de repente, me metí en otro mundo. En la última experiencia que mi amiga de la infancia había creado.

Aluciné, era algo tan sensible, tan delicado, tan bonito, tan real... Tan necesario, que entonces comprendí por qué hacía lo que hacía. Por qué motivo llegaba tan tarde y por qué nunca tenía tiempo para nada. Si la razón era ese increíble universo sensorial, mucho más que simplemente virtual, entonces merecía la pena.

Esa experiencia en concreto era un paseo onírico por los relatos de una persona bipolar, primero en su «fase alta», la más creativa, y el contraste con lo que vivía cuando estaba en la «fase baja». Era un proyecto que lideraba Olga para una organización sin ánimo de lucro que pretendía dar más visibilidad a una de las enfermedades mentales más estigmatizadas. Un estudio para el que una persona se había prestado voluntariamente para ser aislada del mundo e intentar plasmar sus emociones, creando con sonidos, fotos y pinturas un viaje por toda la amalgama de sensaciones que experimentó en los meses que estuvo colaborando con el estudio. Todos los sitios que visitó mentalmente para superar la claustrofobia —la mental, más que la física— del experimento, todo lo que esa persona se había inventado, ese mundo, había sido recreado en esa nueva plataforma de realidad virtual. Un trabajo y un proyecto diseñado y realizado en su totalidad por Olga para ayudar a la organización. Por todas esas horas extras, por supuesto, no había visto ni un dólar.

Me sentí tan orgullosa que, de haber llevado sombrero o gorra, me los habría quitado. Dos veces.

Terminó el vídeo y le volví a dar al play, para verlo otra vez. Después intenté quitarme las gafas tan rápido para poder felicitarla que casi me estampo contra el suelo. Y es que todo me dio vueltas. No me di cuenta de que los gestos que hacía Olga eran precisamente porque me estaba advirtiendo de eso. Yo seguía con los cascos puestos y no me enteraba ni del nodo.

—¡Que te vas a marear!

—¿Qué?

—Que tengas cuidado, hay que quitarse las gafas lentamente.

Demasiado tarde. Mi mundo se movía. Mis pupilas se dilataban, tratando de habituarse a la luz real del nuevo entorno. Mi cabeza notaba el mareo; mi estómago, también. Era como si me hubiera subido al *Titanic* sin tomarme ni una mísera Biodramina.

—Siéntate.

Me acercó una silla; yo la miraba todavía con el asombro que me provocaba saber que ella era la «culpable» de mi mareo. No daba crédito a que fuera capaz de crear lo que acababa de experimentar. Me sentía más pequeña e insignificante que nunca ante tanto talento.

—Ostras…

—¿Te ha gustado?

—No tengo palabras. Es una pasada. Ahora lo entiendo todo.

—¿El qué?

—Por qué no tienes vida —dije de forma tan directa, tan sin medida que, por un momento, lamenté haberla ofendido—. Me refiero a que ahora entiendo por qué estás tan ocupada.

—Este es un proyecto que he sacado adelante yo sola. Llevo meses luchando para conseguir el apoyo necesario, pero es complicado. Hay cosas que si no son claramente rentables es difícil que se apueste por ellas desde arriba.

—Pero esto sí sale, ¿no?

—No, me lo han denegado. Faltaba un último impulso económico para poder distribuirlo. Tantas horas de mi propio tiempo para nada.

—Lo siento mucho. Por eso llorabas antes…

—Son muchas cosas.

—Ojalá te pudiera ayudar.

—No te preocupes, es lo que hay.

En todas partes cuecen habas. Ningún sitio es perfecto, salvo que lo crees y diseñes a tu gusto. Como Olga hacía, pero para eso también necesitabas dinero. El dinero no da la felicidad. O sí, no lo sé. Cuando llegue a nadar en billetes de quinientos, podré hablar con más exactitud.

Olga se levantó y cogió su chaqueta.

—¿Lista?

—Sí, sí… —dije; veía que Olga dudaba y volvía a retroceder en su camino, dejando la prenda donde colgaba segundos antes. Seguro que tenía más emails que mandar. Madre mía, no era la única que necesitaba una vida más simple. No había que ser ningún gurú espiritual para determinar que a Olga le hacía falta un kit kat laboral.

—Voy al baño y nos vamos. Ahora vuelvo, ¿vale?

Asentí aliviada, menos mal que solo era eso y que por fin iba a dar por finiquitada su jornada. Estaba ansiosa por compartir más momentos con Olga. Por saber más de todo lo que hacía y lo que quería hacer, cuáles eran sus proyectos más allá del trabajo. Hacía tiempo que no hablábamos de esas cosas. Por la distancia y porque lo último que quieres cuando tienes tanto trabajo es hablar de eso, de trabajo.

La vi alejarse hacia el baño y me vi sola, no en casa, sino en esa oficina. No había nadie alrededor, nadie que me dijera nada. Que me mirara de forma reprobatoria y negara con la cabeza, ordenándome en silencio que no lo hiciera, que me podría arrepentir. Pero es que el sobre me llamaba a gritos desde la mesa.

Un documento sobresalía del interior del sobre, se alcanzaba a ver un membrete en la parte superior. No lo pude leer bien, solo logré vislumbrar el logo de una empresa. No vi más.

—¡Corre! —gritó, dándome un susto de infarto. Olga llegó antes de que descubriera si habría sido capaz o no de espiar el contenido completo de todo ese papel y de ese sobre—. ¡Quien llegue la última al ascensor paga la primera ronda!

El respingo me vino perfecto para coger impulso e ir a la carrera. Me moría de la risa mientras corría, con esa sensación de adolescencia recuperada recorriéndonos las venas. Dejé que la adrenalina por haber estado a punto de ser descubierta cotilleando en la vida privada de los demás tapara la culpabilidad que en el fondo sentía.

Le cogí ventaja, porque ella iba con tacones, pero cuando estaba a punto de alcanzar la meta, en ese esprint final, apareció el portero y frené, muerta de la vergüenza.

—Señoritas…

—Buenas noches, Sam —respondió Olga, lanzándome una mirada cómplice.

Y nos echamos a reír sin poder contener ese ímpetu juvenil.

¡Era nuestra primera noche juntas y solas en Nueva York!

16

Si me necesitas… silba

Olga iba con sus bonitos zapatos, que, aunque no fueran de diseñador de *haute couture*, le daban el toque de elegancia justo para el look «triunfo en NY». El punto de sofisticación necesario, ni excesivo ni escaso, para poder ir a tomar algo a un *after work*. Definitivamente, mucho más glamuroso que mi look, que era, cómo decirlo…, de turista que llevaba todo el día explorando la ciudad. De guiri total, vaya.

—Si lo llego a saber, voy a casa a cambiarme. —Me miré de arriba abajo, desde las Adidas hasta los pantalones rotos, pasando por la chaqueta vaquera y el bolso-mochila.

—No digas tonterías, si vas estupenda.

Si ella lo decía, no iba a ser yo quien le llevara la contraria. Estupenda no sé, pero cómoda desde luego. Y eso era lo más importante, continuar erguida y en pie para poder seguir el ritmo.

—¿Vamos en metro? —Todavía no había subido a esos vagones llenos de historia, el transporte por excelencia usado por todos los neoyorquinos en algún momento del día o de la noche. Kilómetros de túneles que conectaban esa ciudad que me moría por explorar.

—No me hagas esto. —Me señaló los tacones, comparándolos con mis zapatillas—. Pillamos un taxi, ya pago yo.

No voy a negar que me hizo sentir un poco mal y un poco pobre, otra vez. No es que lo hiciera conscientemente, era yo, que siempre recordaba que mi vida era distinta. Tampoco es que quisiera la suya, solo quería que la mía fuera un poco mejor para poder demostrarles, a ella y a Clara, que yo también podía ser generosa y las quería igual o más. Pero es que el amor no es eso, no lo puedes comprar. Ni siquiera en Nueva York.

Olga hizo amago de parar un taxi, pero la frené en seco.

—Espera, espera…

—¿Qué pasa? En metro, no, de verdad.

Antes de que continuara con sus quejas, lo volví a hacer, me marqué un chiflido que ni el pistoletazo de salida de una carrera de MotoGP.

—*Wow*, ¿y eso?

—Acabo de aprender. Dylan lo ha hecho y parecía fácil, así que…

—¿Dylan? ¿Quién es Dylan?

—Un chico que he conocido.

—Y me lo dices así, tan de pasada. Como si no fuera importante. —Con una mano me sostenía la puerta del taxi y con la otra sentí que me quería dar una colleja a modo de reprimenda. Por si acaso, agaché la cabeza para esquivar el posible coscorrón.

—Es que no es importante —añadí, y subí al taxi con Olga pisándome los talones.

—¿Cómo que no? Cuéntame. ¿Cómo le has conocido?

—Estaba tocando en la calle.

—¿Es un músico callejero?

—Sí, el que te he contado antes, pero no es un perroflauta. —No sé por qué me estaba justificando o por qué motivo le estaba justificando a él. No quería sentirme juzgada, pero quizás la única que me juzgaba era yo misma—. No me gusta, aunque es muy guapo, que no pasaría nada porque fuera feo, pero ya te digo que no lo es.

—A ver, enséñame una foto —me ordenó, para luego pedir al taxista que nos llevara a la calle Bleecker mientras se hacía un selfie y me instaba a que sonriera para sacarnos una foto juntas.

—¿A esto lo llamas sonreír?

—¡Ya sabes que es mi cara!

—Bueno, ¿me la enseñas o qué? —Me había perdido en la conversación y no sabía a qué se refería—. La foto de...

—Ah, de Dylan —terminé yo—. No tengo.

—No me lo puedo creer. ¿Tú para qué tienes un teléfono? —Y me sacó otra foto, sin advertirme ni pedir permiso. Por su mueca al verla, supuse que no sería mi mejor imagen.

—No soy como tú. Tienes que vigilar esa adicción a...

—Dime su apellido. —Quería buscarlo en las redes sociales, ya tenía el móvil listo y preparado para poder googlearle.

—No me lo ha dicho. Pero da igual, porque sí me ha dicho que no tiene Facebook.

—¿Y...?

—Nop. —No dejé ni que terminara.

—¿Qué? ¿Qué persona normal no tiene redes sociales?

—Tu novio, por ejemplo.

—Ah, ya. Lo de Matt es distinto, pero lo del músico este me parece raro.

—¿Por qué? Qué desconfiada eres, no todos estamos enganchados a Instagram como tú.

—Habló la otra.

—Ya no, te he dicho que me estoy quitando de la tecnología.

—Claaaro. Volviendo al tema, toca en la calle, no tiene redes sociales... No quiero decir nada, pero...

—Lo estás diciendo.

—Esta ciudad es muy dura, solo hay que sumar uno más uno. —Y miró por la ventanilla hacia la calle, mostrándome la triste realidad de una Nueva York que no queremos ver, donde la pobreza campa a sus anchas a la sombra de las luces de los escaparates más caros.

—¿Estás diciendo que porque es músico es pobre? Bueno, más que eso, que es vagabundo...

—Yo no he dicho eso. Y ser pobre no es ningún insulto.

—En eso estamos de acuerdo. —Aparté la vista y volví a mirar por la ventanilla. No había mala intención en las palabras de Olga, no sé qué me pasaba. Por qué me había irritado tanto y tan rápido—. Es de Australia. Vive aquí desde hace mucho —le aclaré.

Olga no contestó y su silencio me hizo pensar todavía más en esa cara B de la vida, lo dura que es para algunos y lo afortunados que somos otros.

—Bueno, y entonces ¿qué?

—¿Qué de qué?

—¿Cómo habéis quedado?

—No hemos quedado. Nos hemos conocido y ya está.

—¿Cómo que ya está?

—Yo qué sé, dejaremos que el destino nos una —añadí el tono de burla necesario para que sonara tan cursi como sonó.

—Ajá… —Olga me extendió la mano, como si se estuviera presentando. No entendía muy bien qué estaba haciendo. Como no reaccionaba, fue ella la que me agarró la mano bien fuerte, la apretó y la sacudió—. Encantada, soy el destino. Así que vamos a por ese tal Dylan.

—Pero que yo no quiero ir a por nadie.

Así es como el taxista, sin otra opción que no fuera hacer caso a Olga, dio un giro de ciento ochenta grados para cambiar de rumbo. De nada sirvieron mis negativas, ya que el taxista no me entendía ni yo a él. Aunque quise, no pude frenar a Olga cuando le pidió que nos llevara al lugar donde, horas antes, había sucedido todo.

Ni siquiera bajamos del taxi. Desde el interior vimos la plaza vacía, completamente iluminada. Con la fuente funcionando, pero sin otro sonido de fondo que no fuera la propia ciudad y el agua diluyéndose. Sabía que él no iba a estar ahí y se lo había repetido hasta la saciedad a Olga, pero cuando se le mete algo entre ceja y ceja es difícil que no se salga con la suya. Por un momento me dio la sensación de que no solo estábamos buscando a Dylan.

Al ver que no estaba, fuimos al bar donde le había dejado tomando algo. Era mucho más lógico que lo encontráramos allí. Tal vez siguiera apoyado en la barra, disfrutando de la música y hablando esporádicamente con el camarero. Pero no.

Era normal que no estuviera, aunque no por eso fue menos decepcionante no verlo. Una parte de mí quería reencontrarse con él cuanto antes. Lo triste es que no era por un interés sexual siquiera, sentía pura curiosidad humana, sociológica. No por saber dónde vivía ni si era pobre o rico, algo que, tristemente, en esa ciudad prevalece por encima de todo. Eso no me importaba lo más mínimo, me importaba todo lo demás. Pocas veces me había atrapado tanto la historia detrás del artista.

—Bueno, ya tienes algo que hacer en la ciudad. Encontrarle.

—Sí, claro. No tengo otra cosa en la cabeza. —Otra cosa, no, pero a otra persona, sí.

Olga miró a su alrededor; el bar era un lugar lúgubre, entonces nada animado, que ofrecía pocos signos de que se fuera a llenar mucho más en lo que quedaba de noche. Seguía siendo un local que me gustaba, con la música bien elegida, como la que sonaba horas antes. Miré hacia el espacio de la barra donde le había dejado. En ese momento había una pareja que disfrutaba de la emoción de las primeras citas. Se notaba que estaban en el inicio por la cercanía y la necesidad de contacto. Exceptuándoles a ellos, no había mucha más clientela. Un par de personas a lo lejos y dos tipos solos en la barra. Se dieron sendos codazos al vernos, como quien alerta al grupo del avistamiento de una presa. Menos mal que, antes de que se nos acercaran, Olga tuvo la mejor de las ideas.

—Oye, ¿te apetece ir a un show de comedia?

Nueva York había sido y era la cuna de muchos de los grandes actores de comedia, ya consagrados. Me encanta la *stand up comedy*, los monólogos de toda la vida. Esa era otra de las cosas que quería experimentar, una de las paradas obligatorias que me había prometido realizar entre todo el ocio disponible. Por supuesto, también quería ir al teatro, a cualquiera de las obras que se representaban en Broadway. Todo me tentaba, incluidos los musicales, aunque no fueran de mis platos favoritos. Los pocos que había visto en Madrid no habían resultado de mi agrado, salvo *La llamada*, de los Javis. Pero el plan que proponía Olga era un plan ganador, *win-win*.

Fuimos al Comedy Cellar, un local mítico en el corazón de Greenwich Village, uno de los más importantes de toda la ciudad. Si querías ser alguien en la comedia, tenías que actuar allí. Se había ganado la fama porque llevaba años descubriendo a grandes talentos. Es difícil no hacerlo teniendo en cuenta que cada día se suben al escenario al menos cinco cómicos con monólogos preparados y pulidos durante meses. Solo tienen veinte minutos para ganarse al público, en algunos casos incluso menos. Perfecto para que no te dé tiempo a aburrirte. A veces incluso tienen invitados sorpresa, grandes figuras de la comedia que se pasan para recordar los viejos tiempos.

No pude reírme más, teniendo en cuenta que no pude entender menos. Los dos primeros actores que subieron al escenario tenían acentos tan marcados que no acerté a descifrar lo que decían. Pero no importaba, me gustó la experiencia de estar integrada en algo tan ajeno a mí, tan auténticamente de allí.

—¿Te apetece la oferta de hoy, martes? —me preguntó Olga señalando el menú.

Eran dos cervezas y un mix de fritangas que hacían bailar hasta el último gramo de colesterol.

—Hostia, ¿hoy es martes? —Caí en la cuenta de que habíamos faltado a nuestra cita.

—Sí, ¿por?

—No hemos hablado con Clara. Bueno, yo la he llamado antes, pero no me ha contestado.

—Tranquila, la he llamado antes de que vinieras.

A pesar de todo lo ocupada que estaba, de todo lo que le pasaba, Olga, en el fondo, siempre estaba pendiente de todos. De nosotras especialmente. Cuánto iba a echar de menos eso. Todavía no sabía, ni podía imaginarme, que pudiera dejar de ser así en algún momento.

Olga pidió dos cervezas más, dejando los fritos para otro día, para otro martes, y me obligó a plantearme algo que no me había parado a afrontar.

—¿Qué vas a hacer estos días?

—Tengo ahí el *planning* de Clara, a ver cómo me organizo.

—Y no has pensado en hacer… no sé, algo más productivo.

—¿Qué quieres decir?

—No sé, algo que te sirva para mucho más que para pasar el rato.

—¿Te refieres a trabajar?

—A ver, trabajar, trabajar no puedes, que te pillan los de Inmigración y te mandan de vuelta de una patada en el culo. Solo digo que tres meses es mucho tiempo, y esta, una ciudad muy grande, con millones de cosas que hacer. Puedes apuntarte a clases de swing, de cocina, de macramé… ¡de comedia! —Señaló al actor que estaba sobre el escenario, el cual era, con diferencia, el menos gracioso de los que habían actuado hasta el momento. Una imitación barata y edulcorada de Woody Allen, con mucha menos gracia y un grado de inseguridad y tartamudeo mucho más alto, pero con la misma pinta de viejo verde.

Si él podía estar ahí, yo me podía comer el mundo, me animaba Olga. Me costaba creerlo. Además, lo mío era criticar lo que se hace en un escenario, no subirme a él. Nunca había querido ser actriz o cómica. Me faltaba algo fundamental, creía yo: las ganas de ser el centro de atención.

—Tú estás loca. Actuar, yo…

—¿Por qué no? Nunca lo has probado. Y no es por nada, pero algo tendrás que hacer, que yo estoy todo el día trabajando y luego dirás que te aburres.

Era verdad, tenía que aprovechar mi tiempo. Quizás pudiera escribir para alguna revista acerca de todo lo que estaba viviendo, pero dudaba de que nadie en España, ningún medio, me fuera a pagar para que les contara mi versión de la Gran Manzana. Al fin y al cabo, yo no era Carrie Bradshaw por más que me quisiera sentir como ella.

Sucedió de manera elegante, rápida y sutil, como si fuera una decapitación. El presentador dio por terminada la actuación del pobre desagraciado. Supongo que todos tenemos nuestros días y los hay que nos comemos el escenario y otros que nos queremos quedar en la sombra. Me imaginé la cantidad de ensayos, de preparación que había detrás de ese monólogo, mal escrito y mal narrado. Miré al actor y vi que estaba decepcionado, sin embargo, su semblante no era el de una persona derrumbada. Había claros signos de orgullo intacto, no estaba destruido ni se iba a dar por vencido. Lo había intentado y era lo que importaba. Con un codo apoyado en la barra, le vi sacar una pequeña hoja de papel y apuntar algo. Supuse que eran los chistes que le habían funcionado y los que no. Lo que necesitaba mejorar y también lo que necesitaba desechar completamente. Era cuestión de seguir probando. Ensayo y error. Así eran la comedia y la vida. Una larga carrera de fondo. Un ultramaratón.

Olga se bebió la cerveza de un trago, se levantó de un salto y me arrastró con ella.

—¿Adónde vas? —dije con pánico, viendo que se dirigía a...

—Al escenario.

—¿A qué?

—A que te pique el gusanillo.

—Como no me piquen los chinches de la moqueta...

—Mira. —Volvió a señalarme todo, como si su verdadera vocación fuera vender en Teletienda o ser la chica del tiempo—. Dime que no te gustaría que te aplaudiera toda esta gente. Con lo graciosa que eres.

—No sé de qué me hablas.

—¿Cómo que no?

—Que no, que una cosa es tener gracia y otra es que se rían de ti.

Como decía Groucho Marx, no reírse de nada es de tontos, reírse de todo es de estúpidos.

El equilibrio era la clave. Y a mí me faltaba, según Matt. Quizás tuviera razón, pero no era a la única. La balanza siempre se inclina hacia un lado. En la familia, en el trabajo, en las amistades… Dicen que en todas las relaciones uno es el que quiere y otro es el que se deja querer. Todo depende de cómo te lo tomes, de cómo lo veas y cómo lo sientas.

Y ahí, subidas las dos en ese escenario, viendo a todos los clientes desde un palmo más cerca del cielo, entre risas y exclamaciones, Olga me hizo sentir, por fin, protagonista de mi propia obra.

De esa comedia que era mi vida.

17

No me llames «mami»

Lo mejor de la noche todavía estaba por llegar, a pesar de que, para mí, ya estaba siendo una de esas veladas especiales con las que había fantaseado mucho antes de saber que iría a Nueva York. Uno de esos días que empieza sin saber cómo acabará, en el que lo único que importa, por fin, es el momento. Ese instante en el que sabes que lo estás pasando bien y que eres feliz, aunque sea un poco y un rato, porque seguro que mañana habrá otras cosas que hacer. Trabajo, obligaciones... Siempre tenemos cosas mejores que hacer, porque la felicidad, lo realmente importante, rara vez lo es. Pero en ese momento lo era. Ver a Olga soltarse la melena, literal y figuradamente; verla sonreír, de esa manera tan natural, tan despreocupada, con esa sonrisa que se le dibujaba en los ojos primero, produciendo un destello que le iluminaba el rostro. Después llegaba esa energía que le arrancaba una suave risa. Todo eso era contagioso. Me sentía muy bien con ella. Ahí, en ese momento, aunque no fuera perfecto. Aunque nosotras tampoco lo fuéramos.

Había sido una noche que ambas necesitábamos. No porque tuviéramos que recordar por qué éramos amigas, sino para comprobar que lo éramos a pesar de ser distintas. Que ni la distancia ni la edad, ese paso de los años, podía con nosotras.

Llegar a casa a una hora decente sí que iba a ser pura comedia. Olga se había quedado sin batería, yo no tenía datos suficientes para llamar a un Uber y no conseguía conectarme a la red gratuita de la ciudad. Encontrar un taxi era imposible, todos iban ocupados y Olga insistía en que en metro tardaríamos mucho. Con ella andando en zigzag, no me cabía duda.

—En metro, tú estás...

Empezó a girar el índice junto a su sien derecha.

—Y tú estás borracha.

—¿Yo? ¿Borracha, yo?

—Sí.

—Bueno, un poco. —Intentó caminar en línea recta, pero no se le daba muy bien. Cuando intentó correr, la cosa fue peor. Al ver una estación de bicis que el ayuntamiento había puesto a disposición de los usuarios, se abalanzó sobre ellas. No sé si cayó o se tiró voluntariamente—. Solucionado, vamos en bici.

—¡Pero que vas como las Grecas!

—Que estoy bien. No he bebido tanto.

Eso era verdad. Nos habíamos pedido dos miserables cervezas. Pero una cosa no quita la otra. Sería la falta de costumbre o el estrés. Probablemente las dos cosas. También la falta de fritangas que absorbieran el alcohol.

No sé cómo lo logré, pero la convencí para que siguiéramos andando. Tenía la esperanza de que se le pasara un poco el puntito ese tan tonto que le había dado y, con suerte, que en el camino encontráramos un taxi. Le tendí la mano para ayudarla a levantarse y por poco me tira a mí. Perdí el equilibrio, aunque me agarré a un manillar y conseguí no acabar como ella, que iba hecha unos zorros, con el bolso por un lado, los tacones por otro y el pelo... Parecía sacada de los años ochenta, con esa melena que no sabías si se había electrocutado o se había intentado hacer un afro. Me agaché a ponerle los zapatos, como si fuera Cenicienta.

—Zapatos, no.

—No digas tonterías.

—Es que me duelen los pies.

—Ya, pero no querrás andar por estas aceras…

Señalé a nuestro alrededor y contemplamos una estampa que poco se parecía a lo que tenemos en nuestro imaginario colectivo. Había basura por todas partes, infinidad de bolsas inmensas llenas de desechos orgánicos, de latas, plástico… Todos los restos del consumo humano a nuestros pies, convirtiendo una de las ciudades del primer mundo en un auténtico vertedero.

—Esto es *Niuyork*, querida. Te acabas acostumbrando a la mierda. —Esas fueron sus palabras exactas.

Dicen que los borrachos y los niños nunca mienten, así que nadie podría decir que le gustara la ciudad. Para mí, de momento, era la mejor del mundo, a pesar de la pobreza y la suciedad. Mucho tenía que cambiar para que no fuera así.

Olga quería quitarse los zapatos otra vez, así que no me quedó más remedio que hacer todo lo que estaba en mi mano para evitarlo, aunque me costara un par de vértebras. La llevé a caballito mientras ella cantaba, imitando a Marisol.

—«Corre, corre, caballito…»

No sabía si prefería quedarme sorda o tetrapléjica. Menos mal que, unos metros más allá, por arte de magia o de pena de alguna fuerza mayor, aparecimos frente a la boca de metro.

—Es una señal —dije depositando a Olga de golpe en el pavimento. Tenía los brazos y el cuello dormidos, completamente inutilizados—. Hostia, me has dejado baldada.

—¿Me estás llamando gorda?

No me merecía la pregunta trampa a esas horas de la noche. ¿Para qué habría dicho nada? Yo solita me había tirado a la jaula de los leones.

—No digas tonterías. —Debería haber sonado más convincente, la situación lo requería.

—¿Estoy más gorda o no? —Me quedé muda demasiadas milésimas de segundo, tenía que reaccionar ya, pero era más importante reaccionar bien. No lo hice, claramente.

—¿Más gorda que cuándo? —Nada más decir esto oí dentro

de mi cabeza el bocinazo… Píí. Respuesta incorrecta. La había cagado. A ver cómo salía viva de esa.

—Que ayer, no te jode. A ver, Lucía, que me digas si estoy más gorda desde que vivo en este país. No tiene truco la respuesta. Sí o no, así de fácil.

¿Que no tenía truco? Los cojones. Que a mí en el baile de hormonas me coronan reina. Me sabía todos los pasos, los movimientos, por lo que también sabía que pocas oportunidades tenía de salir bien de esa situación.

Olga había puesto sobre la mesa uno de los asuntos de los que nadie habla, pero debería ser de dominio público. El temor más grande al que todo expatriado se enfrenta es, nada más y nada menos, que la báscula. El sueño americano del que tanto se habla, en muchas ocasiones, se reduce al simple deseo de poder regresar al país de origen tal y como nos fuimos, sin ser la versión XXL de nosotros mismos. Olga había lanzado esa granada, que iba a explotar porque yo no sabía qué decirle. ¿Que si había engordado? Pues sí. Un poco. Nada que no tuviera solución, como diría Mr. Wonderful. Pero no podía decirle eso. Tenía un intento más y solo una posible respuesta que esperaba que, en esa ocasión, sonara creíble para conseguir pasar a la siguiente pantalla. Eso sí era un juego de realidad virtual. Uno a vida o muerte.

—Estás estupenda. —Bien, directa, firme, con convicción en el tono. Tenía posibilidades de sobrevivir. Por suerte, en ese momento pasaron tres chicos latinos que me dieron la razón y la guerra pasó a ser otra.

—Sí, mamita, estás para preñarte tres veces. Si necesitas, ya sabes, aquí estamos para hacerte un favor.

¿«Un favor»? ¿«Mamita»? ¡La habían llamado «mamita»! Gorda no sé, pero más reaccionaria sí se había vuelto. Y me enorgulleció sobremanera. Sin rastro del alcohol ni de duda en sus palabras, Olga les soltó tal discurso sobre el respeto a la mujer y el heteropatriarcado que me dieron ganas de aplaudir. No fui la única, se hizo corrillo para celebrar esa revolución feminista. Una pequeña victoria para cerrar una gran noche.

—Venga, ahora corre, que perdemos el metro.

Ya no le dolían ni los pies. O ya no se quejaba.

—Seguro que no tardamos nada, ya verás. —Cuánto me quedaba por aprender, sobre el tiempo y sobre Nueva York.

Cuando por fin conseguimos entrar en el remanso de paz que era Pomander Walk, Olga fue corriendo, directa a abrir la puerta. No estaba cerrada con llave, lo que supuse que quería decir que Matt estaba en casa.

—Entonces ¿te lo has pasado bien? —me preguntó.

—Muy bien.

—Yo también —contestó.

Se notaba la falta que le hacía desconectar de todo. Romper por unas horas con su ciclo vital, lleno de trabajo y estrés.

Había tenido dosis de cabreo —conmigo y con desconocidos—, y otra vez le tocaba el turno a la comedia. Olga comenzó recordando partes de los monólogos que habíamos visto, luego se lanzó a contar chistes de Eugenio primero y después ya se vino arriba. En mi cuarto, saltando en mi cama, se puso a imitar a Chiquito. Y fue muy grande.

—No *puedooorrr, jarl…* Pecador… ¡Cobaaarde!

No podía dejar de reír e intentaba hacerlo en silencio, puesto que Matt dormía en la otra habitación.

—Chisss… que Matt está durmiendo, ¿no? —le pregunté, yo no tenía ni idea. A lo mejor él también había salido. Era su novio, no el mío. Me tenía que dar igual despertarle.

—Sí, chisss… ¿Te da *cuen* que él no tiene ni idea de quién es Chiquito?

—¡Cómo no va a saber quién es! —exclamé, sin poder controlar el volumen.

—Que *nooor*, que como por aquel entonces no vivía en España no tiene ni idea.

Dejé de reírme un momento y apunté en un pósit. «Comedia-identidad», tal vez podría escribir algo al respecto y proponérselo a mi exjefe del *20 minutos*. Algo que hablara sobre el humor, mucho más que del amor, como manera de definirnos en la sociedad y de crear una identidad propia.

Olga agarró mi almohada y comenzó a cabalgar, dando pequeños saltitos, cantando «Sieteee caballos vienennn de Bonanzaaarrrlll». Exploté de risa. Derrotada, me dejé caer en la cama.

Las dos nos tumbamos mirando al techo. Me costó recuperar el aliento. Me había reído tanto que tenía flato, como si hubiera hecho abdominales para marcar el pack, la famosa chocolatina. Respiramos hondo y empezamos a hablar más tranquilamente, como en los viejos tiempos cuando analizábamos la noche y seguíamos filosofando. Esas noches en las que nos lanzábamos a contarnos cosas sin pensar demasiado. Y luego nos arrepentíamos, pensándolo mejor. Con suerte, después no nos acordábamos.

Todavía vestidas, todavía con el maquillaje difuminándose y dejando rastro de lo que había sido la noche, hicimos lo que mejor sabíamos hacer. Desahogarnos.

—¿Crees que soy una triste? —Si no lo era, mi tono, sí.

Olga se empezó a descojonar de mí.

—¿Ves como eres muy graciosa?

—Que no, que lo digo en serio. Tu novio ha dicho eso.

—¿Matt? Cómo va a decir eso Matt si no te conoce.

—Pues lo ha dicho.

—No le habrás entendido bien.

—No, si ahora será que tengo que apuntarme a clases de inglés y de español.

—Y de yoga, meditación, esgrima… Lo que sea para conseguir relajarte, pequeña. —No sé si hablaba de mí o de ella. Olga se acercó más, me abrazó y dejó que me acomodara en su hombro para que le siguiera contando, sintiéndome más arropada—. No eres una triste. Estás triste. Se pasará, ya verás.

Nos quedamos en silencio unos segundos. Los justos para

que yo cerrara los ojos. Mentalmente me juré que solo era un instante, que solo iba a descansar los párpados mientras Olga seguía intercalando frases de Chiquito e historietas de su vida en la ciudad, hasta que llegó el momento de confesarme algo importante.

—Lucía… tengo algo que contarte.

Pero no lo llegó a hacer. O sí. No lo sé, porque me quedé dormida.

18

Todos los caminos llevan al Lincoln Center

Olga llevaba razón en que debía aprovechar el tiempo, pero no era cuestión de hacerlo de cualquier manera. Nada de clases de teatro o punto de cruz. Si quería sentirme realizada tenía que hacer lo que se me daba bien. O lo que creía que se me daba bien: escribir. Criticar —o mejor dicho, valorar— todo lo que veía. Vale que no tenía mucho dinero para ir a todos los espectáculos que ofrecía la ciudad, pero ¿y si veía la ciudad como si fuera un espectáculo? Tenía que jugar con todos los elementos que ese mágico lugar disponía a mi alrededor y hacerlo a mi favor.

Esa semana aproveché para poner por escrito varias ideas que me rondaban la mente. Me tracé una ruta, al margen de la guía que me había entregado Clara. La mía consistía en un recorrido por las atracciones menos turísticas de la ciudad. El top 5 de las más desconocidas de Manhattan. Un ranking alejado de las luces y el ruido del turismo. Una lista confeccionada de sitios que incluso hasta al más conocedor yanqui se le podrían escapar, porque o bien no resultan tan accesibles a simple vista o bien porque, directamente, están ocultos. Rincones para aquellos que no quieren sentirse turistas o para quienes quieren dejar de serlo un momento.

Pero para eso primero tenía que ver lo típico. Es como el arte, no puedes saltarte las reglas si no las conoces y dominas la técnica primero. Eso era lo mismo, más o menos.

Tenía que conocer la ciudad, antes de poder «deconstruirla».

Por eso, como si fuera una turista más, me fui a Times Square y me dejé impresionar por los miles de destellos luminosos de todos los carteles publicitarios. También me perdí no una, sino dos y hasta tres veces en el Museo de Historia Natural. Entré en el Guggenheim y recorrí ese espacio espiral. No dejé de ir a la biblioteca nacional y al MoMA, el museo de arte contemporáneo que, según lo describen, alimenta la creatividad, desarrolla la mente y aporta inspiración. Nada podía ir mal en ninguno de esos lugares. Eran perfectos para investigar y escribir sobre el Nueva York que yo quería descubrir. O el que necesitaba inventarme.

Recorrí los pasillos de los museos y deambulé por barrios tan bohemios como mágicos, de los que guardé sobre papel y en mi corazón todo lo que estaba viviendo. El Village, Chelsea, las antiguas vías de tren del High Line, reconvertidas en una especie de parque o pasarela en lo alto… Con todo eso y más, fui confeccionando un mapa vital de lo que estaba experimentando. Luego, en increíbles cafeterías, llenas de encanto cobrado a precio de oro, le intentaba dar forma. En mitad de esa atmósfera, y aprovechando la energía que me daba el cambio horario —y el subidón añadido que aportaba la ciudad—, me ponía a escribir.

En eso estaba, cuando, de repente, una voz y un acento reconocible, me susurró por detrás.

—¿Escribiendo un best seller? —lo dijo en inglés y lo entendí de inmediato.

Mi cerebro ya había hecho el clic e identificaba cada palabra y cada acento a la primera. Más o menos, tampoco es que me hubiera vuelto bilingüe de la noche a la mañana, pero me defendía hasta el punto de poder sentirme orgullosa.

Ahí estaba, frente a mí. Dylan, tan guapo o más de lo que recordaba. E igual que aquella primera vez, su mirada venía cargada de un brillo sobrio, comedido. Sin apenas parar para coger aire y respirar, le conté lo que había hecho y mis planes. Le hablé de lo que quería escribir y de mi guía antiturística. Me sentía cómoda con él. Era raro, porque me transmitía una cercanía y a la vez había algo que nos mantenía distantes.

—Bueno, ¿y tú cómo estás? —le pregunté, finalmente.

—Bien, a punto de ir a tocar. —Me señaló su violín.

—¿Sí? No te he visto estos días, por ahí… —Hice un gesto, señalando el exterior, y después, otra mímica, como si tocara un violín invisible.

—¿Te has pasado?

—Alguna vez que otra, no a propósito, ¿eh? De camino a… ya sabes, los sitios turísticos.

La verdad es que, en esos días, no importaba cuál fuera mi recorrido ni mi parada final, hacía todo lo posible por darme una vuelta por el Lincoln Center, para ver si el destino, tan caprichoso como manipulador, decidía volver a juntarnos. Cuatro veces y media había ido a intentar ver a Dylan. Cuatro veces completas y media porque antes de llegar me fui, sintiéndome ridícula, esperando el desenlace de una película que ni siquiera sabía si quería ver.

—¿Qué tal te está tratando Nueva York? —me preguntó, con su sonrisa de medio lado y ese pelo, con el flequillo ondulado en la misma dirección.

—No me puedo quejar.

—Entonces es que todavía no eres neoyorquina —me contestó, y yo reí sin contención—. ¿Vienes? —Señaló la calle y todo lo que había fuera de la cafetería.

Le seguí, hasta que me di cuenta de que sus pasos no nos llevaban a donde siempre. Como si una vez, un único momento, fuera suficiente para confeccionar una eternidad. Nuestro siempre estaba ahí, en el Lincoln Center, era lo que yo pensaba. Pero me equivocaba.

—¿No vamos a… tu sitio, aquí, delante de la escuela? —Estábamos tan cerca que era difícil pensar que no había escogido esa cafetería expresamente para cruzarme con él. Por una vez no era así. A lo mejor es cierto que las cosas pasan cuando no las buscas.

—No, no, vamos a…

—Pero ¿no has dicho que ibas a tocar? —le interrumpí.

—Sí. —Era difícil sacarle más que monosílabos a ese australiano.

—¿Y entonces?

—Haces muchas preguntas, ¿no?

—Puede ser. Pero es que… —Le vi la expresión del rostro, una mezcla entre duda e interés que dio lugar a que, en ese momento, me interrumpiera él con la base, los cimientos, de un discurso que pronunció entero minutos después. Uno que no me esperaba y que me iba a sorprender. Por repentino, por sincero y por la tristeza que escondía.

—Estás llena de contradicciones —me dijo—. No te fías de mí, pero a la vez te sientes lo suficientemente cómoda para saber que no hay motivo para no hacerlo. ¿Eres así con todo?

—No. Sí. Tal vez.

Nos reímos y me abrazó suavemente, como quien abraza a una hermana. Como quien sabe que no puede abrazar de otro modo.

—Confía un poco.

—¿En quién?

Se rio con ganas. No sabía a qué se refería. Ni remota idea. Tal vez me estaba perdiendo demasiada información entre palabras pilladas al vuelo y a medias de ese inglés que creía dominar pero que a veces me fallaba, como era lógico.

—Deja de preguntar. —Se quedó en silencio, para luego continuar—: ¿No sabes que la vida tiene sus propias respuestas?

Esa no se la podía dejar pasar. ¿Qué clase de argumento filosófico de pacotilla era ese? Todo lo que repudiaba me acababa de pasar por delante, en un envoltorio más que atractivo, no lo voy a negar. Porque sí, Dylan, guapo era un rato, y sensible y con talento, pero eso no bastaba para envolver y disfrazar esas frases pedantes tan de «universidad de la calle» que me repelían. Quizás por eso, o porque nos esperaba algo más especial, no sentía mucha química. No la sentía por más que quisiera. Y quería por la razón equivocada, para distraerme. Para olvidar a Alberto.

—Vaya respuesta de mierda —le espeté sin contenerme.

—¿Qué?

—Eso, que no soporto esas enseñanzas baratas.

—Tal vez me equivocaba en eso de que no pareces neoyorquina —dijo, observándome de forma curiosa. Estaba claro que mi comentario le había pillado por sorpresa—. Mira, sé que te dedicas a eso, pero juzgas demasiado. A ti misma para empezar.

—Si sigues así voy a vomitar. —Estaba exagerando, un poco medio en broma, medio en serio.

—*Wow*, ¿qué te han hecho para ser tan… *cynical*?

—¿Tan qué? —No le entendí, así que me lo escribió en el móvil.

—Ah, descreída —dije en español.

—¿Qué?

—Así se dice en mi idioma.

Continué con mi análisis crítico del buenrollismo, que no pudo ser más inapropiado. Dylan no era así, si había alguien más roto que yo, ese era él.

No me callé a tiempo y me arrepentí. Enseguida me reveló por qué debería haberlo hecho antes, por qué no debí haber hablado sin pensar y sin saber. Caminando hacia un lugar del que se negaba a darme ningún tipo de detalle hasta que llegáramos, me contó su historia. Una parte solamente. La más triste. Entendí por qué ese sentimiento difuminaba su sonrisa, porque no hay nada más doloroso que perder a quien quieres y sentirte culpable por ello.

El 8 de octubre de 2014, ese es el día en el que se hubiera casado con su novia de toda la vida, Ashley. Una chica que dudó solo un poco, lo justo, cuando Dylan le dijo que se iba a Nueva York por una oferta de trabajo. Era su sueño hecho realidad, o eso creía.

Tenían una vida en Sídney, pero el destino, que es así de caprichoso, apenas les dejó soñar con tener otra en Nueva York.

Los dos se fueron, él con visado de trabajo y ella con la intención de casarse para conseguir uno. Pero tres días después de llegar, de aterrizar en esa ciudad que iban a descubrir juntos, Ashley se fue. Le dio un beso, como si fuera un día cualquiera, sin saber que iba a ser el último. El último día y el último beso. Lamentablemente, Ashley pasó a ser parte de esa estadística que recoge el número de ciclistas que mueren en una ciudad que no está diseñada para competir con los coches. Ni para competir con nada, en realidad.

Dylan tuvo que aprender a vivir sin ella y aprender a vivir con la culpa. «Si no hubiera venido. Si no se lo hubiera pedido…», se repetía una y otra vez.

—No podemos cambiar el pasado, solo podemos dejar que sea parte de nosotros —le dije, avergonzada por mi actitud previa.

Me sorprendía su sinceridad emocional. Éramos dos desconocidos, pero, por alguna extraña razón que no comprendía, sabía que iba a ser alguien importante en mi vida. Alguien a quien felicitaría los cumpleaños, alguien por el que me preocuparía si lo veía con más ojeras o si perdía peso. Alguien a quien le deseaba de corazón que encontrara quien le hiciera olvidar y, sobre todo, perdonarse a sí mismo. Curar, dejar que las heridas cicatricen, es parte de ese proceso. Pero él no quería asumirlo.

—Hay días en los que la echo de menos más que otros. Pero nunca hay días en los que no me haga falta, aunque solo sea un poco.

Así era él, tan descreído como yo —con más motivos—, solo que disimulaba. No dejaba que nadie supiera cómo se sentía. No por parecer débil, sino porque creía que el dolor, su dolor, le pertenecía solamente a él. Compartirlo era como pasarles a otros la culpa. La responsabilidad. Y eso era lo único que le quedaba y que era suyo, decía.

—Es la primera vez que le cuento todo esto a alguien —me confesó—. Y es la primera vez que vengo aquí con alguien. —Me señaló el lugar al que tanto quería llevarme.

Habíamos cruzado de un extremo al otro, del este al oeste. Estábamos delante de la mansión de Henry Clay Frick, en la calle Setenta y la Quinta Avenida. Un edificio mastodóntico que albergaba una de las colecciones de arte europeo más impresionantes. Desde Goya hasta Van Dyck, pasando por Chardin. Pero no habíamos ido allí por eso.

—¿Quieres jugar a los bolos? —me preguntó de repente.

Mi cara sí que era un cuadro, nunca mejor dicho. Encajaba a la perfección en esa pinacoteca. Aunque no lo creyese, había entendido bien. Y no estaba ciega. Estábamos en una bolera. Al final se trataba de conocer a la gente adecuada y Dylan era la persona indicada para conseguir acceder a uno de los lugares que iban a formar parte de mi guía antiturística, sin duda. Ese recorrido alternativo que había realizado, compuesto por sitios tan curiosos como las antiguas ruinas del Hospital de la Viruela, en la Isla Roosevelt, o esa majestuosa Central Station, cuya acústica, tan mágica y especial como toda la estación, hace que un susurro pronunciado en un rincón se pueda oír en el lado opuesto; en mi lista también estaba la antigua estación de metro de City Hall y debía añadir ese lugar al que me había llevado Dylan.

En la guía antiturística, en el número uno, con medalla de oro ganada por mérito propio, se encontraba la bolera privada que el señor Frick mandó construir hace más de cien años. Un lugar prácticamente vetado al público. Pocos son los afortunados que pueden acceder a ese espacio. Hay que ser miembro del museo y haber donado una cantidad de dinero desorbitada. No supe en ese instante si era el motivo por el que nos dejaban entrar, pero sí me di cuenta de que todos trataban de modo extremadamente cortés a Dylan.

Se puede decir que nadie, o casi nadie, tenía acceso a ese lugar. Por eso, aunque no quisiera, tenía que hacerme una foto y subirla a Instagram.

Hay cosas que no pasan todos los días.

Dylan no solo hizo eso por mí, sino que al día siguiente me invitó a presenciar y ser parte de un experimento único. Algo que me hizo reflexionar mucho y sobre lo que quise escribir después.

Me citó al mediodía y ahí que fui, para acompañarle mientras se dedicaba a tocar las más bonitas melodías en diferentes partes de la ciudad. En su sitio de siempre, también en el metro y en la entrada de Central Park. Después, me pidió que me fuera, que me cambiara. Él iba a hacer lo mismo.

—¿Que me cambie para qué?

—Para esto —dijo, haciéndome entrega de una invitación a una gala.

Dylan era uno de los violinistas solistas de la Orquesta Filarmónica de Nueva York y le habían contratado para un evento privado. Un concierto para el que se habían vendido entradas por cantidades que, en ningún caso, bajaban de los quinientos dólares. Las más caras llegaban a los diez mil. Una locura teniendo en cuenta que, según me contó, algunas de esas personas pasaban por delante de él sin prestarle la más mínima atención e ignorando quién era cuando se dedicaba a tocar en la calle.

—Además, tienes que venir. Mañana me voy a Chicago, luego a Los Ángeles.

—¿Y eso?

—Me voy de gira.

Dudé un segundo, no tenía nada que ponerme para un evento de esas características. Él leyó mi incertidumbre. Mi fruncimiento de cejas mientras intentaba repasar qué prendas —aparte del jersey verde manzana— había metido en la maleta no dejaba lugar a dudas.

—¿No puedes venir?

—Sí. Bueno, no… —Le volví a arrancar una sonrisa con mi ya clásica incertidumbre.

—Tienes otro compromiso. No pa…

—No tengo nada —le interrumpí, no era eso—, y lo que tampoco tengo es qué ponerme.

Dylan soltó una carcajada. Era la respuesta más cliché que podía dar, pero era la verdad.

—Oye, no te rías. ¿Tú crees que viajo con trajes de gala ahí adonde voy o qué?

Mi explicación le cambió el gesto.

—A ratos me olvido de que no vives aquí. No sé… será porque siento que te conozco desde hace mucho. Es raro.

Tenía razón, era una sensación recíproca y un poco extraña. En el buen sentido y en el más auténtico. A mí me resultaba extraño por nuevo y porque me aportaba aire fresco. Me hacía sentir calma, más que el torbellino de emociones que te invaden cuando conoces a alguien que te atrae.

En una de las terrazas acristaladas del Rockefeller Center se había congregado la élite, la *crème de la crème* de la Gran Manzana para dejarse ver y hacerse notar con la excusa de asistir a ese concierto protagonizado por Dylan. Entre todo ese gentío estaba yo, con un vestido que me había prestado Olga y con mi atención puesta en el escenario, disfrutando de una experiencia única que confirmaba que Dylan era alguien con algo especial. Un talento y una sensibilidad extraordinarios.

Terminó el concierto y en el cóctel posterior, a pesar de que muchas personas requerían su presencia, él no me dejó de lado en ningún momento. Salvo en uno.

—Ahora estoy contigo, voy al baño —me dijo.

—¿Seguro?

Me miró con sorpresa, no entendía mi pregunta y es que yo

no me había explicado bien. Me refería a que si de verdad quería tener que estar pendiente de mí, en lugar de hablar con toda esa gente a su aire, haciendo contactos, conociendo a personas que tal vez le podían aportar más que yo.

—¿Qué estás bebiendo?

—Agua con gas.

—Pues pídete un vino, porque el agua te sienta fatal. Si piensas eso, después de haberme conocido tocando en la calle, es que no me estás viendo como soy.

—Es que no quiero molestar.

—Quítate eso de la cabeza.

Mientras se fue al baño, yo fui a por ese vino, para él y para mí. Brindamos por habernos conocido y por seguir haciéndolo.

Una vez terminado el evento, me acompañó a casa. Nos dimos un abrazo y, durante un instante, nos miramos a los ojos, compartiendo esa tristeza camuflada y la incapacidad de cada uno de intentar nada. Por más que yo quisiera quitarme a Alberto de la cabeza. No pasó nada, porque no tenía que pasar.

Fue una despedida, pero no fue un adiós.

19

La verdad… al desnudo

Con la música de Dylan todavía en la cabeza, me levanté tan pronto que ni Matt ni Olga se habían despertado todavía. Incluso Lucas seguía relajado en su cama. Todo estaba oscuro y en silencio. Era justo lo que necesitaba.

Con un montón de pósits frente a mí y más ideas, con pequeños cuadernillos y notas de todo lo que había apuntado días atrás, comencé a mandar emails a todos mis contactos para ver si a alguien le interesaba esa «miniguía no turística», mi artículo sobre el humor o si alguien quería contar con una corresponsal en Nueva York. Si no conseguía colocar mis propias historias, estaba más que dispuesta a cubrir cualquier evento que surgiera. Siempre iba bien una crítico-periodista que cuente las cosas como son, sin edulcorantes, pensaba yo.

Me había levantado con mucho ánimo, pero me fui desinflando poco a poco. Las escasas respuestas que obtuve fueron peores que el silencio de los que no contestaron. Demasiado contundentes para mantener un atisbo de ilusión intacta. Todas se resumían en una misma cuestión: ¿qué podía contar yo? ¿O qué quería contar que no se hubiera contado ya? No supe qué responder.

Una negativa dejó paso a otra, y a otra, hasta que ya no quise leer más. Hay un tope de cobras laborales que una puede tolerar a primera hora de la mañana y de una sola sentada. Cerré el correo y dejé mi ordenador de lado para ocuparme de lo importante, hacerme un café.

No había empezado bien el día, quizás así pudiera arreglarlo.

Estaba disfrutando del último sorbo, pensando si volver a la cama o no, cuando sonó un despertador y ya no hubo forma de parar el frenesí. Se daba por inaugurado el ecuador de la semana en la Casa Azul de Pomander Walk.

Primero fue Olga quien consiguió arrastrarse de la cama al baño y, en tiempo récord, se arregló, dejando la falta de sueño atrás, y salió pitando por la puerta. Fue visto y no visto. Buenos días, ducha, carreras por el pasillo, llaves, mirada en el espejo, foto en Instagram y adiós.

El despertar de Matt fue… digamos que distinto. No podría definirlo de otra manera.

Intentando disfrazar mi incipiente depresión por no haber recibido ninguna respuesta positiva de trabajo o publicación sobre el ensayo que había escrito en tiempo récord o sobre mi guía de la ciudad, decidí dejarme de tonterías y hacer lo único que estaba en mi mano. Mentirme en la vida real igual que lo hacemos en las redes sociales. ¿Que estaba triste? Y una mierda. Nada que una buena capa de maquillaje no pudiera esconder. Si era capaz de disimular mis ojeras, como para no hacerlo con todo lo demás.

Vestida y con la raya en el ojo pintada como si tuviera Parkinson, trazaba un plan perfecto para ese día, que lo único que tenía de bueno es que no era lunes. Me decanté por ir a visitar Union Square y Bryant Park, pero, justo cuando estaba en el umbral de la puerta, el ladrido de Lucas me cambió los planes. O al menos me los retrasó.

El pobre quería dar un paseo. Más bien lo necesitaba urgentemente o de lo contrario podíamos llevarnos cualquier sorpresa. Por sus movimientos sabía que no podía esperar.

No tenía ni idea de cuándo se solía levantar Matt para comenzar su jornada, así que tuve que desviarme de la ruta planificada para comenzar por un buen paseo por el parque. El día acababa de mejorar.

Tenía dos para elegir: Central Park y Riverside. Los dos más o menos igual de cerca de la casa. No sabía a cuál ir, pero dejé que decidiera el interesado. Con la puerta todavía abierta, le puse el collar a Lucas y él tiró hacia la derecha nada más poner una patita fuera, así que significaba que iríamos hacia el río, hacia Riverside. ¿O eso era para el otro lado? No tenía ni puñetera idea, pero qué importaba.

Cerré la puerta, hice una foto panorámica a mi alrededor y compuse un collage rápido con otras imágenes que le mandé a Clara, acompañado de una sola frase.

Tengo muuucho que contarte.

Esperaba que mi mensaje provocara una reacción que, efectivamente, no tardó en producirse. Mi teléfono sonó en tres, dos…

—No me lo puedo creer… —dijo alto y claro, con un sonido de taladro por detrás.

—¿Qué ha pasado? ¡No me digas que ha dimitido Rajoy!

—No…

—¿Trump?

—Déjate de tonterías. Dime, ¿con quién te has acostado? —me preguntó tan directamente que era como si hiciera yo la pregunta, con mi estilo de no andarme con rodeos.

—¿Quééé? Pero ¿qué dices? Con nadie.

—Y entonces ¿por qué me mandas…? Espera un segundo. —Oí a una enfermera que interrumpía por detrás.

Clara me dejó con la intriga, mucho más cuando cortó la llamada. No entendía lo que había querido decir con esa pregunta sin sentido, pero me lo aclaró en cuanto contesté a la videollamada, que entró segundos después.

—Mucho mejor así. ¿Me ves bien?

—Sí, si quitas el dedo de la pantalla mejor.

—Ah, ¿ahora? Sí, mejor. Olga me ha contado que has conocido a alguien.

—¿Que te ha dicho qué? Un poco más y lo publica en Facebook.

—Entonces ¿qué, estás con él, esa es su casa? —Miré la fachada, por acto reflejo, sin calcular bien mis movimientos, que tenían menos sentido que esa conversación—. ¿Es ese? —preguntó.

Aunque no me había acostado con nadie, me giré de inmediato y vi que se refería a uno de los vecinos, un cincuentón —siendo generosa y algo ciega— vestido con traje de tweed, chaqueta y boina a juego, que estaba detrás de mí, mirándome fijamente con cara de asesino en serie. No tenía muy buenas pulgas, no. Pero tenía motivos y una gran explicación: Lucas se había «desahogado» en su jardín. No sabía muy bien qué hacer, si presentarme primero y deshacerme en disculpas después o limitarme a recoger el regalito marca de la casa con el que le había obsequiado el caniche de Matt. Hice amago de saludar, pero esos ojos, que no tenían pupilas sino puñales, se me clavaron dejándome sin palabras. Corrí hacia la casa a por bolsitas para limpiar el rastro canino.

—Me ha quedado claro que ese no es. —Clara había sido testigo de toda la escena. Y lo que le quedaba por ver…

—«Ese» no existe. Pero ¿este… tú has visto qué loco? ¡Un poco más y me obliga a recogerlo con la mano!

Con una mueca llena del asco provocado por esa idea, giré el pomo de la puerta, abrí y cuando entré vi… lo que no tenía que ver. Y Clara tampoco, porque ahí seguía ella, pegada a la pantalla.

—¡Aaah! —gritamos las dos. Bueno, los tres.

—Ese sí que es, ¿no? —La pregunta de Clara reflejaba el shock y la incertidumbre ante lo que estábamos viendo.

—¡Que no, que te digo que no me he acostado con nadie!

Era Matt y estaba desnudo, recién levantado, tapándose como podía para que no viéramos lo que ya habíamos visto. Por si no se había dado cuenta, Olga venía con regalo extra, nosotras. Habíamos irrumpido en su vida y de qué forma. Mejor que se fuera acostumbrando cuanto antes.

—Lo siento, lo siento, lo sien… —Intentaba taparme los ojos y tapárselos a Clara, por eso ahogaba la pantalla del teléfono contra mi pecho—. Perdona, por favor, no sabía que… eh, que dormías en pelota pica… quiero decir que uno en su casa duerme como le da la gana, faltaría más. Pero no me imaginaba que tú, bueno, que no es que yo me imagine nada de ti… —Parecía retrasada, lo reconozco. Me impresionó verlo así, en medio del salón, tan pelirrojo, tan perfecto y tan novio de Olga. Me dejó con la boca abierta y muerta de la vergüenza. No es que hubiera mirado a conciencia, pero mi memoria fotográfica, bendita sea, funcionaba a la perfección. Me había puesto tan roja que hacíamos juego, su pelo y mis mejillas.

Tenía un cuerpo que nadie diría que era el de un escritor «gafapasta» en lugar del de un adicto al crossfit. Como cuando veía una película de miedo de pequeña, entreabrí los dedos un poquito, para ver entre las rendijas, pero Matt ya no estaba ahí.

—¡Lo siento! —repetí, por si, aparte de músculos definidos, tenía una sordera galopante y no había oído todas mis disculpas.

—¡Sí, me ha quedado claro! —dijo gritando mientras corría por el pasillo de vuelta a su habitación.

Oí la puerta y me quise morir. Si quería que todo fluyera y dejara de pensar que era una triste, no era el mejor modo. Solo estaba consiguiendo que todo fuera más incómodo.

—*Hobaaa, ¿megoyes?* —Así se oía la voz de Clara pegada a mi camisa.

—Sí, te oigo. Y, antes de que digas nada, ya te he dicho que sigo a dos velas. Ese que has visto, ESE es Matt, el novio de Olga.

—Bravo por Olga. —Sí, ella también lo había visto. No solo era impresión mía—. ¿Sigues pensando que es un rancio?

Pensaba que no se lo había dicho, pero resulta que sí, en alguna de las tantas ocasiones que lo pensé. Clara, como no podía ser de otra manera, volvía a hacer honor a su nombre. En qué momento, por favor. Más inoportuna y me quita el puesto. Me giré y ahí estaba Matt, con más ropa, pero con la misma cara de asombro. ¿Cuánto tiempo llevaba ahí? Esperaba que no hubiera oído lo que no debía. Pero, si lo había hecho, ya estábamos en paz.

No era mi día, a ese paso no iba a haber suficiente cafeína en todo Colombia para enderezar mis horas.

Agarré unas bolsitas de plástico para recoger las cacas de Lucas. Estaban encima de su libro, así que aproveché para llevármelo también y me fui, murmurando algo que necesitaba dejar bien claro.

—Lo siento.

Limpié el desaguisado de Lucas, y el vecino me lo agradeció con un movimiento de cabeza mínimo y veloz. Tal vez solo le picaba la nariz y me quería seguir matando, quién sabe. La gente está muy loca. Seguro que eso mismo pensaba Matt.

Todavía azorada por la situación, llegué a Riverside Park. Dejé que Lucas olfateara e hiciera lo que hacen los perros mientras yo me sentaba en un banco para hacer lo que había ido a hacer: olvidar. Llenar mi mente de imágenes y emociones para borrar las que sobraban.

Por eso me puse a leer el libro de Matt.

Nada más leer el título, *Estampa de ruina y muerte*, caí en la cuenta de que no iba a ser tan sencillo eso de «disfrutar» que tanto me repetía la gente últimamente. No me preguntéis por qué, pero me daba a mí que con ese nombre no se trataba de una comedia. Y luego la triste era yo. Abrí la tapa y acaricié las páginas, una a una, haciéndolas pasar rápido. Antes de detenerme en la primera para comenzar a leer, fui a la última y vi que había una nota. Era para mí. Un pequeño pósit que decía:

Espero que te haya gustado.

No pude evitar sonreír, como si se estuviera refiriendo a lo que acababa de pasar. Una sonrisa que derivó en una carcajada y en una sesión de risoterapia individual.

Nueva York no me sentaba tan mal. Ya había visto cómo era el novio de mi amiga por fuera, a continuación tocaba ver cómo era por dentro. Qué tenía en su cabeza y cómo lo expresaba.

Poco imaginaba que eso me iba a sorprender mucho más.

20

¿Dónde está Lucas?

Empecé leyendo unas páginas, así con desgana, como para criticar, lo que terminó en una actitud obsesivo-compulsiva que me impedía parar de leer. El rancio era bueno. Muy bueno.

Estaba totalmente absorta en el libro, devorando las páginas sin poder controlar mi creciente interés. Me quedaba sin aliento al llegar al final de cada párrafo y seguía leyendo. Con cada página que pasaba, aumentaban el ansia y las ganas de seguir descubriendo el mundo de la protagonista a través de cada palabra, coma y punto. Acababa de empezar y ya quería hacer su lucha la mía, ser un referente como ella —pero con mejor destino— y seguir marcando el camino para conseguir todo lo que todavía nos quedaba por lograr. Apenas había explorado el Nueva York actual y ya me había metido de lleno en el del año 1900. Una historia ficticia, inspirada en hechos reales, que gracias al trepidante ritmo y forma de narrar de Matt estaba viviendo como si yo misma recorriera esas calles antiguas, compartiendo las hazañas de Lynn Howard,* una joven activista que luchaba para que el derecho a voto de las mujeres en Estados Unidos fuera una

---

* En homenaje a las participantes de la Convención pro Derechos de las Mujeres de Seneca Falls. Este personaje e historia están inspirados en Charlotte Woodward, una participante de la convención. Cuando las mujeres al fin ganaron el derecho a voto en Estados Unidos, ella aún vivía pero estaba demasiado enferma como para ejercer el voto.

realidad. Murió antes de que dejara de ser una utopía, sin poder ejercer ese derecho por el que tanto había peleado.

No había llegado a esa parte todavía, me quedaban unas cuantas páginas para ese capítulo, pero habría seguido leyendo si no llega a ser porque todo se torció.

Una de las muchas veces que levanté la mirada para comprobar que Lucas estaba bien, me entró el pánico. No lo veía por ninguna parte.

—No, no, no… ¡No puede ser! —exclamé, presa del terror, antes de gritar su nombre como si fuera una vendedora ambulante.

Nada. No había ni rastro. Miento, había uno. Su correa, con la que le había dejado atado al otro extremo del banco. El muy perro era poco menos que Houdini y se había librado de las cadenas.

Eché a correr desesperadamente, mirando por todas partes, intentando dar con él. Estaba a un paso de ser la niña del exorcista, con tanto giro de cabeza de un lado al otro, con la esperanza de encontrar o distinguir a Lucas entre todos los perros que corrían por el parque.

—¡Lucas! ¡Lucas!

La gente me miraba como si fuera la única loca en Nueva York. Tan nerviosa estaba que cuando vi una bola de pelo, igual de pelirrojo e igual de rizado, me abalancé para atraparlo, llorando de la emoción y agradeciendo haberlo encontrado. Sin embargo, solo era un oasis en medio del desierto.

—Perdone, señorita, ¿se puede saber qué hace?

¿El ridículo? Con la confusión de la situación, no sabría decir muy bien si agarré al caniche pelirrojo o a su dueña. Eran iguales, el perro y ella. Pero ninguno de los dos era Lucas.

—Perdone, he perdido a mi perro. Bueno, no es mío exactamente, pero es igualito que… —«igualito que usted», estuve a punto de decir, pero no era el momento de ser tan sincera—, es igual que su perro.

Salí corriendo, como si fuera un corredor más de los que pululaban alrededor. Era de la opinión de que correr solo tenía sentido si se hacía detrás del autobús. O, como era mi caso en ese momento, detrás de un perro que no aparecía.

Todos mis esfuerzos fueron en vano. No podía creer que eso me estuviera pasando a mí. ¿Qué clase de persona va de visita a casa de su amiga y le jode la vida en un tiempo récord? Me estaba superando, y solo era miércoles. Menos de un mes llevaba en el país. Tres semanas y dos tercios, para ser exactos. En mi defensa diré que en ese tiempo había encontrado a un perro, pero lo malo es que también había perdido a otro. ¿Qué me pasaba? No eran cromos, joder.

Lucas no apareció, así que, completamente desolada, preocupada y más sola que la una, deshice el camino que nos había llevado hasta el parque. Fui a casa y, con cada paso que me acercaba, me iba ahogando con mis propias lágrimas. Los mocos me impedían respirar y pensar con claridad. ¿Cómo les iba a decir que había perdido a su perro? No había forma de paliar una situación así de grave, no importaba cómo lo dijera. No me lo iban a perdonar. Lo más grave era que yo tampoco.

Llamé a Olga para tantear si había sucedido algo parecido en el pasado y, en caso de ser así, si Lucas tenía un lugar favorito donde esconderse.

—Ahora no puedo. Hablamos luego. —Y me colgó.

No pude decirle ni hola, como para decirle nada más.

Llegué a casa y me desplomé en el sofá. Lloré como si no hubiera un mañana. ¿Y si le pasaba algo a Lucas? La sola idea de no encontrarlo, de llevar sobre mí ese peso durante el resto de mi vida, me provocaba una angustia infinita y hasta ganas de vomitar.

Frente al ordenador de Olga, en menos de lo que se escribe un tweet, compuse un cartel de búsqueda y captura. Uno de esos pósteres de mascotas perdidas. Esa carita mirándome fijamente en 2D desde una foto que había subido Olga a Instagram tiempo atrás me terminó de desmontar.

Jamás me encomendaba a nadie y no había rezado desde…

desde nunca, pero en ese instante hubiera recitado el rosario entero. Por eso me arrodillé, me hice un ovillo en medio del salón y rogué por que por favor apareciera. Se lo pedí a mi madre, a mi perro y a Bowie, que ya no estaban. Se lo supliqué al universo, solo quería una señal. Algo que me hiciera creer que, al contrario de lo que siempre decía, la vida puede ser un poco *wonderful*.

—Juro que si aparece no comeré chocolate jamás. Bueno, en un año. En tres meses. ¡Y el queso! Se acabó el queso, lo juro. —Ese era el mantra que repetía, una y otra vez. Como si mis ofrendas y sacrificios fueran a servir de algo. De algo que no fuera hacer el ridículo. Otra vez.

—¿Qué haces? —Era la voz de Matt. ¿Ese hombre no se iba nunca? Yo pensando que estaba sola y resulta que tenía público. Y qué sibilino, ni que fuera un gato o un bailarín, exhibiendo esos movimientos tan elegantemente silenciosos.

Deshice mi postura de bicho bola lentamente y abrí los ojos más despacio todavía, retrasando todo lo que pude el contacto visual. Por lo de antes y por lo de ahora.

Me iba a justificar, a decir algo, pero en el momento en el que inspiré, cogiendo fuerzas para hablar, noté que me besaba, que su lengua me repasaba entera. No me lo podía creer.

—¡Lucas! —Me levanté de un salto, exultante de felicidad.

Lucas estaba en casa, sano y salvo, dando saltos y regalándome besos, como si pudiera borrar la angustia que me había provocado de un lengüetazo. Qué simple y qué bonita forma de pensar.

El que había empezado siendo como uno de los peores miércoles de los últimos tiempos se convirtió en un miércoles increíble. Un día para no olvidar.

Tan emocionada estaba que de un salto me levanté y abracé a Matt, un acto reflejo que liberó toda la tensión que había acumulado en la última hora. Fue algo inconsciente, un gesto que transmitía la felicidad que necesitaba compartir. Probablemente hubiera abrazado a mi peor enemigo, pero era Matt quien me pillaba más a mano.

Le rodeé el cuello y apoyé la cabeza en su hombro. Noté que su mano me rodeaba la cintura de forma dudosa; el pobre no entendía muy bien a qué se debía mi reacción. Sentí el olor de su pelo impregnando el mío. Al instante me vinieron flashes de imágenes remotas, casi inventadas. Momentos que había compartido tal vez con Alberto, tal vez con otros. Fue la calidez de su cuerpo lo que me atrapó en un abrazo tan fugaz que, en cuanto fui consciente de la electricidad que me había sacudido, me solté de inmediato, como si quemara.

Ahora sí que ya no podía desmontar su argumento de que estaba desequilibrada.

Quise pensar que eran los nervios por todo el tema de Lucas. Quizás la creciente admiración después de leerle también tuviera algo que ver. No sabía muy bien qué me había pasado y por qué, pero, fuera lo que fuese, más valía que me lo quitara de la cabeza pronto. Me daba vergüenza mirarle, creo que me temblaban hasta las pupilas y respiraba en modo taquicardia.

Solo pude decir una cosa, que, entonces más que nunca, tenía todo el sentido del mundo.

—Lo siento.

Sentía todo, haberle visto desnudo, haber perdido a su perro, haberle llamado «rancio» y haberle abrazado. Pero, sobre todo, sentía lo que acababa de sentir.

21

El puente del Brooklyn

No tenía ni idea de cómo había llegado Lucas a casa, pero celebré que estuviera sano y salvo. Pensé en no decir nada, callarme como una perra. No confesar que lo había perdido era una opción, aunque no sabía si la más acertada. Por otro lado, si confesaba lo que había pasado, tal vez Matt dejaría de mirarme como si me faltara riego en el cerebro. O puede que todo lo contrario y solo conseguiría empeorar las cosas.

—Matt…

—¿Sí?

—Eh, me siento fatal… —Estaba sentenciando mi propio destino, cabizbaja, acalorada, confusa y culpable.

—¿Qué te pasa? ¿Estás bien? —me preguntó con urgencia, con preocupación real.

Se acercó a mí, y yo me aparté como si fuera Bertín Osborne. No me pasaba nada, mientras mantuviéramos las distancias. Me daba miedo que se repitiera la situación. No quería comprobar mi incontrolable reacción al contacto masculino, como si no fuera otra cosa que una estúpida adolescente de una serie juvenil.

—Sí, estoy bien. Solo que… tengo que confesarte algo. Antes, eh… —Menos mal que me interrumpió sin remedio.

—Antes has dicho que te parezco un rancio, ya. Lo he oído todo.

—¿Qué? No, sí. Vale, a ver. Lo he dicho, pero no lo pienso. Lo sien…

—Como digas que lo sientes una vez más, te hago una camiseta con esa frase. —Consiguió que me riera. Y que me relajara un poquito—. ¿Qué vas a hacer ahora? —me preguntó, cambiando de tema.

—No sé, estaba pensando ir al Museo de Historia Natural, ¿por?

—Nada, por si querías venir conmigo a Brooklyn. Podemos ir juntos. Tengo que trabajar, pero solo serán un par de horas. Luego ya vemos qué hacemos. Así te presento a un amigo, Oliver Dutch, es crítico, como tú.

Yo queriendo poner distancia y él acercándose. Yo intentando no parecerle una triste y él queriendo demostrarme que no era un rancio. No podía decir que no a eso, a conocer a su amigo y mi colega de profesión. El museo siempre iba a estar ahí y ya lo había visitado, pero hay planes que solo pasan una vez, como los trenes. O como el metro en Nueva York, que según qué líneas y a qué horas parece que no vaya a pasar nunca.

Matt tenía un espacio de *coworking*, una oficina en un local situado en una zona que le quedaba tan lejos que, más que irse a trabajar, eso era irse de viaje. Estaba en Dumbo. Un área llena de empresas creativas, de agencias de publicidad y *start-ups*. Había alquilado el espacio recientemente, gracias a no sé qué cliente que vivía cerca. Matt no solo era escritor, me enteré de que también diseñaba innovadoras campañas de marketing y publicidad, se encargaba de todo lo que tuviera que ver con contar algo y contarlo de modo diferente. Quedaba demostrado que era mucho más polifacético que yo, por eso era un profesional de éxito. A mí me faltaba creerme que podía serlo y, según los emails que había recibido, me faltaba tener algo que contar.

—Podemos cruzar el puente de Brooklyn andando, si quieres.

Vaya que si quería. Era uno de los lugares que más me llamaba la atención.

A día de hoy, sigue siendo uno de mis sitios favoritos de la ciudad. Tanto tiempo después, todavía recuerdo la primera vez que crucé ese mágico puente colgante, uno de los más grandes del mundo y uno de los símbolos más representativos de Nueva York. Como para olvidar ese paseo.

—¿Preparada? —me preguntó Matt, justo antes de incorporarnos a la desordenada fila de personas que cruzaban desde Manhattan.

No es que fuera una travesía difícil, lo que la hacía complicada eran los cientos de turistas que iban y venían. Se paraban cada dos pasos para hacerse infinidad de fotos, invadiendo el carril bici para desesperación de los neoyorquinos, que pretendían cruzar como si no fuera una de las atracciones más visitadas. Atravesar esa marea humana era un acto de paciencia en toda regla. Algo así como ir desde la calle Preciados hasta Sol en Navidades.

—¿Sabes que la primera persona que cruzó este puente fue una mujer? Se llamaba Emily Warren Roebling —me dijo, lo que me dejó con la boca abierta y con ganas de saber más.

Ese era el primer dato que me proporcionaba. Como hacía Clara, Matt fue inundándome de información y de historia. No me podía gustar más. La historia, quiero decir.

Matt me hizo imaginar y casi vivir en persona esa primera travesía, esos primeros pasos que se habían dado casi siglo y medio atrás. Cuánto y a la vez qué poco habíamos avanzado...

—El puente de Brooklyn es un monumento a la mujer y sus derechos —continuó contando, con la seguridad de quien escribe historias tan increíbles como si fueran hechos reales, con protagonistas femeninas que luchan por cambiar la sociedad y la historia.

A través de sus palabras y de la pasión con las que las pronunciaba, descubrí que Emily había sido autodidacta en matemáticas y se convirtió en la ingeniera jefe de la obra del puente, aunque de forma oficial fue su marido quien ostentó el cargo. Sin embargo, él cayó enfermo y Emily se encargó de casi todo el trabajo. Por suerte, en la ceremonia de inauguración, la labor de Emily fue reconocida en un discurso que destacó que el puente de Brooklyn «era un monumento a la sacrificada devoción de una mujer y a su capacidad para la educación superior, de la cual había sido largamente excluida», según leí después en el discurso original.

Los escasos dos kilómetros de recorrido los hicimos mientras Matt me seguía explicando todo lo que sabía y yo me embriagaba de todas las anécdotas que me iba narrando. Se me había pasado la tontería y me sentía cómoda con él. Iba dejando de ser un rancio, pero no estoy segura de si yo iba dejando de ser una triste.

—Me parece increíble que sepas tanto de personajes femeninos así, que hables de la revolución de la mujer y abogues por la lucha por nuestros derechos.

—¿Por qué te parece increíble? —se sorprendió, y me miró cuestionando mi posición.

—No es que me cueste creerlo de ti, específicamente. Me parece que está muy bien ser así y celebro todo tu discurso y lo comparto, no me entiendas mal. Lo que quiero decir es que incluso a mí, que soy mujer, se me hace duro. Me parece muy difícil ser feminista a veces y todo el rato. ¿Me explico?

—No muy bien, la verdad. —Arqueaba las cejas y se le formaban pequeñas arrugas en los ojos, había pasado a parecerle una triste y una alien. Una alien machista. Vamos, lo peor.

—Para que me entiendas, si hablamos de relaciones solamente, creo que es difícil creer en el amor sin caer en los patrones establecidos. —¿Sabía qué estaba diciendo? Sí, pero no sé si me estaba explicando bien.

—Ahora sí que no te entiendo.

Pues ya éramos dos, más o menos.

—A ver, tú mismo dijiste que te parezco un poco desequilibrada, triste, llorando por un chico y cruzando el charco para conseguir olvidarle. —Creí adivinar cierto sonrojo en las mejillas de Matt, pero no dijo nada acerca de mis palabras, que revelaban que le había oído y que conocía su opinión sobre mí.

—¿Qué tiene que ver eso?

—¿El qué, lo de triste?

—No, lo del amor. Lo tuyo…

Le interrumpí para desentrañar mis sensaciones. Esa vergüenza que me devoraba, el estar llorando por las esquinas por pensar que mi mundo era un caos porque un hombre ya no me quisiera. Era como estar protagonizando la peor película romántica de la historia. Algo así como *Crepúsculo* cuando yo quería ser Wonder Woman. Esa fue mi explicación, que me desmontó en un plis plas. Un «zasca» en toda la boca y en la base de mi educación machista, la de todos, que nos inunda sin darnos cuenta desde cualquier referente cultural. Eso es lo que Matt quería cambiar. ¿Quién no?

—Pues que si lo cuento, si cuento mi historia, parece una comedia romántica. Una tragedia más bien, pero igual de tonta y machista —aclaré.

—Quizás lo machista sea pensar eso.

—Ajá… —Puede que fuera así, pero necesitaba que continuara argumentando su posición.

—El amor, o en tu caso el desamor, no es cuestión de géneros. No se ama como un hombre o como una mujer. Eso es tan machista como decir que se llora como una nena o se juega como un chico. Esa es la educación que hemos recibido y lo que hay que cambiar. Lo polarizamos todo, azul o rosa, coches para los niños y cocinitas para las niñas. Y luego eso de que los chicos no sufren por amor, por favor… ¿No piensas que si fuera al revés, si fueras tú la que le hubieras rechazado, él no lo estaría pasando mal? —Ahí estaba el «zasca». Alto y claro.

Poco podía añadir a eso. Porque tenía razón y porque ya había pasado. Por ese discurso y por otros muchos motivos, me estaba enamorando. De su visión del amor y de la vida. De su feminismo y de esas ganas de cambiar el sistema.

Seguimos caminando hasta que, dos pasos más adelante, tuvimos que parar; había caravana en la fila turística, en la que una asiática casi me mete el palo del selfie en el ojo.

—¿No quieres que te haga una foto?

—Eh… no soy muy fotogénica.

—No digas tonterías. —Me cogió el móvil y comenzó a enfocar, cuando un chico que iba detrás se ofreció a hacer la foto. A los dos. A Matt y a mí.

El extraño nos hacía gestos para que nos pegáramos más el uno al otro, para el encuadre perfecto. Como si fuéramos pareja, como si no hubiéramos comenzando repeliéndonos como el agua y el aceite. Como si no fuera el novio de Olga.

En medio de toda esa gente, Matt y yo nos quedamos frente a frente. Tuve que tragar saliva y morderme la lengua, me empezaron a sudar las manos y regresaron las palpitaciones. Menos mal que justo en ese momento en el que no digo que no le hubiera besado, no digo que no me brillaran los ojos mientras le miraba de cerca las pecas de la nariz. Tampoco voy a decir que no fuera en ese instante cuando sentí un pinchacito en el estómago que, por una vez, no era hambre. Ese fue el momento que quedó capturado para siempre. También el de después, cuando Matt se partió de risa. Y yo le seguí. Una risa nerviosa, actuada, que solo pretendía ocultar lo que ni yo alcanzaba a comprender.

Todavía tengo esas dos fotos. Las dos caras de una misma situación.

Por eso, y a pesar de todo, es mi puente favorito.

22

Nueva York es un pañuelo. De lágrimas

La oficina de Matt no podía estar en un sitio más idílico. Situada en la calle Washington, tenía vistas a otro puente, el de Manhattan, que encuadraba el Empire State en uno de sus arcos. Una estampa digna de admirar unos segundos y perderse, olvidarse del mundo. Y eso hice.

Me quedé quieta, parada en mitad de la calle. Una sonrisa asomaba por la comisura de mis labios, pero se me fue de un plumazo tan rápido como el movimiento de Matt, ese impulso que le llevó a agarrarme de la mano y moverme hasta la acera. Se me entrecortó la respiración, hasta me quitó el hipo que no tenía. Me había llamado varias veces, pero yo no me había enterado de nada.

—Estás en Babia.

No lo sabía bien. Él estaba acostumbrado a esas vistas, para mí todo era nuevo. Y cuando digo todo, me refiero a… todo. Él incluido.

—¿Eh? Perdona, no te he oído.

—¿Te pasa algo?

Me pasaba de todo, pero ¿qué le podía decir? ¿Que se me estaban acumulando los sentimientos, que no conseguía entenderme ni yo? Así que dije que no y esa vez puse atención a las indicaciones que ya me había dado. Estábamos delante de un edificio grande, de ladrillo visto, con enormes ventanales y de carácter industrial.

—Aquí está mi oficina, te veo en un par de horas. ¿Te parece? Le voy a escribir a Oliver y luego quedamos con él.

—Vale.

—Si quieres ir todo recto, hacia el oeste, está Brooklyn Heights, uno de mis barrios favoritos. Yo creo que te puede gustar. Tiene un encanto especial.

Me parecía un buen plan, así que le dije adiós y me fui. Volví a sobresaltarme cuando me agarró por detrás, girándome la cintura.

—El oeste es por ahí —lo dijo con esa sonrisa que, claramente, era una risa contenida. Se reía de mí y de mi GPS mental, motivos tenía—. ¿Seguro que vas a saber volver?

Asentí y me volví a ir en dirección contraria.

—Que es broma… —dije pivotando sobre mis pies y yendo, entonces sí, hacia donde él me había señalado.

Paseando por las calles de ese barrio, me enamoré un poquito más. ¿Por qué esa ciudad era tan perfecta, tan idílica? Nueva York es capaz de robarte el corazón en menos de lo que yo soy capaz de perderme por sus calles. Di vueltas y más vueltas, admirando cada rincón, cada pequeña tienda y todas las casas, esas construcciones perfectas que un día fueron mansiones inmensas para verse reconvertidas y divididas en apartamentos. Contemplé el exterior y también el interior, a través de esos miradores de grandes ventanas, todas ellas sin cortinas. A nadie le preocupaba la privacidad, todos esos neoyorquinos vivían sus vidas de cara al exterior. Para mí era algo impensable, no podría exponerme así, tan fácilmente. Quizás por eso me llamaba tanto la atención y no podía evitar mirar. Me fascinaban esos detalles de la vida cotidiana, como si fuera una obra de teatro con muchos personajes y dividida en tres actos.

Matt, Olga y Clara, y prácticamente todo el mundo que conocía, querían guiarme, indicarme hacia dónde ir. Yo solo quería perderme y explorar. Por una vez, estaba sacando mi lado más aventurero, que ni sabía que existiera. Por eso no quise mirar la guía, luego descubrí que había pasado por delante de la casa de Truman Capote y de la de Marilyn Monroe. Todos esos grandes personajes de la historia habían vivido en ese barrio tan especial de Brooklyn, que no me dio tiempo a disfrutar mucho más esa primera vez porque tuve que deshacer el camino.

Sorprendiéndome a mí misma, conseguí llegar a donde había quedado con Matt sin demasiados problemas. Tan solo tuve que preguntar a dos personas, que me dieron indicaciones contrarias, así que opté por descifrar las coordenadas yo sola y lo conseguí. Me gustó eso de saber dónde estaba el norte. A ver si no era la última vez que lo conseguía.

Desde la otra punta, reconocí la calle, con el puente y el Empire State al final. Lamentablemente, reconocí a alguien más. Lo que al principio no vi muy claro y se mostraba como un espejismo, se hizo más real conforme me iba acercando. En la puerta del trabajo de Matt, esperaba un señor alto, calvo, de unos cuarenta años, vestido con un halo de oscuridad y algo de misterio, portando un traje cuyo diseñador reconocí al primer trazo. Esos cortes limpios, las líneas puras impregnadas de una gama de color sobria, sin disonancias cromáticas, eran el estilo y seña de identidad de un diseñador sueco que me había atrapado desde que debutara hacía unos años en Kenzo. Así vestía el hombre al que había estado a punto de rociar de pimienta mi primera noche en la ciudad.

¿Qué hacía el dueño de Tupper ahí? No tardé en averiguarlo. Matt salió del edificio y ambos se saludaron con un afectuoso abrazo. En ese momento Matt me vio y yo ya estaba demasiado cerca para disimular mi desconcierto. Me sentía dentro de una película o de un sueño de esos en los que se mezclan personas, lugares y épocas.

—Te presento a Oliver —dijo Matt en inglés.

—*Hello* —dije, tímida y avergonzada.

El tal Oliver, amigo de Matt y crítico de espectáculos, resultaba ser el señor al que había dejado con la palabra en la boca mi primera noche en Nueva York. Mi memoria fotográfica me hizo recordar la situación. Entonces entendí por qué Lucas no había ladrado demasiado al ver a su competidor canino, porque ya lo conocía.

—Hola, ¿nos conocemos?

Se notaba por su expresión facial que estaba intentando recordar. Me sorprendía que no se acordara, pero no podía esperar que todo el mundo tuviera buena memoria. Es más, a mí me gustaría no tenerla.

—Sí, soy…

—¡Eres la que encontró a Tupper! —Asentí—. Perdona, ¿cuál es tu nombre? No lo recuerdo.

No me extrañaba que no se acordara, no se lo llegué a decir. Cuando me pidió el teléfono, me fui corriendo como alma que lleva el diablo. O como si él fuera el mismo Lucifer. A ver qué excusa le ponía si me lo volvía a pedir.

—Me llamo Lucía. —Le tendí la mano, saludando a la americana.

Matt no entendía nada y es que yo no le había contado ni que había encontrado a Tupper ni que había perdido a Lucas.

—Qué pequeño es el mundo… Así que esta chica es amiga tuya —le dijo Oliver.

—Es amiga de Olga —aclaró. Técnicamente tenía razón, pero noté un pinchacito al escuchar esa corrección. ¿Qué éramos entonces Matt y yo? ¿Para él siempre iba a ser «la amiga de Olga»?

—Oye, había pensado que nos fuéramos todos a cenar. Si no tenéis planes ya, vaya —le comentó Matt.

—Pues me gustaría, le voy a mandar un mensaje a Josh, a ver qué dice. Ya sabes que estamos hasta arriba de trabajo, con decirte que seguimos buscando niñera porque no hemos tenido tiempo de entrevistar a nadie…

—Eso es porque os va bien.

—No nos podemos quejar, pero ya sabes cómo es esto. A la que te despistas un poco, dejas de existir, así que, bueno, a darlo todo.

Le sonó un mensaje, era Josh contestando. Eso era rapidez, y no como Olga, que también tenía mucho trabajo pero se comunicaba mucho menos. Nada, más bien. Debía de tener unas treinta llamadas mías desde que había llegado a la ciudad. Y me había respondido a un total de… una.

—Vale, dice que sí. Pero que si podemos ir a algún sitio que nos pille cerca. Si os va bien, yo también os lo agradezco, que además tengo que sacar a Tupper.

—Sí, claro —respondió Matt.

—Gracias. Por cierto, si sabes de alguien que nos pueda echar un cable, ya te digo que seguimos buscando…

Matt me miró, le faltó una bombilla iluminándose encima de su cabeza. Qué expresivo era ese chico cuando quería. Oliver lo pilló al vuelo.

—¿Tú te animarías? —me preguntó Matt.

—No sé.

—La verdad es que nos vendría genial. Y como vi que te entendías con Tupper me quedaría muy tranquilo. Pero, bueno, que no quiero presionar. Que tendrás tus cosas, imagino.

—Venga, mujer, si no tienes nada que hacer —dijo Matt, muy espontáneo.

¿Que no tenía nada que hacer? Tenía que conocer la ciudad. Vale que me gustaban los perros, pero no había ido hasta Nueva York para hacer lo que deberían hacer sus dueños, sacarlos a pasear y recoger sus mier…

—Pago unos setecientos dólares.

Casi me ahogo. «Haber empezado por ahí, hombre.»

—¿Setecientos qué?

—Dólares —me repitió Matt.

Ya, ya, era obvio que me pagaría en la moneda local. Lo que me extrañaba era que me fuera a pagar esa cantidad por algo que yo, en otras circunstancias, podría haber hecho completamente gratis. *By the face*, por la cara. Por su cara bonita, la de Tupper, no la de Oliver, que no era muy agraciado.

Ahí tenía que haber gato encerrado. ¿Setecientos dólares por pasear a un perro? ¿Que lo tenía que llevar en volandas y de rodillas? Pues no, solo tenía que dar una vueltecita con él una vez al día, una hora, cinco días a la semana. SETECIENTOS dólares al mes. En esa ciudad el valor del dinero, y de otras tantas cosas, era muy distinto a lo que estaba acostumbrada.

—Sí, quiero. Yo lo hago, quiero decir —me reafirmé sin dudar, extendiendo mi mano para sellar el acuerdo. Así quedó cerrado el mejor trabajo de mi vida. El mejor pagado, al menos.

También así, oficialmente, podemos decir que dio comienzo mi «otra vida» en Nueva York. Con ese trabajo clandestino, que suponía un buen extra a mi inexistente economía, iba a poder permitirme vivir la ciudad a otro nivel. Se acababa lo de hacer cálculos, solo tendría que contar calorías, porque, con ese sueldo, me pensaba poner fina. No me iba a privar de nada.

Ya estaba haciendo una lista mental cuando Matt me bajó de mi paraíso gourmet neoyorquino.

—Enhorabuena, ahora ten cuidado y que no se te escape. Que encuentras un perro y pierdes otro —me dijo, bajito, en español y guiñándome un ojo, lo que demostraba que sabía que había perdido a su perro.

Le sonreí de vuelta, agradeciéndole todo. Que me hubiera conseguido un trabajo y que fuera tan comprensivo con lo que había pasado con Lucas. Luego me confesó que él lo había perdido tres veces, al parecer era algo que hacía de vez en cuando, darse un paseo por el barrio. Curiosamente coincidía con la época de celo. Ajá, resulta que todos los machos eran iguales. Perros y no tan perros. ¿Era machista pensar así?

—Vamos ya a casa de Oliver, ¿vienes? —Me volvió a tocar ligeramente la cintura, moviéndose hacia un lado para dejarme pasar.

—Sí, sí, espera un segundo, que mando un mensaje.

Matt y Oliver emprendieron el camino mientras yo me quedaba atrás, escribiendo a mi padre para contarle lo que acababa de pasar. Estaba demasiado emocionada para no compartirlo de inmediato. También quería ver cómo estaba y si todo iba bien.

Levanté la mirada de mi móvil y me quedé embobada observando a Oliver y a Matt —sobre todo a Matt—, que caminaban de espaldas a mí, alejándose. Como si fuera una pésima película romántica, Matt se detuvo, se giró —tal vez no tan a cámara lenta como yo lo percibí— y me miró mientras esperaba a que le alcanzara. Esa mirada, ese tacto de su brazo sobre el mío para incorporarme a su paso, todo eso valía mucho más que setecientos dólares.

Puede que no tuviera precio. O quizás uno muy alto, el de la amistad.

Me vibró el teléfono, como si fuera una señal que me recordaba eso precisamente.

Porque no era mi padre. Era Olga.

23

Oliver y Josh

Oliver era increíblemente divertido. Tenía un humor tan único y peculiar que no solo cambió mi economía, sino también mi perspectiva de las cosas. Era uno de esos pocos neoyorquinos que han nacido y crecido en una ciudad que da el punto de acidez necesario para soportarla sin convertirse uno mismo en insoportable.

Era una de las voces más valoradas de los medios —¡trabajaba para *The New York Times*!— y una de las más escuchadas por el público a la hora de juzgar, criticar y recomendar espectáculos. Era mi yo mejorado, elevado al cuadrado. Una versión 3.0.

Ese grandullón, calvo y de mirada transparente, se desvivía por Josh, un californiano completamente diferente a él. Un economista de Wall Street más bien callado, pero con una calidez entrañable. En eso eran iguales; en el resto eran completamente distintos. Está claro que los polos opuestos se atraen. En este caso, era más que atracción. Se adoraban y se compenetraban a la perfección.

Tupper había llegado a sus vidas para cambiarlo todo. Para mejorarlo, como debe ser. Algún desalmado lo había abandonado, convirtiéndolo en regalo de Navidad que ya no le servía. Oliver y Josh se lo habían encontrado tirado en la basura la primera noche que Josh se quedó a dormir —y a desayunar— en casa de Oliver. Esa fría noche de invierno, en medio de la nieve, tan blanca como él, temblando y casi al borde de la muerte, tuvo la suerte de dar con la persona adecuada. Oliver lo recogió, lo subió a casa y se quedó para siempre. Josh, también.

Fue el broche de oro a una relación que, de tan bonita y perfecta, me revuelve el estómago. Lo digo con cariño, pero es que no se puede ser así de acaparadores. Hay que dejar algo para los demás, repartir un poco. Eran demasiado perfectos, los tres. Tan exitosos, tan independientes, pero a la vez tan unidos, tan capaces de ser portada del *¡Hola!*. No lo podía evitar, a veces odiaba el amor. Me parecía imposible poder llegar a encontrar a nadie con el que me entendiera de esa manera, como lo hacían ellos. Era como vivir dentro de una canción de Ed Sheeran. Pero ¿dónde iba a encontrar yo a un pelirrojo así?

Deseé ser daltónica, pero ahí estaba, rojo como el liguero de Nochevieja, el pelo de Matt, tan atractivamente despeinado, recordándome lo rápido que se puede cambiar de opinión. Ya no me parecía ni tan Mister Imbécil ni tan rancio. Hasta lo encontraba más guapo que cinco minutos antes. ¿Cómo podía ser? Era irracional. Si seguía así iba a sufrir mucho. Después de tanto negarlo, me estaba demostrando a mí misma que tal vez sí tenía dotes de actriz. Total, ya me encargaba diariamente de llenar mi vida de drama, de dramón, innecesario. ¿Acaso me había convertido en una adicta a los conflictos hasta llegar al punto de generarlos?

Matt se acercó y me susurró al oído.

—¿Quieres quitarte la ropa?

—¿Quééé? —Me subió más la temperatura y me puse como un tomate, lo notaba.

—Que si te guardo la chaqueta. ¿No tienes calor?

Pues claro que tenía calor, si tenían puesta la calefacción como si aquello fuera Teruel en el invierno más frío de la historia de la civilización.

—Tenéis calor, ¿verdad? Mira que hemos abierto las ventanas, pero nada. —Se apresuró a intervenir Oliver.

—Es que se ha roto el termostato y se dispara la temperatura.

A mí me estaba pasando lo mismo, tenía algo averiado por dentro. El sentido común.

—No, yo estoy bien —dije, mintiendo e intentando disimular que me estaba estirando el jersey para poder respirar un poco mejor.

Josh me miró y encendió el ventilador del techo un pelín, lo justo para que dejara de parecer Heidi, con mis mejillas rosadas.

—¿Quieres beber algo? ¿Un vino, agua, cerveza?

—Un poco de agua, por favor. Y cien cubitos de hielo.

—Tú, Matt, ¿quieres algo?

—¿No tendrás sidra? —Me guiñó un ojo.

Este chico tenía demasiados gestos encantadores, era demasiado perfecto. Tan feminista, tan inteligente, tan atractivo. Tenía que encontrarle defectos, exagerarlos, inventármelos si hacía falta. Por si no bastara con que fuera el novio de mi mejor amiga. Me olvidaba de que eso no era el título de una mala película de Hollywood, era la realidad.

Entre el calor y la culpa, me estaba ahogando en un pozo mucho más grande que un vaso de agua, en uno como el que me llevó Oliver y que me bebí de un trago; estaba totalmente deshidratada. Le cambié el vaso vacío a Matt por la botella de sidra que me ofreció y brindamos todos.

—Por la viajera —dijeron, al tiempo que acercaban los vasos al centro y ponían su atención en mí.

—Por el anfitrión. —Señalé a Matt—. Los anfitriones, que si no fuera por Olga no estaría aquí. Y por vosotros, Oliver, Josh… ¡y Tupper!

Al oír su nombre, ese perro que no era mi perro pero se parecía tanto que dolía vino corriendo y saltó sobre mí.

—Tupper, esta es tu nueva *nanny*, ¿estás contento? —le preguntó Josh.

Él no sé si lo estaría, pero mi bolsillo desde luego que sí.

—¿Te parece bien sacarle cada día por la mañana? —me preguntó Josh.

—Sí, claro. No hay problema.

—¿Seguro que no estás ocupada? —Era Oliver quien se interesaba por mi horario, que era muy diferente al suyo.

—Todo lo ocupada que se puede estar de vacaciones.

—Bueno, genial, pero si algún día no puedes o te viene mejor sacarlo a otra hora, no hay problema.

—¿Os importa que lo saque ahora? Creo que quiere salir y a mí me vendrá bien un poco de aire.

Tupper me había entendido y apenas podía contener su entusiasmo.

—¿Quieres que te acompañemos? —preguntó Matt.

—No, no, si es solo un momento. Así vosotros seguís hablando de vuestras cosas.

Necesitaba estar sola, aunque solo fuera un rato. Necesitaba respirar y analizarme. Hacer una crítica de la situación y de mí misma para no cagarla demasiado.

Sin opción a réplica, dejé a esos tres hombres allí y me llevé al perro.

Nada más entrar en Central Park, Tupper se acercó al primer árbol que vio a su alcance y después yo me tumbé en el primer trozo de césped. Miré mi móvil, para estar pendiente de la hora. Esa fue la intención, pero no pude reprimirme. Abrí el álbum de fotos. Ahí estábamos, Matt y yo en esa imagen que parecía puro Photoshop.

—¿Qué estoy haciendo? —le pregunté a Tupper.

Él me miraba con los ojos bien grandes y las orejas puntiagudas. Giraba la cabeza, reiterando lo que yo pensaba, que estaba mal del coco.

—Pues, si no sabes lo que estoy haciendo, te lo digo yo. La estoy cagando, porque no tiene sentido, ¿a que no?

Tupper ladró, dándome la razón. Y entonces un precioso setter irlandés llegó corriendo hasta nosotros. Tenía un pelaje admirable, tan brillante que habría podido anunciar la versión canina de Pantene. Tan suave y tan… rojo. El mismo tono que…

—Grrr… ¡Guau!

La agresividad canina de Tupper interrumpió mis pensamientos. Puede que a mí me gustara ese pelo, pero al westy no le hacía ni la más mínima gracia.

—Date tiempo, Tupper, ya verás como luego cambias de opinión. Que los pelirrojos son así, te lo digo por experiencia. Empiezan siendo Mister Imbécil y acaban sonriéndote desde el puente de Brooklyn —dije, mirando la foto del móvil—. Además, Tupper, ¿por qué vas a pelearte con este grandullón?

Hice un par de carantoñas al perro desconocido, y ese gesto, esa simple caricia, supuso la mayor de las traiciones. Una acción que Tupper quiso vengar, estuviera yo en medio o no. Era la primera vez que el sentido del territorialismo me incluía de forma tan directa. Tupper se lanzó a su cuello, como si fuera una bestia sin domesticar. El setter no se achantó y respondió de igual modo. Empezaba a no estar segura de si era un juego o un combate de lucha libre.

No tardaron en despejarme las dudas. Entre los dos canes, la cosa fue a mayores y escaló de tal modo que me tuve que poner en medio, con los brazos extendidos para evitar que se acercaran el uno al otro. Me convertí en un auténtico escudo humano.

—A ver, chicos, tranquilos. ¿A qué viene esa actitud? Si no hay motivo. No os conocéis de nada, tal vez ese sea el problema. Seguro que tenéis muchas cosas en común. Me apuesto lo que queráis a que a los dos os gustan… los huesos de jamón. Y el bacon, a no ser que tengáis dueños vegetarianos. Pero eso es otra historia. Os pongo otro ejemplo, a ver… a los dos os gusta jugar, ¿verdad?

Los dos perros comenzaron a mover la cola, haciéndome ver que sí, que eran como niños pequeños esperando a saltar y brincar para quemar energía. Y que eran capaces de pasar página, olvidarse de los celos y empezar de cero.

—Si os acabáis conociendo, ¿qué es lo peor que puede pasar? ¿Que tengáis más cosas en común? Por ejemplo, no sé... que a los dos os guste el mismo palo. O, poniendo un ejemplo más exacto, que a ti, Tupper, te guste un palo que no es tuyo. Digamos que te gusta el palo de tu amigo. No es que el palo pertenezca a nadie, ya me entendéis. Bueno, resumiendo, lo que debéis tener claro es que hay muchos palos en el mundo. Mirad, el parque está lleno de palos. —Señalé a mi alrededor.

Ojalá mi vida fuera así de sencilla, tan simple como... un palo.

Con ese tono calmado, jocoso, y ese discurso que representaba metafóricamente lo que me estaba pasando, continué contando a los perros mis problemas y emociones. Les hablé de Olga, de Dylan, de Alberto y por supuesto de Matt, de cuánto odiaba no odiarle como al principio. Sabiendo que no podían decir nada, les conté con precisión cada sensación. Cada momento de los pasados, de cómo había virado de un «contigo, no, bicho» a unos sofocos casi menopáusicos solo por recordarle desnudo. Y por sentirle vestido cerca, tan cerca, en cualquier momento y situación. Diría que a mí verbalizar todo eso no me sirvió de nada, salvo para confirmarme que tenía un problema, pero a ellos los relajó. Igual que en Madrid y en la clínica de Clara. Mi patética vida calmaba a las fieras, no importaba de qué parte del mundo fueran.

—No sé lo que le has dicho, pero nunca le he visto prestar más atención —me dijo en inglés una chica joven, de mi edad, más o menos, acercándose a su perro, el setter irlandés.

Se llamaba Prince. El perro, no ella. Ella era...

—Lena, encantada.

—Yo soy Lucía.

—¿Eres de aquí?

—No, ¿lo dices porque hablo español o por mi acento en inglés? —Necesitaba saber si mi dicción había mejorado algo o si seguía con el nivel de presidente del gobierno.

La chica, alta, con una elegancia natural y vestida de forma calibradamente casual pero atractiva, se quedó callada unos segundos. Quieta frente a mí, custodiada por su perro, me miró de arriba abajo, sonriendo. Se le formaban unos pequeños hoyuelos al hacerlo y sus labios se elevaban un poco, hasta casi rozarle el inicio de la nariz. Era una sonrisa cercana, amable.

—Hummm… No es tanto tu idioma o tu acento como tu forma de estar. —Se puso a mi lado, señalándome con la mirada todo lo que teníamos delante. La gente y sus perros. Los turistas y los corredores. Los amantes y los casados. Los padres divorciados y los niños con sus niñeras—. Si observas con detalle, puedes saber de inmediato quién está aquí de paso y quién viene cada día. Quién acaba de llegar al barrio o solo está de visita. Todo está en los gestos. El lenguaje corporal que no podemos controlar nos delata por mucho que queramos ocultarnos bajo capas de ropa de marca o de mercadillo. O detrás de escudos que nos creamos. Contigo no lo tengo claro. Es como si llevaras tiempo aquí, pero a la vez como si estuvieras en muchas partes.

—¿Todo eso digo sin decir nada? *Wow…*

—Disculpa, no nos conocemos y te he soltado todo este rollo. Pensarás que soy…

—Otra loca de Nueva York —dijimos a la vez.

—Mientras tú pienses lo mismo de mí. Me has visto hablarle a tu perro…

Se rio y eso nos dio pie a seguir con la charla. Le expliqué que Tupper no era mi perro y le conté, en broma, que me dedicaba a eso, a hablarle.

Las vistas, el lago del parque, la gente… todo era un soplo de aire fresco para el alboroto que tenía en mi mente. Esa maravilla de lugar, esa burbuja de oxígeno, también era un inmenso patio de recreo para que el pequeño Tupper —y todos los perros de la ciudad— jugara y se mezclara. Y sus vecinos, también. Había tantos —perros, viandantes y corredores— que pasear por ahí era como intentar coger sitio en la playa en pleno agosto. Imposible, pero divertido.

Nunca imaginé la cantidad de gente con la que puedes interactuar teniendo un perro. No recordaba que fuera así, ni de lejos. Al menos no lo era cuando yo tenía a mi Tupete. Quizás había más perros. Quizás la gente estaba más sola.

En menos de lo que se propaga un rumor, Lena se acercó al grupo de dueños de perros mejor vestidos y con más estilo que había visto en mi vida y me presentó a unos cuantos. Los que dio tiempo y permitieron las interrupciones de los gruñidos y ladridos de Tupper. Ese perro tenía un poco de carácter, o tal vez solo fuera timidez. En eso nos parecíamos.

—Os presento a Lucía. Es terapeuta emocional de perros. Una auténtica susurradora o una encantadora de perros.

¿Que era qué? Solté una carcajada tan sonora como los ladridos de los canes. Una risa que se vio interrumpida cuando su mirada me dio a entender que iba en serio. ¿De dónde se había sacado eso? Que yo lo de hablarle a los perros, así en plan serio y profesional, lo había dicho de broma.

Fue obra del destino y de Lena que esa broma se hiciera una bola de nieve que solo esperaba no acabara en avalancha, destrozándolo todo a su paso.

Antes de que pudiera tirar de mi inglés madrileño para explicarle que se equivocaba, Lena empezó a contar que su Prince se había quedado quieto escuchándome. Él, que no paraba ni durmiendo. Según ella, yo tenía un don (el don de complicarme la vida, sin duda). Les contó que Tupper era uno de mis clientes, y que también trataba a otro perro, al caniche marrón de Matt. Ambos conocidos en todo el barrio, al parecer.

—¿Cómo sabes…? —Mi curiosidad era imparable.

—Te he visto pasear con él por el barrio. Y con Matt.

¿Conocía a Matt? Me quise morir un momento, solo deseé que esa doctora de la Universidad de Columbia, que desmentía el dicho machista de que las rubias eran tontas, me hubiera entendido tanto como su perro. O sea, nada.

Me di cuenta de que, aunque solo fuera de vista y de lejos,

todos los dueños y los perros se conocían. Era un pueblo dentro de una gran ciudad. No solo era así por la clase social y el barrio al que pertenecían, sino porque los perros, al tener que salir todos los días, ayudaban a esos adultos a socializar. Ese grupo de personas que normalmente no se mirarían ni a las cejas, que no se dirían ni «hola» al encontrarse en el ascensor, gracias a sus mascotas cada día, durante un rato, se interesaban los unos por los otros. Sin pantallas ni *likes* de por medio. Era la vida al natural como siempre la habíamos conocido y se nos estaba escapando.

Ese grupo era como las asociaciones de padres y madres de alumnos de los colegios. Con los mismos problemas y celebraciones. Con los mismos cotilleos y rivalidades. Porque esos perros no eran perros cualesquiera, eran del Upper West Side. Y cualquier motivo era una buena oportunidad para demostrar que se era más que los demás. Eso pensé al principio, fue la primera impresión que me dieron.

Una primera impresión es la primera, pero no tiene por qué ser la definitiva.

En menos de cinco minutos, esos vecinos y dueños de perros a los que dedicaban menos tiempo que a cocinar me dieron sus tarjetas con todas las formas de contacto posible. Si un perro de la zona iba a terapia con la «susurradora de perros», ellos no iban a ser menos. En unos minutos me había convertido en la César Millán del Upper West Side. Qué poco se imaginaban todas esas personas y todos esos perros que yo necesita terapia tanto o más que ellos.

—Por favor, llámame y dime si tienes hueco en la agenda —me dijo un hombre encorbatado con gafas de montura transparente.

—Y a mí. —Percibí un ligero acento mexicano en una mujer extremadamente guapa.

—Nosotros podemos cuando quieras —se apresuró a añadir una pareja de chicas. La versión americana de Pili y Mili.

—¿Cuánto cobras? —Una anciana ricachona me hizo la pregunta que me hacía hasta yo.

No sabía ni qué decir, pero por suerte lo dijeron todo por mí. Comenzó una subasta por mi tiempo y mis habilidades que no tenía ni sentido ni parecía tener final.

—Te doy trescientos por un par de horas cada día.

—Yo, si te ocupas de él a primera hora de la mañana, para dejarlo calmado todo el día, te doy quinientos dólares. A la semana.

Por quinientos estaba dispuesta a llevarlo a un spa a que se relajara. E ir yo detrás.

En ese breve intercambio, me di cuenta de que el dinero tiene un valor distinto del real. Para esos vecinos y dueños de perros, el dinero solo tenía el valor del estatus que pudieran pagar con él. Esa era la moneda de cambio con la que todo se jugaba en esa zona de la ciudad. También en el resto, pero ahí, especialmente, fue donde más lo noté.

Todo fue tan rápido como surrealista. Parecía una broma y me sentía víctima de una cámara oculta. Toda esa gente creyendo que yo podía hacer algo especial, cuando en realidad no se trataba más que de estar con sus perros, dedicarles tiempo y, ¿por qué no?, hablarles. Contarles cosas, nada que no fuera sacar las emociones que todos tenemos dentro y compartirlas con ellos. Se trataba de hablar en voz alta, así de simple. Tan sencillo como gratis. Algo que podían hacer ellos perfectamente, pero preferían pagar, y mucho, para que lo hiciera yo.

En cuanto acordamos que les llamaría para cerrar los tratos, el revuelo inicial de mi presencia se extinguió y todos, perros y dueños, huyeron en estampida. Como si ya nada les interesara después de haber demostrado quién podía pagar más y por qué. Me sentía parte de un documental de *National Geographic*. Era una auténtica lucha entre las distintas manadas que reinaban en un territorio. Uno que yo todavía debía conquistar.

—Supongo que te veré a menudo —me dijo Lena volviéndose para liberarse de los nudos que la correa de Prince había formado alrededor de sus piernas y que le hacían sentirse atrapada.

Era una locura, pero una de esas locuras que solo pueden desatarse en Nueva York.

Lo bueno era que no iba a ser la única y que era una locura que me estaba pasando a mí.

24

Hablar no es lo mismo que susurrar

Como en toda gran ciudad que se precie, pero en esa más que en ninguna otra, se salía mucho. La oferta de ocio era ilimitada, podía hacer cualquier cosa que se me pasara por la cabeza en cualquier momento del día y de la noche. Más que nunca, cualquier cosa estaba a mi alcance. Y es que ¡iba a ser rica! Los cálculos me auguraban un sueldo equivalente al de un alto ejecutivo en España. Casi, casi al de un político corrupto.

¿Qué había hecho yo para merecer eso? ¡O qué no había hecho para merecerlo antes! No me lo podía creer. En contra de mis principios, estaba celebrando el trofeo antes de ganarlo. Antes de jugar el partido siquiera. Todavía no había cobrado, pero ya era un premio que todas esas personas hubieran depositado su confianza en mí. Sin tiempo para asimilarlo y sin saber muy bien cómo, había cerrado tres acuerdos. Iba a encargarme de tres perros más, aparte de Tupper. A contarles mis penas y desahogarme sin que nadie me pudiera ladrar, solo ellos.

Había que celebrarlo. ¡Tocaba derrochar!

Por eso quedamos con Olga para festejar lo que me acababa de pasar y que se había desatado, en parte, gracias a Oliver y Josh y, más en parte, por culpa de Matt.

Dos parejas y yo, qué bien. Siempre iba a ser la tercera en discordia. En ese caso la quinta. Un poco más y podíamos montar un equipo de fútbol sala.

Fuimos a un restaurante etíope, que eligió Olga cuando la llamamos para darle la noticia. La noticia era que por fin podía invitar yo, gracias a mi nuevo título y cargo:

@Lucía Palacios
Dog Whisperer
Follow me:

Ese es el boceto de la tarjeta que Matt diseñó en una servilleta mientras esperábamos a que llegara Olga. La puntualidad, ya lo había comprobado, había dejado de ser su fuerte. Se la había dejado en Madrid.

Cuando vi mi nombre en ese trozo de papel rasgado, con todos los iconos de las redes sociales dibujados bajo cada una de mis letras, me empecé a reír. Matt pensaba que estaba enganchada a vivir una vida tecnológica. No era así, no tanto como lo estaba su chica. Tampoco renunciaba a los beneficios de tener una presencia en las redes, no hasta el extremo de Matt, que tenía un discurso muy en contra de lo positivo que pueden aportar a nuestras vidas. ¿Cómo podían ser —él y Olga— tan distintos? Estaba divagando en silencio sobre eso cuando un grito a modo de ¡eureka! interrumpió mi cadena de pensamientos.

—¡Qué buena idea! —exclamó Oliver, y agarró la servilleta que acababa de dibujar Matt.

—¿El qué? —pregunté, sin sospechar lo que se le estaba pasando por la mente a ese trío tan creativo.

—Deberías grabar vídeos de tus paseos con los perros —apuntó, al tiempo que señalaba el icono de YouTube—. Algo así como un *dogblog*... Me lo acabo de inventar, ¿existirá eso? —dijo, apuntándose otro posible negocio.

—¡Ni de coña! —Eso lo dije en español, me salió del alma—. Grabar vídeos, dice. Ni que fuera una *influencer* de esas.

—Dice que es poco fotogénica —le aclaró Matt.

—Lo soy. Y, aparte de todo eso, ¡se acabó la tecnología! Yo solo quiero irme a un pueblo a hacer queso.

Y queso era lo que me apetecía, pero nos trajeron un sinfín de platos que había que comer con las manos, porque en eso consistía la comida típica de esa región.

Olga no llegaba y todo se enfriaba, así que empezamos sin ella. Comer sin cubiertos era... distinto. Sacaba al niño que todos llevábamos dentro. Entre bocado y bocado que intentaba llevarme a la boca, pero que se me escurría entre los dedos y se me desparramaba por la cara, les hablé de mi trabajo en Madrid, que poco se parecía a las historias de Oliver. A pesar de que compartíamos similitud de puesto, de «etiqueta laboral» —los dos éramos críticos—, todo era diferente. En pleno discurso comparativo de la forma de trabajar y de la voz o personaje que, supuestamente, cada uno de los dos nos habíamos creado para poder criticar desde ese lugar, noté la mano de Matt en mi barbilla. Me estaba quitando un grano de arroz. Le fui a mirar, cuando a quien vi entrar en el restaurante fue a Olga. No lo pude evitar y, aunque no había motivo, me puse nerviosa. «Tierra, trágame», pensé. Pero fui yo la que tragó, más arroz en este caso, con la maldita suerte de que se me fue para el otro lado.

Olga llegó a nuestra mesa con su paso firme y una sonrisa que nos dedicó a todos. Mi tos, ese vano intento de aclararme la garganta y la conciencia, casi me impedía oír, mucho menos hablar.

—Hola, perdonad que llegue tan tarde.

—Justo a tiempo, amor. —Las palabras de Matt eran cariñosas, tanto como el beso que se dieron mientras él se apartaba para hacerle hueco y que se sentara a su lado.

Yo no dije nada porque me estaba costando un esfuerzo tremendo no morir con ese otro grano de arroz que se había instalado en mi tráquea. Me sentía como si fuera el expresidente Bush, que estuvo a punto de ahogarse con una galleta.

—Enhorabuena, me tienes que contar todo —me dijo Olga, nada más sentarse—. Qué suerte tienes, nena. Con ese dinero extra vas a poder disfrutar de Nueva York a lo grande.

No estaba plenamente convencida. Lo de pasear perros, hablarles y que me pagasen un pastizal por ello era, sin duda, un golpe de suerte. Pero uno solo. Para mí la suerte era… era otra cosa.

—Ya solo te falta que vuelva Dylan. —Me guiñó un ojo y dio otro beso a Matt.

—¿Quién es Dylan? —preguntó extrañado Matt.

—Nadie. —Me salió un tono seco. Quien me conoce diría que rocé la antipatía. Y quien no me conoce tal vez me confundiría con Risto Mejide.

—¿Cómo que nadie? —Olga me dio un codazo simpático, animándome a compartir más de lo que yo quería y estaba dispuesta. Me daban ganas de darle unas cuantas galletas, a ver si se atragantaba o se callaba—. Es un chico que conoció el otro día y… —comenzó a contar toda la historia a Oliver, a Josh y sobre todo a Matt.

No pude evitar hacerla callar. ¿Lo podría haber hecho mejor y de otro modo? Sí. Pero elegí el camino más corto y directo.

—¿Te puedes callar, Olga? A nadie le interesa mi vida —espeté.

—Pues claro que sí, ¡cómo no nos va a interesar! ¿No ves que acabas de llegar y todo es nuevo y muy loco?

—Que no, y come ya, que te estábamos esperando para que ahora no pruebes bocado. ¿No querías cenar aquí? Pues venga, remángate la camisa y mete ahí los dedos. Que, por cierto, menuda guarrada, comer con las manos, como si tuviéramos cuatro años. No podías haber elegido otro sitio, no. Aquí, a ponernos perdidos —dije, con un reguero de salsa de color amarillo resbalándome por todo el antebrazo.

—No te pongas así.

Tenía razón. Mi reacción tenía menos lógica que los motivos por los cuales me había puesto así. Cabizbaja, rectifiqué de inmediato...

—Perdona.

Ella no tenía la culpa de que yo me estuviera sintiendo como una cría. Como una niñata. Esa sensación de ser infantil poco tenía que ver con que estuviera comiendo con las manos o no. No me gustaba esa imagen de mujer dependiente del amor de un hombre, de la atracción de un chico, que estaba dando Olga de mí. No delante de Matt. Ese era el problema. Y por eso me enfadé tanto, con ella y conmigo misma.

—Será el cambio horario, que todavía no me adapto y me cambia el humor. Ya me conoces, si tengo hambre o sueño, salto.

Esa era la excusa, pero no la realidad.

El resto de la noche fue más tranquilo, afortunadamente. Se me pasó el enfado a base de mucho respirar, mucha agua con gas y mucho arroz con pollo. También porque me di cuenta de que no importaba lo que hubiera sentido antes por Matt, esos impulsos repentinos no contaban. Lo que sentía yo por Olga era más importante que todo lo demás. También lo que sentía Matt por ella, porque volví a identificar esa unión del primer día que les vi juntos. Aunque pelearan, aunque Olga no estuviera nunca, aunque fueran tan distintos, todo tenía sentido.

Ellos, juntos, pensé que tenían sentido.

Me despedí de Oliver, de Josh y del pequeño Tupper.

—Vente a partir de pasado mañana, ¿vale? Mañana lo llevo a que lo vacunen.

—¿No será para protegerlo de mí? —dije mientras les daba un sutil abrazo. Esa iba a ser mi pequeña gran familia, les iba a ver a diario. Más de lo que iba a ver a Olga, sin duda.

Llegamos a casa y con un escueto buenas noches me dispuse a irme a dormir. La mente me iba a mil, no podía parar de dar vueltas a todas las cosas que me estaban pasando. Pensaba en Matt, y mentiría si dijera que ya no pensaba en Alberto. Me metí en el cuarto y, nada más cerrar la puerta y tumbarme, oí que Olga preguntaba si sabía qué me pasaba.

—Está muy rara, ¿no?

—No sé. Tú la conoces mejor. Yo creo que está normal, vamos, como siempre. Me refiero que la veo igual que cuando llegó —dijo Matt.

—No, te digo yo que le pasa algo.

No quise oír más. Me dolía la cabeza, tenía una migraña intensa que no conseguía mitigar ni con la oscuridad de la habitación ni con el compás de mi propia respiración. Me puse tapones en los oídos, no quería oír nada. Solo mi runrún interno, como cuando nado en la piscina. Me relaja ese sonido tan etéreo.

Me quedé dormida, pero tan solo fueron dos horas de sueño profundo. Me desperté de golpe por culpa de la vibración del móvil. A lo mejor sí estaba un poco enganchada y lo tenía que haber apagado. Era mi padre, por fin se acordaba de mí. Completamente grogui, escuché su mensaje de audio del WhatsApp. Todo estaba bien, solo quería saber cómo me iba a mí y felicitarme por lo que le había contado.

«Pero no te olvides de que vales mucho más que para pasear un perro.»

Más que para pasear a uno, tal vez, pero ¿y a varios? ¿Y si mi máximo talento era ese? Cabía la posibilidad de que mis historias solo les interesaran a ellos. Puede que ni siquiera fuera así. No podían hablar, así que nunca lo sabría. No eran como los editores o productores, que o me decían que no o no me decían nada.

«Tienes talento. Más del que te imaginas.» Así terminó su mensaje. Consiguió sacarme una sonrisa y me sentí orgullosa de que pensara eso de mí.

Salí del cuarto despacio y caminé de puntillas hasta la cocina. No me sorprendió ver una luz al fondo, en un rincón del salón cercano al pasillo. Bajo un flexo y con una concentración gatuna,

Olga tecleaba sin pausa, pero con delicadeza, sin hacer apenas ruido mientras sus dedos se deslizaban por las letras del teclado. A su alrededor había un mar de papeles, notas de todos los colores y un caos ordenado al que de vez en cuando, entre palabra y palabra, dedicaba una mirada. Una pausa para aclarar sus ideas, tal vez para escribir otras.

Ni siquiera había advertido mi presencia, por lo que yo, mientras bebía agua como si fuera una esponja, seguí observándola en silencio.

Antes de regresar al cuarto, me acerqué y le di un abrazo y un beso. Noté que se sobresaltaba un poco y su instinto la llevó a inclinar la pantalla del ordenador, a proteger toda su vida, encerrada en ese disco duro.

—Trabajas mucho.

—¿No te habré despertado?

—No, para nada. Tenía sed, creo que me he pasado con la soja. ¿Tú no madrugas mañana?

—¿Te refieres a hoy? —dijo con la mirada en el reloj—. Sí, como siempre. ¿Y tú?

—Yo tengo lo de los perros. Supongo que me llamarán y nos pondremos de acuerdo con los horarios.

—Todavía no me lo creo… «la susurradora de perros» —dijo en tono evocador.

—Es surrealista.

—Es maravilloso, ya verás como sacas un montón de historias. ¡Quién sabe, a lo mejor hasta puedes escribir un libro!

O dos. Sin duda, al ritmo que iba, material me iba a sobrar. Sonreí, le acaricié el pelo, dejando que los distintos mechones resbalasen por mis dedos y se colaran por los huecos, hasta volver a fijarse en su espalda.

—Hasta mañana. —Y me agaché para darle un beso en la cabeza.

Evitó que me alejara del todo agarrando mi mano con fuerza.

—Espera, yo también me voy a dormir, que ya es hora.

Cerró el ordenador y apagó la luz, como quien no necesita nada que brille indicando el camino. No había necesidad de ningún faro que iluminara, conocía bien el lugar. Era su territorio. Pero no el mío y, además, yo veía menos que un topo.

Mientras intentaba que mis ojos se habituaran a esa oscuridad, zigzagueé mínimamente, lo justo para terminar chocando contra la pared. Noté que el cuadro grande, que enmarcaba una foto de William Wegman, se tambaleaba, intentando volver a su punto de sujeción. No llegó a caerse. Olga alargó la mano y con el índice, en un solo movimiento, puso freno a ese bamboleo. Con la otra, me agarró para que siguiera sus pasos. Era como un ancla que amarraba todo a su alrededor. Poco podía imaginar que era ella la que se estaba yendo a la deriva.

—Ve con seguridad —me dijo.

—Es que no veo nada.

—Me refiero a mañana, que no te dejes intimidar. Sé cómo eres y, aunque vayas de dura, a veces te haces pequeñita. Y aquí te comen. Sé que piensas que solo vas a pasear perros, pero cualquier cosa puede hacer que te cambie la vida. Para bien o para mal.

—Qué intenso suena eso.

—Mañana me cuentas. Duerme, que vaya dos noctámbulas estamos hechas.

Pedir que durmiera después de esa sentencia, de ese discurso a medio camino entre Jordi González en el debate de *Gran Hermano* y una campaña a favor de Oprah Winfrey *for President*, era como pedir un milagro a Lourdes. Ya podía esperar sentada. O tumbada. Porque, obviamente, me costó muchas ovejas poder conciliar el sueño.

25

Alice en su país de las maravillas

Tenía ganas de enfrentarme a esa nueva aventura, no tenía por qué estar inquieta. Solo se trataba de pasear perros, no iba a operar a corazón abierto. Me preparé con calma, pero, sí, algo nerviosa en el fondo. Puse la cafetera calculando cada movimiento, dejando que ese cansancio pausado, poco a poco, se fuera alejando, permitiendo que las primeras horas de la mañana cogieran fuerza.

Olga ya no estaba, así que compartí desayuno con Matt, aunque no quisiera, porque no podía pensar en una razón lógica para excusarme y no hacerlo. Era una zombi todavía. Los dos lo éramos.

—¿Vas a ir a Riverside o a Central Park? —preguntó con relación a cómo iba a ser mi día.

—No sé, supongo que la dueña me dará indicaciones. Creo que Central Park queda más cerca.

—Si quieres puedo ir al parque luego contigo… con Lucas, quiero decir.

—No te preocupes, no hace falta que te molestes.

—No es ninguna molestia. Tengo que sacar al enano de todos modos.

—Bueno, también puedo sacarlo yo, si quieres.

Matt no me respondió de inmediato. Tal vez se me veía el plumero entre todas esas dudas, entre tantas negativas y rodeos. Tenía que haberle dicho directamente que no, pero no lo hice. Porque sí quería que me acompañara. Y también quería que no lo hiciera. Era la primera vez que vivía mis emociones de una manera tan impulsiva y contradictoria, tan ingenua. Por ese motivo, controlar todo lo que sentía y las ganas de reaccionar de manera opuesta a como me obligaba me dejaba exhausta. Era un tira y afloja, pero era yo la que tiraba y aflojaba al mismo tiempo. La que decía que sí y luego que no.

—¡Ya me avisas si quieres que saque a Lucas o no! —le grité desde la puerta y me fui.

Corriendo, como si escapara de él y de lo que no quería admitir, no tardé en llegar al número 103 de la calle Ciento seis del lado oeste.

Alice era pequeña de tamaño, pero grande en actitud. Tanto como su gran danés, un perro que había adquirido para protegerse cuando un ladrón, que luego se descubrió estaba confabulado con el portero de su edificio, la asaltó en su propia casa. En ese mismo apartamento de trescientos veinte metros que se resistía a abandonar y donde vivía sola, sin apenas recibir visitas. Sus hijos estaban demasiado ocupados y sus nietos eran adolescentes, por lo que verse era sinónimo de molestia mutua.

—Todos estaremos contentos cuando muera. Ellos porque obtendrán de mí lo único que les importa, mi dinero. Y yo porque no estaré aquí para ver la panda de inútiles que llegarán a ser.

Eso era amor al más puro estilo neoyorquino, no había otro modo de definirlo.

A Alice Kaufman había que ganársela, era una de esas mujeres que ha vivido tanto que no está dispuesta a regalarte nada. Ni una mirada ni un saludo. Si no le apetece, te puedes olvidar de la cordialidad.

«Esto no es California. Aquí todo es de verdad», solía decir.

No tenía motivo ni ganas de quedar bien con nadie. Era mi yo del futuro. Ácida, retorcida a veces, crítica sin piedad y con menos paciencia que cuando a mí me falla internet.

Me atrevería a decir que, durante el tiempo que estuve a su servicio —porque en el fondo todos lo estábamos; sin saberlo y aunque no lo pedía, conseguía tener a todo el mundo a sus pies—, nos hicimos buenas amigas.

Pero llegar a eso me costó lo mío. No voy a exagerar y decir que sangre, sudor y lágrimas. Pero casi.

En las muchas conversaciones que llegamos a mantener, nunca hablamos de cuántos años llevaba en este planeta, pero se rumoreaba que su propio padre la había llevado, siendo ella casi mayor de edad, a la inauguración del 21, uno los bares clandestinos más famosos de la ciudad en la era de la Ley Seca. Si mis cálculos y conocimientos de historia no me fallaban —y la Wikipedia tampoco—, eso era allá por 1930. Esa mujer era tan mayor como muchas de las estatuas que se consideran monumentos en esa ciudad.

Nunca me dijo su edad y tardó mucho en decirme tan siquiera buenos días.

De hecho, esa primera mañana, no me dijo nada. En cuanto llegué a su edificio, sin apenas darme la oportunidad de tocar el timbre, me abrió la puerta una de las chicas de servicio.

—Buenos días. Soy Lucía, vengo a… —La vi al fondo del vestíbulo y ella me vio también—. ¡Alice! —grité, pero, para mi sorpresa, decidió ignorarme. Obviamente, tenía mejores cosas que hacer, como mirar al techo, por ejemplo. Yo no entendía nada. Mi simpático y cortés saludo fue recibido con el mismo ánimo que una tormenta de nieve.

—La señora Alice no está disponible. Enseguida le traigo al señorito Duque.

Duque era el perro y, a juzgar por su manera de correr hasta la puerta, tenía las mismas ganas que yo de salir de allí, de esa incómoda situación.

A un ritmo firme y rápido, conseguimos estar en el parque a las diez y cuarto de la mañana, dando vueltas entre corredores y ciclistas. Había otros perros, pero Duque era como su dueña e ignoraba cualquier intento de socialización. Él estaba por encima de eso. Muy por encima, a juzgar por su tamaño. Era tan grande que casi parecía un poni.

Tras despachar con una sola mirada a todo ser de su especie que se le acercaba, Duque se plantó en medio de donde estábamos, se sentó y me miró atento.

—Bueno, ¿qué hacemos? —le pregunté.

Él movió las orejas, esperando a que yo respondiera a la pregunta. ¿Acaso querría jugar? Sin tenerlo muy claro, agarré un palo y lo tiré lejos. Él lo miró con la misma desidia con la que luego me miró a mí. Sin inmutarse. Sin hacer el más mínimo intento de ir tras él. Sin embargo, el resto de los canes de la zona fueron tras el dichoso palo como si acabara de lanzar una tarjeta visa oro.

No tardé en descubrir que lo que Duque quería era que, fuera lo que fuese que hiciéramos, lo hiciéramos juntos. Si había que correr detrás de un palo, íbamos a ir los dos, él y yo. Ese perro era un maldito entrenador personal. Estaba tan necesitado de cariño y de tiempo compartido con un humano como yo de ejercicio, así que nos vinimos bien. Mi cometido era calmarlo, sacarle toda la energía que llevaba dentro. Me pagaban para «cansarlo», me habían dicho literalmente el día anterior. Pero la que acabó sin aliento fui yo.

Una hora después, con la lengua fuera —los dos—, el perro y yo llegamos de vuelta a casa de Alice. Me sorprendió que me abriera ella directamente, que dejara entrar a Duque en la casa y a mí me cerrara la puerta en las narices. Ni un adiós. Ni un gracias. Y lo que era más grave, ni un dólar. Cuando conseguí recobrar la compostura, apartar la cara de la puerta y dar media vuelta, ese fuerte custodiado por una sólida entrada de madera se volvió a abrir de nuevo. Solo una rendija, lo justo para que la mano de Alice tuviera espacio suficiente para asomarse y extenderme un sobre.

—Toma. Hasta mañana.

Y volvió a cerrar ese telón de acero.

Regresé a casa, tenía un amplio margen de horas hasta que, tal y como había acordado, fuera a recoger al bulldog francés ciego de un ojo de la calle Setenta y ocho. Saqué el sobre del bolsillo de atrás del pantalón, donde lo había guardado. Por un segundo, recordé aquella ocasión en la que también me había guardado ahí unos billetes y los había perdido. Esa cantidad era mucho mayor, así que, tras abrirlo y ver en su interior un montón de dólares, me apresuré a contarlos. Cuál fue mi sorpresa cuando me encontré que había mucho más de lo que habíamos pactado. Guardé el dinero de más para devolvérselo al día siguiente.

La casa de Matt y Olga estaba vacía, en silencio. Recorrí cada rincón y miré por encima, de pasada, entre todos esos objetos que no eran míos. Notas y fotos, agendas llenas de eventos pasados y futuros. Fechas marcadas por motivos que me eran ajenos. Tenía que ocupar mi tiempo con actividades, pero de momento lo mejor que podía hacer en esos ratos muertos entre perro y perro era leer, conocer un poco mejor al Matt autor. Ya me había terminado el libro que él había escogido para que leyera primero, ahora me tocaba elegir a mí. Así que, de toda la estantería, saqué el primero que le publicaron. Su primera novela era de hacía ocho años. La metí en el bolso y salí dispuesta a afrontar a mi siguiente «paciente», el señor Fawn.

26

Sonríe, por favor

Señor Fawn, o mejor dicho Mr. Fawn, era como llamaban al pequeño bulldog francés que era la mascota querida de su dueño, el doctor Muller. Un dentista que juraría tenía síndrome de Asperger y había desarrollado una obsesión extrema por los dientes. Por cualquier cosa que tuviera que ver con las dentaduras. Cuando llegué le estaba lavando al perro los colmillos y me dio órdenes explícitas de hacer lo mismo cuando regresara a casa.

—Hola. ¿Cómo estás? —me preguntó, pero no le interesaba la respuesta. Solo era un saludo, nada más.

—Bien, muy conten... —Me interrumpió, reafirmando que mi estado anímico, por el momento, se la traía al pairo. Eso se llamaba «charla pequeña», *small talk*. No había que contestar, mucho menos esperar que nadie respondiera a «¿qué tal te va?».

—Es importante que hagas esto cada vez que lo traigas de vuelta a casa. Le tienes que lavar los pies. Uno por uno. Los de detrás primero, luego los de delante. E inmediatamente después, los dientes. El cuadrante superior primero, luego el inferior. Dos veces. No debes realizar movimientos laterales, sino de arriba abajo. ¿Entendido?

—Sí. —Ese perro iba con manual de instrucciones. Mucho me temía que su dueño también.

Había terminado su explicación, pero no dejaba de mirarme fijamente. No a los ojos, sino a los dientes. No me decía nada, solo sentí su mirada incisiva dirigida hacia mi mandíbula. Cerré la boca y bajé la vista al perro, estaba más incómoda que con Alice, que ya es decir. Quería ponerle la correa y marcharme. Nada más. Me di cuenta de que la correa también tenía forma dental, así como muchos otros elementos decorativos de la casa. Eso era vocación, y lo demás, tonterías. Lo mío era miedo, y tampoco era una tontería.

—Tienes una ligera desviación del segundo premolar en el cuadrante derecho superior —me dijo sin atisbo de duda—. Bruxismo, también tienes bruxismo.

«Y ganas de salir corriendo», estuve a punto de decir.

Madre mía. Sabía todo eso así, sin radiografía ni nada. El doctor Muller era peculiar, una persona que durante cinco minutos me hizo querer huir sin mirar atrás. Se me pasó cuando empezó a colmar de besos a su pequeño perro.

—Mr. Fawn, no te preocupes, vas a estar bien. Yo estoy muy ocupado y sabes que no puedo estar contigo todo el tiempo. Está bien que esta chica trate tu caso, no puedes seguir mordiendo con tanta tensión. Ya ves lo que te pasó en el ojito. ¿Me prometes que te vas a portar bien?

Le habló con tanto amor, con tanta dulzura, que me daba igual si ese cuarentón simplón sin otro encanto que su perfecta sonrisa resultaba ser un maldito psicópata que coleccionaba dientes de sus víctimas. Por lo menos sabía que nunca le podría hacer daño a un animal. Era un consuelo. Me enterneció sobremanera la forma en la que le hablaba, a ratos tratándole de usted como si más que cuidar del perro fuera el perro el que cuidara de él. Ese hombre se ganó mi respeto con su desbordada manera de demostrarle cariño, con infinitos mimos, besos y abrazos. También cuando me empezó a contar, con lágrimas contenidas, cómo había estado a punto de perderlo. Me explicó los problemas de salud de Mr. Fawn, y me preocupé, yo no era terapeuta canina, susurradora de nada o como lo quisieran llamar. Se lo intenté aclarar, pero el doctor Muller fue tajante.

—Yo solo he visto cómo te mira cuando hablas, cómo se relaja. Cómo te escucha y cómo deja que le quieras. Él ha elegido acercarse a ti, no al revés.

—Pero… ¿y si le pasa algo?

—Tranquila, todo está bien. Él ya está bien, ¿a que sí? —El perro saltó a su regazo para confirmarlo. Era un perro pequeño pero muy robusto.

Mr. Fawn había tenido un problema de tensión. Ese era el motivo por el que cualquier cosa le provocaba ponerse en alerta. También era tozudo, cabezón como pocos podrían serlo con su tamaño. Esa cosa que apenas se levantaba dos palmos del suelo era pura fibra muscular capaz de dislocarme el hombro si no quería ir en la dirección hacia la que yo tiraba de él. Había que hacer lo que él quisiera y cuando él decidiera.

A pesar de esa actitud, fue uno de los perros con los que más me encariñé. Había algo en él que me dejó huella. Esa forma de mirarme, solo con un ojo mientras el otro, el ciego, permanecía cubierto por una membrana transparente. Solo veía una parte del mundo, pero no necesitaba más, porque para él, su mundo era el doctor Muller. Quiero pensar que, a ratos, también lo fui yo. Ojalá alguien pudiera verme como él me miraba y me llegara a querer así, fuera ciego o no.

No tuve que avisar a Matt por si quería que sacara a Lucas, porque ahí le encontré nada más llegar. El pequeño pelirrojo vino corriendo en cuanto me vio. Me refiero al perro, a Lucas. Mi instinto fue ponerme en alerta y apartar a Mr. Fawn por si se atacaban, pero sorprendentemente se alegraron de verse. Mucho. Demasiado. Tanto que tuvimos que apartarlos.

—Siempre he sabido que Lucas es gay. Salió del armario el año pasado —me aclaró Matt.

Dejamos a los perros jugar, intentando que los juegos no fueran sexuales y separándolos en cuanto lo eran.

—¿Qué haces cuando estás con los perros? —me preguntó.

—No sé, llevo solo dos días. Me había traído un libro, pero como me he encontrado contigo…

—¿Me dejas que te muestre algo?

—Sí. —Qué peligro tenía esa propuesta, si tan solo él lo supiera…

—Es por ahí.

Me señaló la izquierda, hacia un sendero flanqueado por unos cuantos árboles. Tuve que tirar con fuerza de Mr. Fawn, que se negaba a ser arrastrado hacia un camino que él no había elegido. Me agaché y le acaricié con mucho amor, no quería que mis caprichos le afectaran. Había que tener extremo cuidado, porque cuando se tensionaba la presión sanguínea alrededor del ojo y la que le llegaba al cerebro se elevaba y condensaba de tal modo que le provocaba un bloqueo y había que intervenir para evitar riesgos mayores. La última vez le operaron, y aun así perdió la vista de un ojo. Le empecé a hablar, pero con cuidado con lo que decía en voz alta, porque estaba Matt delante.

Mr. Fawn se calmó e incluso prefirió que lo llevara en brazos, así aprovechaba para intentar darme besos a cada ocasión que podía. Era un perro muy cariñoso.

—Yo creo que quiere algo —comentó divertido Matt.

—¿Tú crees?

—Yo no beso así a nadie si no es porque tengo interés.

—¿Interés en esto? —Saqué unos snacks que me había dado el doctor Muller, unas chucherías que, por supuesto, eran para que se limpiara los dientes.

Mr. Fawn se lanzó como un loco a esos bocaditos verdes y luego dio un salto para seguir caminando con nosotros y con Lucas.

—Sabes cómo conquistar, ya veo.

Me puse roja. Era ridículo, lo sé. Podría escribir la crítica más dura y despiadada contra mí misma, pero lo más grave es que de todo eso soy consciente ahora. En esos momentos, había dejado de lado la capacidad de mostrarme analítica y empezaba a estar más relajada, a ser yo. Por unos instantes, dejé de dar vueltas a las cosas.

Quizás ese fue el problema.

—¿Ves esos árboles? —me preguntó señalando un sendero.

—Como para no verlos. El tuerto es el perro, no yo.

—Son olmos americanos. ¿Ves que forman un dosel? Es una de las imágenes típicas del parque, así que, si quieres hacer una foto, adelante.

—Qué manía. No soy como piensas. De verdad que no estoy enganchada a las redes sociales.

—Estoy bromeando.

Seguimos caminando y le expliqué mis peculiares experiencias con los dos dueños de perros a los que había conocido hasta el momento. Le pregunté si sabía algo del resto, los que todavía no conocía, por si me tenía que preparar para lo peor.

—Créeme, cuando piensas que lo has visto todo, siempre hay sitio para un loco más. Esta ciudad es lo bueno que tiene.

Me gustaban sus comentarios y descubrir la ciudad a través de sus ojos, pero me preocupaba que tal vez estuviera haciendo de «guía» obligado, renunciando a otros compromisos y poniendo en riesgo sus responsabilidades simplemente porque me veía sola o porque Olga no lo hacía.

—¿No tienes que ir a la oficina?

—No, no voy todos los días. Me gusta más trabajar desde casa. O desde aquí.

—¿Estabas trabajando?

—Apuntando unas cosillas —me dijo, y señaló un pequeño cuaderno que llevaba en la mano—. Soy de la vieja escuela, a mano y en papel. Como estos señores. —Hizo un gesto hacia la primera de las cuatro estatuas que rinden homenaje a poetas y escritores ingleses, y un americano, que escoltan los laterales de esa ruta del parque, llenándola de literatura—. Esto es lo que te quería mostrar. Es el paseo de los Literatos. Aquí tenemos a

Fitz-Greene Halleck, a Walter Scott, a Robert Burns y, por supuesto, a William Shakespeare.

—Estos sí son escritores. —Mi tono de admiración evidenciaba que me había quedado eclipsada por ese lugar. Era mucho más que una senda arbolada, esos colores y esa cultura concentrada y mezclada con la ciudad y la naturaleza… Central Park no era cualquier parque. Y esos tampoco eran escritores cualesquiera. Matt tampoco.

—¿Nunca has intentado escribir? —me preguntó.

Le miré mientras navegaba entre todas las historias que había empezado y abandonado, por bloqueo e inseguridad. Tal vez era cierto eso de que no tenía nada que contar.

—Alguna vez que otra, sí. Pero nada serio. Eso os lo dejo a los profesionales —dije indicando las estatuas y a él.

—¿Qué estás leyendo ahora?

—Nada. —No quería que supiera que estaba leyendo otro de sus libros. Me daba vergüenza parecer que estaba obsesionada, tanto como el doctor Muller con los dientes.

—¿No has dicho antes que has traído un libro?

—Ah, sí. —No tenía escapatoria. Con un poco de reticencia saqué de mi bolso el ejemplar que esperaba que me gustara poco, muy poco. Tenía la esperanza de que no me gustara nada, porque la admiración es el primer paso para querer a alguien. Y con su última novela había conseguido que le pusiera en un pedestal. Pero ese no era su lugar. Al menos no era yo quien debía ponerle ahí.

Le mostré el libro, *Cristales rotos sobre el puente de Williamsburg*.

—Anda… —Se paró en seco, como si le sorprendiera no solo que lo hubiera llevado, sino casi incluso haberlo escrito. Su sorpresa pronto se tornó en una sonrisa nostálgica.

Abrió las páginas, como si tratase de recordar su propia historia. De entre las hojas se escurrió una foto. Tenía tendencia a guardar cosas en el interior de los libros. No sé si para olvidarlas o para guardarlas con cariño.

Los dos nos agachamos a cogerla. Era imagen de una chica que sonreía feliz a su lado. Aunque a él apenas se le veía. Solamente se le intuía detrás, en un segundo plano, con esos reconocibles mechones pelirrojos y la esquina de esa montura de gafas, que, si no era la misma, era igual que la que llevaba en ese momento.

Agachados, él con el libro y yo con su foto, estábamos cerca, muy cerca el uno del otro. Los dos a ras del suelo, a otro nivel del resto del mundo. Le tendí la imagen y sentí que su atención navegaba por los recuerdos que encerraba la Polaroid. Le dio la vuelta y alcancé a leer lo que ponía.

You make me smile.   Me haces sonreír.
You make me happy.   Me haces feliz.
Love you,   Te quiero,
DANIELLE   DANIELLE

—No sabía que… —comenzó a decir con un tono más pausado, reflexivo.

—Yo tampoco, lo siento. No quería…

—Me refería al libro, la foto da igual. Es mi exnovia, han pasado muchos años. Lo que no sabía es que tuviera esta copia. Es el primer ejemplar de la primera edición. Pensaba que se había destruido en el huracán *Sandy*.

—Me alegro de que no fuera así.

Matt sonrió, se guardó la foto y me devolvió el libro, pero me negué a aceptarlo. Conociendo el valor sentimental que tenía, no quería correr ningún riesgo de estropearlo.

—No seas tonta. No pasa nada. Además, si lo pierdes o le pasa algo, ya sé que me vas a decir «lo siento» mil veces —dijo riéndose de mí.

—Si no te importa prefiero leerme otra copia.

No insistió y seguimos paseando. Por suerte, con Mr. Fawn no había tiempo límite. No tenía que devolverlo al cabo de una hora; tampoco es que fuera a cobrar más al adinerado dentista.

244

Habíamos llegado a una especie de tarifa plana para que yo estuviera con su pequeño bulldog francés el tiempo que su dueño tenía que ir a pasar consulta a una clínica fuera de la ciudad. Eso solo pasaba una vez a la semana. Ese día. Ese martes.

Un martes que se me pasó volando mientras Matt y yo recorríamos Central Park hablando de literatura y de sueños. De locuras y de cómo expresarlas. De nuestro pasado emocional y de nuestro presente.

Ahí es cuando me enteré de muchas cosas que Olga no me había contado. Cómo se conocieron y cuánto había cambiado su relación. Lo poco que se veían. Y también me confesó el motivo por el que más discutían y una de las brechas que más les había costado superar.

Olga no quería estar en Nueva York.

Él, sí.

27

Planes alternativos

Me quedé muda, pero no tardé en entender la posición de Olga. Independientemente de lo que pudiera estar empezando a sentir por Matt, había algo que me alegraba de ese punto de desencuentro entre ellos dos. Más allá de que pudiera parecer egoísta que una parte de mí se alegrara, en realidad lo hacía porque a quien no quería perder era a ella. Nunca habíamos hablado de esto, pero, por más que Olga viviera en la Gran Manzana, no habíamos asumido que pudiera llegar a ser su hogar permanente. Siempre pensamos que volvería. En algún momento, aunque ese momento no llegara tan pronto como todos deseábamos.

Sin embargo, Matt lo tenía claro, él no quería regresar. Tal vez podría vivir en España un tiempo —como hacía Olga a la inversa—, pero entonces a donde tendría que volver algún día era a Nueva York. Era su casa. Su sitio.

—Pensé que te gustaba España.

—Y me gusta, claro. ¿A quién no? Para pasar unas vacaciones es perfecto. Pero, no sé, para vivir… pienso que me costaría habituarme otra vez.

—Qué pena… —Era difícil disimular mi decepción.

—Sí, es lo malo de este tipo de relaciones. Siempre hay uno que se tiene que sacrificar.

—¿Tú crees que es así?

—Sí, y créeme que en mi caso yo lo pago con creces. Olga me hace sentir muy culpable.

—Es que aquí trabaja mucho…

—Pero de eso yo no tengo la culpa. De que estemos en esta ciudad, si quieres, vale, no te voy a decir que no. Pero nadie la obliga a trabajar tanto.

—Todo el mundo lo hace en esta ciudad.

—No, no todos. Depende de cómo te tomes las cosas.

—Y de la suerte que tengas —le recordé—. Porque no me negarás que la suerte juega un papel determinante. No hay nada como tener un trabajo de la hostia, que no solo te paga bien, sino que además no te requiere ir a una oficina todos los días. Si a eso le añades que escribes y vendes libros… Creo que no te puedes quejar.

—Y no me quejo. Pero no creas que me han regalado nada.

Me explicó un poco más su historia. Todos los trabajos que había tenido para poder pagarse la carrera y sobrevivir. Desde botones hasta camarero, mientras sacaba tiempo de donde no existía para poder escribir. En los trenes, en los descansos, en mitad de la noche. Cuántas veces le rechazaron su primer manuscrito, ese mismo que yo iba a leer. Cuántas veces tiró la toalla y cuántas la recogió. Sabía que solo era cuestión de que alguien le abriera una puerta. Solo una y un poco, el tiempo y sus historias harían el resto. Que le dieran una oportunidad y apostaran por él, no necesitaba más. Me sentía identificada, pero a mí no me abrían ninguna puerta, más bien me daban portazos. Tampoco escribía tanto ni tan bien como él.

A Matt su momento le había llegado en plena crisis, cuando se planteaba si tenía talento, sabiendo que lo que necesitaba era paciencia. Una pequeña editorial le publicó, casi sin pagarle pero con la misma ilusión que albergaba él por ver el resultado en las librerías. El libro tuvo un éxito relativo, moderado, por eso seguía haciendo otros trabajos. Su momento de gloria todavía estaba por llegar. La historia que estaba escribiendo en ese momento, cuando le conocí, fue la que le convertiría en lo que ahora es. Un escritor que revoluciona el mundo cuando sus nuevas páginas ven la luz, con millones de fans expectantes por leer y las productoras peleándose por convertir sus originales ideas en series de éxito.

Pero esas primeras páginas, por las que tantas negativas recibió, son las más personales de cuantas ha escrito. Me confesó que el precio por haberlo hecho fue muy alto, le costó una relación con alguien muy importante en su vida, porque no la trató como debería.

—¿Por qué? —le pregunté, interesada en ahondar quizás en esa parte oscura, eso que podía apagar el interruptor de lo que yo sentía. Algo así como el botón de «no me gusta» del Facebook.

—Porque la dejé marchar, porque puse todo por encima de lo que más importaba, que era estar juntos. La perdí y, sí, tal vez hubiera pasado de todos modos. Ahora estoy con Olga… Tal vez lo mío con Danielle no tenía que ser. Pero yo hice que no fuera.

—No sé qué decir…

—No tienes que decir nada. Ya te he dicho que no tengo derecho a quejarme y esto es solo el karma. A veces siento que Olga está haciendo conmigo exactamente lo mismo que hice yo.

Me acompañó a devolver a Mr. Fawn a su hogar y se quedó esperándome en el portal. No tardé en bajar, aunque, por supuesto, antes le lavé las patitas y los dientes al bueno de Mr. Fawn.

—Te he dejado el dinero en la entrada —me informó el doctor.

—Gracias.

Cuando recogí los billetes, me sorprendió comprobar que había uno de más.

—Se ha equivocado. Acordamos que eran ciento cincuenta.

—Es la propina. Hasta el próximo martes. Que tengas una buena semana.

Anda, por eso Alice también me había dado dinero de más. No me cabía en la cabeza que pudieran pagar tanto. No tenía sentido, me sentía culpable. ¿Cuánta gente habría en esa ciudad de extremos que apenas podía permitirse un plato de comida caliente al día? Yo me acababa de ganar unos cuantos billetes por pasar uno de los mejores ratos paseando en buena compañía. Y encima me habían dado propina.

Ya tenía el día libre. No más perros hasta el siguiente, cuando los tendría que sacar cada uno a una hora distinta.

—Tienes que agruparlos, así ganas tiempo. Y también puedes ganar más dinero —dijo Matt, y señaló a un chico que, sin exagerar, caminaba llevado por siete perros. Lo llevaban ellos a él, no al revés.

—Eso es muy común, ¿no?

—Sí, aquí los paseadores de perros están tan cotizados como las niñeras. Más, yo creo. ¿No ves que todo el mundo anda como loco, sin tiempo para nada? Alguien tiene que criar a sus hijos y cuidar de sus mascotas.

—No sé para qué los tienen, la verdad.

—Así somos, seres extraños y complejos.

—¿Te refieres a los hombres o a los humanos en general? —bromeé.

—Me refiero a los neoyorquinos.

Eran de otra especie, empezaba a darme cuenta. Y ese lugar era todo un mundo en sí mismo. Demasiado grande y cambiante para poder comprenderlo, sin tiempo para adecuarse a su continuo movimiento. En ocasiones era necesario saber cuándo salir corriendo y en qué dirección.

Como en ese momento, porque, de repente y sin previo aviso, comenzó a diluviar. Era abril, y el refrán también se podía aplicar en esa parte del mundo.

Matt cogió a Lucas en brazos y comenzamos a correr, porque eso no era lluvia, era el diluvio universal.

Una vez en casa, resguardados de la tormenta, dejó que me duchara y me cambiara yo primero, mientras él secaba a Lucas. Luego, cuando él estaba en la ducha, aproveché para ojear su libro y ordenar un poco mi ropa y equipaje.

En eso estaba cuando la alarma recordatorio de mi móvil se disparó. Me recordaba la inauguración de Ariadna Blánquez, la chica a la que había conocido en el aeropuerto. Me había olvidado completamente de ella, de sus joyas, de su perro y su evento. No era algo que me matara por ver, pero me había caído bien. Entonces tal vez incluso pudiera permitirme comprarle algo, así que me puse otro recordatorio para ir.

Desde el interior de la casa, se oían las gotas, que caían con fuerza. Lucas aullaba por el estruendo sonoro de los truenos, que estallaban descompasados tras los destellos de luz que provocaban los relámpagos. Olga seguía sin llegar, así que Matt se puso a trabajar, y yo me puse a disfrutar. A leer.

—¿Te puedo interrumpir un momento? —me preguntó Matt al rato, acercándose con unos papeles. Eran unos dibujos.

—Ya lo has hecho, no preguntes —le dije sonriendo.

—Mira. —Me mostró unas ilustraciones, una especie de cómic.

—No me digas que también dibujas.

—Qué va, ojalá. Esto lo ha hecho una amiga, es un *storyboard*, una pequeña planificación de una historia que quiere rodar basada en un relato que escribí. No sé, no estoy convencido. ¿Qué te parece?

—Tendría que leerme el texto primero para poder opinar.

Matt cogió otro papel del montón y me lo tendió.

—Es este, es parte de una serie de minirrelatos que escribí durante todo un año para el *New Yorker*.

—¿Un año entero?

—Sí, uno cada día, mientras iba en el metro. Esa era la premisa, plasmar historias cotidianas que veía a mi alrededor. Cosas muy cortas.

—Es interesante la idea.

—Sí, pero me costó más de lo que pensaba. Me di cuenta de que todo eran historias tristes, porque me parecía que todo el mundo se sentía así.

—Sí, me he dado cuenta, aquí nadie parece feliz. Si crees eso, ¿por qué te quieres quedar en esta ciudad?

—Porque la verdad es que no es así. No sé si esas personas estaban tristes o no, si eran felices o no. Era yo quien les estaba atribuyendo unas emociones que eran mías, ¿me explico?

—Vamos, que el desgraciado eras tú.

—¡Ja, ja, ja! A ver, tampoco es eso. Pero pillar la línea 1 en plena hora punta saca al psicópata que todos llevamos dentro. Querer ver felicidad ahí es como querer encontrarla en una película de Haneke.

—Así que, leyendo esto, con la lluvia cayendo melancólicamente sobre el cristal y con esta canción sonando —había puesto un vinilo de una cantante francesa, una voz femenina con tintes masculinos—, poco menos que me voy a cortar las venas. Gracias, ahora que empezaba a levantar cabeza...

—¿Ves? Eso es lo que yo no quería, caer en depresión. No digo que tú lo estés, o que seas tris... Bueno, quiero decir que decidí basar las historias en momentos, en imágenes que veía, pero que luego cambiaba para que reflejaran algo más positivo.

—Tú también te inventas la felicidad... —reflexioné en voz alta, sin darme cuenta del alcance real de esa afirmación. Matt tampoco lo hizo.

Me leí el relato. Se llamaba:

CUESTIÓN DE TIEMPO

Él viene de jugar al baloncesto con los amigos de su hermano.

Acaba de llegar a la ciudad y no conoce a mucha gente, sabe que no es un problema.

Es cuestión de tiempo.

Ella lleva seis años y tres meses en esa ciudad.

Llegó para estar con él, con su ex. Él se fue y ella se quedó. Sabe que le olvidará.

Es cuestión de tiempo.

Llega el tren, él entra en el vagón, no hay asientos libres.

Se queda de pie, en el medio, agarrado a la barra de metal.

Ella también se sujeta, situada enfrente de él.

Forman un círculo casi perfecto. Trescientos sesenta grados llenos de movimientos, de roces no intencionados.

Ella levanta la mirada del libro.

Él gira la cabeza sin saber por qué.

Sus miradas se cruzan. Se produce la magia.

Hoy he visto cómo dos personas se enamoraban.

No sé si ellos lo han visto también.

Es cuestión de tiempo.

Terminé de leer, sin saber muy bien cómo salir de esa escena. Ese momento tan íntimo que él había creado y tan bien había conseguido retratar en tan pocas palabras. No era una maravilla —sin duda no era como ninguna de sus novelas—, pero tenía algo. Tenía alma.

—¿Te ha gustado? —me preguntó impaciente.

—Sí.

—¿Y esa cara?

—No me esperaba una historia así. Tan... no sé. Nada, déjalo.

—Sé sincera.

No sé por qué buscaba mi aprobación. Claro que me había gustado el relato y claro que había sentido esa magia de la que hablaba. Ese era el mismo momento que los dos habíamos protagonizado, solo que no en el metro, sino en el puente de Brooklyn. No sabía si jugaba al baloncesto, pero sabía que yo no vivía en Nueva York y que él no me había mirado así. Esas eran las diferencias con respecto a lo que acababa de leer. Y que lo nuestro jamás sería cuestión de tiempo.

—Me parece que es un reto llevarlo a la pantalla sin hacer algo cursi.

—¿Me estás llamando cursi?

—No, eso es como lo ves tú. Hay una diferencia entre la realidad y la percepción. Yo digo una cosa y tú percibes otra. Como en tu relato.

«Como en mi vida», pero eso no lo dije en voz alta.

Comenzamos a charlar sobre el amor, las relaciones y la forma de expresar todo eso en el arte, en el cine y en la literatura. Hablamos durante horas, mientras llovía y mientras cocinábamos. Mientras Olga no llegaba.

Y mientras yo me enamoraba todavía más, sin remedio y, sobre todo, sin quererlo.

28

Llueve sobre mojado

Amaneció y todavía no había parado de llover. El agua seguía cayendo de forma constante. No era el mejor día para pasear perros, pero me había comprometido y era uno de esos deberes a los que difícilmente podía decir que no. Primero porque los perros debían salir sí o sí; y segundo porque era solo lluvia, no ácido. Un paraguas y solucionado.

Ya no me extrañaba no ver a Olga, me había habituado a que solo fuera una presencia que intuía. Estábamos en contacto por mensajes y por Skype. Como si nuestras vidas no pasaran en el mismo espacio-tiempo, sino a miles de kilómetros. No la había visto llegar la noche anterior, pero sí la había oído. La oí llegar demasiado tarde y marcharse demasiado temprano. Al menos habíamos quedado en hacer algo juntas de nuevo. Una obra de teatro, acudir a una galería de arte o la inauguración de la nueva colección de joyas de Ariadna Blánquez. No importaba qué, era solo una excusa para vernos y compartir nuestro tiempo.

Esa mañana todo parecía ir más despacio, y por eso todo era más caótico. Incluso se oían a lo lejos las bocinas de los coches, la furia de esos conductores protestando porque el mundo se ponía en su camino con algo tan natural como la lluvia. Matt se ofreció a llevarme en coche a casa de Oliver, pero no tenía sentido, puesto que luego me iba a mojar de igual manera. Lo que sí hizo fue prestarme unas botas de agua de Olga y un chubasquero. Un paraguas también, pero no soy muy fan ni muy ágil en su uso. Los convierto en armas de destrucción masiva.

—Tampoco es que vaya a encoger porque me caigan cuatro gotas —le aclaré ante su insistencia.

—Por si acaso, que ya eres suficientemente bajita.

—Lo dice aquí el jugador de básquet. —Mi comentario hizo que me acordara de su relato—. Porque me da a mí que no juegas, ¿no? —le pregunté con curiosidad.

—Eso es discriminación. ¿Lo dices porque no mido un metro noventa?

—Entre otras cosas.

—No, no juego. Pero podría. Antes jugaba, ¿eh? Hace muchos años.

—Siento decirte que no es como ir en bicicleta. Hay cosas que se olvidan.

Y así, con la misma rapidez que resbalaban las gotas de agua por la ventana, le sonreí, me puse la capucha y le dije adiós.

Oliver me recibió con un café delicioso y un cariñoso abrazo. Con mucha prisa, me dio el relevo, es decir, la correa de Tupper y las llaves, y se fue a la carrera. Nos quedamos esa bolita de pelo blanco y yo. Solos los dos, contra la lluvia y contra todo lo demás. Pronto me di cuenta de que, muy al contrario, estábamos muy acompañados. En el parque había mucha gente y en nuestro camino se cruzaron personas con las que compartir esos momentos, y los que estaban por venir, fue un auténtico regalo.

Sobre todo cuando dejó de llover.

Pasear a Tupper en este caso, también a Duque y a Mr. Fawn, me dio la oportunidad de asomarme a las vidas de sus dueños, también a las de tres mujeres en particular con las que empecé a coincidir en Central Park. Tres mujeres que podrían haber protagonizado cualquiera de las historias de Matt. Unas mujeres luchadoras, fuertes, independientes, no importaba si estaban solas o en pareja. Mujeres de distintas partes del país que convergían en un mismo punto, cada una de ellas con sus respectivas historias personales que las habían moldeado hasta ser como eran. Las tres con sus sueños y proyectos que les permitirían ser lo que quisieran, que no era otra cosa que ser felices.

Todas ellas eran únicas, pero, ante todo, hicieron que Nueva York y el mundo lo fueran también.

Eran Lena, Greta y Liz.

Lena era la dueña de Prince, el setter irlandés que me había robado el corazón y al que había empezado a contar mis problemas dos días antes. Así había empezado todo y así se había disparatado. Gracias a eso, a unas palabras dichas al azar, yo me había convertido en una de esas personas que iban en volandas, dejándome arrastrar por perros que no eran míos, cumpliendo un rol que no me correspondía y llenando un vacío que siempre iba a estar. Porque sus dueños seguirían sin entregarles su tiempo, pagando para que otras personas lo hicieran por ellos.

De todas las personas con las que me había cruzado hasta el momento, Lena era la más normal. Cuando la conocí supuse que sería alguien tan extravagante como el doctor Muller o como Alice Kaufman, pero Lena Sulivan era solo una chica de Minnesota que había conseguido hacerse a la gran ciudad.

—Como Brenda y Brandon —le dije.

—¿Quién?

—Nada, no he dicho nada. —¿De verdad no sabía de qué hablaba? Los gemelos protagonistas de *Sensación de vivir*, una serie que había marcado las vidas de mi generación, de la anterior a la mía y de varias más. ¿Qué clase de persona no tenía ese referente entre sus conocimientos? Era como si alguien no supiera quién es Lassie.

Lena era elegante en sus movimientos, al tiempo que era enérgica. Gesticulaba mucho con las manos y contagiaba un entusiasmo que admitía obtener del ritmo de la ciudad. Paseando con ella, teniendo que frenar cada pocos pasos porque alguien se paraba a saludarnos, fui consciente —y también partícipe— de esa comunidad compuesta no solo por perros, sino también por sus dueños.

Me gustaba observarlos a todos, todavía no los conocía bien, a algunos no los llegaría a conocer, dado el breve período de mi estancia. Con otros, sin embargo, iba a establecer un vínculo muy especial. El que une un perro. Porque a un perro, o un gato, como me había dicho el doctor Muller, no lo eliges tú, te elige él a ti para que formes parte de su mundo.

Esa relación, la que se desarrolla con cualquier mascota, es algo que transciende más allá de lo que podemos comprender. ¿Por qué tenemos un perro y no otro? Si vamos a un refugio o una protectora, ¿por qué decidimos adoptar a un animal determinado? Todos tienen esa mirada llena de pureza, de inocencia, de una bondad infinita que brilla como si te dijeran que te van a querer siempre.

No les elegimos nosotros, nos eligen ellos. También son los que nos salvan, y no al revés.

Así intuía que había sucedido con Greta, esa veinteañera de tintes hipster, que camuflaba sus inseguridades tras las gafas de pasta, que hacían que no perdiera de vista a su bull terrier blanco, Snowden, que portaba con gracia una mancha redonda en cada ojo, haciendo juego con las gafas de su dueña. Viéndolos juntos, te dabas cuenta de que ninguno de los dos podría encajar de ese modo con nadie más. Eran la representación de la lealtad, porque, pasara lo que pasase, se tenían el uno al otro. Eran piezas de un mismo puzle.

Algo similar sucedía con Davinci, el boxer marrón que jugaba incansable con los gemelos Jabart, dos niños de cuatro años a los que hacía reír y protegía al mismo tiempo. Ese perro desprendía devoción hacia los pequeños, siempre ante la atenta mirada de la madre de todos ellos, Liz. Una mujer muy guapa pero que, por más que quisiera, no podía ocultar que estaba agotada. Dos niños y un perro, un trabajo y nada de ayuda cansan a cualquiera.

Sabiendo que Tupper no era mío —tampoco Lucas, Duque o Mr. Fawn—, pero que sí me habían elegido, agradecí estar ahí, tenerlos en mi vida. Aunque acabaran de llegar, ya se habían ganado un hueco importante.

Tal vez esa fuera otra de las razones por las que tantas personas tenían perro en Nueva York. Porque la relación de afecto con ellos se establece de inmediato, sin necesidad de demostrar nada. No hay que esforzarse por ocultar lo que no nos gusta de nosotros; para un perro su dueño siempre será lo mejor que le haya pasado en la vida.

«Sé la persona que tu perro cree que eres.» Es lo que decía la camiseta que Lena llevaba puesta esa mañana, cuando me presentó a Greta y a Liz. Sentí que eran como una versión de nosotras —de Clara, de Olga y de mí— *made in New York*.

Esas tres mujeres quedaban todos los días a la misma hora y en el mismo sitio. Eran completamente diferentes, no solo en edad, sino también en personalidad, en profesión y en la forma de ver y vivir la vida. Pero eran amigas, y eso era lo que contaba. Habían formado una pequeña gran familia a base de verse durante unas horas o el tiempo que tuvieran disponible. Mientras los perros corrían, ellas se dedicaban a pasear, a reír, a llorar y a encontrar posibles soluciones a sus respectivos problemas. Porque todas los tenían. Yo no era menos y fue una suerte compartir con ellas esa rutina que me hizo sentir parte de algo. De su grupo y de esa ciudad.

A medio camino entre la ciencia y la espiritualidad, fui conociendo a Lena, y ella me presentó a las demás. Esa joven médico, especializada en microcirugía, era cinco años mayor que yo, pero ya se había casado y divorciado dos veces. A ese paso, iba a superar el récord de Liza Minelli.

—¡Dos veces! ¿Cómo puede ser? —exclamé, sin darme cuenta de que mi comentario tal vez le podía ofender.

—Ya ves, se me da muy bien equivocarme. Y soy de la América profunda, no te olvides —admitió, sin rastro de melancolía.

—En mi país se dice que no hay dos sin tres.

—En este es mejor no llevar la cuenta. Te prometo que en mi quinta boda serás la dama de honor.

Me gustaban su humor y su energía. Había algo especial en esa chica con la que compartí tantas mañanas al sol. Lena trabajaba por la tarde, por lo que Prince se quedaba solo todas esas horas. Me ofrecí a pasearle algunas veces, cuando pudiera. Como favor, no como trabajo. Para eso están las amigas. Las nuevas y las de siempre.

Lena se acercó a la chica hipster y a la madre atractivamente agotada, y las atrajo hasta nosotras. Me las presentó sin que pudiera adivinar o prever el vendaval que se me venía encima. Era como presenciar a una pareja cómica en las situaciones más cotidianas.

—Lucía, estas son Greta y Liz. Estos son sus perros, y esos, sus hijos.

—No de las dos, solo son de ella —aclaró la hipster.

—Lo que Greta te está dejando claro es que no es lesbiana y le gustan las po…

—¿Por qué tienes que ser tan grosera?

—No lo soy, solo digo las cosas como son. —En eso nos parecíamos Liz y yo—. Te gustan y lo sabes, lo que no te gustan son los niños —dijo señalando a sus hijos.

En eso yo coincidía con Greta. Demasiados viajes en tren, antes de que el vagón antiniños fuera una opción, me habían llevado a ser así. Ahora que existe, estoy convencida de que incluso muchos padres querrían viajar en él. Bien alejados de esos pequeños que, al contrario que los perros, hablan, lloran y gritan.

—Sí me gustan, un rato —aclaró Greta, que observaba a los gemelos como si le dieran alergia.

—¿El qué, los niños o las po…?

—¿Quieres dejar de hablar así? ¡Que te van a oír tus hijos!

—Como verás por lo recatada que es, Greta también es del *Midwest*. —Su tono era confidente, con lo que me invitaba a formar parte de su grupo. Tan rápido y de modo tan curioso.

—Soy de Portland —puntualizó.

—Pues eso. —Para Liz, todo lo que no fuera Nueva York o Los Ángeles era campo.

Me divertía ver a tres mujeres tan diferentes conocerse tanto y cohibirse tan poco en mi presencia. Era una desconocida que acababa de irrumpir en sus vidas, pero no importaba.

—Querida, te hago un resumen para que nos vayas conociendo. Que en esta ciudad no hay tiempo para ir despacio. Greta tiene novio y una amargura tan grande como las ganas de dejarle. ¿Por qué no lo hace? Porque…

—Porque le quiero —interrumpió Greta, intentando sonar convincente.

—Más bien porque no puedes pagar el alquiler, cariño, y porque tienes miedo de quedarte sola un viernes por la noche. Porque, claro, no hay nada como llegar a casa y que alguien que no te importa ni siquiera te pregunte cómo te ha ido el día —dijo exagerando la ironía de su comentario.

—Dónde va a parar, mucho mejor que quedarte embarazada de un tío al que conociste por Tinder, con el que llevabas saliendo dos meses y que ni siquiera sabe que te dejó preñada porque dejó de llamarte.

—Le bloqueé para que no me llamara, que es distinto —puntualizó Liz mientras vigilaba a sus gemelos y a Davinci.

—*Whatever* —concluyó Greta, poniendo punto final a una especie de entremés, esa breve puesta en escena de microteatro de la que había sido testigo.

Casi como si fuera un *reality show*, Lena intervino para darme el turno de palabra. Me tocaba contar algo de mí. Con sus manos, que acompañaban inquietas sus palabras, estuvo a punto de conseguir que confesara.

—Bueno, y en realidad ¿tú por qué estás aquí, Lucía? —me preguntó.

No sabía qué decir, porque no estaba preparada para responder a una pregunta que, entonces menos que nunca, tenía clara.

—Para casarme tres veces —respondí, saliendo del paso.

Todas rieron mi ocurrencia.

En medio de esas risas, comprendí que tenía que dejar el escudo protector que me había creado. Esas mujeres me habían contado algo personal, aunque fuera de la manera más frívola que sabían. Ese era el truco, hacer que las cosas más serias de nuestras vidas parecieran las más ligeras. Para poder levantar el peso de la sombra de esos obstáculos sin apenas notarlo.

Se trataba de estar segura de lo que sentía y de lo que era, aunque pudiera cambiar de un momento a otro. Porque así era yo en ese instante, volátil e impulsiva. Cambiante como los semáforos.

Había llegado el momento de permitir que alguien —alguien que no fuera Olga o Clara— me viera de verdad y me conociera. Tenía que salir de mi zona de confort.

Estaba a punto de desahogarme, de contarles lo único que me importaba últimamente, cuando escuché una voz familiar. Por supuesto, no era la de mi conciencia.

—¿Hola? ¿Holaaaaaa? —sonaba la voz de Clara en la lejanía.

—¿Clara? —Mi tono de duda evidenciaba que la llamada no había sido voluntaria. Con el teléfono ya en el oído, la escuché alto y claro.

—¿Otra vez el culo? —me preguntó.

—Parece ser. —Efectivamente, la había llamado sin querer con el trasero, al apoyarme en el banco.

—Pues qué bien que me llames por error, porque lo que es queriendo…

—Oye, dame un segundo. —Colgué y marqué de nuevo, dándole al botón de videollamada. La cara de Clara era larga, por la pantalla y por su gesto—. Ya está, ya puedo hablar —le aclaré.

—¿Dónde estás?

—En Central Park. Mira, te presento a Lena, a Greta y a Liz.

Las tres saludaron y les expliqué que era mi *best friend* desde Madrid.

—Y este es Prince…

Acerqué el teléfono al perro, que aprovechó para darle un lametazo; menos mal que tenía una buena carcasa protectora. Miré alrededor buscando al resto de la compañía canina. El boxer y el bull terrier estaban lejos, pero sí tenía al lado a…

—Tupper, ¿a que se parece a Tupete? Es el perro que estoy cuidando o paseando… como sea que lo llamen.

—Quién te iba a decir a ti hace un mes y medio que ibas a estar paseando perros en Nueva York. ¿Ves como la vida da mil vueltas?

—Ya te digo.

—¿Estás contenta? Que te noto muy callada y apenas me mandas mensajes.

—Perdona. Es que casi no tengo tiempo para nada, entre los perros y seguir haciendo turismo, pues ya te imaginarás.

—¡Qué vida tan complicada! Me das mucha envidia, lo sabes, ¿no?

—Pues vente.

—Sí, claro. Como si fuera así de fácil. Ya me gustaría, estar ahí las tres. Irnos a quemar Nueva York, como si nada importara. Como en los viejos tiempos, cuando las tres estábamos aquí en Madrid.

Noté algo en su voz, un tono de preocupación que no sabía de dónde procedía. Y, de repente, oí que la llamaban por un altavoz.

—Señorita Clara Suárez, por favor, acuda a la consulta número dos.

No estaba en su clínica. La llamaban a ella, no porque fuera veterinaria, sino porque era paciente.

—Clara, ¿estás en el hospital?

—Sí. Ya hablamos luego.

—¿Estás bien?

—Sí, no es nada.

—¿Cómo que no es nada? A mí no me hagas esto, ¿eh? ¡Se puede saber qué te pasa!

—Lucía, que no me pasa nada. Estoy aquí con Sergio, estoy

bien. No seas exagerada. ¿Por qué crees que todo es el fin del mundo?

—Pues porque me llamas y me hablas como si lo fuera, joder. ¿No ves que estoy a miles de kilómetros de distancia y todo se magnifica?

Sí, como en la jodida casa de *Gran Hermano*.

Clara me juró y perjuró que no le pasaba nada. Por supuesto, le exigí que me pasara con Sergio de inmediato para corroborar esa versión que me sonaba a excusa, pero bueno. Hablé con él y a punto estuve de hacerlo con todo el personal médico del hospital para que también ellos ratificaran que Clara solo tenía una anemia nivel Auschwitz, le faltaba hierro hasta decir basta.

Sabiendo que iba a estar bien, durante un segundo valoré contarle algo, decirle que tal vez yo no había ido a Nueva York a olvidar a nadie, sino a conocer a… ¿Qué estaba pensando? No, había ido a lo que fuera menos a eso. No estaba ahí para enamorarme del novio de mi mejor amiga. Lo descarté de inmediato, no le dije nada. Se trataba de paliar unos síntomas, no de lanzar más leña al fuego. No me podía arriesgar a que se enfadara por algo que reconozco sentía, pero que ni siquiera se había materializado en nada real ni lo haría jamás. Necesitaba su apoyo más que nunca, pero no su opinión. No en ese instante.

Éramos amigas. Nos habíamos elegido, como las mascotas a nosotros.

Sin embargo, lamentablemente, comprendí que hay otras cosas que no podemos elegir.

Ni cambiar.

29

El perro más pequeño del mundo

Me gustaba pasear a los perros por las mañanas, pero también me gustaba hacerlo por las tardes. Que Matt me acompañara tal vez tuviera algo que ver.

A eso de las cuatro de la tarde, a veces a las seis, recogía a Taco, un pequeño chihuahua que pertenecía a una modelo mexicana. El perro cabía en la palma de la mano, así que no entendía cómo no se lo llevaba a todas partes. Más que un perro, parecía un llavero.

Efectivamente, la chica viajaba con el perro y la acompañaba a sesiones de fotos, a desfiles… pero el único lugar donde no podía tenerlo consigo era en clase. La joven estaba estudiando ciencias políticas y derecho en NYU, una de las mejores universidades del país. Una de las más caras también.

Esa jovencita no quería ser solo admirada por su belleza. Quería luchar por los derechos de los mexicanos y hacer que sus padres estuvieran orgullosos de ella, decía. Era hija de agricultores, de gente del campo que todavía vivía al otro lado de la frontera.

Yisel era joven y una luchadora nata, dispuesta a superar cualquier obstáculo, cualquier muro que se pusiera entre ella y sus objetivos.

Como cada tarde, quedé con Yisel en el parque para que me diera a Taco. Normalmente llegaba yo antes y, para cuando Matt aparecía, ella ya se había ido. Pero ese día me retrasé. No mucho, no más de diez minutos. Los suficientes para llegar y ver a Matt y a Yisel enzarzados en una entretenida conversación. No lo pude evitar, sentí celos. Era ilógico e irracional, pero Yisel era tan guapa y tan feminista. Como Matt, no me extrañaba que se llevaran tan bien.

Decidí que tenía que hacer algo. No podía seguir siendo testigo de esa situación y no hacer nada para evitarla. Sí, me decidí a actuar.

Por eso llamé a Dylan, tenía que poner freno a mi comportamiento y sacarme a Matt de la cabeza. ¡Pero era tan complicado! Las razones eran obvias. Para empezar por pura química, nuestra y la añadida por el componente primaveral; y porque Olga nunca estaba. O empezaba a crear un holograma suyo o me iba a olvidar de que existía. Y eso podía ser muy peligroso.

Dylan ya había vuelto de su gira y me había dicho que tenía ganas de verme. Yo más que nunca también. Aunque sonara un poco demasiado egoísta, un clavo quita otro clavo, ¿no? Pues estaba decidida a ir a por el martillo o las herramientas que hicieran falta. Entonces sí. Le mandé un mensaje y le invité a la inauguración de Ariadna. Ese evento estaba adquiriendo la relevancia de la New York Fashion Week. No era para menos, esperaba hacer desfilar mis hormonas y salir triunfal.

Aparté mis ojos del móvil y volví a mirarlos a ellos, Matt se percató de mi presencia y me sonrió. Y eso sirvió de permiso para que Lucas se abalanzara hacia mí. Taco, el pobre chihuahua también, pero era tan pequeño que varios corredores casi lo pisan en el camino. No porque no lo vieran, sino porque veían más a la dueña.

Yisel se despidió y sentí un poco de alivio. Lo dicho, necesitaba una terapia de choque y la necesitaba ya. Debía quitarme a Matt de la cabeza.

—Te he traído esto, a lo mejor está frío ya —dijo Matt entregándome un café.

—Gracias, no tenías por qué.

—Es para brindar. —Acercó su vaso al mío y me sonrió. El café estaba frío, pero me quemaba igual.

—¿Qué celebramos?

—He empezado una nueva historia y a mi editor le ha fascinado. Todavía no es más que un boceto. Solo tengo una idea general y unos primeros capítulos, pero dice que puede ser algo grande.

—¿En serio? Enhorabuena.

—Gracias. Me encantaría que la leyeras.

—Claro, será un honor.

—También empezamos a rodar este fin de semana el corto, el del metro.

—Cuántas cosas… ¿Siempre eres así?

—¿Así cómo?

Guapo, inteligente, maravillosamente encantador. Me tuve que morder la lengua para no decirle todo eso y más cosas. Maldita sea, si ya ni siquiera pensaba en Alberto como para pensar en Dylan. Matt había conseguido monopolizar mis sentimientos.

—Así de hiperactivo. Me haces sentir que no hago nada con mi vida. Nada que no sea pasear perros —le aclaré.

—No seas tonta. —Me abrazó y juraría que esta vez apretó un poco más de lo normal. Volví a notar el olor de su pelo. El contacto de su cuello en mi mejilla. Su mano sobre mi hombro. Cerré los ojos para inspirar más fuerte, para retener ese momento y para coger aire, porque me estaba ahogando.

Yo no había planeado eso. Sentir ese nudo en la garganta cada vez que veía a Matt no es que algo que yo quisiera. No es algo que hubiera buscado y, por supuesto, no era un camino que fuera a explorar. Ese puente estaba cerrado para mí, puesto que no llevaba a ninguna parte que no fuera al desastre. Y ya había causado unos cuantos a lo largo de mi vida. Debía dejar de provocar fuegos para luego tener que apagarlos.

De vuelta a casa pasamos por delante de la de la señora de acero, Alice. De acero moldeable, en este caso, porque la pobre se había roto la cadera y la acababan de intervenir. Por eso quise tener un detalle, comprobar que estuviera bien y llevarle una cajita de té con especias. Sabía que le gustaba, porque tenía una de las despensas repletas y guardaba todas las etiquetas, esas frases zen y enseñanzas espirituales.

—La señora Alice está ocupada —me dijo la chica de servicio.

—No te preocupes, solo he venido a traerle esto. No es na…

—Dile que pase. —La voz de Alice era más amable o quizás no fuera así y solo me lo pareció.

La vi estirar el cuello, sentada en una silla de ruedas, desde el fondo del pasillo. Se apoyaba en el marco de la escalera, que invitaba a subir a la parte de arriba, para ampliar su rango de movimiento y observarme desde la distancia. También para comprobar quién me acompañaba.

Nunca había visto esa parte de la casa y nunca nadie parecía subir ahí. Ni siquiera Duque. Ahora tampoco lo haría Alice.

—Matt, ¿me esperas aquí? No tardo nada —le dije mientras le pasaba al chihuahua que llevaba en brazos.

—No te preocupes, pasad los dos —intervino Alice.

Elevé las cejas y arrugué los morros preguntándole a Matt con mi gesto si era algo que le apeteciese. Esa señora no era fácil de tratar —mucho me temía que convaleciente sería, incluso, más complicada—, y si yo lo hacía era por mi trabajo, por Duque. No era cuestión de obligar a nadie a pasar un rato con esa mujer.

Sin embargo, Matt accedió y nos adentramos en el pequeño gran mundo de Alice. Duque no tardó en llegar y vino directo a inspeccionar qué y quién era esa ratilla a la que llamábamos perro. A Lucas también, pero ya lo conocía. Es curioso que dos seres de una misma especie fueran tan distintos, pero se pudieran llevar tan bien.

Al contrario de lo que me imaginé en un principio, fue una velada amena. No voy a decir que Alice estuviera dicharachera y simpática como una animadora infantil, pero por lo menos cuando me miraba ya no me hacía sentir como si me estuviera perdonando la vida.

Tal vez fueran las medicinas, o que con la caída Alice se había roto algo más que la cadera. Se le habían hecho añicos algunos prejuicios. No hay mal que por bien no venga.

Ese día sirvió para, por fin, traspasar la frontera que Alice marcaba para no dejar pasar a nadie que la pudiera defraudar más de lo que ya lo habían hecho a lo largo de su vida.

Mientras nos acomodábamos en la sala, di los palitos a los perros y alcancé la cajita de té a Alice, que, por muy de postoperatorio que estuviera, lucía un Dior original de 1958. Impecable, como si fuera nuevo. Tan nuevo como su recién estrenada prótesis de cadera.

—Por dios, qué asco. Otra caja de este veneno —comentó acerca de mi regalo—. Guárdala con el resto, haz el favor. —La orden era para la chica de servicio, que obedeció de inmediato.

—Pensé que le gustaba —dije con la mirada en el jarrón que contenía cientos, miles, de esas frasecitas que acompañaban a las bolsas de té.

—¿Lo dices por esto? —Alice metió la mano y cogió una al azar, dejando que otra de esas pequeñas etiquetas cayera a mis pies.

La recogí y la leí en silencio; Alice lo hizo en voz alta con la que llevaba en la mano. «El cuerpo es un templo», decía la suya.

—Y una mierda. Cuando alguien llega a mi edad, lo único que es el cuerpo es un amasijo de piel arrugada y huesos sin movilidad.

Mi etiqueta, sin embargo, decía algo bien distinto. Tal vez hasta cierto, «Nadie llega a tu vida por casualidad». La volví a leer para mis adentros y me la guardé en el bolsillo.

—Y si no le gusta el té, ¿por qué tiene tantos? —le pregunté con curiosidad.

—Porque a mi marido sí le gustaba.

Esa tarde primaveral Alice nos dejó entrar en su mundo y nos llevó por una travesía a lo largo de distintos años y lugares. Navegamos por sus recuerdos y compartimos sus memorias, dejando que esas historias llenaran de vida esa casa tan grande y tan vacía. Alice dejó de ser una desconocida mientras nos trataba a Matt y a mí como si tampoco lo fuéramos y, lo que es peor, como si estuviéramos juntos.

—Hacéis buena pareja —afirmó.

—No, no, Alice, él no es mi novio. Es Matt, el novio de mi amiga.

Cuando le aclaré la situación, vi mi confesión escrita en su mirada. Esa mujer supo exactamente lo que sentía por ese pelirrojo que miraba atento cada rincón de la enorme sala, que escuchaba concentrado cada palabra que narraba una mujer que era historia viva de una ciudad que tanto había cambiado y que tanto la había cambiado a ella.

Le miré un poco ruborizada, como si él también pudiera notar todo mi runrún, como lo había hecho Alice. Por suerte, Matt estaba concentrado almacenando recuerdos para escribirlos. Para recrearlos de nuevo. Era un escritor en todos los momentos de su vida.

Nos despedimos de Alice, prometiéndole unas galletas caseras en vez de té.

—No prometas nada que no puedas cumplir. A ti misma la primera —me dijo antes de que saliera de su casa.

Mucho me temía que no se refería a las galletas. Seguro que eso también lo decían esas malditas bolsas de té.

30

Galería, arte, joyas y rock and roll

Lo que mejor me sentaba de la ciudad era que no me importaba qué día de la semana fuera, me gustaban todos. No me amargaba porque llegara el lunes o se acabara el domingo. Por fin estaba disfrutando de lo que era estar de vacaciones sin estarlo realmente.

Era un lujo poder levantarse sin otra presión que tener que pasear a un perro, o varios, y compartir con ellos las horas. Me gustaba poner el despertador con tiempo, despertarme con calma para saborear ese silencio que se colaba acompañado de los primeros rayos de luz.

Los días que amanecían más cálidos, aprovechaba para tomarme el café sentada en el escalón de la entrada de Pomander Walk, admirando ese pequeño Londres de mentira en el corazón de la Nueva York más de verdad. Esas ocho casas bajas diseñadas con la intención de reproducir el aspecto del decorado de una obra de Broadway, que se estrenó hace muchos años, en 1911. Cuánto me hubiera gustado leer alguna crítica, pero no encontré apenas información sobre ella. Incluso busqué, sin éxito, el libreto, el guion, en bibliotecas y varias librerías. No pude leer ese texto de ficción, que nada tenía que ver con las vidas de esos residentes y sus visitantes.

Me senté fuera, con Lucas al lado y el café en la mano. Inhalando la cafeína que desprendía ese aroma intenso, dejé que mis pensamientos se mezclaran con el humo del líquido hirviendo, evaporándose y confundiéndose con el rocío de las flores que daban color a los pequeños jardines de esas ocho casitas de pin y pon. Tras ver amanecer y ver cómo se ponían en marcha los vecinos, se me ocurrió hacer algo para Lena, Greta y Liz. También para el doctor Muller, al que iba a ver en unas horas.

Esa mañana, Matt me encontró dándole la vuelta a una tortilla de patata que estaba preparando para mostrarles a los americanos qué sabor tenía el lugar de donde yo venía. Apareció por la cocina justo en el momento en el que giraba la sartén, llevando esa camisa que le quedaba perfecta, que le abrazaba su espalda como me gustaría hacerlo a mí. Obviamente, me desconcentré, no pude evitarlo, y el huevo se escurrió entre el plato y la sartén, entre mi mano y mi vergüenza, convirtiendo mi tortilla en huevos revueltos con tropezones. Me fui directa a la basura para tirarla.

—¡No la tires! Yo me la como —me pidió.

Mientras yo terminaba de preparar una nueva, Matt iba devorando mi intento anterior, empeñándose en que yo la probara también.

—Un poco solo, venga. Está buenísima. —Me mostraba el tenedor pinchando un trozo de esa composición que poco se parecía a lo que debe ser una tortilla de verdad.

—Vale —accedí, intentando coger el tenedor mientras él se empeñaba en acercármelo a la boca. Finalmente dejé que lo hiciera, a pesar de que odiaba que me dieran de comer. Me recordaba a mi infancia y al comedor del colegio.

—¿A que está buena?

—No está mal.

—Pero si la has hecho tú, deberías decir que está increíble.

Intentó darme otro pedazo, pero me negué. Se acercó más, estrechando el espacio entre nosotros y reduciendo al mínimo mis posibilidades de apartarme, no tenía adónde. Estaba frente a mí, mirándome a los ojos, no tenía escapatoria. Tan cerca estábamos el uno del otro que solo nos separaban unos huevos y unas patatas. Pero huevos es justo lo que no tuve, afortunadamente, para hacer lo que deseaba. Por eso hice lo contrario, lo que no quería. Me comí la tortilla y salí de la cocina con el mismo estrés que si eso fuera el metro en hora punta.

Corrí en dirección al este de la ciudad, con varias tortillas partidas en trozos. Una mitad se la dejé al doctor Muller, tras permitir que la probara Mr. Fawn; la otra, a Oliver y a Josh, después de recoger a Tupper. Y el resto se lo llevé a las chicas, que me esperaban en Central Park al mediodía, como siempre.

—Así que ¿cocinas?

La pregunta de Liz iba cargada de una buena dosis de sorpresa, sin atreverse todavía a probarla. Desconfiando de unas habilidades que pocas personas en la ciudad poseían, según ella misma afirmaba. Lo cierto es que todo el mundo comía fuera, esa es la sensación que daban los restaurantes llenos a rebosar en cualquier día y en cualquier momento.

Sentadas en el césped, en ese pañuelo gigante que servía de mantel, disfrutamos de un picnic improvisado. Más allá de eso, poco o nada podían ellas improvisar.

—No puedo ir a eso de las joyas de tu amiga. No tengo niñera —me informó Liz.

Las había invitado a las tres a la inauguración de las joyas de Ariadna Blánquez. Como si ya pudiera anticipar que iba a ser un evento especial.

—Yo trabajo, querida. —Lena me recordó que tenía sus tardes y sus noches hipotecadas.

—Yo no puedo —respondió Greta, seca, escueta. Solo eso, un «no puedo» y nada más. Su actitud era tan misteriosa como sus palabras.

—¿Cómo que no puedes? ¿Se puede saber qué tienes que hacer que sea más interesante? —le inquirió Liz.

—Nada —respondió con la cabeza baja y la mirada perdida en los cuadros del mantel, repasando con su dedo las costuras.

Trazando un camino que siempre la llevaba al mismo punto de inicio, al hilo suelto de un pespunte.

Liz iba a insistir, a seguir con esa dinámica establecida entre las dos en la que no había maldad alguna, sino grandes dosis de cariño. El necesario para saber hasta dónde llegar y cuándo parar.

—¿Estás bien? —le preguntó preocupada.

Greta no pudo ni siquiera decir que no. Se limitó a negar con la cabeza y a morderse los labios para no llorar.

—¿Qué te pasa, cariño?

Lena se acercó, con su voz suave, con la mano, amable, le acarició la media melena rubia ceniza, que le caía sobre los hombros con el mismo peso que la tristeza con la que nos contó que creía que su novio estaba con otra. Con otras. Le había mandado un mensaje por error, uno que no era para ella. Entonces hizo lo que no debía, lo que quizás hubiéramos hecho todas. Inspeccionó su móvil y comprobó que todas las excusas que le había dado eran eso, excusas. Todo era una gran mentira. Llevaba tiempo acostándose con todo lo que se meneaba y, además, manteniendo una relación paralela con una compañera de trabajo.

El muchacho venía a ser una joyita, y no como las que diseñaba Ariadna.

—Vamos, que se acuesta con todas menos conmigo —se quejó lloriqueando Greta.

—Ya decía yo que Nueva York está lleno de mujeres insatisfechas. —Liz consiguió arrancarle una leve carcajada.

—Por eso no puedo ir. Voy a ir a ver un piso. Bueno, una habitación. En Queens. —Y decir eso le hizo llorar más.

Liz empatizó con ella. Cualquier lugar más allá del agua que rodeaba Manhattan era como para derramar unas cuantas lágrimas.

—¡¿Qué?!

—Que voy a mirar una hab…

—Sí, sí, te he oído, Queens. ¿Has perdido el juicio?

—No puedo pagar otra cosa.

—Te puedes quedar en mi sofá si quieres, hasta que encuentres algo mejor —intervino Lena, con su tono conciliador, comprensivo y reconfortante.

A Greta le brillaron un poco los ojos. En ese momento se dio cuenta de que no estaba sola. Eso era no solo lo que necesitaba, sino que también era la verdad. Ahí estábamos las tres, para ella y para las demás.

—Vente a casa. Pero ya sabes que tengo a los niños, no los puedo dejar en el jardín como a los perros —añadió Liz.

—¿De verdad que no te importa? —dijo, sorprendida por el ofrecimiento.

—Si no te importa a ti que los gemelos me llamen a gritos en mitad de la noche…

Greta se encogió de hombros e intentó no llorar más. Pero imaginarse con dos niños, sin una vida y sin casa era lo más triste que podía soportar. Era tan parecido a mi vida que casi me dieron ganas de llorar a mí también.

—Yo solo te puedo invitar a Madrid. Si quieres venir… a veces poner distancia ayuda, créeme. Es lo que he hecho yo.

Entonces les tuve que contar con detalle y a fondo lo que había evitado hasta el momento. Hasta ese instante solo había revelado por encima y de pasada algunos datos, como si nada en mi vida me hubiera dejado huella. Pero más bien era lo contrario, mi historia estaba surcada por cicatrices. Como las de ellas. Unas más profundas que otras. Nada tan grave como para quitarnos la sonrisa, por el momento.

Les hablé de todo, menos de Matt. Nadie sabía nada. O eso creía yo.

No es que no tuviera intención de contarlo, pero agradecí que nos interrumpieran los gemelos, comenzando una pelea al más puro estilo *Juego de Tronos*. Si la cara de Liz cambió, superada por la energía de esos pequeños, la de Greta se tornó en lo que era una traducción gestual del pánico absoluto. Y de la autocompasión. La lástima. Iba a tener que vivir con ese par de bestias. Día y noche. Le leí la mente. ¿Qué había hecho mal?, se estaba preguntando. Había hecho como yo, una vez tras otra. Había elegido a la persona equivocada. Pero nada dura para siempre. Ni las relaciones ni los errores. Hay cosas que tienen remedio y se pueden arreglar. Son como la cadera de Alice, que solo necesitan un parche y tiempo para volver a funcionar.

Fue pensar eso y que todo lo demás llegara solo. En cuestión de segundos, ideé un plan que solo tenía dos posibilidades. Podía salir bien o podía salir terriblemente mal. Ante situaciones desesperadas, medidas suicidas.

—Creo que te puedo conseguir un sitio —dije, verbalizando en voz alta mi inconexo puzle de ideas. Las tres me miraron expectantes.

—¿Dónde?

—En la Ciento seis.

—¿Del lado...?

No las dejé terminar, me olvidaba de que había que especificar.

—Del West, del West. —Conforme lo dije, las noté respirar aliviadas. Irse al otro lado del parque, al lado este, hubiera supuesto el fin de esas tertulias. Hay que ver lo que son las fronteras.

—¿Cuánto cuesta? —preguntó, conteniendo la respiración, preparándose para el susto.

—Nada, te puede salir gratis.

Noté que el mundo se paraba, que hasta los perros se detenían para mirarme, extrañados. Todas esas miradas ocultaban la misma pregunta; ¿cómo era posible, si una habitación en un piso compartido no bajaba de los mil seiscientos dólares?

—Perdona, no te he oído bien. ¿Has dicho gratis? —preguntó interesada Greta.

—Sí.

Un poco más y me lo pregunta otra vez, creando una especie de «momento de la marmota». Un bucle infinito.

—Tú eres fisio… —comencé diciendo, preparando el terreno, pero me interrumpió de inmediato.

—Creo que te has equivocado de persona. Da masajes, pero no creo que Greta sea de finales felices, aunque sea por ahorrarse mil seiscientos pavos —respondió Liz, anticipándose y asumiendo lo que no era.

—En eso estamos de acuerdo.

—No es eso. Es Alice, se rompió la cadera y necesita ayuda. Y seguro que también rehabilitación.

—Pero yo trabajo con niños con necesidades especiales —puntualizó.

—Perfecto. Todo encaja.

Vale que Alice tenía una edad que en ese país podría considerarse prehistórica, pero a ratos se comportaba como si fuera uno de los niños malcriados del barrio. Y de las necesidades especiales ya ni hablamos, las de Alice eran especialísimas.

En mi maravilloso plan, solo faltaba un último detalle. Conseguir que Alice dijera que sí, que Greta se podía quedar a vivir en el «el ala oeste de la casa». A cambio, ella la ayudaría con la rehabilitación, pero no iba a ser otra chica de servicio. Convencer a Alice de que aceptara, ese detalle de nada, esa nimiedad era lo que podía arruinar todo mi plan si no lo conseguía.

—¿Vamos?

—¿Adónde?

—A conocer a tu compañera de piso.

Liz no pudo evitar soltar una carcajada, que terminó en un bostezo mientras nos decíamos adiós y mientras los gemelos seguían peleando. Estaba agotada, así que Lena fue la que se dirigió hacia los pequeños para dar por terminado el combate.

Compré unas galletas y procedí a darle unas cuantas instrucciones a Greta sobre cómo comportarse con Alice. Todo lo que había aprendido durante el tiempo que llevaba yendo a su casa todos los días. Lo que había descubierto sobre su carácter desde que conocí a esa mujer arisca, pero entrañable, gruñona por las mañanas y las noches, quejica entre horas, pero que siempre era, día y noche, una guerrera incansable.

—¿Tan rara es? —me preguntó Greta.

—Te va a parecer que es fría y que no tiene emociones. No te confundas, es así. No esperes que sea la abuela que nunca tuviste.

—Es que tengo abuela. Dos, de hecho.

—Genial, estás servida, entonces. A Alice tienes que verla más como un personaje del que aprender. Es una mujer independiente que no necesita a nadie.

—Necesitar, sí que necesita. Tiene la cadera rota y tiene... ¿cuántos años?

—Olvídate de querer averiguar eso. Esto no es el precio justo.

—Me estás poniendo nerviosa.

—Tranquila, es un encanto, si le pillas el punto. Si no se lo pillas, te hará desear no haber nacido. Pero, como ya estás en ese momento de la vida, eso que llevamos ganado.

Greta estaba apagada, sin brillo, lamentando su existencia desde que le había pasado lo que le pasó. Por eso había exagerado mi exposición sobre Alice. Quería que se relajara cuando viera que no era para tanto. Que en realidad esa ricachona del Upper West Side solo ladraba, pero rara vez mordía. Aun así, no iba a ser fácil convencerlas, a ninguna de las dos, de que se necesitaban mutuamente. Porque no sé cuál de las dos necesitaba más la ayuda y compañía de la otra.

Eran dos mujeres muy opuestas. Greta creía en el amor de forma tan ingenua que era incompatible con la generación a la que pertenecía. Como si fuera un pingüino o un caballito de mar, había vivido en la ensoñación del amor para toda la vida. De la monogamia y del eterno enamoramiento. Y había despertado en el salvaje océano del poliamor neoyorquino sin saber nadar o mantenerse a flote. Lo suyo no había sido una relación abierta, había sido una puerta cerrada a la realidad.

Greta era dulce, natural, y creía en tantas cosas salidas de otra época que mirarla y hablar con ella era como viajar en el tiempo. En el fondo, era una señora tan mayor como Alice, encerrada en el cuerpo de una jovencita. Paseaba con un estilo que ni siquiera sabía que poseía, esa belleza clásica y menuda, un aire frágil definido por ropa de mercadillo de segunda mano, cuyo precio se había revalorizado como si fueran acciones de Wall Street. Tenía un gusto por el arte y la música exquisitos, pero que no eran propios de aparecer en un perfil de Tinder o de *adoptauntio.com*. Como ya le había dicho Liz, lo tenía bien jodido, porque no hay duda de que Nueva York es el escenario de muchas y grandes películas, de historias increíbles, pero, fuera de la gran pantalla y lejos de las páginas de una novela, encontrar el amor en esa ciudad es tan difícil como encontrar piso. Así que se podía preparar. Para lo uno y para lo otro.

Greta despertaba tanta ternura como Alice, en contraposición, despertaba... ¿rechazo?, ¿miedo?, ¿ganas de llorar?

Qué diferentes contenidos en tamaños tan parecidos, porque eso era lo único en lo que eran similares Alice y Greta.

Toqué el timbre y comenzó el mismo ritual de siempre. Me abrió la chica de servicio y, de lejos, me recibió la voz mandona de Alice.

—Alice, ¡te traigo *rugelach*! —dije desde el quicio de la puerta. Pensé que esos dulces judíos, llenos de chocolate, podían facilitarlo todo—. Y vengo con una amiga —añadí.

—¿Para qué?

—Eh... —Maldita sea, no me esperaba esa respuesta. ¿Qué clase de pregunta era esa? A ver cómo le colaba todo el plan restante.

La observaba con el ceño fruncido y vi que nos hizo una señal. Nos acercamos a ella, lentamente, como quien va al paredón. Ya no tenía claro si había tenido una buena idea o la peor de las ocurrencias.

—Para qué me traes dulces, digo, ¿acaso me quieres matar?

—No, va a ser un suicidio colectivo. Son para todas. Compartir es vivir, o morir, en este caso.

Alice rio mi ocurrencia, así que con ese momentáneo estado de buen humor le presenté a Greta y la cosa no pudo ir mejor.

—¿Queréis un té?

—No me gusta el té —dijo Greta, encontrando un puente de unión.

—¡Qué bien! —Me emocioné un poco demasiado celebrando ese punto en común, lo reconozco. Las dos me miraron extrañadas, pero eso era mejor que nada.

—Un café, si puede ser. Por favor —pidió Greta.

—Dos —añadí yo—. No es que quiera dos, quiero decir...

—¿Te pasa algo? Estás rara —me dijo Alice al tiempo que alcanzaba uno de los dulces.

Sin embargo, su movimiento se interrumpió de repente. Se vio frenado por un dolor y una retahíla de improperios varios que solamente pararon cuando Greta se ofreció a aliviar la tensión muscular. Ni con guion mi plan hubiera funcionado mejor. Tuve que disimular mi sonrisa, no fuera a delatarme sin remedio.

—¿Puedo? —preguntó tímida Greta, acercando sus manos a su rodilla.

—¿El qué?

Mientras Greta le explicaba que era fisioterapeuta y que el dolor que sentía en la rodilla era consecuencia directa de lo que le había sucedido en la cadera, Alice iba perdiendo un poco de ese carácter agrio gracias a esas manos mágicas que hacían su trabajo movilizando las articulaciones de una manera sutil y fluida.

Mano de santo. Con el éxito del masaje todavía presente, aproveché cuando Greta fue al baño para mover ficha.

—Alice, ¿te puedo pedir un favor?

—Puedes intentarlo, otra cosa es que te diga que sí.

—A ver, no es para mí, es para una amiga.

—Es lo que decimos todos.

—No, no, en serio. Es para Greta, no lo está pasando bien. La ha engañado su novio y se tiene que ir de casa, así que había pensado que… Bueno, tú necesitas ayuda —a punto estuvo de cortarme, pero rectifiqué a tiempo—, ayuda con la rehabilitación, quiero decir. Ya has visto que es una maravillosa fisioterapeuta.

—Así que ¿has pensado que viva aquí? —Era rápida sumando mis argumentos.

—Sí.

Se produjo una densa pausa y me dirigió una mirada más propia de la Inquisición que de una mujer judía. Y de repente habló.

—¿Tú estás loca?

Eso parecía, pero ni esa señora ni yo teníamos idea de cuánto. Tanto que seguí insistiendo, usando los mejores trucos de negociación, que jamás me habían funcionado. La convencí tocando lo más sensible de esa mujer, su bolsillo. Le hablé de cuánto se iba a ahorrar no teniendo que ir a un especialista. Sin contar con que ninguno iba a ser la mitad de bueno que Greta. Además, ¿quién, en todo el Upper West Side, tenía fisioterapeuta privado, disponible en cualquier momento con tan solo un… grito desde el otro lado de la casa?

Y así es como le conseguí a Greta una habitación en la planta superior, para ella sola. Un espacio lleno de lujo, cultura y baño privado. ¿Se podía pedir más?

En cuanto Greta regresó, me encontró con una sonrisa como de niña pequeña que acaba de hacer algo y con Alice observándola de arriba abajo.

—Tengo mis normas —le dijo.

Greta y yo la miramos atentas.

—Uno, en esta casa no se llora por un hombre. Así que las lágrimas te las dejas fuera. Dos, nada de pedir permiso para todo. Haz lo que te dé la gana cuando te dé la gana. Y tres, es temporal, hasta que encuentres algo y hasta que yo me recupere.

—Perfecto, ¿puedo añadir algo?

Me quedé helada. Greta estaba estirando la cuerda demasiado. No podía dar crédito a que ella, esa chiquilla que creía casi inválida a más niveles que el emocional —tal vez me estaba proyectando en ella— fuera capaz de poner sus propias normas.

—Adelante —le pidió Alice.

—Que no se queje cuando le obligue a hacer ejercicios. Y que no me eche cuando algunos le duelan.

—Trato hecho.

Se estrecharon las manos para sellar un acuerdo que los perros celebraron con sendos ladridos. Por suerte, tanto el perro de Alice como Snowden, el de Greta, se llevaban de maravilla. Porque el perro era lo único que Greta estaba dispuesta a conservar de su relación con su novio, con su ex, ese personaje que sentía que no conocía realmente después de tantos años.

Se iba haciendo tarde y había quedado para ir a la galería, así que me despedí de Alice y le volví a preguntar a Greta si me acompañaba, pero la chica estaba impaciente por empezar su nueva vida. Quería organizarse. Empaquetar sus cosas, maldecir a su novio unas cuantas veces más y borrar todas las fotos que tuviera con él en las redes sociales.

Era una pena que mis tres pilares centrales, como llamaba a Liz, Greta y Lena, no pudieran venir esa noche. Me hubiera gustado que conocieran mi mundo más allá de los perros, presentarles a Olga, por ejemplo, a la que por fin iba a ver aparte de esos encuentros fugaces por los pasillos, en esos relevos para usar el baño antes o después de sus jornadas laborales.

Tan poquito habíamos disfrutado de la ciudad juntas que casi la echaba más de menos que a Clara. Al principio me costó, pero ya había aceptado que esa era su dinámica. Si Matt no se quejaba demasiado, ¿por qué lo iba a hacer yo?

Además de con Matt y con Olga, también había quedado con Dylan.

Comenzaba la Operación Clavo.

Alcé la vista y vi salir a Dylan de la boca del metro en el lado opuesto de donde habíamos quedado, en la West End con la Setenta y ocho. Di unos pasos para cruzar e ir hasta él, hasta que me di cuenta de que me estaba haciendo una señal para que le esperara yo a él. Noté que caminaba con un aire más relajado en cada uno de sus, aun así, firmes pasos, con el pelo reflejando todavía los rayos del sol de la Costa Oeste —venía de Los Ángeles—, completando el look con unos vaqueros grises y una cazadora de cuero bajo la que asomaba una camisa blanca. Se había disfrazado de James Dean y no era Halloween todavía. Dylan consiguió que me costara encajar la mandíbula en su sitio. Ese chico era el epítome de lo que significa tener clase: una mezcla de elegancia y confianza. Era el chico perfecto, pero no para mí. Una pena.

En el tiempo que había pasado fuera, habíamos estado en contacto, mandándonos mensajes de texto esporádicos y manteniendo algunas conversaciones en noches de insomnio. Sentí que se ruborizaba ligeramente al verme, y que ese «Hola, ¿qué tal?» le salió entrecortado por un leve toque de nerviosismo. Me enterneció que bajo esa apariencia tan de chico duro, tan perfectamente construida, se escondiera un alma tan sensible. Quizás fuera lo más cliché del mundo, pero ser así no era algo que hubiera diseñado previamente para enamorar. Ni a mí ni a otras.

En la esquina de la Sexta Avenida con la calle Vandam nos esperaba Matt, sin Olga. No hizo falta que explicara nada, ya me sabía la historia. Trabajo, trabajo, trabajo. Aun así le mandé un mensaje preguntando si estaba bien y si iba a venir. No me contestó.

En ese punto de encuentro que habíamos marcado, era justo donde también estaba la galería de arte de Moshe Katz, el marido de Ariadna. En nuestro breve encuentro en el aeropuerto, no me llegó a contar mucho de su vida, por eso me resultó todavía más fascinante ese día. Su marido era, o mejor dicho había sido, judío ultraortodoxo. Una comunidad religiosa extremadamente controladora y con reglas férreas al respecto de cómo deben vestir, con quién se deben casar y cómo deben vivir la vida sus integrantes. Cuando, días después, Ariadna me enseñó el barrio donde había conocido a su marido y vi desde fuera un pequeño esbozo de lo que era por dentro esa religión, me quedé fascinada. No podía dar crédito a esa realidad. Era impensable que en medio de una ciudad, que era la capital del mundo, se pudiera vivir como si fuera otra época. Otro siglo. Casi otro mundo.

Todas esas reglas Moshe las rompió cuando conoció a Ariadna. Lo dejó todo para irse con ella. Se fueron de Brooklyn a Manhattan, que no es que sea muy lejos, pero la distancia entre un barrio y otro, en este caso, era un mundo. Su familia tardó años en volver a hablarle y aceptar que les separaba algo más que un mero puente. Les separaba la religión.

Por eso, entre toda la multitud que se paseaba dentro y fuera del edificio, había una gran mayoría de gente vestida con esos abrigos negros, esos sombreros de ala ancha, capaces de dar sombra en verano y dejarte ciega también en invierno, si no respetabas la distancia y cometías la imprudencia de acercarte demasiado topándote de lleno con ellos. El look de las mujeres se caracterizaba por una apariencia sobria, elegante y recatada, como el que portaba también Alice. O como el de cualquier mujer del barrio de Salamanca y alrededores, con esos peinados de peluquería que en el caso de las mujeres judías eran pelucas, porque deben ocultar su pelo. Así es en su mundo.

Es cierto que, en lugar de esa «tribu urbana», me esperaba otra compuesta por gente más creativa, más joven, más ecléctica. No tardé en reparar en el grupo que representaban lo que acabo de definir. Algunos de esos hipsters de barbas largas se confundían con los judíos, todos con creencias tan distintas pero con aspecto similar. Solo Nueva York podía ofrecer una estampa así, tan dispar y a la vez tan similar.

En cuanto me vio, Ariadna me reconoció. Esquivando a la

marea de gente, se acercó hasta mí como si me conociera de siempre. O como si necesitara sentir la cercanía de alguien de su país y su cultura.

—¡Hola! ¿Cómo estás?

—Bien, bien. Enhorabuena, veo que está siendo un éxito —dije observando a mi alrededor.

—Ay, gracias, querida. Me alegro mucho de que hayas podido venir.

—No me lo quería perder.

—¿Cómo es que no me has llamado antes?

—Perdí tu tarjeta. No sabes lo que me ha costado dar contigo —mentí, solo un poco. No es que no hubiera querido llamarla, es que no me había acordado demasiado. Tenía otras cosas en la cabeza.

—Ariadna, te quiero presentar a unos amigos, este es Dylan y este es Matt.

Se dieron un apretón de manos, menearon suavemente la cabeza y así quedaron descartados los besos como forma de saludo en esas cuatro paredes. Iniciamos una conversación que muy pronto se vio interrumpida por alguien que reclamaba a Ariadna. Se marchó, contoneándose entre los invitados, esquivando los obstáculos y dejando por donde pasaba un suave aroma a Happy, de Clinique. Así era ella. O así parecía ser.

Nos quedamos en ese rincón al fondo de la galería, en el lado izquierdo. Con vía libre hacia la puerta, para poder ver quién entraba y quién salía. Volvía a estar a solas con Matt, Dylan y ese eterno halo de espera a que Olga llegara. Me parecía tan injusto que Matt viviera así… No creo que otros hubieran tenido la paciencia de aguantar tanto y de llevarlo tan bien. No era una relación de pareja, más bien Matt había aprendido y se había acostumbrado a estar solo. A no contar con quien más necesitaba, sino a contar con que llegara el día en el que ella le necesitara a él. Era un triángulo amoroso. Matt, Olga y el reloj. Su eterna ausencia.

En esa conversación, que fue de todo menos breve e intensa, noté como Dylan se acercaba más a mí. Como me ofrecía a mí primero la copa de champán cortesía del catering, como su mano se posaba en mi cintura para dejar paso al camarero. No es que estuviera incómoda, pero percibí que Matt sí lo estaba. Porque no estaba Olga, porque estaba solo. Porque se sentía una pieza sobrante.

En cuanto pude, aproveché para perderme sola por el laberinto de gente que se había formado en el local, tan amplio y luminoso.

Desde la distancia a la que me había colocado, y en la postura que me permitía fingir que estaba observando las joyas y los cuadros, centré mi atención en ellos. En Matt y Dylan. Al principio se mostraron distantes el uno con el otro. Poco a poco, se fueron dirigiendo la palabra, cada vez más y de forma más fluida. Uno mirando siempre al frente, pero atento también a todo lo que sucedía a su alrededor. El otro con la mirada más hacia el suelo, hacia sí mismo. Era como si uno mirara al futuro y el otro todavía no pudiera olvidar el pasado.

No es que estuviera comparando ni eligiendo, no estaba frente al escaparate de una pastelería. A fin de cuentas, ni uno ni otro iban a formar parte de mi dieta. El amor siempre engorda... los sentidos. Y a mí me faltaba el más necesario de todos: el sentido común.

Con cada sonido de la puerta, producido por los leves tintineos de una especie de lámpara colgante sin bombilla —algo que Ariadna definió como joya para la casa, porque no siempre hay que llevarlas puestas, sino que se pueden lucir de muchas maneras—, comprobé como Matt miraba en esa dirección. Olga, sin embargo, nunca abrió esa puerta. Nunca llegó.

Me había bebido tres copas de más, pero todavía me iba a atrever con una cuarta, que fue la que sirvió para que mi nombre pudiera ir al lado de la definición de: hacer el ridículo. Ahí están junticos, en la RAE, en la Wikipedia y en mi memoria.

Volví a juntarme con Matt y Dylan, aunque Matt no tardó en alejarse.

Dylan vio a alguien a quien creía conocer al fondo de la galería y se fue en esa dirección.

—Ven, quiero presentarte a alguien.

No eran las burbujas de más, eran las cosquillas que noté en la palma de la mano cuando Dylan me rozó con la suya para agarrarme de la muñeca. Le seguí, confusa por la rapidez y la incomprensión de lo que me estaba diciendo. Mientras Dylan me arrastraba a esa parte de la sala, me giré para avisar a Matt y que viniera con nosotros, como si eso fuera un barco y necesitara salvarlo del naufragio. Extendí la mano, pero no alancé a salvar la distancia. Era como si tuviera que elegir, Dylan o Matt, ahí y entonces, salvo que una de las opciones nunca había estado en juego. La otra tampoco, realmente. Daba igual, porque yo siempre perdía a todo, incluso al parchís.

Vi como Matt se marchaba, haciendo sonar la lámpara que no se iluminaba al abrir esa puerta que tantas veces esperó por Olga.

Dylan me presentó a la persona por la que habíamos recorrido toda la sala, por la que habíamos perdido a Matt. Ya podía merecer la pena. Realizando un esfuerzo sobrehumano, conseguí mantener una conversación con ese hombre y su mujer, que habían sido los organizadores de la gala benéfica donde él había tocado. Aquel concierto organizado para que personas con mucho dinero sintieran que podían cambiar el mundo, donando una mísera cantidad de lo mucho que les sobraba.

A ese hombre canoso, con unas gafas redondas y de un espesor más propio de un cristal antibalas que de unas lentes, le caí en gracia. No sé si fue por mi acento, mi locuacidad y las copas de más o porque nos había presentado Dylan, pero se interesó por mi historia. Y su mujer más, lo cual fue una suerte, porque estaba claro que era la que controlaba el dinero de la familia. Beth, esa señora con el pelo tan blanco como el de su marido, pero con unos mechones azules que le aportaban un aire más desenfadado, era la que decidía cómo gastar el capital familiar, cómo derrocharlo y cómo donarlo.

Entre preguntas curiosas sobre mi procedencia, acerté a contarles por qué estaba ahí y por qué no estaba Olga, la amiga a la que había ido a visitar. Con mi acento disimulado y una fluidez y seguridad con el idioma —gracias a esos latiguillos al final de cada frase, los clásicos *«you know»* de toda la vida, que me hacían parecer más americana que nadie; y gracias también a un vocabulario a ratos inventado, con esa vergüenza evaporada como las burbujas del cava que me quedaba en la copa—, confesé a esa pareja de filántropos algunos de mis problemas. Como si ellos fueran uno de los perros a los que paseaba y como si les importara, les conté lo que era tener una amiga invisible, por su trabajo, por ese proyecto sobre la bipolaridad que no encontraba financiación. A punto estuve de contarles que la bipolar era yo, por virar de sentimientos hacia Matt y ejercer con tanta libertad mi derecho a la indecisión. No lo hice porque estaba Dylan delante y porque no era plan. Hice algo bien distinto sin calcular previamente las consecuencias. Menos mal que salió bien.

No lo hice por aliviar mi culpa, sino porque Olga se lo merecía. Por eso saqué mi vena «A Dios pongo por testigo» y, cogiendo otro canapé, me juré que jamás volvería a pasar hambre. Quiero decir que me juré hacer todo lo posible para que Olga jamás volviera a perderse entre tanto trabajo. O que, si lo hacía, al menos tuviera los fondos económicos para que su proyecto se llevara a cabo. En cuestión de minutos me marqué una presentación como pocas, dados mis escasos conocimientos del tema. Sin apenas manejar los datos, conseguí exponer las razones por las que creía que deberían invertir en un proyecto así y no en joyas. O también, porque con su capital podían hacerlo en las dos cosas.

El señor Cohen y su esposa eran tan inmensamente ricos que su fortuna brillaba tanto como la bombilla que se había encendido a modo de idea y que me había iluminado en ese intento de convencerles de que fueran el revitalizante económico necesario para el trabajo de mi amiga invisible, Olga.

—Las buenas ideas necesitan brillar y ustedes pueden contribuir a que esta lo haga. Es un gran proyecto. Por no hablar de cuánto se pueden desgravar en la declaración de la renta —concluí, segura de mi argumento. Como si tuviera idea de lo que estaba diciendo. Yo, que llevaba haciendo mal la declaración de la renta desde tiempos inmemorables. Más o menos desde que emití mi primera factura.

Ese hombre, con una cadencia suave en su discurso —tal vez fuera mi estado, que hacía que todo se ralentizara—, miró a su mujer, que no movía ni un mechón, ni azul ni blanco, concentrada como estaba en lo que le acababa de explicar. Mostró tal interés por la propuesta y el trabajo de Olga que me dieron su tarjeta y yo les dejé su contacto. Los dos me prometieron que la llamarían.

Era curioso cómo una noche de las muchas que Olga se perdió le iba a cambiar la vida. Y todo gracias a mí, quise pensar. Una sensación de orgullo me invadió, me sentía bien, útil.

Poco sabía que ese dinero iba a servir para alejar a Olga un poquito más. De mí y de Matt.

Cogí una copa más para brindar por mí misma, para celebrar que podía hacer algo por Olga, algo que no fuera solamente pensar en su novio.

En realidad, tenía tanta sed que me bebí la copa de un trago. Ese fue el error y lo que provocó el tsunami emocional que ya se estaba gestando. Poco a poco, en silencio, aquello iba creciendo, convirtiéndome en la inspiración para el remake de *Alien*.

El evento iba tocando su fin, así que, antes de que la sala se vaciara, nos despedimos de Ariadna con la promesa de que pronto nos tomaríamos un café con calma y me llevaría a ese barrio que a ella tanto le había cambiado la vida, Borough Park.

Una vez en la calle, respiré hondo para capturar ese momento internamente. Había sido un día glorioso y estaba siendo una noche como pocas, sentía que mi presencia ahí tenía un sentido. Que había ido a Nueva York para algo. Para ayudar a los demás, a Greta y a Olga para empezar, pensé. Me estaba viniendo arriba en lo que venía siendo una exaltación de los logros y una autoadulación propia de la necesidad de reconocimiento. Todo producido por ese puntito de embriaguez. Qué mal me sentaba el alcohol.

—Te acompaño a casa.

Dylan dejó caer sus palabras como lo hizo con su mano, para que me agarrara a él y permitiera que me sirviera de guía. Había dos buenas razones para ello. Una, que fui incapaz de hacer lo que ya había logrado unas cuantas veces anteriormente. Me babeé entera cuando intenté silbar para llamar un taxi, como si viviera en el siglo pasado y no existieran aplicaciones para ello. La segunda razón era que, si no me guiaba él, no tenía ni idea de en qué dirección debía ir. Sí, había que añadir una tercera razón. Estaba un poco borracha.

Me abracé a Dylan todo el camino y consiguió hacerme reír con sus comentarios sobre el espectáculo al que habíamos asistido. Celebró mi éxito como exprimidor económico de los Cohen y continuó con su crítica hacia lo que habíamos presenciado, tanto a las conversaciones que habíamos oído como a las personas a las que habíamos visto. Su análisis era digno de ser firmado por una servidora. Tenía un punto ácido que comulgaba con mi estilo. Con esas palabras cargadas de humor y cinismo positivo, me ganó un poco más. Iba ciega perdida, así que por fin le miré con otros ojos y pensé que era la oportunidad perfecta para intentarlo. Y lo hice.

Nos besamos despacio, con suavidad e indecisión. No estaba tan borracha como para no saber lo que hacía, tampoco estaba loca como para no ser consciente de que Dylan sí era una joya y no las de Ariadna. Era perfecto, el pack completo. Por eso se lo quise decir.

Ahí, frente a la verja de mi casa temporal y ese escudo que anunciaba que el paraíso existía y se llamaba Pomander Walk, le dije lo más sincero que podía pronunciar en ese momento.

—Hacía tiempo que no sentía algo así. Sé que soy un mar de dudas, que no tengo nada claro y que parece que estoy rota, pero de verdad que me estoy recomponiendo. Y algo sí tengo claro, haces que vea las cosas de otro modo, de uno más positivo. Matt, yo… —comencé a decirle entre caricias y suaves besos que él ya no me daba, porque al pronunciar esas palabras, al abrir mi corazón, sentí cómo se apartó y el suyo se cerró.

Para eso también había dos buenas razones.

—¿Pasa algo? —El dolor por el rechazo cargaba de interrogación mi pregunta.

—Me has llamado Matt. —Una más que buena razón para rechazarme, sí.

No sabía qué decir, porque sí, había sido un error inconsciente, pero uno de esos que te confirma que no te estás equivocando de nombre, sino de persona.

—Lo siento… —dije, admitiendo que, efectivamente, iba necesitando con urgencia esa camiseta con esa frase.

—No pidas disculpas por lo que sientes. Sientes algo y eso ya es mucho.

Él había visto claramente más allá de las mil barreras que yo había construido para disimular lo que sentía. Sabía que, para mí, Matt era mucho más que el novio de Olga.

Pero para mi sorpresa, mirando al suelo y con una culpabilidad que le pesaba tanto como la frustración de no poder avanzar en el terreno emocional, fue Dylan quien me tomó el relevo y procedió a disculparse. No teníamos remedio, ninguno de los dos. Vaya par.

—Además, es culpa mía. Perdóname, te he dado pie a que pensaras que yo… Me he estado engañando a mí mismo. De verdad que quería, quería sentirme atraído por ti, estar contigo, intentarlo. No sabes lo mal que me siento, pensaba que podía…

290

—Un clavo quita otro clavo —dije por lo bajo. Nadie mejor que yo para entender lo que Dylan me estaba contando.

—¿Qué?

—Que querías que yo fuera tu clavo. —El pobre me miraba sin entender esa repentina afición al bricolaje. En inglés el dicho no tenía el mismo sentido.

—No entiendo.

—Nada, déjalo.

—¿Estás borracha? —me preguntó manteniendo el mismo nivel de confusión.

—Ya no. —Y es que oye, mano de santo, no había nada mejor que haberse sincerado (involuntariamente en mi caso y conscientemente en el suyo) para eliminar los efectos del champán.

Lo abracé. Entendí que, aunque yo no hubiera cometido el error de llamarlo por un nombre que no era suyo, Dylan no podría haber estado conmigo esa noche. Porque yo no era esa persona que iba a llegar a su vida para conseguir que él quisiera dejar de hacerse daño a sí mismo. De culparse y de seguir ahogándose en esa tristeza, disimulada pero latente, que le impedía dejarse querer.

Me devolvió el abrazo y me dio el beso más bonito que se puede dar, en la frente. Ese gesto cálido, intenso, cargado de autenticidad lo encerraba todo en su impronta. Era el beso de quien te dice que va a estar ahí siempre y que ya eres parte de su vida, no importa cuánto lleves en ella. Ni cuánto la hayas cagado en tan poco tiempo.

—Sé más valiente que yo. Haz que suceda. —Me pedía lo imposible, su consejo era una auténtica locura y yo me había prometido sensatez. Pero…

«No prometas nada que no puedas cumplir», ya me lo decía una bolsita de té.

Dylan se despidió y yo crucé esa verja, esa frontera que volvía a dividir el mundo en dos.

Nada más subir los cuatro escalones que separaban Manhattan de ese pequeño corral de comedias, vi a Matt. Un escalofrío me sacudió por dentro, electrocutándome de miedo por si tal vez hubiera oído algo. Nunca pensé que el amor pudiera provocar miedo y que ese temor naciera de la posibilidad de que, precisamente ese sentimiento, ese amor, se pudiera convertir en realidad. No sé si Matt escuchó toda la conversación o solo parte. Solo sé que se acercó.

Y le besé.

Con el deseo contenido de todos los momentos pasados, con la suavidad de quien explora unos labios desconocidos. Y con el vértigo de quien sabe que se acaba de lanzar por un abismo, sin conocer la distancia hasta el suelo, pero intuyendo que la caída, el golpe, acabará llegando.

Matt estaba rígido, sorprendido, no noté su mano sobre mi espalda, como en otros momentos. No percibí su calor, su abrazo cálido. Tampoco noté un rechazo total, pero tal vez estaba demasiado confundida para ver la realidad.

Un momento de cordura me llevó a apartarme. Apenas podía mirarle a los ojos, me moría de vergüenza por lo que acababa de hacer. En esa ocasión no pedí perdón, no le dije que lo sentía, porque lo más grave era que no era así. Solo negué, queriendo rebobinar en el tiempo y que nada de lo que acababa de pasar sucediera. Mucho menos lo que sucedería poco después.

Corrí hacia el interior de la casa, dejando a Matt con el rastro de mi desastre, de mi negativa como intento de borrarlo y con Lucas como testigo mudo de todo. Los perros escuchan y miran, lo bueno es que no pueden hablar.

Me metí en la habitación y lloré. Lloré de impotencia, de amor y de equivocación.

Me metí la mano en el bolsillo de la chaqueta para coger un clínex y me encontré con la tarjeta del señor Cohen a modo de recordatorio de aquel fugaz instante en el que sentí que estaba haciendo las cosas bien. Pasé de sentir orgullo por intentar ayudar a Olga a sentir un arrepentimiento absoluto. Una misma frase, una misma intención, volvió a mí transformada como si fuera un bumerán, pero trayendo consigo un viento distinto de sensaciones.

Era curioso cómo una noche, de las muchas que Olga se perdió, nos iba a cambiar la vida. Y todo por mi culpa.

31

Queso y culpa

Lloré tanto que no pude parar ni dormida. Entre sueños y pesadillas, las lágrimas y la culpa circulaban sin freno cruzando mi subconsciente y mi realidad.

Me odiaba a mí misma con la misma intensidad con la que quería a Matt. O lo que fuera que llevara por nombre esas incontrolables emociones que sentía. ¿Cómo pude enamorarme bajo esas circunstancias? No encontraba una explicación lógica, por más que me la exigiera a mí misma. No entendía que, aunque quisiera, no podía controlarlo todo. Una lección que estaba aprendiendo de la manera más dura posible. Porque el amor, como la vida, rara vez permite que tengamos el control. Más bien hay que aprender y estar preparado para perderlo.

Y yo no lo estaba.

Por eso intenté esconder la cabeza como un avestruz, para no enfrentarme a nada. A nadie. Intenté no encontrarme con Matt, tampoco quise ver a Olga. Ni siquiera quería ver a mis tres pilares de Central Park. Me iba a costar un esfuerzo tremendo sonreír y fingir que no pasaba nada. Liz, Greta y Lena habían aprendido a leer mis silencios y no era la primera vez que se percataban de si algo no iba bien. Por eso quería estar sola y no quería ver a nadie, solo a los perros con los que pocas horas más iba a compartir.

Esa mañana, salí en estampida de casa para ir a recoger a Mr. Fawn. Tanta prisa e impaciencia tenía que ni siquiera me percaté de que no me tocaba pasearlo ese día. Tampoco vi la nota que me había dejado Olga. Que nos había dejado, porque era para Matt y para mí. La vi cuando regresé, después de correr ida y vuelta más de veinte manzanas hasta la casa del doctor Muller. Yo, que no corría ni detrás del autobús. Nueva York me estaba obligando a hacer cosas que nunca hubiera pensado. Ni querido.

Llamé a Clara, pero, una vez más, no pude decirle nada. Así que me limité a escribirlo. En medio de todos esos edificios que se manifestaban como un ejército de gigantes, vomité todo lo que me revolvía por dentro. En un folio desgastado que no era otra cosa que mi tarjeta de embarque impresa y que yacía olvidada, arrugada, en mi bolso desde que había comenzado ese viaje. Escribí de forma frenética, desesperada, auténtica. Ni siquiera era para que lo leyera ella, ni nadie. Por primera vez, escribí para mí. Para comprender por qué hacía las cosas que hacía.

Me sentía tan increíblemente sola en esa ciudad tan grande, tan imponente, que sin quererlo había conseguido ser una auténtica neoyorquina. Entendí que eso era lo que te exigía ese lugar a cambio de darte ese título. Pero es que yo no quería títulos ni etiquetas, quería librarme de ellos. Esas calles me habían hecho quitarme capas y capas de protección, me habían dejado a la intemperie y me habían hecho más vulnerable, pero no sé si más fuerte. No quería estar orgullosa de poder y saber estar sola, sino de poder decir que necesitaba no estarlo.

En mi mente rondaba el argumento de Dylan sobre la culpa que sentía por haber perdido a quien más quería. Mi situación estaba muy lejos de compararse con la suya, no tenían nada que ver. Eran diferentes, pero algo de su comportamiento se impregnó en el mío. Al no querer contarle a nadie lo que sentía por Matt o lo que había sucedido, me obligaba a llevar sobre mí el peso de todo aquello y a no aliviarlo de ningún modo. Hasta que no pude más, porque la sombra que dejaba esa sensación era demasiado larga e intensa.

Terminé de escribir y, cuando concluí el texto con ese punto final, me sentí mucho mejor. Más desahogada, algo más tranquila. Guardé esa confesión como si fueran documentos secretos. Estaba dispuesta a entregar mi vida antes de que alguien pudiera leer nada de lo que había relatado. Tampoco suponía un problema, puesto que mi caligrafía ayudaba a convertir todo aquello en algo ininteligible. Unos minutos después, ni siquiera yo era capaz de descifrar ni una de esas palabras. Eso era lo más cerca de ser escritora que había estado y nadie iba a poder leer el resultado. Menos mal.

Respiré hondo, me sentía completamente agotada. Notaba el cansancio físico, pero el mental era mucho mayor, aunque invisible.

Entré en la casa y ahí estaba Matt. Quise dar media vuelta, pero no tenía sentido. Aunque me moría de la vergüenza, no podía prolongar más lo inevitable. Me enfrenté a Matt y a mí misma, a lo que sentía por él y al ridículo que había hecho.

—Lucía, ayer…

—Ayer hice el ridículo, lo sé. Hagamos como que no pasó nada, ¿vale? No le demos la importancia que no tiene. Fue un error. Iba borracha, ya está. Así de simple. Te pido perdón, no sé qué me pasó. Ignoremos todo el tema, ¿vale? —repetí una y otra vez.

Me intentó interrumpir varias veces, pero yo seguí con mi discurso hasta el final, casi sin respirar. Férrea en mi propósito de dejarle claro que me podría haber equivocado una vez, pero no habría una segunda.

—Y te agradecería que no le dijeras nada a Olga.

Un segundo de silencio, tal vez fueron unos cuantos más, dejaron paso a sus palabras. Secas, directas, vacías.

—No te preocupes. Sé que no fue nada. Es lo que te quería decir, que no le dieras importancia.

Era lo que esperaba escuchar, pero sin duda no hizo que me sintiera mejor. Una parte de mí, una muy diminuta y muy cabrona, esperaba que dijera que me quería. Que llevaba tanto tiempo como yo deseando lo que había pasado. También lo que no podía pasar. Pero no lo hizo, obviamente. Se limitó a esquivar mi mirada, a dirigirla hacia esa nota de Olga, que yo no había visto todavía. La leyó en silencio. Luego la arrastró hacia mí, sin decir nada. Seguía con ese semblante serio, que también encerraba algo de tristeza. Pero yo no intuí nada. No supe los motivos hasta algún tiempo después.

Leí el mensaje de Olga e hizo que me volviera a sentir la peor persona del mundo. La peor amiga también.

Se me acaban los perdones por no estar nunca y a ti el tiempo en la ciudad.

Es el ritmo de Nueva York, que te aleja de quien quieres. Tienes razón, ojalá pudiera irme contigo a un pueblo a hacer queso, pero seguramente no llegaría o llegaría tarde.

Por eso, ve con Matt.

Olga se disculpaba por no haber aparecido la noche anterior y lo hacía con dos invitaciones a hacer queso. No a un pueblo, sino a Brooklyn. Nos regalaba una visita exclusiva a la quesería Crown Finish Caves, una antigua fábrica reconvertida para que la humedad y el tiempo dejaran huella. Para que cumplieran su propósito, madurar el sabor que consigue despertar el recuerdo y las emociones. Porque eso es el queso para mí, el recuerdo de mis veranos en Asturias. Con mi madre y toda la familia. Olga había dado de pleno con ese detalle. Ahí es cuando se me quitó la tontería de un plumazo. Se acabó. Solo era cuestión de dejar fermentar lo que sentía, dejar que se transformara y se convirtiera en nada. Todo lo que pudiera sentir por Matt acabaría diluyéndose con el paso del tiempo. Ese que es necesario para curar un queso o para que una amistad se convierta en algo mucho más importante. En algo que merece tanto la pena que no entenderías tu vida sin esa persona.

Hay que estar muy desequilibrada para poner en riesgo algo tan bonito.

Si Olga hubiera sabido lo que yo había hecho o tuviera noción de una mínima parte de lo que sentía, no me habría regalado eso. Era como meterme en la jaula de los leones. Pero la leona era yo, y Matt, mi presa. A fin de cuentas, le había atacado la noche anterior, besándole sin permiso, lanzándome como una perra en celo. Todo se me estaba pegando de esas pobres criaturas con las que pasaba tanto tiempo.

Me planteé no ir, decirle que fuera él solo o con quien quisiera. Incluso pensé en ir con Dylan, pero era un regalo también para Matt y por alguna extraña razón que no comprendía, a él, lo del queso, le hacía tanta ilusión como a mí. Además, si quería normalizar la situación, no se me ocurría mejor modo que en un lugar así. Mandé varios mensajes a Olga, agradeciéndole el gesto y diciéndole que la echaba de menos. Era la verdad.

Matt y yo quedamos en ir esa misma semana.

Mi lema de querer irme a hacer queso tenía más sentido que nunca.

A través de los túneles de esa vieja nave industrial reconvertida en cuevas para madurar el lácteo, a diez metros bajo el asfalto neoyorquino, dejé que los sabores de antaño, mezclados con las nuevas experimentaciones queseras, taparan mis vacíos emocionales. Porque, por dentro, yo tenía más agujeros que un emmental. Mi relación con Matt había atravesado distintas fases, cada una de ellas necesaria para apreciar el sabor de todos los sentimientos que nos unían. Pero, desde luego, no seguían un orden lógico, no como los lácteos que conformaban las tablas de quesos que nos dieron a probar. No se podía pasar de un fresco a un curado sin algo suave entremedias. Como tampoco se puede pasar del rechazo, de la animadversión, al enamoramiento.

Luego había quesos que no se debían mezclar, esos eran los nuestros. Éramos nosotros. Si no lo podía entender, al menos lo tenía que aceptar. Me costó un esfuerzo sobrehumano, pero lo logré.

Y así, con ese primer paso, comenzó un camino que afianzó mi amistad con Matt, alejada de otras sensaciones. O eso creía.

Le había pedido a Dylan que me fuera a buscar a la quesería. Un poco por si acaso —para evitar cualquier otra tentación con Matt— y un mucho porque me apetecía estar con él. Si la había cagado con Matt, con Dylan no lo había hecho mejor. Me había lucido con los dos, y de qué forma, en una misma noche. Por mucho que Dylan pensara que era culpa suya, el «mérito» del continuo fracaso emocional era todo mío.

Matt se sorprendió al ver a Dylan, con el que tuvo poca interacción porque se fue sin decir mucho más que…

—Adiós, ya nos vemos en casa.

—¿Te vas? —le preguntó extrañado Dylan.

—Tengo que hacer recados.

—Íbamos a tomar algo.

—Gracias, de verdad que no puedo. Ya nos vemos en otra ocasión —contestó Matt, con un tono más agrio que un queso pasado.

—Si ves a Olga dale las gracias de mi parte, que ya le he mandado un mensaje y la he llamado, pero, ya sabes, tenía mucho trabajo.

—Ok —respondió Matt.

Y, sin más, se fue. Barajé contarle algo de lo sucedido a Dylan —de cómo me había lanzado sobre Matt y le había besado sin pudor alguno—, pero decidí no hacerlo. No quería añadir más leña al fuego ni arriesgarme a hacer más daño a nadie. ¿Cómo animar a alguien a que supere sus taras emocionales si le demostraba que intentarlo no servía de nada, más que para equivocarse nuevamente? Tampoco quería seguir alimentando la fantasía de estar con Matt, ni en mi mente ni en la de los demás.

Quedaba poco para que me fuera, los tres meses que permite el visado de turista se estaban pasando tan rápido que me hubiera gustado congelar el tiempo. Apenas tres semanas por delante, veintiún días, que es lo que, según dicen, necesitamos para acostumbrarnos a una rutina. O para desintoxicarnos de ella.

32

Amor en tiempos de Tinder

No sé si me había acostumbrado al ritmo de la ciudad o simplemente me movía mas rápido para hacer más cosas. Para crear esa ilusión óptica y sensorial de que los días tenían más horas.

Aun así, llevaba unos días desaparecida, apartada de todo lo que había conformado mi mundo esos meses. No quería enfrentarme a mi propio juicio final en los ojos de los demás. Por eso prefería estar sola los momentos que podía. Aproveché para ir a los lugares que todavía me quedaban por visitar. Para recordar que era una turista y que tenía que regresar a casa, aunque, más que nunca, ese destino fuera lo más parecido a echar sal en una herida abierta. Lo cierto es que no me había olvidado de Alberto, claro que no. Ni de Matt. Porque no era cuestión de olvidar, sino de superar.

Liderando mi camino esa mañana iban Duque, Mr. Fawn, Tupper y Taco. Volvía a Central Park a reencontrarme con esas tres mujeres valientes, que tanto se extrañaban de no verme. No había estado físicamente los últimos días, pero sí había estado presente, preguntando por ellas. Sobre todo por Greta, que, como ya sabía, estaba cogiéndole el gusto a su situación de chica soltera, joven, guapa y, sobre todo, sin un alquiler que pagar. Completamente instalada en casa de Alice, me atrevería a decir que ambas habían mejorado su actitud hacia el mundo.

Quería ver cómo se manejaba en esa casa, cómo se llevaba con su paciente y casera, pero no estaba cuando fui a recoger a

Duque. Alice me comunicó que se había ido a hacer unos recados y que le había pedido que me dijera que nos veríamos en el parque. Y así fue.

La vi tranquila, radiante, brillando de una forma que no lo había hecho antes. Definitivamente se había liberado de las cadenas de una relación que no merecía la pena. Parecía otra mujer.

Lena seguía tan ocupada como siempre, con sus guardias y sus pacientes. Tan segura de no necesitar nada ni a nadie más. No tenía prisa en que el amor llegara de nuevo a su vida, porque estaba rodeado de él. Era imposible no quererla. Y Liz, Liz estaba demasiado callada.

—¿Qué haríais si os enteraseis de que una de nosotras siente algo por vuestra pareja? —pregunté de repente.

Todas me miraron extrañadas. No era ni la pregunta más fácil ni la más adecuada.

—No me jodas que tú también te has tirado a Brent —me inquirió Greta.

—No, no, ¡claro que no!

—Debes de ser la única en toda la ciudad.

—¿A qué viene esa pregunta? —Los ojos de Lena intentaban averiguar más de mi comunicación corporal que de mis palabras.

—No sé. Creo que me he enamorado de…

—Matt —terminó de decir Lena—, lo noté desde que te vi con él en el parque, mucho antes de que nos conociéramos.

Eso no ayudaba, si era tan evidente, era un milagro que Olga no hubiera notado nada. Aunque, pensándolo bien, lo que hubiera sido un milagro es que estuviera ahí para notarlo.

—¿Qué vas a hacer? —preguntaron las tres.

—Marcharme.

Correr siempre es huir. Pero, por suerte o por desgracia, en esa ocasión no tenía más remedio. Quedarme nunca fue una opción. Menos lo iba a ser entonces.

Liz había estado tan callada los últimos días como yo. Tan distinta a su habitual forma de ser que estaba claro que debía haber algún motivo detrás. Su silencio no era sino para, en el fondo, ocultar algo que le hacía morir de miedo. Ella, como yo, necesitaba tiempo para contar las cosas. Las importantes al menos.

—Estás muy callada, a ti te pasa algo —dije al ver cómo observaba a su perro y a sus gemelos.

Ni siquiera estaba atenta para darse cuenta de que mis palabras iban dirigidas a ella. Absorta en sus pensamientos, disimulaba como podía lo que masticaba por dentro para poder digerirlo mejor.

—¿Me preguntas a mí?

Asentí, dejándole tiempo para valorar cómo empezar a contar lo que no era fácil de explicar. Dudó un poco, pero cogió fuerzas de nuestras miradas de apoyo y por fin lo soltó.

—Me he encontrado con el de Tinder.

—¿Cuál de ellos? —Grace, tan ácida y tan harta de los hombres que no podía ocultarlo en su tono.

—El padre de los gemelos.

—¡¿Qué?!

—No me digas que le volviste a dar al *like*…

—No, me lo encontré en la farmacia, comprando condones.

—¡Liz! —exclamó Greta.

—¿Qué quieres, que me vuelva a preñar?

—Pero ¿ya os habéis acostado? —le pregunté bajo los efectos del asombro por cómo esa ciudad te conectaba con gente, aunque te empeñases en sacarla de tu vida.

—No, pero casi.

Aprovechando que los gemelos se habían quedado con la abuela, se fue con él, a su apartamento. Hacía meses que no tenía tiempo para citas y hacía mucho más que no se acostaba con nadie. Y cuando en esa ocasión estaban a punto de hacerlo, los dos ya casi medio desnudos, ella se vio la cicatriz de la cesárea y no pudo. No pudo no explicarle a qué se debía. Por supuesto, tan pronto como le subió la libido a ese hombre, se le bajó al saberse padre. No de uno, sino de dos. Dos hijos fruto de una aplicación. Así era el amor en tiempos de Tinder.

Liz necesitaba una enciclopedia de consejos para lidiar con la peor de las batallas. Tener que dejar de ser madre y padre a la vez. Porque ella lo que no quería era compartir a sus hijos y su vida con nadie. No quería por mucho que ese hombre fuera el padre de los gemelos, que volvía a llamar a su puerta a sabiendas de todo lo que había cambiado desde la última vez que se habían acostado. Esos dos niños eran suyos también, y a Liz le costaba hacerse a la idea de que no se es menos mujer ni menos madre por compartir ese rol con un hombre. Era una situación compleja, tanto para él como para ella. Pero no le quedaba más remedio que conocer a ese hombre y, poco a poco, ver si podían ser amigos primero y quién sabe si algo más después.

Liz no podía escapar de su destino. Yo tenía un poco más de suerte.

33

Si no puedes llorar, ladra

Después de pasear al perro del doctor Muller, me lo llevé a casa un rato, hasta que por fin su dueño regresara para poder llevarlo a la suya. Mr. Fawn me miraba sonriente, haciendo gala de esa dentadura cuidada a base de obsesión, mientras yo hacía algo que ya había hecho antes, al inicio de todo, y que también me tocaba hacer entonces. Las maletas. No quería dejarlo para el último momento, así que esa mañana decidí hacer un ensayo previo, como era habitual en mí. En esta ocasión iba a tener que realizar auténticos malabares para poder encajar todo lo que me llevaba de esa ciudad increíble. Las experiencias que había vivido, la gente a la que había conocido, eran lo mejor que me llevaba conmigo.

Me extrañó que la maleta no reventara, aunque estaba a punto. Pero una cosa era el tamaño, y otra, el peso. No me permitían más de veintitrés kilos, así que me fui a por la báscula. Sin embargo, me encontré con algo mucho más pesado que mi maleta.

Rebuscando en el pequeño armario del pasillo de la casa de Matt y Olga, intentando hallar ese artilugio que siempre me da malas noticias, me topé de lleno con la peor de todas.

Ahí estaba, esa pequeña cajita. Un envoltorio que me resultaba familiar y un contenido que me trajo recuerdos, muchos, y despertó emociones, pero no las que hubiera imaginado al saber que Olga se iba a casar. Al ver ese anillo de compromiso, ni siquiera pensé en Alberto y en su próxima boda. Tampoco en ese intento o amago de pedírmelo a mí que yo frustré tan pronto y tan rápido.

Pensé en Matt. Me sentí fatal, por tantos motivos, pero el primero y el más grave de todos es que no sentí que me alegrara por mi amiga. ¡Era mi amiga de la infancia! ¿En qué clase de monstruo urbanita me había convertido?

Quise excusarme a mí misma, pensando que casarse no es motivo de alegría ni garantiza la felicidad; que el cuento ya no era así, que las mujeres queremos otra cosa. Me dije que Olga era una mujer independiente, de eso no había duda; que no necesitaba a Matt para sentirse completa. Me dije todo eso y más para justificar lo que era injustificable.

Me podía mentir de mil maneras o podía admitir de una vez por todas que tenía un problema.

No era la amiga que Olga se merecía.

Ni siquiera me paré a pensar si se habían comprometido ya o no y, de ser así, por qué no nos lo había contado. Solo pensaba en mí, ahora lo veo claro.

Admito que sentir todo eso me cayó como un jarro de agua fría. En ese momento fui consciente de que estaba perdiendo la cabeza, si no es que la había perdido ya. Ese golpe seco, directo al centro de mi conciencia, provocándome algo equiparable a unos enormes celos, me dejó helada.

Traté de levantarme como pude de ese derechazo que me había derribado por completo, agarré a Mr. Fawn y salí corriendo de allí.

Recorrí las calles del exterior y del subsuelo, paseando por la ciudad y por el subterráneo. Con Mr. Fawn en mi regazo, fui perdiéndome en mi laberinto de dudas.

—Sé que pensarás que estoy loca. O no. Yo sí lo pienso. No sé qué me pasa. No tiene lógica alguna lo que siento —le fui contando al pequeño perro de cara arrugada y ojos saltones.

Esas pupilas redondas y esa mirada de sapo se posaban atentas en cada palabra que desgranaba y dejaba entrever que, ya sí, me estaba convirtiendo en esa desequilibrada a la que Matt había hecho referencia tiempo atrás.

Muchas confidencias y paradas después, llevé al bulldog francés a su casa. El doctor Muller, una vez más, lo envolvió en tanto amor nada más verlo que, sin encontrar modo alguno de evitarlo, me puse a llorar. Me sentía tan frágil que envidié a ese perro. ¿Qué tenía que hacer para que alguien me quisiera así, lavarme los dientes y los pies tres veces al día? Bien sabía que no era fácil. Mi caso era mucho más complicado. Eso me hizo llorar un poquito más, aunque una y otra vez arrugaba la nariz y entornaba los ojos para contenerme y detener el llanto, pero era imposible. Era un saco de puras hormonas y emociones revolucionadas.

—¿Te duele algo? —me preguntó sorprendido el pobre hombre.

«Ojalá me doliera una muela», pero era mucho peor que eso. Ahí estaba yo, cual loca desequilibrada, llorando a moco tendido en el salón de un hombre cuyo perro conocía más que a él mismo.

—No, no. Estoy bien.

—Nadie se va a creer eso. Es como si me dices que no tienes caries —dijo, e hizo una pausa calculada—. ¿Quieres un té? —me preguntó.

—Sin azúcar, por lo de las caries. Gracias —dije, secándome las lágrimas, que no paraban de brotar. No me reconocía ni yo. Desde lo de Alberto tenía la lágrima fácil, vamos, que no paraba de llorar. Tenía que hacérmelo mirar, no había duda. Quería volver a ser yo. La yo de siempre, la crítica despiadada. También quería ser tan buena amiga como lo eran conmigo. Pero ¿por qué me empeñaba en ser todo lo contrario?

Una cosa es querer y otra es poder. Había puesto distancia de por medio, pero no había puesto solución, porque Alberto nunca había sido el problema. Tampoco lo era Matt. Lo era yo, y de eso no podía huir. Me había ido a Nueva York, sí. El peor sitio para llegar a la conclusión de que tal vez, y solo tal vez, no estaría mal ir a terapia, hablar con alguien. Donde fueres haz lo que vieres, ¿no? Pues no. Tenía que encontrar un término medio, algo a medio camino entre arruinarme con un terapeuta judío y llorar ante una taza de té con una frase asquerosamente positiva.

Porque hablar a los perros ya no me funcionaba y las probabilidades de que lo hiciera eran mínimas. Había llegado el momento de que alguien me respondiera y me diera soluciones, ya que yo misma no podía hacerlo.

Mientras el doctor Muller me preparaba el té, comencé a lavarle los pies y los dientes a Mr. Fawn, tal y como siempre hacía.

—Va a pensar que estoy loca —reflexioné intentando dejar de llorar.

—Sí.

—Vaya, no me esperaba esa respuesta.

Independientemente de lo que le pareciera, loca o no, él y toda esa gente me habían dejado entrar en sus vidas pasando un único filtro, el de la aprobación de esos bichitos de cuatro patas. Para ellos, mi estado mental o emocional era lo de menos, no importaba. No juzgaban.

—Tiene usted mucha suerte. Mr. Fawn es un perro maravilloso. —Y volví a llorar, sorbiendo el té que todavía ardía entre mis manos.

—¿Se puede saber por qué lloras de nuevo?

—Porque es el té más repugnante que he probado en mi vida —dije antes de irme.

No estaba preparada para volver a casa, a Pomander Walk —tampoco a Madrid, a pesar de lo poco que quedaba—, así que le pedí a Greta que me acompañara.

—¿Con los perros, a Central Park, te refieres?

Y no sé por qué se me ocurrió en ese instante un plan alternativo. Ojalá lo hubiera pensado antes.

—No, vamos al Lincoln Center.

Allí, en su sitio de siempre, tocando como nunca, estaba Dylan. Le presenté a Greta, que por fin pasaba a formar parte de mi vida, de mi mundo más allá de Alice, los perros y Central Park. Los dos compartían mucho más de lo que había imaginado en un principio. Todas las piezas lo indicaban y mi mente trataba de encajarlas rápidamente al verlos juntos, mirarse y hablar. El mismo y exquisito gusto musical, una cuidada apreciación por el arte, una común posición y opinión política; incluso les unía una completa animadversión deportiva hacia el mismo equipo (no recuerdo cuál ni de qué deporte). Todo lo que hay que sopesar en la balanza de las relaciones personales.

Lo que sucedió a partir de ese momento y de esa tarde sí hizo que me sintiera mejor. Volvía a hacer algo que me daba cierta esperanza y confirmaba mi opinión de que no era tan mala persona ni tan mala amiga. A pesar de necesitar reafirmación en ese aspecto, eso no lo había hecho por mí, sino por ellos.

Desde que se estrecharon las manos e intercambiaron los nombres primero y los teléfonos después, supe que esa estampa, esa imagen de ellos juntos, no iba a ser ni la primera ni la última vez que la viera. Solo esperaba que lo que había unido yo no lo separara Nueva York.

Como si del relato de Matt se tratara, esa tarde vi como se enamoraban dos personas, Dylan y Greta. No sé si ellos lo vieron también.

Era cuestión de tiempo.

34

Nunca me gustaron las sorpresas

Me quedaba exactamente una semana para poner punto final a mi gran aventura neoyorquina. Volvía a navegar a contracorriente intentando siempre mantener la cabeza a flote y no ahogarme entre tanta confusión. Quería irme y a la vez no. Al igual que había hecho con Alberto, poner distancia me iba a ayudar a olvidar a Matt. Lo malo es que no solo tenía memoria fotográfica, también memoria emocional.

Fui a por los perros, sin saber que ese iba a ser el último día en el que iba a pasear a Mr. Fawn, a Duque, a Taco y a Tupper. Era la última vez que iba a ver al doctor Muller, a Alice, a Yisel y a Oliver y a Josh.

En plena conversación con las chicas, en esa disección que estaban realizando de Dylan, de lo que le había parecido a Greta y del innegable entusiasmo que mostraba, me sonó el teléfono.

Era Matt. Me quedé perpleja mirando la pantalla, sin poder contestar o rechazar la llamada. Fue Liz la que me arrebató el terminal y contestó por mí.

—¿Sí? Matt, hola. Sí, está aquí. Te la paso.

Agarré mi propio teléfono como si no fuera mío. Como si aquella llamada no fuera para mí.

—¿Hola?

—Hola, ¿te pillo bien?

Bueno, me pillaba limpiando una cagada, que no era mía en este caso, sino de uno de los perros.

—Sí, sí. Dime.

—Nada, que como casi no te he visto estos días y ya estás a punto de irte, pues… quería, ¿estás muy ocupada?

Le dije que no, recordando que había prometido que le ayudaría en su proyecto. Ese que, con el tiempo, le convertiría en alguien con un alcance que ninguno de los que le conocíamos podíamos imaginar en ese momento. Realmente no era eso para lo que me había llamado.

Acordamos vernos en el parque, en otra parte que le quedaba mejor a él y que también me ayudaría a estar más concentrada en el texto, sin preocuparme por las miradas curiosas —y analistas— de Lena, Greta y Liz.

Tan rápido como colgué, me despedí de ellas, agarré a los perros y volé.

—Sabes que es un error, ¿no? —me preguntó Lena. Ella, que nunca me había dicho nada al respecto y nunca juzgaba, me intentó abrir los ojos.

—¿El qué? Solo me ha pedido ayuda. —Y yo, mientras, intenté justificarme.

—Ya.

—¿Qué quieres que le diga? ¿Que no porque me he enamorado de él como si tuviera quince años? No puedo.

—Por eso, piensa lo que haces y no te hagas daño.

Me había equivocado, Lena no me juzgaba. Solo se preocupaba por mí, por cómo me estaba lanzando sin paracaídas y sin pensar que la que más iba a salir perdiendo en todo esto era yo.

Y así fue.

Crucé el parque reafirmando internamente mi sentencia de que no sentía nada por Matt. Que pronto estaría en Madrid y las aguas volverían a su cauce. Quise hacer memoria de todo lo malo, desde nuestro primer encuentro en el aeropuerto hasta ese carácter soberbio de escritor de éxito. Lo cierto es que esa imagen del artista lleno de ego nada tenía que ver con la que me mostraba entonces, alguien que me llamaba porque necesitaba mi opinión, una aprobación y confirmación de que iba por el camino correcto. Así es el artista, tan frágil que no importa cuánto triunfa, cuánta experiencia tenga, siempre duda. Porque su éxito no depende más que de la opinión de los demás. Pensé que había que ser muy valiente para exponerse así y le admiré. Otra vez.

Entre árboles de distintos colores, entre esos olmos autóctonos, Matt me contó su proyecto. Esa historia de la que no puedo contar mucho, ya que ya no me corresponde a mí hacerlo.

Las horas volaron, como era costumbre.

A punto de ponerse el sol, devolví todos y cada uno de los perros a sus respectivas casas. Con Josh y Oliver estuvimos más tiempo, nos quedamos a cenar e incluso fuimos a tomar algo. Por una vez, no avisé a Olga. Supuse que ya lo había hecho Matt y que no iba a poder acompañarnos.

Llegamos a casa, era tarde, pero no demasiado. Nada más cruzar la verja, Lucas se paró en las flores de ese jardín vecino. En el punto exacto donde yo había hecho el ridículo besando a Matt y donde en ese momento… él hizo lo mismo.

Sin tiempo para que pudiera adivinar lo que iba a pasar, Matt me agarró la mano primero, la cintura después. Me atrajo hacia sí súbitamente y acercó sus labios a los míos. Noté su aliento cálido, su mano suave en mi cuello, la otra en mi cintura, empujando hacia él. Un beso suave, sensual, que creció en temperatura y en deseo.

—No sabes cuánto llevo deseando esto —me susurró al oído.

—¿Qué dices?

Mi duda hizo que se apartara, como si sintiera que le estaba juzgando.

—Perdona, sé que es una locura. Lo siento… —dijo él.

—Te voy a tener que hacer una camiseta —contesté sonriendo y dejé que me besara de nuevo. Y le besé también.

Nos habíamos vuelto locos. Locos de deseo, no estaba bien lo que estábamos haciendo y no busco excusas. No había forma de justificarlo, punto. Lo único que me hacía sentir menos hijaputa era que yo no lo había provocado. No esa vez.

La casa estaba vacía, cerrada con llave. Olga nunca estaba o llegaba tarde, pero ni siquiera pensamos en eso. No pensábamos en nada. Torpes, cegados por los besos y las risas compartidas, nos costó acertar a abrir la puerta. En ningún momento Matt apartó sus labios de los míos, la urgencia por sentir nuestros cuerpos era cada vez mayor. Con los ojos cerrados y a oscuras nos adentramos, por fin, en el umbral de la casa, llenos de deseo y sin poder poner freno a algo que iba a acabar de la peor forma posible. Y antes de lo que imaginábamos. Justo en ese momento.

—¡Sorpresa!

Se encendió la luz y no tuvimos tiempo para ocultar lo que pasaba. No había modo tampoco. Yo con media camiseta fuera, el pintalabios dibujando más los labios de Matt que los míos y mi pelo como si me acabara de despertar de un mal sueño. Pero la verdadera pesadilla empezaba en ese momento. Ahí estaba Olga. Y no estaba sola.

También estaba Clara. Había venido a darnos una noticia, una sorpresa, pero la sorpresa se la estaba llevando ella. Vino para que estuviéramos las tres juntas. Para ser las Tres Mellizas como antes. Como siempre. Como ya nunca volveríamos a ser.

35

Vete

No tuve tiempo para ocultar lo que sucedía, pero sí tuve la decencia y el respeto de no decir aquello de «no es lo que parece». Muerta de arrepentimiento y de vergüenza, intenté disculparme, pero Olga no me dejó. Matt tampoco tuvo opción. El semblante de Olga era serio, duro, no había sorpresa, sino dolor. ¿Qué esperábamos?

No me sorprendía su gesto, pero sí lo hizo su reacción. Ni una lágrima ni un grito, nada. Sobriedad, indiferencia y mucha frialdad fue lo que mostró. Y eso dolió mucho más.

—Vete.

Se lo ordenó a Matt, que no opuso resistencia alguna y se dirigió a la habitación, callado, pensativo. Me miró una milésima de segundo antes de desaparecer por el pasillo. No supe si esa mirada encerraba arrepentimiento o solo culpabilidad.

—Y tú también.

—¿Qué? —Lo pregunté no porque no me lo mereciera, sino porque no me lo esperaba ni tenía adónde ir.

—Que te vayas de mi casa.

—Olga, por favor.

Clara intervino, para interponerse en mi camino cuando me dirigí hacia ella. Era mejor que no llevara las cosas más al límite, si eso era posible. Lo cierto es que ya lo había hecho, me había saltado cualquier tope y traspasado los principios básicos de nuestra amistad.

Olga agarró a Lucas e inició el camino para alejarse, para marcar una distancia que era necesaria entre las dos.

—Necesito un poco de aire —le dijo a Clara.

—¿Quieres que te acompañe?

No hubo respuesta, así que imagino que Olga negó con un movimiento enérgico de cabeza y abrió la puerta. No tuve la valentía de mirarla a la cara, por eso ni siquiera vi cómo desapareció tras la puerta.

Me metí en el cuarto y volví a hacer esa maleta como pude. Nunca pensé que esas iban a ser las circunstancias bajo las que guardaría todo lo vivido en ese viaje, como si fuera una olla a presión a punto de explotar.

Lo que siempre me gustó de esa casa, ese silencio y esa calma, ahora ahogaba más que la vergüenza, más que la culpa. Era así porque se había convertido en el silencio que provoca una muerte anunciada, la de nuestra amistad. Olga no me perdonaría. Y, aunque lo hiciera, la que no podría perdonarme era yo.

Clara tal vez sí pudiera hacerlo. No lo sabía, por eso se lo pregunté. Necesitaba una palabra de apoyo, algo a lo que agarrarme para poder ver un poco de luz al final del túnel.

Entró despacio, sin querer hacer ruido. Tampoco pude mirarla a ella, no tenía el valor para encontrarme con esos ojos que intuía fijos en mi nuca, haciéndome saber que me había pasado de tuerca, tres pueblos. Clara me exigía explicaciones sin hacerlo realmente. No abrió la boca, solo me miraba, como quien mira un juguete roto, evaluando si se puede arreglar.

Ella, como yo, no entendía qué había pasado, pero, lo que era peor, no sabía qué podía pasar a partir de entonces.

No fui capaz de decirle nada, solo me derrumbé. Me eché a llorar sobre mi maleta.

—¿Me perdonaréis algún día? —pregunté entre sollozos.

No respondió, inspiró fuerte, llenándose los pulmones de aire y se encogió de hombros. Estaba claro que no solo había traicionado a Olga, también a Clara. A las tres.

Sin saber adónde ir me dirigí a la puerta arrastrando mi maleta y mi desconsuelo. En el mismo sitio donde dos meses y tres semanas antes habíamos brindado por estar juntas, Olga me echó de su vida. Yo provoqué que lo hiciera. Antes de salir definitivamente de esa casa, la vi por última vez. Olga regresó, tras un breve paseo que le sirvió para coger aire y fuerzas para decirme algo que nunca podré olvidar. Aunque llegue el día que ya no tenga memoria fotográfica. Esas palabras no se guardan en la cabeza, sino en el corazón.

—¿Sabes cuál es tu problema? Vives de lo que no es tuyo. Y no hablo de Matt, que, chica, visto lo visto, te lo regalo. Me refiero a todo, tu trabajo, para empezar. Solo puedes hablar y criticar el de los demás, eres incapaz de hacer nada por ti misma. Te quejas de todo lo que no te pasa, de todo lo que no tienes o de las oportunidades que no te dan. Pero a lo mejor es que no haces nada para merecerlas.

No pude escuchar más. Me fui. Tenía razón, pero no por ello su sentencia era menos dolorosa. Todo lo contrario.

36

Escribir una despedida

Llamé a Dylan, no me extendí en mis explicaciones. Apenas acerté a articular un vago «necesito ayuda». Él debió de entender rápido, no solo porque es inteligente, sino porque es una de las mejores personas que conozco. Puede que mi tono lacrimógeno y esos suspiros que entrecortaban las palabras y las convertían en un lenguaje incomprensible ayudaran a que se hiciera una idea de la magnitud de mi estado.

No tardó en llegar, y mucho menos tardamos en irnos. En el mismo coche que le había traído, metimos todas mis cosas y me llevó a su casa. Un trayecto en el que, lejos de fusilarme a preguntas, respetó mi silencio y ese tiempo que fue más que necesario para que recuperara el aliento, que no la calma, y que así no me ahogara. Para que no me hundiera más de lo necesario o de lo que realmente merecía. Porque de verdad que nunca quise que nada de eso sucediera. Había luchado hasta el infinito para mantener mis emociones bajo control, pero no fui capaz. No lo conseguí. Daba igual cuántas vueltas le diera al tema, intentar encontrar explicación a mi tara mental no iba a cambiar nada. No importaba si era una incapacitada emocional que buscaba complicarse la vida lo máximo posible solo para sentir algo. El daño estaba hecho.

Sacando mi lado más crítico, más frívolo, llegué a la conclusión de que me había convertido en la personificación de la típica comedia romántica. Salvo que en ese caso poco tenía de comedia, y mucho menos de historia romántica.

Por más que le diera vueltas, no conseguía entender cuándo, en qué momento específico, se me habían cruzado los cables de tal manera.

Tampoco cuándo le pasó eso mismo a Matt.

No se lo pude preguntar porque, después de que causáramos ese terremoto y todo se precipitara de aquel modo, no lo volví a ver. Imaginé que también estaría sufriendo las consecuencias de haber perdido el juicio, pero ni idea de a qué nivel o cómo estaba lidiando con la situación. Lo último que recuerdo de él fueron sus besos, nuestras ganas y después... nada. La incomodidad y su desvanecimiento. Se fue por ese pasillo, como si aquello fuera un programa barato al más estilo *Lluvia de estrellas*. Nosotros también dábamos pena y vergüenza. No le vi antes de irme, de desaparecer de su casa y de su vida. No sé si él se marchó también en ese momento o si lo hizo después.

Como en la peor de mis pesadillas, volvía a estar en un lugar donde no quería estar, siendo una persona que no quería ser. No sabía cuál era la razón, y tampoco importaba. Solo contaba el resultado, y mi marcador emocional me mostraba una derrota aplastante. Lo había perdido, si no todo, sí lo más importante. A Olga y a Clara.

Dylan respetó ese lapso, ese viaje que no solo era en un coche hasta su casa, sino hacia mí misma. Hacia mis propias miserias, que habían salido a la luz de golpe y en el peor momento. Fue un tiempo muy necesario para asimilar lo que acababa de suceder. También para despedirme de una ciudad que ya te avisan de que te lo puede dar todo o quitártelo, dejándote sin nada, con menos que cuando llegas pensando que te vas a comer el mundo. Era la hora de decir adiós a esas luces que tanto brillaban, ocultando tantas sombras.

En ese momento decidí que me tenía que ir. Ya, de inmediato. No tenía sentido quedarme esa semana que faltaba hasta la fecha original de mi partida. Por una vez, eso no era una huida, era una necesidad vital.

Estuve tentada de decirle al conductor que se dirigiera al aeropuerto directamente. Pero, aunque tenía claro que me quería ir ya, tenía unos asuntos que resolver. Minucias, como comprarme un billete de avión y llorar un poco más.

También quería intentar hablar con Olga, ver si había una mínima posibilidad, por remota que fuera, de que me perdonara. No imagino qué hubiera hecho yo en la situación contraria, pero supongo que algo similar a lo que hizo ella. Que fue no contestar a ninguna de mis llamadas ni a ninguno de mis mensajes. Borrarme de Facebook y bloquearme en Instagram. No podía creer que acabara de cargarme de un plumazo una amistad de más de veinte años. Todo por un tío, por un hombre al que conocía desde hacía apenas tres meses. Se me caía la cara, y el alma, de vergüenza.

Ni siquiera sabía lo que sentía ya por Matt. Todo ese enamoramiento, esa fascinación y admiración inicial quedaron relegados a un segundo plano. Necesitaba sitio para sentir toda la rabia que me ardía por dentro. No hacia él, sino hacia mí. Bueno, hacia él un poquito también. Y hacia Nueva York, hacia lo inoportuno que eran el tiempo y el destino. Sentía rabia hacia todo, vaya. Hacia cada detalle que me hiciera recordar que mi vida era un desastre. Entonces sí, era una triste. Matt no lo era menos.

Mientras Dylan me ayudaba a mirar billetes de avión que no costaran lo equivalente a un riñón, yo iba confeccionando una lista, anotando todas las cosas que tenía pendientes y que debía hacer antes de partir. Más que una lista, parecía un testamento. Lo que más me hubiera gustado poder hacer de todas las cosas que me dejaba pendientes era ver a Liz, a Greta y a Lena. Explicarles cara a cara qué había pasado, si es que lograba encontrar la manera de sonar coherente. Y darles un abrazo. Uno bien fuerte a todas, en grupo y a cada una de ellas. Quería hacer eso, pero no había tiempo.

Tampoco me olvidaba de lo fundamental, debía avisar a los dueños de los perros de que ya no iba a pasearlos más y agradecerles el trabajo y la confianza. Contarles que, aunque habíamos quedado en que «les susurraría» hasta el último momento, este había llegado antes y de repente.

¿Cómo podía hacer todo eso a la vez? ¿Avisar de mi partida, excusarme y marcharme? ¿Cómo hacerlo de una manera que expresara el mensaje, pero también significara mucho más? Quería que supieran cuánto me habían importado y aportado. No podía hacerlo solo con una llamada, tan breve como fría, o con un escueto mensaje de texto.

Por suerte, tuve la única buena idea que había tenido en mucho tiempo. En mi mente brillaron como si fueran un cartel de neón aquella ocurrencia de Matt y los relatos cortos que había escrito en el metro. Yo no había escrito uno cada día de los que había estado en la ciudad, pero sí lo iba a hacer ahora sobre cada persona que me importaba y que había dejado impronta en mí.

Con un kit de emergencia compuesto por un cuaderno, un boli y mi ordenador, me encerré en el baño de la casa de Dylan. Le pedí un poco de privacidad y que no me interrumpiera bajo ninguna circunstancia. Salvo alguna muy extrema. Necesitaba y esperaba que las palabras y las lágrimas brotaran.

Ese baño tan íntimo y zen fue el decorado perfecto para mis primeras frases, mis primeros tachones y para mis frustraciones iniciales. Al principio, no era capaz de articular nada que fuera bueno, ni siquiera nada que tuviera sentido. No tardé en darme cuenta de cuál era el problema, no estaba escribiendo para quien tenía que leerlo, sino que estaba escribiendo para mí. No se trataba de intentar escribir como Matt, esos relatos tan alabados, publicados en el *New Yorker*. Se trataba de sincerarme, de pedir perdón y de decir adiós.

Tras darle muchas vueltas, tras muchos toques en la puerta y preguntas de Dylan sobre si había intentado ahogarme en la ducha o tragándome la pasta de dientes, mi despedida empezó a tomar forma y estaba cada vez más cerca de ser una realidad.

Dije adiós a todas esas personas, con un breve poema en algunos casos, con una sola frase en otros. Pero, en todos, añadí una foto de cada una de ellas y de sus mascotas. Fotos que había tomado de momentos cotidianos, instantes robados en los que no se distinguía una figura humana concreta, pero sí se veía a los perros en primer plano. Así hice una composición que no era otra cosa que una especie de árbol genealógico de la que había sido mi familia en Nueva York.

Y lo subí a la red. Creé un blog, una página web que ilustraba mi viaje. Como si fuera un mapa de metro, cada línea partía de un perro que había conseguido llevarme hasta su dueño al final del trayecto. Un viaje que no iba a olvidar jamás.

De esa forma, la más honesta que se me ocurrió, me dirigí a todos aquellos a los que no iba a ver más o iba a tardar algún tiempo en hacerlo de nuevo. A pesar de eso, sin duda, los llevaba conmigo.

Escogí una foto de Duque sentado al lado de Alice, los dos de espaldas a la cámara y reflejando el enorme tamaño de él, frente a lo pequeñita que es ella, pero dejando constancia de la grandeza de ambos. Y una frase:

No prometas nada que no puedas cumplir. Y cumple todo el amor que puedas sentir.

Así es como agradecí a Alice sus historias y su forma de enseñarme, sin quererlo, pero siendo ejemplo, que es mejor estar sola que mal acompañada. Ella no quería el cariño interesado de sus vástagos, prefería rellenar esos vacíos con los recuerdos de un pasado que la había hecho tan fuerte como feliz. Era la auténtica Dama de Hierro del Upper West Side y un espejo en el que mirarme. Así sería yo dentro de unos años, una entrañable vieja cascarrabias. Miré mi reflejo, quien dice unos años dice unos… ya era así. A quién pretendía engañar.

Antes de escribir sobre el doctor Muller, me lavé los dientes, sabía que era lo mejor que podía hacer para despedirme de ese hombre. De él me llevaba, además de todo el hilo dental que me había regalado en cada ocasión, la certeza de que lo más importante no es una sonrisa perfecta, sino quién te la provoca. Ese hombre metódico, obsesivo y con ligeros problemas de interacción social me demostró que todos, con nuestros defectos y particularidades, encajamos en el mundo. Aunque sea uno que debamos moldear a nuestro gusto.

Para él iba una foto de él y Mr. Fawn, unidos por un hilo, que no era dental, sino que era la correa que sujetaba tan firmemente ese amor.

En un extremo de la cuerda, el amor más puro. En el otro, también. Entremedias, la sonrisa enmarcada de la felicidad.

No tenía una foto de Oliver, Josh y Tupper, pero sí tenía una de esa bolita de nieve con las patas llenas de barro. Así les di las gracias por hacerme ver que a veces hay que sacar el niño que llevamos dentro, como ellos hacían jugando con ese cachorro en cualquier situación. Aunque se mancharan, porque así es la vida. Con surcos y rastros. A Oliver y a Josh les deseé que siguieran como hasta el momento, tan perfectos que no necesitaban cambiar.

No lo sabemos, o no nos damos cuenta a tiempo, pero a veces eso es lo mejor que nos puede pasar, que todo siga igual.

Estaba destinado a ser el mejor regalo. Solo que llegó a las manos equivocadas primero y a las perfectas después. Las vuestras.

A Yisel le deseé otro presidente, para que pudiera seguir sintiéndose mexicana, con todo ese orgullo, pero sin miedo a que la pudieran deportar. También le agradecí toda la lucha feminista que estaba destapando abusos y despertando conciencias. Eso sí que no podía quedarse igual, tenía que ir a más.

Que no tiemble México si no es por el orgullo
de donde vienen sus hijos.
Y a donde sueñan que vuelven,
porque es ahí donde el sol entiende
que no brilla por lucir, sino por sentir.

Repasando todas las fotos que tenía en el móvil, vi una de tres caras sonrientes. Tres miradas cómplices que representaban a la perfección lo que era esa amistad entre ellas y yo. Las miré con admiración en el momento de tomar la foto y lo volvía a hacer en ese instante. Eran mis tres pilares de Central Park.

Hay muchas razones para volver a Central Park. Pero solo necesito tres.

Me costaba pensar que eso era un adiós. Me habría encantado poder disfrutar de un último paseo y de una larga charla con ellas, pero lo bueno se hace esperar. No iba a ser entonces, pero no quería decir que fuera a ser nunca.

A Lena, Greta y Liz, les «susurré» un gracias escrito por todos y cada uno de los momentos que habían conformado una amistad que podía parecer breve, pero ya se sabía eterna. Me sentía afortunada por todo lo que había aprendido de ellas. Nos habíamos visto todos los días. Habíamos compartido tantas mañanas y tantos kilómetros en ese parque que merecía ese nombre, porque fue el eje central de nuestra relación. Les prometí que iba a estar ahí, aunque ya no estuviera físicamente. Les pedí que no me juzgaran por el error que había cometido y que provocaba mi salida repentina. No es que ellas no me importaran para quedarme un poco más, aunque fuera lo justo para despedirme en persona. Es que me importaban demasiado.

Dylan estaba al otro lado de esa puerta blanca y para él fue el penúltimo de mis textos.

Hay relaciones que se definen en el espacio y en el tiempo antes de que suenen. Tu música llegó a mí antes de escucharte en el Lincoln Center. Y sé que volveré a escucharla pronto. Siempre.

Con los ojos llorosos, le confesé que, sin poder explicarlo, el día que le conocí supe que iba a estar en mi vida. Me equivoqué en la forma, pero no el fondo. Intenté forzar una atracción que no existía solamente porque sabía que había algo, solo que no era el algo que pensamos todos de inmediato. Le agradecí su sensibilidad y su talento, su amistad y paciencia, su compañía. Sus conciertos y sus lugares secretos. Le agradecí ser parte de mi Nueva York. Y terminé dándole el peor consejo que me habían dado jamás y que precisamente era suyo. «Sé más valiente que yo, haz que suceda.» A mí no me había funcionado, pero no quería decir que no le fuera a servir a él. Por si acaso, añadí unas palabras de mi cosecha y le customicé el consejo: «Hazlo mejor que yo, hazlo bien».

También escribí a Matt. Pero lo borré.

37

Bienvenida a Madrid

Con un billete de avión que no fue precisamente una ganga, sino parte de la penitencia que me tocaba cumplir y pagar, puse rumbo a Madrid.

Dylan me llevó hasta ese JFK que no parecía un aeropuerto, sino el túnel del tiempo. Se estaba portando como jamás hubiera soñado, era un amigo de esos que se cuentan con los dedos de una mano. De la que me quedaba intacta, porque de la otra ya podía cortarme unas cuantas falanges (habría dolido menos que dejar de contar a las amigas que acababa de perder).

Nos dimos un abrazo a la española, de esos sentidos e infinitos que piensas que no se van a acabar nunca. También le planté un beso en la mejilla, muy parecido al que él me había dado en la frente días atrás, lleno de ese cariño que te convierte en hermanos. No de sangre, sino de viaje.

Con medio bote de Dormidina inyectado en vena —y en pena—, subí a ese avión dispuesta a no enterarme de mucho más. Poco me importaba si había señoras con perfumes intensos o bebés berreando a mi alrededor. Tal vez me diera por unirme a ellos, quién sabía. Me había convertido en una experta en llorar.

Fui a apagar mi móvil como protocolo antes del despegue y, al dedicar esa mirada fugaz a la pantalla, fue inevitable no ver su nombre brillando en ella. Tenía varios mensajes y llamadas de Matt. Estuve tentada de leerlos, pero, con los ojos entreabiertos y con el corazón palpitando a ritmo de música de avión, le di al botón de llamada. Me dispuse a respirar hondo, sin tiempo a llenarme los pulmones de ese aire necesario, porque escuché su voz precipitada al otro lado del auricular.

—Lucía, ¿dónde...?

No le dejé terminar ni la frase.

—En un avión. Me vuelvo a España. —Escuché cómo intentaba preguntarme, saber cómo estaba, qué pasaba por mi mente. Dudas, eso es lo que había. Una neblina de preguntas sin respuesta tan densa como la de la atmósfera que me disponía a cruzar—. Ya hablaremos. Ahora no puedo. Espero que estés bien.

Y colgué. Y borré los mensajes. Y apagué el teléfono.

Al cabo de ocho horas, que transcurrieron lentamente, como la peor de las torturas o de las jornadas laborales, por fin llegué.

Habían pasado tres meses —menos una semana—, pero sentía que todo era distinto. En este país, el nuestro, donde cualquiera diría que nada cambia y que el tiempo no avanza, percibía un aire diferente. No digo que no me hubiera tomado alguna que otra pastilla de más para dormir, de ahí esa falsa sensación de cambio.

Qué distintos parecían esos pasillos del aeropuerto que meses atrás había recorrido con Clara. Sí, notaba que soplaba un viento distinto. El del aire acondicionado anunciando el calor inminente del verano, combinado con el aire de la soledad.

Con todo lo que se me había venido encima, se me había olvidado hacer algo tan importante como decirle a mi padre que regresaba. Confieso que fue mitad olvido, mitad necesidad de evitar dar explicaciones. Sea como fuere, nos habíamos comunicado a menudo, pero de repente caí en la cuenta —tarde, como siempre— de que tal vez no había sido suficiente. No recordaba cuándo había sido la última vez que le había contado lo que me pasaba o lo que estaba haciendo, que le había mandado un mensaje más allá de un simple «buenos días» o «buenas noches». O cuándo había recibido de él algo más que eso. Y eso sí que era lo extraño. Que ni contara ni exigiera más. Mi padre se había conformado con que su presencia pasara a ser un leve eco encerrado en un aviso de WhatsApp.

Si encontrarme de repente con esa revelación fue un poco preocupante, más lo fue cuando mi padre no contestó ni al móvil ni al teléfono fijo. Por eso decidí ir a verle, sin tan siquiera pasar a dejar la maleta.

Con los rastros del vuelo y la carga del equipaje emocional, fui a la casa que ya no era mi casa, arrastrando una creciente preocupación por el silencio paternal. A eso había que añadir una dosis de miedo por si me encontraba con Alberto, combinada a la perfección con una pizca de curiosidad por saber cómo reaccionaría en caso de que sucediera.

Ahí estaba, en mi barrio de siempre.

Y, evidentemente, comprobé que ya nada era igual.

Llamé al timbre. Una vez. Y una segunda, por si acaso, pero tampoco obtuve respuesta. Así que entré. Aunque ya no era mi casa, siempre llevaba llaves.

Mi cansancio, mis errores, mi maleta y yo nos abrimos paso en ese hogar lleno de recuerdos que estaban a punto de ser reescritos. Algunas piezas que había dejado sueltas y que no entendí en su momento estaban a punto de encajar.

El pasillo vacío me guio por cada una de las estancias, que me llenaron de luz y de calor, que era lo que necesitaba. Efectivamente, mi padre no estaba en la casa. Maldita sea, justo cuando más lo necesitaba, no estaba. Recorrí los rincones del vestíbulo y su estudio, de la sala de estar y la cocina, ansiosa por verle y que me abrazara, como si así pudiera solucionarlo todo. Como cuando de pequeña vino a buscarme al colegio con mi perro, Tupete, e hizo que todo fuera mejor. Tantos años después, ya no tenía en mi vida a ese perrito. Lamentablemente, mucho me temía que tampoco a esas amigas.

Dejé mi maleta en el cuarto que ya no era mi cuarto, pero que todavía tenía una cama y muchas de mis memorias infantiles.

Confundida por un montón de objetos que no encajaban en la composición mental que yo tenía de todo ese lugar, lo exploré perpleja. Volví a recorrer el salón, el estudio, el cuarto de mi hermano y el de invitados. En todas partes había cuadros nuevos, unos terminados y otros a medias. Mi padre había vuelto a pintar. Por suerte, no era lo único que había vuelto a hacer.

Escuché el tintineo de las llaves en la cerradura y el grito de susto, casi de socorro, al verme ahí.

—Hija mía, ¿qué haces aquí? ¿No llegabas la semana que viene?

—Sí, pero he tenido que adelantar el viaje.

—¿Por qué? ¿Qué ha pasado, estás bien?

Asentí, esperando que dejara de preguntar y me presentara a la mujer que tenía al lado y que me miraba con el mismo asombro con el que la miraba yo. En ese instante entendí el porqué de sus escasos mensajes y llamadas. Y el porqué de esos cuadros. Mi padre había vuelto a pintar porque había vuelto a ser feliz.

Y yo no me podía alegrar más.

Mi padre se había enamorado de esa mujer que le acompañaba sonriente, con una energía y una serenidad que habían conseguido borrar el duelo, que ya duraba demasiado.

—Ay, perdón. Hija, te presento a Susana, mi…

No pudo terminar la frase, porque tanto él como ella me miraron como si acabara de aterrizar de Marte. Tiesa y firme, había extendido mi mano, habituada como estaba a que así fueran las presentaciones en Nueva York y no los besos de rigor de nuestro país. Me olvidaba de que ya no estaba en Estados Unidos y de que aquí era eso era lo normal.

Menos mal que ella, de forma muy natural, me dio dos besos y un leve abrazo. Empecé a comprender por qué mi padre se había enamorado de esa mujer a la que había conocido en el museo del Prado, adonde mi padre iba con regularidad y ella también, puesto que trabajaba ahí.

Esa noche cenamos todos juntos. Jamón y pan con tomate, y un poco de queso, como no podía ser de otra manera. Recordé mi cena de despedida con Clara y seguramente me cambió el gesto, pero había tanto amor en esa mesa que por suerte no se percataron.

No conté nada de lo que había pasado con Olga y con Matt. Pero sí me enteré de algo.

—Enhorabuena, ¿estás contenta de que vas a ser tía? —me espetó mi padre, dejándome muda. Mi regreso venía acompañado de un torrente de noticias que no me esperaba.

—¿Iván va a ser padre?

La expresión de mi progenitor era todo un poema. Ambos sabíamos que, si Iván conducía mal, ser padre no era algo que se le pudiera dar mucho mejor.

—No. Lo digo por Clara, que va a ser mamá.

Por eso había ido a Nueva York. Esa era la sorpresa que nos iba a dar, antes de que yo me adelantara y lo arruinara todo.

No le dije a mi padre que Clara, Olga y yo ya no éramos amigas. No lo hice porque para él éramos hermanas.

Un lazo más fuerte. Tal vez esa era la clave y la única esperanza que tenía de que me perdonaran. Quizás, algún día.

38

Mi cueva y yo

Una vez en mi casa, llamé varias veces a Clara; también a Olga. Ninguna de las dos me contestó.

Entendí que las tres habíamos tocado fondo. Que se había acabado, por lo menos por el momento. Tenía que resetearme para afrontar esa nueva etapa de mi vida.

Así que hice lo que nadie habría hecho en mi lugar, me desconecté de todas las redes sociales —esta vez de verdad— e incluso apagué el teléfono. No me fui a un pueblo a hacer queso; sin embargo, me fui a mi cuarto a encerrarme. A pasar un duelo. Por suerte mi padre por fin había cerrado esa etapa, aunque yo la volvía a experimentar de nuevo, en otro grado, pero con similares sensaciones. No estaba muerta, ni ellas tampoco, pero me sentía igual de vacía.

Dejé que transcurriera el tiempo con la esperanza de que llegara el día en el que fueran ellas las que me llamaran. Pero los días pasaban, la boda de Alberto se acercaba y yo no sabía qué hacer para encarrilar mi vida y no perder para siempre a ninguna de las personas que tanto me importaban. Habían pasado algo más de tres semanas y faltaba una más para que Alberto diera el «sí, quiero». Y yo, más que nunca, quería morirme. Pero ya no por Alberto. O, al menos, no solo por él. Tampoco por Matt, al que seguía sin llamar por no encontrar el momento y el ánimo necesario. No es que no me importara ni que no pensara en él, solo que sentía que habíamos hecho las cosas tan mal que la mera posibilidad de escuchar su voz era como permitir que todo sucediera de nuevo.

Estaba tan alejada de mi vida de antes y de siempre que ni siquiera sabía si Clara había vuelto de Nueva York. Para lo único que me había conectado con el mundo era para intentar localizarla. La había llamado y escrito hasta la saciedad, hasta que Sergio, apiadándose de mí, pero rogándome permanecer ajeno a todo el drama, me aconsejó que dejara que las cosas volvieran solas a su cauce. Pero ¿cómo hacer eso? ¿Acaso no era consciente de que yo era la maldita culpable del cambio climático en nuestra amistad? Lo estaba intentando arreglar, pero no sabía cómo. Me aterraba pensar que tal vez lo nuestro tampoco tuviera solución. Desde luego, en nuestro caso como en el medioambiental, no hacer nada no era una opción. Necesitaba tomar medidas extremas, porque el agujero que se estaba tragando nuestra amistad era tan grande como el de la capa de ozono. E iba en aumento.

Así que hice lo que siempre hago cuando necesito desahogarme y contar mis penas, fui a la clínica de Clara para hablar con sus pacientes, los perros.

Entré y pregunté por Clara a ese técnico veterinario que, tres meses después, ya no era tan nuevo ni tan guapo. Me informó de que Clara estaba en una cirugía y la voz de otra técnico veterinaria, que me tenía vista de antes, me comunicó que la podía esperar dentro.

Rodeada de ese westy que no era neoyorquino, sino madrileño; de ese caniche marrón que no era Lucas, sino Simón; con un enorme pastor alemán medio tumbado en mi regazo, fui aflojando mis penas, confirmando todos mis errores y los motivos por los que, para mí, la vida era de todo menos maravillosa si Clara y Olga no formaban parte de ella.

Mirando a esos perros, hice un repaso a parte de esa vida que habíamos compartido las tres, con todos esos buenos momentos, pero sin olvidar tampoco los malos. Todos nos habían hecho ser como éramos. No podía creer que me fuera a quedar sin saber cómo íbamos a ser.

Conté a esos ojos que me miraban mudos lo que había pasado entre Matt y yo. No porque los perros no pudieran juzgarme, sino porque ya lo hacía yo por todos ellos. Intenté ser honesta conmigo misma y analizar por qué hice lo que hice, por qué lo provoqué o por qué dejé que ocurriera. Y solo pude encontrar un motivo. Me había enamorado. Tan sencillo como complicado. Sentirlo dolía, pero saber y admitir que ese amor, pasara como pasase, solo se podía dar a costa de perder a una de las personas clave en mi vida no era justo. A mí, que era doña Indecisión, me tocaba elegir hasta en el terreno más difícil.

—¿Sabéis qué es lo peor de todo? —pregunté a los perritos—. Nunca elegí a Matt, solo me equivoqué un momento. El peor momento de mi vida, tan horrible como cuando murió mi…

—No digas eso. No es lo mismo —me dijo Clara, desde el umbral de la puerta, apoyada en el marco con una postura que evidenciaba esa barriguita.

Me eché a llorar al verla. No ganaba para clínex.

—Enhorabuena —le dije, con un toque de vergüenza y penitencia.

—Gracias. —Clara se acercó y agarró mi mano para ponerla en su tripa.

Temblé.

—¿Sabes si es niño o niña?

—Niño, pero, tranquila, no le voy a llamar Matt. Quizás Alberto sí, ya veré —bromeó con su sonrisa de siempre, intentando romper esa innecesaria capa de hielo que se había formado entre nosotras.

Me dio un abrazo y me quitó un peso de encima equivalente al que ella iba a ganar en lo que le quedaba de gestación.

No eran todas, pero al menos era una de las piezas del puzle de mi vida, que se iba recomponiendo. Saber que Clara y yo volvíamos a estar juntas y volvíamos a estar bien me ayudó mucho.

Necesitaba coger fuerzas. Me esperaba lo más difícil, se acercaba el día de la boda de Alberto. Un día en el que también iba a ver a Olga.

Quise insistir de nuevo y llamarla, pero Clara me recomendó —tal y como había hecho Sergio con ella— que le diera tiempo, que fuera paciente. Entendí que debía ser así, pero tenía demasiadas preguntas sin respuestas. No me pude contener e intenté que Clara me aclarara un poco tantas dudas.

—¿Y Matt?, ¿qué ha pasado? ¿Se ha ido de la casa? No me atrevo a llamarle.

—No me preguntes, por favor. Me quiero quedar al margen de todo eso.

—Sí, perdona. Lo siento.

—Ya te contará Olga, cuando pueda y quiera. Por ahora déjala, que ella también tiene que hacer frente a lo suyo.

Y a mí me quedaba hacer frente a la persona que me había hecho huir a Nueva York y que había sido el primer eslabón de esa pesada cadena de errores. Me costaba imaginarme ese reencuentro, por eso evitaba la posibilidad con tanto esmero que casi me estaba comportando como si fuera una monja de clausura. No salía mucho de casa y no me dejaba ver demasiado por ningún otro sitio que no fuera el trabajo de Clara o el chino de enfrente de mi casa. No pensé que fuera ver a Alberto hasta el día y el momento de su boda, pero me equivoqué.

El calendario que tenía colgado en mi habitación me miraba tan amenazante como mi cuenta corriente. Faltaban pocos días para la boda de Alberto y muchos menos para que me fundiera lo ahorrado. No podía seguir viviendo del cuento, sobre todo porque en mi caso el cuento era un auténtico relato de terror. Por eso, cuando me llamaron para trabajar un poquito y escribir una crítica de una obra de teatro, dije que sí con las mismas ganas de quien recuerda que tiene que depilarse. Que también era el caso.

La obra era todo un clásico, con un nombre que venía que ni al pelo. De lo más apropiado, iba a ver *Bodas de sangre*. Me hicieron poca gracia las ironías de la vida, pero había aceptado el trabajo porque, lo dicho, no podía vivir eternamente de lo que había ganado paseando perros. Había apuntado mi nombre más uno, y ese uno era Clara, que tocó el timbre del telefonillo para que bajara.

—¡Voooy! —respondí en el auricular sin pararme a escuchar la voz al otro lado y abriendo, como siempre hacía, por si se quería mirar en el espejo del vestíbulo y retocarse un poco otra vez.

Ojalá hubiera esperado a escuchar la voz al otro lado, así habría evitado lo que sucedió. Al llegar a la planta baja y abrir el ascensor, me topé de bruces con él.

—Alberto…

—Hola, Lucía.

—¿Qué haces aquí?

—¿Podemos hablar?

—Eh… tengo que ir al teatro.

—Solo es un momento, por favor. Te he llamado mil veces, ¿has cambiado de número?

—No, solo te he bloqueado —admití cabizbaja.

—¿Por qué?

—Porque te casas, Alberto. Te casas dentro de cuatro días.

—De eso quiero hablarte, Lucía. No puedo…

No, no, no. Yo sí que no podía. No podía tener esa conversación en ese momento. Estaba ahogándome en el fango, y Alberto iba a tirarme un poco más de lodo encima.

—¿No puedes qué?

—Casarme. Que yo te sigo queriendo. —«A buenas horas, mangas verdes. ¿Cómo te explico yo ahora que el amor es cuestión de tiempo?», estuve a punto de decirle—. No puedo seguir con esta farsa, mimi —concluyó.

Alberto me llamaba mimi. Por eso aquel día, hace años, cuando en vez de ese mote cariñoso creí escuchar Luli, como me llamaba mi madre, había salido corriendo. No porque me hubiera llamado así realmente, sino porque mi subconsciente lo utilizó como excusa, para poder huir de él. Para encontrar la valentía necesaria que usé de la forma más cobarde posible y conseguir escapar del compromiso. No porque no le quisiera, sino porque no le quería así.

Y él a mí tampoco. Aunque entonces le tuviera delante diciéndome lo contrario. Le miré y experimenté un torbellino de sensaciones. Una mezcla de cariño y ternura, de confianza y alegría. De amor de amiga y nada más.

Con solo mirarle, noté que Alberto había envuelto sus palabras en algo tan normal como el miedo. Eran los típicos nervios previos a la boda. Hablando con él, poco a poco pude ver que Alberto sí estaba enamorado de Julia. Solo tenía eso, un poco de miedo. Así que, con mucha paciencia y haciendo una labor que a mí también me sirvió de catarsis, le ayudé a ver por qué él y yo nunca, en realidad, estuvimos destinados a ser… Alberto y yo.

Había una parte de él que se negaba, que no quería dejar escapar ese pasado compartido, negando el paso a un futuro distinto. Puede parecer de locos, pero Alberto estaba haciendo algo tan incomprensible como humano, algo en lo que yo era una experta. Estaba boicoteando la posibilidad de ser feliz. Quería autodestruirse. No podía permitírselo.

Ahí, en mi portal, entrecortados por las idas y venidas de algunos vecinos, mantuvimos una larga conversación que no solo sirvió para que él se diera cuenta de que no podía cometer el error que había cometido yo, sino también con mucha calma, complicidad y nostalgia, para desgranar nuestro tóxico pasado. Estábamos a punto de reconciliarnos del todo, pero antes de pedirnos perdón el uno al otro y también a nosotros mismos pasó algo que me hizo darme cuenta de que estaba cayendo en la misma trampa de siempre. Tal vez me equivocaba y había cosas que no podían cambiar jamás.

—Gracias… —empezó a decirme—, por volver a tiempo y…

En ese momento, mientras me hablaba y yo abría el buzón para recoger el correo, recordé el mensaje de texto, con esas mismas palabras, que había recibido nada más llegar a Nueva York. Lo bueno es que no sentí nada. Ya no dolía, ni siquiera un poco.

—De nada —le interrumpí sin mirarle, con los ojos puestos en los panfletos de publicidad y sobres que había extraído del buzón. Había uno acolchado que me llamó la atención. De haberlo mirado detalladamente, lo podría haber cambiado todo. Pero quien lo hizo, una vez más, fue Alberto. Y no para bien.

—Supongo que no será fácil tener que ver a Olga después de todo.

Me quedé helada. Congelada en menos de una milésima de segundo, como si me hubiera lanzado a una piscina de nitrógeno líquido. Un pinchazo agudo me atravesó en todas las direcciones. No podía creerlo. Lo sabía. El muy capullo lo sabía y no me había dicho nada. Por eso estaba ahí.

—Un momento…

En ese instante tan oportuno sonó mi móvil. Era Clara; rechacé la llamada.

—¿Lo sabías? ¿Sabías lo que pasó en Nueva York?

Volvió a sonar mi terminal.

—Sí, me lo contó Olga. —Me miró intentando calibrar mi desconcierto y anticipando el huracán que se estaba originando en mi interior.

—No me lo puedo creer. Así que ¿por eso estás aquí? Toda esta escenita, toda esa pantomima de que no puedes casarte porque me quieres, no es por otro motivo que por Matt.

—¿Qué dices?

Por un segundo mi móvil volvió a interrumpir. Clara estaba pesada, como si fuera la única en el mundo que llegaba tarde. La obra y ella podían esperar.

—¿Que qué digo? Pues lo que oyes, Alberto. ¿Qué te piensas, que soy tonta? Vienes aquí, cuatro días antes de tu boda, porque sabes que me he enamorado de otro. Como siempre haces. No me puedo creer que seas tan egoísta.

—Pues será que somos iguales.

Y volvió a sonar la dichosa melodía de mi iPhone. Con toda esa rabia y ni rastro del cariño que hace un rato sentía, contesté el teléfono.

—¡¿Qué quieres, Clara?! ¡Ya sé que llego tarde, hostia!

La voz me dejó claro que no era Clara. Y el tono me dejó claro que el motivo de la insistencia no era bueno.

—Soy Sergio, Lucía. Estamos en el hospital.

Con mucha torpeza metí el correo en el bolso y salí corriendo. Alberto vino detrás. A mí me faltó aliento y velocidad. Pero llegué a tiempo.

39

La gran pérdida

No me gustan los hospitales, creo que nadie los puede incluir en su lista de lugares favoritos. Tal vez los médicos, y aun así lo dudo. Pero, para no ser el sitio predilecto de la mayoría, en el Clínico de Madrid había tanta gente que parecía una procesión. Esquivando a pacientes, familiares y preguntando a todo el personal médico dónde estaba y qué le pasaba a Clara Suárez, por fin, llegamos a ella.

La encontramos en una pequeña habitación, en una camilla, dormida, agarrada a la incondicional mano de Sergio.

—¿Qué ha pasado? —le pregunté con un hilo de voz, para no despertarla.

—Le han empezado a dar unos pinchazos muy fuertes. Una especie de contracciones.

—¿Está bien?

—Ahora con la medicación, sí. A ver cuando despierte.

—¿Y el bebé?

—No sé, dicen que hay peligro. Las próximas horas son clave.

—Lo siento —le dije apretando su antebrazo y rozando suavemente el de Clara, no queriendo despertarla—. Y tú, ¿cómo estás?

—Bien, con el susto todavía, pero bien.

Sergio era el complemento perfecto para Clara. Ambos eran una extensión el uno del otro. Dos piezas que se necesitan, pero que también tienen sentido y función de forma independiente. Él era un apoyo fundamental para Clara. Se encargaba de todo, de la casa —y seguro que lo haría de los niños cuando llegaran— y de lo que fuera necesario para que ella se ocupara de lo que le hacía tan feliz, su carrera. Sergio sí era el hombre perfecto, perfecto para Clara. Tranquilos, que no pensaba hacer ninguna locura.

No estaba tan desequilibrada. Aunque ver aparecer a Olga, corriendo como lo había hecho yo minutos antes, casi consigue precisamente eso, desequilibrarme por completo.

Olga había venido a Madrid para la boda. Era algo que había planeado desde hacía tiempo. Como me había quedado claro, Alberto y Olga seguían manteniendo esa conexión. Siempre fueron mucho más amigos que el resto de los del grupo, desde siempre. Eran como hermanos, tenían una conexión especial, así que era lógico que Olga no fuera a faltar a un día tan importante y que viniera desde tan lejos. Lo que no me parecía tan lógico es que le hubiera contado lo que había pasado. Quizás era normal, dadas las sospechas que levantaba el hecho de que ya no fuéramos amigas. Pero tal vez podía haber esperado un poco a contarlo. Qué sé yo, podía haber esperado, por decir algo, hasta después de la boda, para no ser la comidilla de todo el barrio.

No quería que lo contara y se hiciera *vox populi*, porque en el fondo albergaba la esperanza de que todo volviera a ser como antes. Tenía que asumir que jamás volvería a ser así. Ese era el motivo por el que quería evitar que se supiera y que me juzgara todo el mundo. Mi mundo. Porque no era el suyo, ella ya no vivía aquí.

Por más que le daba vueltas, me parecía increíble que hubiera sido capaz de decírselo a Alberto. Tan increíble como que hubiera conseguido venir a Madrid, permitiéndose coger días libres cuando en Nueva York no me contestaba ni el teléfono porque, supuestamente, no tenía tiempo ni de respirar.

Al vernos no nos dijimos mucho. Más bien nada, pero no tardamos en decirnos de todo.

Tras preguntarle a Sergio lo mismo que le había preguntado yo minutos antes y ponerse al corriente de toda la situación, se acercó a Alberto y se abrazó a él.

—Menos mal que estás aquí —le dijo.

A mí continuó ignorándome. Mientras, yo me hacía mil preguntas en silencio. ¿Habría roto definitivamente con Matt? ¿Se encontraba bien anímicamente o le había hecho un daño irreversible? No sabía nada de su vida, yo ya no formaba parte de ella.

Me fui a sentarme al lado más alejado de esa sala. No tenía sentido que estuviera cerca de alguien que me quería bien lejos.

Todo era muy incómodo, desde el motivo por el que estábamos ahí hasta el hecho de tener que vernos de repente, forzadas, sin haber aclarado nada. Pero nada de eso importaba en ese escenario. Lo único que era vital era que Clara estuviera bien. Era lo único que deseaba.

Las buenas intenciones, sin embargo, no siempre se expresan de la mejor manera.

Era difícil estar ahí. La tensión se cortaba con un cuchillo. Éramos como maniquíes en un escaparate, tiesos, mudos y sin saber si estábamos siendo observados. Yo intentaba no mirar a Olga, pero cada vez que me relajaba un poco desviaba la atención hacia su lado. Supongo que a ella le pasaba lo mismo, porque cruzamos miradas en varias ocasiones. Con Alberto sucedía tres cuartos de lo mismo.

Sergio, como era normal, no se preocupaba de nada que no fuera Clara, a la que no soltó la mano hasta que quiso ir al baño y a por un tentempié.

—Voy a por un café. ¿Queréis algo? —dijo casi susurrando.

—No, gracias —respondimos todos al unísono.

En cuanto se fue, no sé qué invadió a Olga por dentro, que me miró y, sin apartar la vista en esa ocasión, se atrevió a hablarme.

—Tú lo que querrías es que no estuviera aquí.

Quise no responder, callarme e ignorar su comentario cargado de provocación. Pero levanté la vista y la vi ahí, al lado de

Alberto, con la mirada desafiante, haciendo equipo y lanzándome balones cargados de furia. No pude evitarlo. Yo no era la única que se estaba cargando nuestra amistad.

—Te equivocas. Lo que sí quisiera es que no fueras contándolo todo por ahí.

—¿Qué pasa, te avergüenzas?

—Olga, por favor, que no tenemos quince años.

—Exactamente, querida. A ver si te lo grabas a fuego para recordarlo.

—Por favor, deja de darme lecciones de vida.

—Las que necesitas, porque parece que no has aprendido nada después de tantos años y de tantos errores.

—Como si tú lo hicieras todo bien.

—Al menos me esfuerzo.

—¿Que te esfuerzas? Venga, hombre. ¿Cuántas veces te esforzaste por cogerme el teléfono en Nueva York? ¿Quieres que te diga cuántas? Pocas, las mismas que por estar con Matt, que el pobre está más solo que la una.

—Y por eso quisiste hacerle un favor.

—No, por eso me enamoré de él —le dije tajante, con la firmeza que da la sinceridad.

Se hizo un silencio que se rompió con el grito seco, agudo, de Clara, seguido por los pasos de los médicos que acudían corriendo hacia ella. Se había despertado dolorida y sangrando.

Como en las películas, todo sucedió a cámara rápida, pero lentamente. Tras el silencio de mi sentencia emocional y el grito de dolor de Clara, desvié la mirada y en el pasillo, cerca de la puerta, vi la cara de Sergio transformándose por la incomprensión, la incertidumbre y el miedo. Me fijé en esas manos angustiadas que dejaban escapar el vaso del café, derramándolo en el suelo y provocando, en consecuencia, un charco a su alrededor que evidenciaba que algo no iba bien. Observé su frágil postura estática, sabía que cualquier leve movimiento le haría venirse abajo.

Alberto se dirigió a él y le agarró, apartándolo de la entrada, tirando de él hacia el lado del pasillo, invitándole a alejarse con nosotros de esa habitación donde los médicos hacían su trabajo y nosotros no podíamos hacer nada. Solo esperar. Y arrepentirnos. De lo que acababa de suceder y de todo lo que nos había llevado a permitir que sucediera.

No supimos si fue por el estrés de la situación, el tono elevado de nuestra discusión o porque tenía que pasar, pero Clara perdió el bebé.

Tardamos en saber que ese era el diagnóstico, hasta que un médico vino y se llevó a Sergio para darle la noticia que luego nos comunicaría él.

Con los zapatos manchados de café y con la mirada llena de pena pero aliviada, porque, dentro de lo que cabía, Clara se encontraba bien, se dirigió hacia nosotros y nos lo contó.

—Lo siento, tío. —Alberto fue el primero en decirlo.

Olga afirmaba con la cabeza, sumándose así a esa muestra de condolencia.

—Sergio, lo siento —le dije, dándole un abrazo, que rechazó de inmediato.

—¿Que lo sentís? A mí no me vengáis con ese rollo. Esas palabras, soltadas así, como si fueran un sermón aprendido. Estabais ahí, peleándoos como si esto fuera un programa de Telecinco y no un hospital, joder. Clara solo necesitaba reposo. La dejo tranquila un momento, me marcho al baño y me encuentro a mi mujer rodeada de… de… —Nos miraba sin encontrar la palabra que definiera nuestro comportamiento—. Os habéis olvidado de que sois amigas desde niñas, pero espero que esto que ha pasado hoy no lo olvidéis jamás.

Y tras esas palabras que tampoco olvidaríamos, se fue a ver a Clara a la habitación y nosotros nos fuimos del hospital. Sin decir nada, porque ya estaba todo dicho.

40

Antes de y después de

Atravesamos el umbral de la salida de emergencias del Clínico y, una vez en la calle, nos quedamos quietos. Sin saber cómo reaccionar, esperando cada uno que el resto, alguno de los tres, iniciara el camino que nos alejara de esa pesadilla. Olga, como de costumbre, miraba su móvil y tecleaba como si no hubiera un mañana. Yo, como siempre también, me debatía entre un sinfín de opciones y todas requerían poder moverme, dar un paso para alejarme de ahí. Pero no era capaz. Alberto fue el encargado de romper el estado de shock común, para meternos de pleno en otro bien distinto.

—Voy a anular la boda —soltó a bocajarro.

—Alberto, no empecemos… —le avisé, no quería hablar de eso otra vez. No en ese momento.

—Que no empiezo…

—¿Y cómo llamas a esto? —le interrumpí—. Lo hemos hablado antes, es solo miedo escénico. Y deja ya el tema, que, como ves, hay cosas más importantes.

—Por eso.

—Que no, y punto. Quiero decir que sí, ya me entiendes. Que te casas y no se hable más.

No se quería casar por lo que le había pasado a Clara. Porque no podía hacer como si nada, como si no importara. Le parecía una falta de respeto, decía. Vale que Clara era una pieza clave en el grupo de amigos y que era una de las invitadas, pero qué era eso, ¿un partido de fútbol, que no se podía disputar sin uno de los jugadores titulares? ¿Y el resto de los invitados? Y lo que era más importante, ¿y su novia? ¿Qué era, una jugadora suplente? Me gustaría saber cómo se lo iba a tomar cuando se enterara.

Si su reacción no tenía lógica, la mía, tampoco. Yo no quería que anulara la boda. Más que una paradoja, era una burla del destino que fuera yo la que tanto insistiera en que llevara a cabo lo que meses atrás me había costado un mundo aceptar. En ese momento, más que desearlo, me estaba empeñando. Quería que se casara para que al menos algo de todo lo que se estaba viniendo abajo siguiera como antes. Como cuando él había enviado esa invitación y Olga, Clara y yo todavía éramos amigas. Volvía a querer controlarlo todo. Mi vida y la de los demás. El paso del tiempo y sus consecuencias.

—Que no tiene nada que ver contigo, Lucía. De verdad. Pero que no me caso —aclaró.

—Te casas aunque tenga que llevarte a rastras.

—Ni de coña.

—¿Quieres dejar de comportarte como un crío?

—¿Y tú como si fueras mi madre?

—¿Vosotros os estáis escuchando? Me dan ganas de arrearos una colleja —dijo Olga.

Alberto y yo nos miramos, y la miramos a ella. Luego, sin poder remediarlo y sin quererlo tampoco, como si todavía existiera una conexión y una sincronía entre todos, nos echamos a reír los tres. Empezamos con una suave risa que pronto se tornó en carcajada. Después se transformó en un ataque incontrolable que sirvió para deshacernos de todo el susto y la rabia, de la tensión y el miedo por la salud de Clara. Y por tantas otras cosas.

No lo pude evitar, a mí esa risa se me volvió llanto. Cuando el flato ya no me permitió seguir riéndome, inspiré para coger aire y aliviar el dolor de esa sensación similar a las agujetas. Poco a poco, con cada inspiración, fui dando el relevo a otro tipo de dolor que se manifestaba con lágrimas suaves y tímidas, que iban cogiendo más fuerza conforme perdía la batalla por controlarlas.

Acabé llorando como una magdalena. Alberto me abrazó y yo le dejé que lo hiciera. Noté su barbilla sobre mi cabeza y sus brazos rodeando mis hombros. Su calidez era reconfortante. Me balanceaba de manera hipnótica, intentando consolar ese llanto que me producía pequeños espasmos, por la falta de aire y el exceso de mocos. Me acunaba como si fuera un bebé. Empecé a sumergirme en esa calma cuando, de repente, noté que me taladraban la cabeza. Le estaba vibrando el pecho.

—Ay, mi teléfono. —Alberto se sacó el móvil del bolsillo de la camisa. Era Julia quien le llamaba.

—Dale la gran noticia de que no te casas, a ver qué le parece —dijo Olga entre risas.

Yo también reí, secándome las lágrimas. Me aparté de Alberto, para que pudiera hablar con tranquilidad, y me atreví a mirar a Olga a los ojos, de cerca. La veía borrosa, todavía con restos de lágrimas empañándome los ojos. Noté algo diferente en ella. Puede que tuviera más arrugas, que arrastrara el cansancio que provoca una ruptura. Incluso también el de una reconciliación, porque eso era más cercano a lo que transmitía. Un toque de alivio, algo de paz. Todavía no sabía por qué.

Quise acortar distancia y romper el hielo. Le hablé. Y ella lo hizo también.

—Olga, ¿cómo…? —comencé a decir.

—¿Quieres ir…? —Su pregunta solapó mis palabras.

—Tú primero. —Le cedí el turno, no fuera a ser que se arrepintiera de haberme dirigido la palabra.

—¿Quieres ir a tomar un café? —me preguntó.

—Vamos.

Y dejamos a Alberto hablando con Julia en la puerta de ese hospital al que esperábamos no volver. Por lo menos no en mucho tiempo, y no debido a malas noticias.

—Este se casa, te lo digo yo —apostó Olga mientras nos alejábamos.

Entramos en el primer bar que vimos y elegimos la mesa pegada a la ventana. Sentadas directamente una enfrente de la otra, separadas por un café solo y un cortado, los dos con sacarina y con hielo, notamos de golpe el peso de todo el tiempo que habíamos pasado sin hablarnos. Nunca, en casi veinticinco años, habíamos llegado hasta ese punto. Por suerte y contra pronóstico, no era el de no retorno.

—Tengo algo que contarte. Así que te lo voy a decir de golpe. No me interrum...

—Me estás asustando. —Pensé en Matt, no pude remediarlo. Pero no me atreví a preguntar.

—Lucía... te tengo que confesar algo, pedirte per...

—Pero...

—Coño, que no me interrumpas. ¿No ves que si no pierdo el hilo?

—Vale, vale, continúa.

—Gracias. Por dónde iba...

—Me ibas a confesar algo y a... ¿pedirme perdón? —Efectivamente, la memoria no era el fuerte de Olga.

—Eso. Que me perdones... porque... porque yo también soy lo peor. Es horrible, no sabía qué hacer y...

Se quedó en silencio un momento y a mí se me disparató todo. «Ay, madre, que lo ha matado, que ha matado a Matt», pensé, visualizando en mi mente la imagen y el escenario con todo lujo de detalles. Sí, había visto muchas películas y todas estaban en mi cabeza.

—¿Me estás escuchando?

—Sí, sí, claro. Pero ¿me lo puedes repetir todo?

Olga se sinceró, mientras yo asimilaba todo lo que me estaba contando. Me confesó por qué no había estado nunca conmigo en

Nueva York, a qué se debían sus ausencias y por qué se había enfadado tanto cuando nos vio a Matt y a mí juntos. Más que otra cosa, se enfadó consigo misma. Bueno, conmigo un poquito también. Pero la rabia venía de la impotencia de saber que llevaba tiempo viviendo una mentira y que le tocaba admitir la verdad.

—No estoy enamorada de Matt, por eso pasaba tantas horas en el trabajo.

—¿Para no estar con él?

—No exactamente. Para estar con Anne.

—Ajá…

—Anne es, bueno, era una ingeniera informática de mi empresa. ¿Te acuerdas de la chica con la que me viste discutir en el Lincoln Center?

—Sí.

—Pues esa. Aquel día me dijo que se marchaba a vivir a Los Ángeles para montar su propia empresa. Me pidió que me fuera con ella, me dio la oferta por escrito y…

Había sido testigo de muchas historias, reales y ficticias, pero esa no la vi venir. Estaba acostumbrada a criticar puestas en escena por previsibles y porque el amor siempre parece responder a unos cánones establecidos. Pero ¿establecidos por quién? Acababa de presenciar un giro que nunca se dejó entrever y que, como no podía ser de otra manera, despertaba en mí muchas preguntas.

—¿Por qué le dijiste que no?

—¿Cómo sabes que le dije que no?

—Porque no te fuiste a Los Ángeles.

—Ah, ya. Le dije que no por muchas cosas. No podía tirar mi vida, mi carrera, por la borda sin estar tan segura. No era por Matt…

—Y si no es indiscreción, ¿por qué no se lo contaste a él? Si hasta te fuiste a vivir a su casa. —Sí, me preocupaba Matt, era imposible ocultarlo.

—Ya, yo qué sé, quería intentar no cagarla. —Ya éramos dos—. ¿Por qué no dije nada…? ¿Por miedo? ¿Cobardía? No sé, lo iba a hacer, pero de repente viniste tú... No quería meterte en medio y que hubiera daños colaterales.

Me reí, no pude evitarlo.

—Ya, ya sé que los hubo. —Hizo una pausa, en la que tomó aire y escogió las palabras—. Mira, con esto te quiero decir que sí, me enfadé contigo y con Matt. Y todavía estoy enfadada. Más contigo que con él, la verdad. Que no le quisiera o que yo también le estuviera engañando no quiere decir que te estuviera traicionando a ti. Tú eras... eres mi amiga. Eso es lo que me dolió. Yo nunca te hubiera hecho algo así.

—Lo siento.

—Ya basta de decir «lo siento».

—Me voy a tener que hacer una camiseta.

Olga se rio.

—O varias. Intentemos pasar página y ya está. Lo de hoy tiene que servir de algo.

Se bebió de un trago lo que le quedaba en el vaso, como si más que café fuera whisky, y me dijo algo que iba a cambiar el rumbo de las cosas. Mucho más de lo que ya habían cambiado.

—Tienes vía libre para estar con Matt. No es que necesites mi permiso, solo digo que ya no es un problema entre nosotras. Obviamente no estamos juntos, a él también le he pedido perdón y le he contado todo esto.

—¿Cómo está?

—Bien. Bueno, no. Está hecho una mierda porque dice que no le llamas ni le contestas a los mensajes ni a las cartas.

«¿Las cartas?», repetí para mis adentros. Qué concepto tan antiguo y tan romántico. La última carta que había recibido era aquella invitación de boda. Divagando en torno a ese pensamiento, recordé el montón de correo que había metido deprisa y corriendo en el bolso mientras hablaba con Alberto en el portal de mi casa. Cuando todo se precipitó por la urgencia médica de Clara.

—Me tengo que ir, ¿vienes? —Olga miraba su móvil. Había cosas que cambiaban y otras que volvían a ser como antes.

—No, me voy a quedar un rato más.

—Vale, ¿te llamo mañana y vamos a ver a Clara?

—Perfecto.

Nos dimos un abrazo que cerraba una de las heridas que todavía teníamos que ir curando hasta que estuviera completamente sellada, para asegurarnos de que no se abría de nuevo. Y para eso, solo necesitábamos que pasara el tiempo.

Me quedé a solas. Abrí mi bolso y, tal como sospechaba y deseaba, ahí estaba. Un sobre acolchado, bien distinto al de meses atrás. Ese también llevaba mi nombre escrito a mano. Por una mano que tenía una caligrafía que reconocí de las notas que solía dejar entre las páginas de los libros. Volví a ojear mi nombre y le di la vuelta para leer su procedencia, pero no ponía nada, así que inmediatamente, con nervios y prisa, abrí el sobre para descubrir su contenido.

No podía creerlo. Una sonrisa iluminó todo el bar y mis ojos comenzaron a brillar. Ahí estaba, delante de mí. Una camiseta con un dibujo, un logo, que me había prometido y que resumía muchas cosas: «Lo siento».

Me pedí otro café. Necesitaba esa dosis extra de valentía, y de cafeína, para poder hablar con Matt y decirle tantas y tantas cosas. Ahora que ya no había obstáculos y que sí podíamos ser «Matt y yo», me moría de ganas de verle, de abrazarle. De besarle de nuevo, sin interrupciones ni remordimientos. Aunque también tenía vértigo.

Busqué su número y le di a ese botón verde que, más que nunca, indicaba vía libre.

Con cada tono de llamada, me temblaban las rodillas, se me encogía el estómago. Puede que fuera amor. Pero también podía ser miedo. Un miedo enfermizo al compromiso. O ilusión y ganas.

Podía ser de todo, pero solo fue decepción, porque no me contestó.

41

Sí, quiero. O tal vez no

Me miré en el espejo para observar de cerca mi pelo trenzado. Los mechones que salían deshilachados, apuntando cada uno en una dirección, me ponían nerviosa. Me llevé la mano a la cabeza y, antes de que pudiera liberarme de esas horquillas clavadas como si fueran banderillas, noté que su mano me agarraba con fuerza para detener mi propósito.

—Estate quieta, no te lo toques más, que estás bien. ¿Se puede saber por qué estás nerviosa?

—Joder, Olga, por qué va a ser…

—Hoy podría ser por cualquier cosa.

—Ya, bueno, pero es solo por una. Sigo sin saber nada de Matt, perdona que te pregunte. ¿Seguro que está bien?

—Que sí, deja de preocuparte tanto y, sobre todo, deja de inventar. Que te conozco —dijo mirando el móvil.

—Y entonces ¿por qué miras tanto el móvil?

—Porque lo contrario sería lo raro.

—Eso es verdad. Pero ¿no crees que…?

—¡Chisss! Se habrá ido al campo a escribir. Creo que tenía una entrega importante. ¿Quieres pintalabios? —preguntó cambiando de tema.

—No. Bueno, sí. A ver qué color. Pásame ese, el rojo.

Nada más aplicármelo, tentada estuve de quitármelo, pero Olga recordó algo que me frenó. Es más, me puse otra capa.

—La madre de Alberto odiaba ese color. Anda que no te criticaba por llevarlo. Que le manchabas el cuello de las camisas al niño, decía.

Tres capas me di; aunque pareciera un fresco italiano, me daba igual. Olga sacó su móvil para retratar ese momento. El instante en que volvimos a ser las Tres Mellizas.

—¡Sonreíd! —nos gritó a Clara y a mí.

Una sonrisa se dibujó en cada una de nosotras, estábamos tan guapas como radiantes. Dispuestas a ver a Alberto ante el altar.

Clara se encontraba bien, tanto física como anímicamente, para asistir a la boda, así que Alberto se quedó sin excusa. Pero no la necesitaba. Se dio cuenta de que estaba completamente loco por Julia. Aunque tuviera miedo.

Había llegado el día, el 30 de julio de 2017. Y la hora, las once de la mañana.

Era el momento. Aquel que Clara me había augurado que llegaría y que celebraría porque ya no me importaba. Se equivocaba en algo. Alberto siempre me iba a importar, solo que por fin me importaba de otro modo.

Frente al altar, rodeada de nuestros mejores amigos, con la madre de Alberto presente mirándome por encima del hombro como siempre, llegó la parte del discurso en la que, si nadie hablaba, Alberto y Julia pasarían a ser… Alberto y Julia.

Hablar no habló nadie, pero entre el silencio y la expectación sonó el teléfono de Olga. Todas las miradas, incluida la mirada asesina de Pilar, se dirigieron hacia nosotras, así que no tuvimos más remedio que sonreír mucho y mirar hacia atrás, buscando al culpable. Como si no supiéramos que el sonido venía del *clutch* de Olga.

—¿En serio, Olga? —le susurré sin abrir la boca, al más puro estilo José Luis Moreno, como si fuera ventrílocua.

—Perdón, perdón… —me dijo ella disimulando y apagando su móvil, intentando que nadie la viera.

Siguió la ceremonia y Pilar continuó mirándome un rato, como si me estuviera vigilando para que no hiciera nada. Creo que pensó que la llamada era para mí. Y en el fondo no se equivocaba.

Olga no me dijo que era Matt quien llamaba, pero pronto descubriría que había una buena razón para ello.

Fueron un día y una noche para recordar. Una celebración bonita, especial, única, para los recién casados y para nosotros. Una fiesta en la que me sentí afortunada, por estar rodeada de tantos buenos amigos y por haber compartido tantas cosas durante tanto tiempo. Por poder seguir haciéndolo en el futuro, formando parte de la vida de cada uno de ellos. Aunque estuviéramos lejos. Y aunque lo fuéramos a estar más.

—Me mudo a Los Ángeles —anunció Olga, justo al final del banquete—. He dejado el trabajo, me han dado la financiación para mi proyecto de la bipolaridad y me voy a centrar en eso.

—Y en Anne, espero —le dijo Clara, quitándomelo del pensamiento.

Unos se casaban, otros iban a seguir intentando ser papás, otras se mudaban de ciudad y yo...

Creía que yo seguía igual. Que mi vida siempre «avanzaba para atrás», como yo lo definía, o que iba a peor. Pero me equivocaba, aunque estaba demasiado borracha para darme cuenta.

Una última copa de champán me hizo llegar a casa en el mismo estado que Olga la noche que salimos solas en Nueva York, descalza y en zigzag. Solo que, en este caso, no era de noche, porque ya se había hecho de día. Había sido una fiesta y una boda a la española. Con los tacones en la mano y el maquillaje corrido hasta el punto de que parecía una extra de la película *Rec versión 666*, conseguí llegar a mi portal. No acertaba a meter la llave, así que cuando se abrió la puerta perdí el equilibrio y casi me quedo sin dientes. Sin habla me quedé seguro.

—¿Estás bien?

No. No estaba bien, e iba a tardar un ibuprofeno y mucha agua en estarlo. Ahí lo tenía, delante de mí, con su inconfundible pelo rojo que empecé a revolver porque estaba borracha y porque quería comprobar que era real. No el pelo, sino todo él. Que Matt estaba ahí de verdad.

—Holaaa, estoy borracha —le anuncié.

—Ya veo.

—¿Y tú? No que si estás borracho, que si estás bien. ¿Por qué no me contestabas? Te he llamado muchas veces. No tantas como tú, no, no, no, espera, que me estoy expresando mal. No digo que seas un pesado, ¿eh? Para nada. ¿Cuándo has llegado? Deber… —Menos mal que me interrumpió.

Y me besó, aunque se apartó enseguida.

—Sabes a alcohol.

—*Ssshi.*

—¿Subimos y respondo a todas esas preguntas?

—¿Qué preguntas?

Matt suspiró y me guio hasta el interior.

Puede que sí fuera amor después de todo, porque yo, que tengo memoria fotográfica, era la primera vez que me iba a olvidar de todo.

42

Tiovivo

Todo me daba vueltas. Me dolía la cabeza y el eco de mis propios pensamientos. Me incorporé en la cama despacio, con muchas lagunas y más resaca. Mi mente estaba en blanco. Intenté recordar cómo había llegado a casa o cómo había conseguido quitarme el vestido y dejarlo tan perfectamente doblado en la silla. Era tan impropio de mí que hizo sonar todas mis alarmas internas. También lo hizo el leve movimiento que noté bajo las sábanas.

«Ay, madre. ¿Qué he hecho, qué he hecho…?» Volví la cabeza poco a poco y vi, efectivamente, que no estaba sola en la cama. Se intuía un cuerpo semicubierto bajo las sábanas y una cabeza tapada por la almohada. No conseguía ver quién era, mucho menos recordarlo, así que muy, pero que muy despacio para no despertarle, fui caminando alrededor de la cama para intentar despejar la incógnita.

Despacio y de puntillas, llegué a situarme en ese lado de la habitación, frente al sujeto que ocupaba el lado de mi cama que debía estar vacío. Me agaché para intentar ver de quién se trataba, pero se tapaba tan bien con la almohada y el brazo que nadie diría que eso no era un intento de suicidio en vez de un sueño profundo.

Mis únicos recuerdos de la noche anterior eran el «sí, quiero» de Alberto y la mirada asesina de su madre. Como para recordar nada más, por importante que fuera.

Giré la cabeza y me puse de puntillas, para intentar verle desde arriba. Nada, no funcionaba. Probé desde abajo, entre los huecos del sobaco. Mismo resultado negativo.

Efectivamente, había cosas que no cambiaban. Otra vez la estaba cagando. ¿Cómo había sido capaz de llevarme a un desconocido a casa? Lo que es peor, un desconocido que estaba invitado a la boda. Por mi mente empezaron a circular los posibles candidatos, como si fuera una rueda de reconocimiento. El compañero de trabajo de Alberto, su fisioterapeuta, su compañero de pádel, su primo de Burgos. Ay, por favor, que no fuera su primo de Burgos.

Sentía frustración y culpabilidad, muchos remordimientos. Infinitos. Me sentía tan mal que merecía dos resacas como la que tenía.

Desesperada, me di por vencida y, antes de dejarme caer derrotada o de despertar al sujeto saltándole en la cara para echarle de mi casa, vi su ropa perfectamente doblada.

Volví a deshacer el camino, de puntillas y despacio para no despertarle. Busqué su cartera, decidida como estaba a averiguar quién era el desconocido bello durmiente.

Tenía la billetera en la mano, a punto de abrirla, cuando casi me muero del susto.

—Buenos días —oí.

—¡Aaaaaah!

Me giré y le vi. En mi cama, con el torso desnudo, con el pelo revuelto y con cara de sueño. Tan pelirrojo y guapo como siempre, como le recordaba.

—¿¿¿Matt???

Su cara de desconcierto fue mayor que la mía al darse cuenta de que no me acordaba de nada. Así que disimulé como pude. No muy bien, está claro. Porque no pude evitar abalanzarme sobre él con una sonrisa y…

—Espera un momento, ahora vengo —dije antes de besarle.

Fui al baño. Me lavé los dientes, me miré en el espejo, me atusé el pelo y…

Y por fin nos besamos. Como aquella primera noche pero mejor. Sin interrupciones, con calma, sin culpa. Con amor y con tiempo. O eso creía.

Hubo muchos besos y todas las ganas que nos teníamos se vieron envueltas por una increíble complicidad. El suave tacto de nuestras manos, todavía desconocidas, explorando la piel del otro, nos provocaba escalofríos, cosquillas, risas y placer. Hicimos el amor hasta que, de nuevo, pensé que mi memoria no sería capaz de recordar nada.

Pero hay momentos difíciles de olvidar.

—¿Por qué no contestaste mis llamadas? —le pregunté después del frenesí sexual, con la calma acompasada de su respiración acoplada a la mía.

—¿Y tú?

—Eh... Vale, empate. Siguiente pregunta, ¿cuándo llegaste?

—El plan era darte una sorpresa y llegar a tiempo para ser tu «más uno» en la boda, pero se retrasó mi vuelo. Un desastre, quería llegar antes para tener más tiempo para estar juntos antes de marcharme a Nueva York. —Se estiró para agarrar su mochila y extraer algo de su interior. Algo que no alcancé a ver todavía, hasta que lo extendió ante mí. Y rectificó sus palabras—. De marcharnos.

Ante mí tenía un billete de avión Madrid-Nueva York. Una invitación para irme con él y para ser feliz. Matt me besó y le besé, me abrazó y volví a contemplar ese trozo de papel, que era mucho más que un pasaje. Sonreí, pero había algo que no encajaba. Intenté disimular, aunque esta vez tampoco lo hice bien.

—¿Estás bien? —me preguntó Matt.

—Sí, es la resaca... —«Y muchas cosas más», pensé.

Me fui al baño, abrí el grifo e intenté ahogar mi confusión bajo el chorro de agua fría. Me volví a mirar en el espejo, pero el reflejo me devolvía algo bien distinto a la ilusión intacta de minutos atrás.

Era imposible ocultarlo, sentía un leve pinchazo en el tórax y se me habían encogido hasta las cuerdas vocales. Mi mirada brillaba con el resplandor cristalino de las lágrimas que no debía permitir que salieran. Era un billete a Nueva York, para irme con Matt. ¿Cómo no podía estar feliz?

Ahí mismo estaba la respuesta y no podía dejar de leerla una y otra vez. Lo ponía bien claro. Era un billete de ida. Solamente.

Respiré hondo, cogí aire y fuerza, y volví a meter la cabeza bajo el grifo para intentar que se me pasara.

Salí del baño y volví a su lado. Todo volvió a ser fantástico. Pasamos las horas hablando y cocinando, escuchando música y comiéndonos a besos. Mirándonos y acostándonos de nuevo sin saber qué momento del día era, si mañana o noche. Sin saber tampoco que tal vez fuera la última vez que estábamos juntos.

Se me escapó una de esas lágrimas contra las que tanto había luchado, y que seguían ahí, en la recámara. Matt no se dio cuenta, pero tenía que decírselo. No tenía sentido no hacerlo.

—Matt...

—¿Sí?

—Eh... —No, no no. No podía hacerlo, ¿por qué lo estaba boicoteando todo? ¿Por qué no podía simplemente vivir el momento y disfrutar?

—¿No tienes jet lag? —le pregunté para salir del paso, para disimular que mi mente iba a mil.

—No, la verdad es que no.

Y nos quedamos en silencio. Pero dentro de mi cabeza había mucho ruido. Hice un repaso fugaz de todas las veces que lo había hecho mal, no quería que esa fuera una de ellas. Hay errores que pasan factura y que se pagan a plazos, porque el coste emocional y el desgaste que provocan en la relación son difíciles de superar de una vez. No importa cuánto nos empeñemos en seguir avanzando, la huella que dejan esos fallos, esas ausencias, esos desaires, no siempre se puede borrar.

Por eso me armé de valor. Decidí ser valiente, porque si algo había aprendido de mi viaje es que en el amor hay que serlo.

—Matt, no me puedo ir a Nueva York contigo.

Me miró como si el agua fría bajo la que yo había intentado ahogar mis dudas se la acabara de tirar a él.

—¿Por qué?

Me tembló la voz, pero se lo expliqué lo mejor que pude. Dejando que salieran todas mis dudas y mis miedos, formando un tablero de argumentos sobre el que decidir cómo seguir jugando.

—Porque quiero hacer las cosas bien. Estoy segura de lo que siento por ti, pero es que lo hemos hecho fatal. Hace nada te ibas a casar con Olga y ahora…

—Olga y yo nunca hablamos de casarnos —me interrumpió.

—Vi el anillo, en el armario del pasillo.

—¿Qué ani…? Ah, ese anillo. Era para Danielle.

—Bueno, da igual. A eso me refiero. Apenas sé nada de ti. Quiero conocerte con calma, con más sentido. Poco a poco.

—Entonces… ¿vamos a tener una relación a distancia?

No era eso exactamente. No todavía.

—Vamos a estar solos, para ver si podemos estar juntos.

Aunque seguía sintiendo lo mismo, todas y cada una de las emociones que nos habían llevado hasta ahí, no podía seguir. No porque fuera una farsa, sino porque era muy de verdad. No sé si estaba preparada para eso o no, pero para lo que no estaba preparada era para dejarlo todo e irme con él. No quería dejar Madrid para irme a Nueva York. Al menos no en ese momento.

No era cobarde admitiéndolo, sino que por fin era valiente sabiendo que, primero, necesitaba estar sola. Nos merecíamos algo mejor, no lanzarnos a empezar algo que había nacido de la peor manera posible, haciendo daño a gente a la que queríamos. Los dos necesitábamos un tiempo e ir con más calma.

Yo también necesitaba aprender a no querer controlarlo todo. Me quedaba un largo camino hasta llegar a eso. Un camino que debía hacer sola, pero que era el único que, de tener que ser, me podía llevar hasta Matt.

Matt lo entendió y no intentó hacerme cambiar de opinión.

Me volvió a besar y nos quisimos unas cuantas veces más en esos escasos tres días en los que yo le enseñé mi Madrid como él había hecho con su Nueva York.

En cada rincón, nos cubrimos de besos salados por las tímidas y escasas lágrimas que, tanto él como yo, derramamos en esa despedida que no era una despedida. Era un «hasta pronto».

Si es que ese pronto no llegaba demasiado tarde.

Acompañé a Matt al aeropuerto, ese lugar que tanto había frecuentado últimamente y en el que, en cada ocasión, había experimentado emociones bien distintas. Sentí que todo se volvía del revés de nuevo. No es fácil dejar marchar a la persona a la que quieres, aun sabiendo que es lo que debes hacer. De lo que me di cuenta nada más regresar a casa es de que no se había ido. No del todo. En el fondo siempre iba a estar conmigo. El tiempo decidirá si podemos estar juntos.

Me tumbé en la cama, agotada, físicamente cansada y emocionalmente exhausta. Sentía su ausencia en el otro lado de la cama y el peso de todo lo que había sucedido… Abracé esa almohada que todavía olía a él y no pude evitar sonreír cuando, debajo, encontré algo. El mejor regalo que me podía hacer para que no me olvidara de él. Para que no me olvidara de nada, como si no tuviera memoria fotográfica.

La obra que nunca encontré en las librerías, *Pomander Walk*, transcrita a mano por Matt. Acaricié todas las páginas, hasta llegar a la última. Después de la palabra fin había algo mucho más importante y especial, si cabe. Una nota de Matt junto con unas páginas en blanco.

Ahora, más que nunca, escribe. Escribe porque tienes talento, pero, sobre todo, porque lo necesitas. Escribe para ti y olvídate del mundo. Y si es necesario, invéntate el tuyo. Me encantará leerlo.

0

Principio y final

Los viajes son de ida y vuelta, y están llenos de puentes, como el de Brooklyn, que comunican el lugar de partida con el de destino.

Para volver, el primer paso es cruzar. Yo había cumplido, me había marchado y había vuelto a casa. Y casa, por fin, era yo.

Me fui a Nueva York huyendo no de Alberto, sino de mí.

Gracias a Lena, a Greta y a Liz, a Dylan, Olga, Clara y Matt, me encontré.

Y, sin saberlo, ayudé a que algunas de esas personas encontraran parte de lo que andaban buscando.

Los viajes tienen un destino y también un propósito. El mío se fue moldeando sin saberlo, hasta que todos y cada uno de los perros, con su forma incondicional de querer y de mirar, me enseñaron la lección más valiosa: saber disfrutar de la vida.

Me di cuenta de que no hay que esperar, sino que hay que provocar, hacer algo para que las cosas sucedan. Como bien me había dicho Olga.

Hay que querer para que te quieran. Sin pretender que suceda, porque no siempre es así. Lo bonito es que, aunque no lo sea, aunque no sea recíproco, no por eso deja de ser amor. Y cuando lo es, cuando es correspondido, siempre será distinto. A como te lo imaginas y a como fueron otros. Porque nosotros también somos distintos en cada momento.

Al amor lo define el tiempo.

Por eso él apareció en mi vida en ese momento y por eso le dejé entrar. Era el karma.

Y así le llamé. Pequeño, suave y gris. Con los ojos azules y la mirada llena de amor.

Escuché sus maullidos entre los arbustos enfrente de mi casa, donde estaba, tan pequeñito y tan solo. Lo rescaté. Nos rescatamos mutuamente.

Los animales nos eligen y nos cambian. Nos hacen ser mejores, y eso es lo más grande que nos puede pasar.

Con esa pequeña bolita de pelo al lado, abrí el cuaderno que me había regalado Matt. Había llegado el momento, ya tenía algo que contar.

Mi historia.

Hay cosas en la vida que solo pasan una vez. *Desafortunadamente.*

Esta era una de ellas. Ahora lo sabía, pero tardé un poco en averiguarlo.

FIN

El dolor que ya no es dolor sino ausencia.
Las horas sin dormir, los porqués sin respuesta.
La vida al otro lado de la ventana, de la puerta, del vacío.
La vida me espera y yo quiero que se vaya.
Dile que no estoy y dile que no vuelva.
Quiero dormir y no puedo, pero quiero.
Créeme que quiero.
Dormir tanto y despertar antes.
Antes de que fuera julio.
Antes de que fuera infierno.

Buen viaje.
07/2003 - 07/2017

Agradecimientos

Quiero dar las gracias a todos los que ocupan un espacio importante en mi vida. A los que comprenden mis horas frente a la pantalla y la infinidad de historias en las que, a ratos, me pierdo o me oculto. Porque escribir no es fácil, pero vivir tampoco.

Gracias a mi familia por entenderme, aunque solo sea a veces. Pero, sobre todo, gracias por no intentar querer hacerlo siempre.

A mis amigos, los de aquí y los de allí. Los de siempre y los de ahora.

A mi editor, Alberto Marcos, por creer en este viaje y acompañarme. He aprendido y disfrutado de todos esos consejos y sugerencias.

Gracias a todas las mujeres que juntas, sin dejar de luchar, queremos cambiar el cuento. Ser feminista no es dejar de creer en el amor, es creer en él más que nunca. Mejor que antes.

Esta historia no sería la misma, ni siquiera existiría, sin esos miembros con cuatro patas de la familia que han pasado por mi vida. Que alimentaron mi imaginación de pequeña, llenándola de cariño y grandes aventuras. Yo no sería la misma sin ellos.

Tampoco sería la misma sin ti. Y por eso, gracias.